U0959394

*The Wapshot Chronicle*

John Cheever

# 沃普萧纪事

[美]约翰·契弗◎著

朱世达◎译

译林出版社

# 译　　序

约翰·契弗（1912—1982）的《沃普萧纪事》于1957年出版。这是他写的第一部长篇小说，于1958年获得美国国家图书奖。这部小说使人们相信美国文坛上出现了一位才华出众且具有独特幽默感的作家。当时与约翰·契弗相竞争的有伯纳德·马拉默德的《伙计》，纳博科夫的《普宁》，詹姆斯·艾吉的《家庭中的一次死亡事件》和詹姆斯·古尔德·科曾斯的《迷恋》等。约翰·契弗在获奖演说中提及这部小说时说，小说作为一种独特的艺术形式，对于他来说，“是一种非常稀少的处所——一种非常稀少的形式——可以用来记录人的复杂性和希冀的力量和弱点，来一步步详细描述我们的奋斗——这种奋斗并不总是不愉快的——以使我们自己与亲爱的然而也是谬误的世界处于一种有活力的、虔诚的关系中”。约翰·契弗在这里揭示了《沃普萧纪事》所具有的特殊魅力。

约翰·契弗叙事丰满，富有诗意并且十分精确。对于他，叙事本身就是生活，一连串的生活。他不拘泥于直线的叙述，对抒情的郊野风味情有独钟。他想象力丰富，即使一些不重要的小人物也能被写得跃然纸上。约翰·契弗将叙事与戏剧性片段交织，将小说的各个戏剧性场面处理得十分简洁。对话极为生动，富有新英格兰的音乐性。就描述形象与事件而言，他在同时代的小说家中是无与伦比的。他不倦地激情探索美国郊区中产阶级在复杂世界中的种种命运，这成为他文学的显著特点之一。正如他自己说的，只有通过文学，我们才能重新振兴关于人生可能性和高贵的感觉。文学对于他来说，是一项高贵的事业。它延续人光辉的奋斗，它是希冀的里程碑，是一场旷日持久的朝圣。“文学是一种大众事业，它的福祉应该时时存在于我们的良知中。我认为，没有比这更重要的了。”他创造了一个地方——圣博托尔夫斯，创造了一个家族——沃普萧，并将它们植根于他创造的历史和世界中。这部小说不是一部自传或一个家族的历史。约翰·契弗用各种不同的艺术手法来表述的内涵远远高于描述的历史和人物的命运。

小说分为四个部分。第一部分介绍了新英格兰海边小镇圣博托尔夫斯。小镇在美国海外贸易扩张时期曾经繁荣过，如今式微了，变成了一个主要由中产阶级家庭居住的文雅而平和的社区。它描述了沃普萧夫妇利安德和萨拉，他们的两个十多岁的儿子摩西和科弗利，以及利安德的亲戚霍诺拉。沃普萧家族有漫长的远海冒险的历史，但生命力也渐渐衰落，到利安德就只能当一艘破旧的渡轮的船长了。霍诺拉是一个具有坚强意志的怪僻女人，年轻时在婚姻中受骗。她继承了一笔家族财产，非常富有，且以财富自傲于别人。她要求摩西到世界去闯荡，证明自己的才干，证明男性的力量。科弗利也以不辞而别的方式离开圣博托尔夫斯到世界去闯荡。

在第二部分中，科弗利来到纽约，爱上了贝特西，随军驻扎在南太平洋。摩西的经历非常复杂。在华盛顿，他从事一份十分秘密的工作。他与一个乐队指挥的老婆有染，被认为不适合秘密工作而遭除名。他一度陷于痛苦之中，去湖边钓鱼，希冀找回童年与父亲一起钓鱼时的宁静心境。在一次突发的事故中，他拯救了一个富有的女人，得到报答，在一家证券学校找到了一份工作。与儿子们的经验相平行，利安德在他诗一般的日记中回忆自己在圣博托尔夫斯的童年，在波士顿的生活，以及他初次的性经验。

在第三部分中，摩西爱上了美丽的梅利莎，后者的监护人是古怪的贾斯廷娜。贾斯廷娜拥有清堂，一所偌大而古旧的存放艺术品的博物馆。清堂的座右铭是“远离肉欲，追求真理与光明”。被压抑的性欲将贾斯廷娜的性格完全扭曲了。她骄横，颐指气使，性情怪僻。她不能理解也不愿去理解年轻人的爱情。一对情人被迫天各一方。摩西不得不在深夜从清堂的屋顶上爬到他情人的房间。得到贾斯廷娜的允诺后，他们结了婚，但梅利莎也变成了一个怪僻的人物。随着清堂在大火中倾颓，这对情人又重归于好。

科弗利和贝特西搬迁到一个郊区生活。贝特西感到十分孤独。在绝望中，她同样演变成了一个怪僻的人物，离开了科弗利。科弗利在绝望中险些陷于同性恋的泥淖。他对自己的性取向感到困惑。他收到利安德的一封信，父亲对他坦陈了自己年轻时同样的性困惑。在信中，利安德说：

> “人是不简单的。我们周围总是游荡着古怪的爱情精灵……生活中还有更糟糕的事。失事的船舶。雷电击毁的屋宇。无辜的孩子早夭。战事。饥馑。迷失的马匹。振作起来吧，我儿。你以为你遭难了。痛哭之前捶胸顿足吧。所有沉湎在爱情中的人都是痛苦而软弱的。请记住这一点吧。”

这点明了小说性的主题。

在第四部分中，儿子们都有了男性的后嗣，获得了霍诺拉的遗产。他们答应给利安德买一艘新船，利安德宣布他要“回到大海中去”。他果真独自游向了大海，却永远没有归来。这具有多方面的象征意义。它揭示了沃普萧无与伦比的生命力，再生力，性的力量和死亡。沃普萧在大海和死亡中得到了荡涤。

在为利安德举行的葬礼上，科弗利吟咏莎士比亚的诗句：

> 我们的狂欢已经终止了。我们这一些演员们，我曾经告诉过你，原是一群精灵；他们都已化成淡烟而消散了。构成我们的料子也就是那梦幻的料子；我们短暂的一生，前后都环绕在酣睡之中。

这是对作品主题的暗喻。

数月之后，科弗利回到圣博托尔夫斯。在一幢空空的房子里，他发现了一本《莎士比亚全集》，上面写着他父亲的一段眉批，是给儿子们的劝告。就像利安德还在，劝诫中夹杂着纷繁的言语，既实际又充满幻想，既令人啼笑皆非又发人深省，既有性欲上的劝导又富有宗教含义。他说：

> 别跪在没有暖气的教堂石板上。教堂的潮气会使人未老先衰。恐惧犹如一把生锈的刀子，别让恐惧潜入你们的家。勇气是一种刚烈的血气。端端正正站在世上。赞美这世界。尽情享受一个温文尔雅的女人的爱。相信上帝。

小说就是这样以对“一个温文尔雅的女人”和上帝的歌颂结尾。

约翰·契弗充分展现了他的幽默才华，以一支诙谐的笔生动地刻画了一系列新英格兰人物，也即他所谓的“爱的精灵”，描写了他们的琐碎和大度，他们的真诚和怪僻。这些新教移民的后代既是世俗的又是宗教的。小说栩栩如生地展现了一幅幅新英格兰小镇生活的风俗画。约翰·契弗对这些生活在郊区的人异常熟悉。他笔下的女人往往婚姻不幸，因而脾气古怪、厌世，时时沉迷于对爱情的绝望幻觉中；而笔下的男人往往热爱妻子、孩子，热爱家庭，希冀过一种有秩序的生活，当一个好父亲、好丈夫，而这种希冀又每每与他们冒险的本质、肉欲以及对于生命神秘性的感觉相冲突。他表现了世代清教徒的生活和价值在现代社会的进程中所面临的挑战。他们的无奈和失望集中体现在他们令人哑然失笑的怪僻性格和行为之中。《沃普萧纪事》中人物的感情生活和他们所创造的郊区里井然有序的社会生活是相悖逆的。郊区错落有致的建筑以及有组织的社会生活，与郊区居民错乱的本性正好形成对照。约翰·契弗是在讽喻这些无所事事、养尊处优、颓废的中产阶级。这样特殊的一群人过着悠闲、富足、安逸的生活。而在这种生活的温床上，产生了像利安德、萨拉、霍诺拉、贾斯廷娜这些人的温室病态心理和骄奢淫逸、纨绔的气息。这群幸运的人有足够的时间和金钱，是“一群能自由发展其天才的人”。然而，他们辜负了这种机会，为表面上物质生活的富有而满足，精神生活却异常贫乏、空虚，心灵深处是无限的痛苦和孤独，于是产生了一系列反常怪异的行为：虚荣，酗酒，人格的扭曲。小说的精神就体现在利安德身上。利安德是整部小说的灵魂和动力，他代表一种永不枯竭的生命力量，永远处于性欲与高贵的激情的冲突之中。约翰·契弗在新英格兰小镇的童年生活赋予他作为一个作家所应有的最细腻的敏锐感觉：他描述人性的怪僻，然而这种描述是从对于人的弱点的同情出发的；他从不放过对于小事的观察与描写，并赋之以不凡的生命与意义。约翰·契弗认为拯救他所揶揄的弊端的办法，是“热爱生活，热爱人与人的交往”。

他创造了美国批评家所谓的契弗式风格（Cheeveresque style），以优美隽永的文体家的风格，以简洁、自然、幽默的笔调，刻画人与人之间一系列极其细腻微妙的关系。约翰·契弗热爱自然，小说使自然界充满一种特殊的美和生气。我们来欣赏一下约翰·契弗那段描写利安德和儿子垂钓的精妙绝伦的梭罗式文字：

> 他们进入山区了，黝黑的水在满是乱石的溪涧奔流着——是融化的雪。溪水照映着碧蓝的天穹，然而这旖旎的风光也未能消除人们的寒意。爬上一个山口，摩西兴奋地仰头凝视那妖娆山脉的轮廓，那似乎是虚幻的青蓝一色——像雷击那么蓝，那么深邃；但是，那在萧萧冷风中飒飒作响的秃枝撩起他对清晨刚刚告别的美丽河谷的思

念——唐棣、丁香和脚下已长出的银莲花。

利安德披露内心的日记体章节是对小说叙事的补充，它们反映了一个丰富多彩的内心的微观世界。在日记中，具象与抽象结合，全篇充斥破碎的不连贯的句子。他这种奇异的风格却具有一种罕见的诗意的力量。特别当他在歌颂自然的力和性欲的力时，日记的简洁显得分外抒情：

> 河水中泛着白花花的泡沫。深处神秘莫测。狂怒的雷暴雨越过山头刮过来了。雨真大。站在苹果树冠底下。雨霁后壮观的日落景色。鲨鱼随着潮水向大海退走了。风光绮丽的时分。天空像火烧一般，绯红绯红的。马车的号角嘟嘟嘟，火车汽笛呼哨着。（那时火车都是准点的。）教堂的钟声叮叮当当。所有的人，包括我的祖母，都去看鲨鱼游回大海的奇观。

卡洛斯·贝克在评论约翰·契弗时说，他在描述有限的场景、插曲、道听途说的对话和关键的对峙方面是一个奇迹。《沃普萧纪事》以巨大的活力和丰富性反映了这些力量。约翰·厄普代克在《纽约客》中论及约翰·契弗时说，也许在他向往去远洋的美国人的血液中，孕育了真正的讲故事的古老才华，人们只需跟约翰·契弗相处五分钟，他往四周瞧瞧，便会用富有教养的卷舌音飞快地说出一些令人惊讶的简练词句来，讲出一个个故事：旧日的窘迫经他的手以惊人的速度变成有趣的寓言，眼下的环境奇迹般地成为故事的背景。他的思绪很快，他能审察一切事物的光明本质，他的内心就是健康而敏感的人所特有的生活之欢乐与美国清教徒男子所特有的深深的忧郁之间经常搏斗的场所。人们常常将他说成是描写郊区的作家，但有许多人描写郊区，只有约翰·契弗能将它写成一个典型的场所。不管我们在哪儿或到过哪儿，我们都能在我们的心中将它们辨认出来。在那柔软的草坪和舒适的家的王国中，我们无需多少道德的力量就能想象出堕落和救赎来。约翰·契弗关于人的冒险的看法反映了最老的美国的观点。跟霍桑一样，他的人物是道德的化身，带有一种隐隐约约的耽于幻想的成分。跟惠特曼一样，他歌颂普通人，歌颂普通公民的情欲、不安、爱情和绝望。

朱世达

怀着爱，

谨以此书

献给

M和几乎所有我认识的人

# 目　　录

# 第一部

## [1]

圣博托尔夫斯是一座古老的小镇，一座历史悠久的河镇。在马萨诸塞州商船队兴盛发达的岁月，圣博托尔夫斯还曾经是个内河港口，如今，这里只剩下一间银餐具厂和一些小作坊了。镇子上的老户人家压根不承认镇子已经式微，早已失去昔日的荣耀了，但是，请瞧瞧拴在公共草地火炮上的一长串内战阵亡者名单吧，十九世纪六十年代圣博托尔夫斯镇上居民曾有那么多。当然，圣博托尔夫斯如今再也集结不到这么多士兵了。公共草地上蓊郁的榆树浓荫匝地，草地在一座广场中间，广场四周散点着几家商号。广场西边是卡特赖特街区，充当了广场的西墙，街区前面的二楼一溜排开又尖又窄的窗户，跟教堂的窗棂一样，显得既纤细而又充满哀怨的样子。窗户后面开设着东星公司、牙医布尔斯特罗德大夫的诊疗室、电话公司和一家保险公司。那几间办公室的味道——牙药剂，地板蜡，痰盂罐，煤气——一股脑凝聚在楼下的厅道里，让人想起往昔。圣博托尔夫斯公共草地在沙沙的秋雨中，在这多变的时世中，给人一种非同寻常的古老印象。独立日那天一大清早，当游行的人们列队伊始，公共草地上便笼罩着一种繁荣、喜庆的氛围。

沃普萧家两个小子——摩西和科弗利——坐在清水巷草地上瞧游行彩车驶过。游行的人们自由自在地表达着他们的宗教和商业思想；在“七六年精神号”[1]彩车旁边滚动着一辆陈旧的送货马车，上面写着一幅标语：想吃鲜鱼吗？请找海勒姆先生。送货马车的轮子，其实游行行列中所有车辆的轮子上，都装饰着殷红的、雪白的、海蓝的绉纸，车上挂满五颜六色的彩旗。卡特赖特街区到处飘扬着彩带，银行门面前垂挂着彩旗，彩旗在所有汽车和马车上拂动。

沃普萧家两个孩子清晨四点就爬起床了，他们昏昏欲睡，坐在暖洋洋的阳光下，似乎已经过了一个欢天喜地的节日一般。摩西放礼炮时烧伤了手；科弗利眉毛给烧焦了。他们住在镇子南边两英里[2]的农场上，不等天蒙蒙亮，就划条独木舟溯河而上赶来了。清风掠过独木舟的木桨，吹拂着手臂，使河水反而显得暖丝丝的了。跟往常一样，他们推开基督教堂的窗户，敲响钟声，当当当——惊醒了成千的啼鸟、村民和镇子上的狗——当然包括几英里外小山街上普罗津斯基家的大警犬。“准是沃普萧家那俩小子，”摩西听见有人在牧师住宅黑洞洞的窗户后面说，“回去睡吧。”科弗利那时十六七岁的光景，和他哥哥一样白皙，一头金发，长长的脖颈，时时低着脑袋，摆出一副牧师的架势，而且他有个坏毛病——老喜欢把手指关节捏得咯吱咯吱响。他感觉敏锐，多愁善感，眼下正在为海勒姆先

1　1776 年 7 月 4 日，美国宣布独立。

2　1 英里约合 1.6 千米。

生的辕马揪心呢，忧郁的目光投向水手之家那儿十五到二十个非常年迈的老人——他们挤坐在卡车厢的长凳上，瞧上去异常困倦的样子。摩西正在上大学，最后一年，身量长得越来越成熟了，出落得一副很有见地、安详而又踌躇满志的样子。现在，十点钟了，两个小子坐在草地上，等着妈妈爬上妇女俱乐部的彩车演讲。

沃普萧夫人在圣博托尔夫斯创建了这个妇女俱乐部，每年此时正是纪念妇女俱乐部成立的大好时光。在科弗利的记忆中，没有哪一年的七月四日，他的妈妈不是以妇女俱乐部创建者的面目出现在游行队伍中的。彩车十分简单，在卡车或者马车地板上铺一块东方地毯而已。六七名俱乐部创建成员端坐在折叠椅子上，脸对着车尾巴。沃普萧夫人戴顶帽子，站在讲台后面，时不时喝上口水，对俱乐部成员或者路上遇见的老朋友凄然一笑。就这样，沃普萧夫人年复一年地出现在她朋友和邻居面前，犹如波士顿北区的人秋季为了祈求平定海上风暴而抬上街头游行的神像——兀立于人群之上，只是卡车或马车的颠簸有点叫人扫兴而已。当然，用车拉着她走街串巷也没什么不可以的。论对于村子的启蒙，没一个人能和她匹敌的。是她组织了个委员会，为修建基督教堂牧师住宅而筹款；是她为在街角修造个花岗岩马槽而东奔西跑去找钱；马槽废弃不用之后，又是她叫人种上了天竺葵和矮牵牛花。山上新建的中学，新的救火队，新的交通灯，阵亡战士纪念碑——是啊，是啊——甚至河边火车站干干净净的公共厕所，哪个不是沃普萧夫人天才的结晶？在广场上这么溜达一遭，她自然是会心荡神驰的。

沃普萧先生——利安德船长——没有露脸。眼下他正驾着蜂鸟号沿着内河向海湾驶去。夏日里，每逢晴朗的早晨，他就驾上船，在特拉弗廷靠一下岸，赶上从波士顿开来的火车，然后穿过海湾，驶向楠格萨吉特——那儿有一片白沙海滩和一座游乐场。这一辈子，他不知道干过多少行当了；他曾经当过银餐具公司的合伙人，从亲戚那儿也继承了点儿遗产，但是，到头来还是没剩下几个钱。三年前，堂姐霍诺拉让他当蜂鸟号的船长，免得他再去招惹是非。这行当对他倒再适合不过了。蜂鸟号似乎成了他的生命，似乎是他浪漫和闲适情趣的化身，表达了他对海边的泳女以及那漫长的、无所事事的、充满盐味的夏日的爱。船的吃水线足有六十英尺[1]，船上装着一只哈利公司出产的陈旧的单引擎螺旋桨，船舱也不算小，甲板上足够站四十位乘客。利安德有时自己喃喃道，这玩意儿虽然远海去不了，却是笔能动的不动产。甲板上挤满学生、婊子、修女和其他游客。船尾地板上撒满煮鸡蛋的壳和夹心面包纸。轮船一变速，船体便剧烈颤动，油漆纷纷剥落下来。这整个航程对站在

1　1英尺约合0.3米。

舵手室的利安德来说，是无限荣耀而又令人伤感的。这老掉牙的轮船船板仿佛是由夏季的灿烂光辉和昙花一现黏合在一起似的，散发出一种夏日遗弃物——软底鞋，毛巾，游泳衣，老式洗澡间廉价的、发出香气的镶花板——的味道。船在时而绛紫色的水面上滑行，在海湾处驶向岸边，清风吹送过来旋转木马的音乐声，人们站在那儿，可以见到远处楠格萨吉特海岸——无聊的骑马，纸灯，油煎食品，音乐——它们和大西洋若即若离，影影绰绰，仿佛是大西洋汹涌澎湃的波涛上无定的漂浮物、海星和柑橘皮。“把我绑在桅杆上吧，珀里墨得斯[1]。”利安德每每听到旋转木马的喧嚷声就会这样喊道。没能瞅上一眼老婆子在游行队伍里大出风头，他才不在乎呢。

那天上午游行推迟了一会儿。糟糕的事儿似乎就出在妇女俱乐部的彩车上。妇女俱乐部一位创建成员奔过街来，向摩西和科弗利打听他们的妈妈到底在哪儿。他们回答说，打一清早，他们就离家了。正在纳闷的时候，沃普萧夫人突然从穆迪杂货铺门道里蹿出来，回到自己的位置上。司仪鼓起嘴吹响哨子，头上绑着血淋淋的绷带的司鼓手开始击打鼓点，于是，鼓笛一齐滴滴答答吹打起来，十几只鸽子从卡特赖特街区屋顶上拍打翅膀，飞向蓝天。从河面上吹来的丝丝微风，给广场带来

1　珀里墨得斯：希腊神话中以机智、多才、坚毅著称的俄底修斯的伙伴之一。

一种难以名状的泥土的清香。纷杂散乱的游行队伍开始行进了。

尼亚加拉消防公司义务救火队员昨晚上洗车又擦车，折腾了大半夜。他们似乎对自己的活儿还蛮自豪，只是按照命令表面上显得庄重一些而已。救火车后面跟着年迈的斯塔巴克先生。他穿着一身内战联邦退伍军人协会的军服，端坐在敞篷汽车里。其实大伙儿都明白他压根和内战一点儿不沾边。接着是历史学会的彩车，普里西拉·奥尔登[1]嫡亲的、正统的后裔戴着沉甸甸的假发套，正满头淌汗呢。接着是一车银餐具公司的快活姑娘们，她们在往人群堆里扔赠券。然后便是沃普萧夫人。她正站在讲坛后面，四十岁的人了，细嫩的皮肤，俏丽的容貌，和她的组织天赋一样，是非常引人注目的。她长得非常漂亮。只是当她从讲坛上端起杯子轻轻呷口水的时候，那一笑非常杀风景，好像水是苦涩的似的！尽管她醉心于公众事业，但她喜欢品味那淡淡的哀愁——喜欢柑橘皮的清香，袅袅炊烟的味道——这真是非同寻常。她在妇道人家中比在男人中间更受人钦羡，而她美丽的真髓就是让人一见便对她不抱任何幻想（利安德背叛了她）；她使尽了作为女性的所有智慧，让利安德对婚姻不忠，而她便摆出一副高贵的、让人一看便知的受委屈的样子；如今她这样穿过广场，她的一些朋友们不得不唏嘘感

1　普里西拉·奥尔登（Priscilla Alden，约 1602—1685）：马萨诸塞州普利茅斯殖民地清教徒。

慨，似乎从她的脸容上看到了蹉跎的岁月。

有个小流氓——准是对岸的外国佬——在平切尔先生的老母马屁股底下点响了个爆竹，老母马脱缰跑掉了。事后，圣博托尔夫斯居民回忆起这场灾祸时，还净往好里想。真是天意啊，站在路边看热闹的女人和孩子没一个给马踩着，他们会这样说。彩车当时离清水巷和小山街交叉路口才几英尺远，马儿疯了似的霍然撒腿跑起来，老平切尔先生跟在后面吆喝着——唷，唷。游行队伍前面的人还不晓得后面发生什么事了。他们听见惊呼和散乱的马蹄声时，也全然没有想到这会有多么严重。吹笛的照样吹吹打打，斯塔巴克先生照样往左往右地鞠躬，银餐具公司的姑娘们照样往人群中抛赠券。马车冲上小山街。人们瞅见萨拉·沃普萧的讲坛翻了个，底朝天，凉水罐和玻璃杯也随之摔了下来；不过妇女俱乐部的太太们没一个显出胆怯的样子或者傻嚷嚷，她们只是死劲趴在马车上，听天由命了。那会儿，小山街是条土路，夏季天气干燥，马蹄飞扬带起阵阵尘土。一眨眼，彩车消失了。

[ 2 ]

哈考特家和惠尔赖特家，科芬家和斯莱特家，洛厄尔家和卡伯特家，塞奇威克家和金布尔家，对了，甚至金布尔家——都有人考证并撰写了家史，现在该轮到沃普萧家了。不提一下沃普萧家的历史，他们家的人也不会乐意的。一位姻亲表妹将沃普萧家的先祖一直追溯到诺曼人——瓦克尔-肖。在诺森伯兰和多塞特郡[1]教区登记本里，瓦克尔-肖演变成瓦肖、瓦普肖、瓦普肖夫特、瓦普肖特、沃普萧。在圣博托尔夫斯，人们带着浓重的鼻音把它发为“华普萧”。和我们有关的这个家族的一支是由伊齐基尔·沃普萧创立的。他是一六三〇年搭乘阿培拉号从英格兰移民到美国来的。伊齐基尔在波士顿定居下来，教授拉丁语、希腊语和希伯来语，还教人吹笛子。有人聘请他到英皇陛下的政府里供职，他似乎很有见地地婉拒了，于此形成了这个家族的一个传统——思虑的遗恨。这个传统甚至三百年后还在搅扰利安德和他的儿子。有人是这样描述伊齐基尔的：“他憎恶戴假发，因做过有损于大众福利的事而时时感到内疚不安。”伊齐基尔生了大卫、米卡伯和阿隆。科顿·马瑟[2]为伊齐

---

1 诺森伯兰和多塞特郡均在英国。

2 科顿·马瑟（Cotton Mather，1663—1728）：牧师，推广预防天花的疫苗接种，著有《美洲志异》一书，共发表著作四百多种。

基尔的葬礼念了颂词。

大卫生育了洛伦佐、约翰、阿巴迪和斯梯芬。斯梯芬生下艾菲厄斯和内斯特。内斯特在独立战争期间任中尉，华盛顿将军要授予他一枚勋章，他婉拒了。这正合当年伊齐基尔创立的传统。虽然这中间包含自知之明，但也含有北方佬狡黠的成分；因为出人头地——譬如说当个英雄——也很可能会附带一些叫人难堪的财务上的义务。这个家族中从来没有一个人接受过勋章之类的荣耀。女人们将妄自菲薄的传统加以发扬光大，以至于外出赴宴时很少进食。她们觉得不吃茶会上的三明治点心，不沾星期日聚餐会上的鸡块——简言之，拒绝一切——是一种性格上的美德。所以，女人们每每是饿着肚子离开宴席的，但精神总是异常昂扬。当然，她们在自己家中，吃起来可谓狼吞虎咽了。

内斯特生了拉斐特、西奥菲勒斯、达西和詹姆斯。詹姆斯是第一艘蜂鸟号的船长，后来和西印度群岛土著做“生意”。他生了三子四女，但在这里只有本杰明和故事有关。本杰明和伊丽莎白·默塞夫结婚，生了撒迪厄斯和洛伦佐。本杰明七十岁那年，伊丽莎白过世了。他后来又娶了玛丽·黑尔，生下阿隆和埃比尼泽。在圣博托尔夫斯，人们称这为“第一茬”“第二茬”孩子。

本杰明后来发迹了，河巷家宅大部分房屋都是他建的。在他的遗物中有一张颅相图和一幅肖像画。在颅相图中，他脑壳的大小被描述为“从枕骨脊到个性”是二十三英寸半，“从耳孔至慈善”为六英寸半。他脑袋被描述为异乎寻常地硕大。最明显的脾性是好色，易怒，自尊心强。他基本上是个内向的性格，不轻易外露惊叹、虔诚和崇敬的感情。在那幅画中，他两腮蓄一绺浅黄的侧须，长着一对碧蓝的小眼睛。后代瞅着那幅肖像，一个劲儿琢磨隐蔽在发饰下面的某种神圣的东西，想象他当年的为人，总是觉得他给人一种严峻、虚伪的印象——想到本杰明地下有知一定会十分憎恶后代穿的这种轧别丁西服，他们就显得更加不安了。肖像所引起的这种双方的不悦使后代不得不将它藏到阁楼上去。画家没有给本杰明画上船长的服饰。压根没有。他戴顶黄色的绒帽，帽上镶着皮边，穿件宽大的、浅绿绒的长袍或者浴衣，似乎在嶙峋海岸吃豆角和鳕鱼长大的他，竟成了个中国达官贵人或是长个鹰钩鼻的文艺复兴时期的王子，随手给哈巴狗扔骨头，给妓女赠授首饰，捧着金杯狂饮美酒佳酿，下体盖片冲破了绒布蝴蝶结。

跟颅相图和肖像画放在一起的还有世代传下来的日记——沃普萧家的人全是满腹经纶的学者。这家人给病马治病，买帆船，深夜听屋顶萧萧的雨声，没一个会不记下点儿什么。他们时时记下风向的转变，船来船往，茶叶和麻的价格，国王的崩殂，还刻苦自励，修身养性，每每自责懒惰、邋遢、淫猥、愚蠢、酗酒——那时，圣博托尔夫斯还是个挺热闹的港口，人们跳舞一跳就跳到天明，到处都能喝到甜酒。在阁楼存放这些文字倒是挺合适的：那是这幢房子谷仓般的顶层——和草饲料棚差不多大小——那里的箱子、桨、舵柄、破帆、旧家具、弯烟囱、黄蜂窝、马蜂窝和过时的灯堆得没处放脚，犹如一个业已消失的文明的废墟，空气中浮泛着一种异乎寻常的香气，好像一个十八世纪的沃普萧，在阳光明媚的沙滩上呷着马德拉酒[1]，嚼着胡桃，念及季节的倏忽即逝，妄想将炎热和阳光一股脑装进热水瓶或者有盖的大篮里，然后回到阁楼又把这些法宝放出来——因为这里充溢着毫无生气的夏日味道，这里荡漾着被保存下来的夏日的光彩和喧嚣。

本杰明乘着第二艘蜂鸟号自锡兰回国发生的一件事使全村人一直记着他。当然，这是非常不公正的。他儿子洛伦佐在日记里做了详细的描述。日记一共有四大本，用硬纸板做成精装的样子。前言是这么说的："我，洛伦佐·沃普萧，正值二十一岁。我认为用日记的形式记录我的生活和境遇，记述人生道路上行将发生的纷繁事件也不失为一种乐趣。因此，我决意每日记下不仅关于我自己而且关于整个圣博托尔夫斯的事件，这些我不费多大劲儿就能了解到。"在日记的第二册中，他描述了最终导致父亲闻名遐迩的荣归事件。

1　马德拉酒：大西洋马德拉群岛酿制的一种白葡萄酒。

今天（洛伦佐写道）我们得到了关于蜂鸟号[1]的消息。我父亲是船长。轮船比预定抵港的日子延迟了三个月。柳娜号的布雷克特先生告诉我们说，爸爸轮船的索具被暴风雨折断，待在萨摩亚修了两个月，快回来了。妈妈、露丝姨妈和佩兴丝姨妈听说黑尔斯角又起风了，让我驾上两轮马车到那儿去瞧瞧。

今天，柳娜号大副大卫·马什曼来访，要求跟妈妈私下交谈。妈妈请他上后轩坐，也没请他喝茶。大副走后，她的两位妹妹冲了进去，窃窃私语了好一阵子。她们谁也不想吃晚饭，我独自和中国人待在厨房里吃的饭。晚上，我踱步到科迪杂货铺，称了一下。一百六十五磅[2]。

今天，天气和暖；南风。白天，抵港的船有：来自直布罗陀的弹性号，船长托拜厄斯·莫菲特；来自新奥尔良的金道奇号，船长罗伯特·福尔杰；来自基多[3]的金星号，船长埃德加·斯莫尔；来自安特卫普的独角兽号，船长乔希·凯利。船儿在河中荡漾。下午，一场好雨滋润了焦渴的大地。

今天约莫中午光景，有人喊：着火了！瞧，德克斯特家的房顶可不在冒火？有人赶紧接上水源，喷了好多水，火势终于控制住了。房顶上只有一点小小的损坏。今晚，散步去科迪杂

---

1　日记中的船名不用活体，原著如此。

2　1 磅约合 0.45 千克。

3　基多：厄瓜多尔海港。

货铺，称了一下体重。一百六十五磅。在科迪杂货铺时，钮厄尔·亨利扯着我的袖口，把我拉到一旁，跟我说关于蜂鸟号的进一步消息。这小子竟胆敢说我爸爸返港延迟并不是因为什么索具折断，而是因为其行为不轨，就是说，纵酒过度，沉溺于和当地土著女人调情。我对准他屁股猛踢一脚，走回了家。

今天上午在桦杆俱乐部会计室，俱乐部主任普林斯先生前来拜见我。桦杆俱乐部是邻近青年男子组成的组织，旨在培养他们的男子气概和高尚的道德修养。晚上，有人把我带到俱乐部，亨利先生因我踢他屁股而提出起诉。柳娜号大副马什曼出庭作证，证明亨利说的是实话。普林斯先生作为辩护律师做了一个非常优雅动人的演说，谴责任何种类的流言蜚语，不管这种闲话是否包含点真理。法官做出有利于我的裁决，罚了原告三打好苹果。回到家，发现妈妈和她的妹妹们正在喝混合甜饮料。

今天清晨万里无云。韦布船长的小儿子被马踩伤，黄昏前就死了。去科迪杂货铺称体重。一百六十五磅。和女士们在草场上溜达了一会儿。妈妈和她的妹妹们喝混合甜饮料。

今天在花园里干活，给花草施肥。妈妈和她的妹妹们喝混合甜饮料。马什曼关于萨摩亚的传说叫她们伤心极了。但是，她们绝不应该这么不公正地判断一个还没回家的人的品行。要知道肉欲与精神的渴求不同，总是难以自制的。在过往的一年中，我花费了许多闲暇时间致力于修身养性，但是，我发觉大多时候我的举动是十分愚蠢的，日落晻暖之时，和正派的、可爱的、温柔的姑娘们在草地上散步，我总是感到一种罪恶的激情向我袭来。去年夏天，我开始阅读罗素的《现代欧洲》，已读完头两卷，书十分有趣。以后要抓紧时间读完这部作品。回首往事，我领悟到统治生命的智慧，这使我未来的生活获益匪浅。鉴于此，为陶冶我的性格，愿宇宙苍穹至高无上的主赐我以帮助吧，指导我去做各种各样的善行。

今天，清河酒吧来了个耍弄野兽的戏团。晚上，我走去看热闹。六点半，大篷的门才打开。门前挤满了人，那些豪侠之士犹如挤在羊栏里等着剪毛的羊群。瞧着那些优雅妩媚的女子，那些受人景仰的绅士，那些英俊、颀长、平时行为严谨的少年，挤在大篷入口的前面，互相推搡着，争着抢个近入口的一席之地，叫人别提多嫌恶了。门终于慢慢打开了，人群嗡的一声冲了进去。站在门口的几个检票的对着这潮水般的人流也是无能为力，大篷里霎时间便塞得水泄不通。真够走运的，我占到了个站脚的地方，在几个人头之间还能凑合着看个热闹：一头狮子，三只猴子，一只豹，还有一只颇能演点儿戏的狗熊。这只不会说话的野兽真逗，会随着乐曲跳舞，做加法算式。

今天上午八点钟，萨姆·特罗布里奇驾车从索尔山驶来，说是看见蜂鸟号了。家里乃至全镇子都激动起来，一片忙乱。我乘上汤姆斯法官的两轮马车沿河而下，约翰·彭德尔顿把我们送上蜂鸟号。爸爸情绪挺好，送我一把马来人波纹刃口短剑当礼物。和爸爸、汤姆斯法官一起在船舱里喝马德拉白葡萄酒。船上装的货是黄麻。船快到岸了，加速行进；跳板正好搁在妈妈和她的妹妹们恭候爸爸的岸上。夫人们颤颤巍巍地拿着伞。爸爸一走近，露丝姨妈便操起伞把，对准他后脑勺就是一下。霍普姨妈拿伞尖狠狠地戳他左腰，妈妈死命捶他的脊背。夫人们收场，有人赶紧把爸爸抱上两轮马车送到豪兰外科医生那儿，他耳朵上缝了三针；在豪兰外科医生诊疗室里，我整夜陪着他；我们喝酒，吃干果，虽然他浑身疼痛，但我们在一块儿过得挺痛快。

洛伦佐前几卷的日记是写得最生动的——记叙了河岸区和夏日傍晚生活的情景，空气中回荡着圣博托尔夫斯骑兵在草地上操练的橐橐声——但是，这倒也是件怪事：一俟他修身养性成功了，在国家立法机构服务了两个任期，创立了圣博托尔夫斯哲学研究会，知识却未能增加他抒写散文的才干，他再也不能像往日描写耍野兽团那样写得栩栩如生了。他活了八十岁，一辈子没有结婚，把积蓄全给了弟弟撒迪厄斯的独生女儿、他的侄女霍诺拉。

撒迪厄斯到太平洋去了，也许是为了去赎罪的。他和妻子艾丽斯在那儿待了十八年，当传教士——给人分发《新约》，督办建珊瑚石教堂，给病人治病，给死人送葬。从表面上看，撒迪厄斯和艾丽斯并不像人们心目中虔敬的传教士形象。在私家照片里，他们总是咧着嘴对着镜头微笑——真是一对漂亮的、古道热肠的夫妇。他们是非常虔诚的；在一封家信中，撒迪厄斯描述一天傍晚划着小船登上一座小岛的情景。姑娘们都赤身裸体，长得标致极了，给他献花环。“对我的虔诚而言，这是多么巨大的挑战呵。”他这样写道。

霍诺拉生在瓦胡岛[1]，父母后来送她到圣博托尔夫斯，由伯父洛伦佐抚养成人。她没生孩子。埃比尼泽没有后嗣。阿隆生了哈姆雷特和利安德。哈姆雷特和这里的法律纠纷毫无关联，暂且不提。利安德娶了萨拉·科弗利，生了摩西和科弗利，就是那两个一直在瞧游行的小子。

1 瓦胡岛：在太平洋中北部，夏威夷群岛的主岛。

## [3]

平切尔先生的老母马在小山街扬蹄飞奔了约莫一百码[1]——也许两百码——的光景，不久便上气不接下气，踩起沉甸甸的马蹄来。胖墩墩的泰特斯驾着小汽车紧跟在马车后面，原想把妇女俱乐部这些创建成员抢救下来的，但是，当他驾车赶上时，呈现在眼前的却是一派平和景象——犹如装着一大车干草似的——他掉转车头，回到村子里去继续瞧热闹。对于大伙儿来说，没什么危险的事儿了，平切尔先生的老母马却遇难了。天晓得它是心脏还是肺出了毛病——也许它压根不想活了。它的名字叫“夫人”。它嚼烟草。对于平切尔先生来说，“夫人”比沃普萧夫人和她所有的朋友都要宝贵得多。他爱它那温柔的性格，欣赏它的坚忍，居然有人在它屁股底下放爆竹，这真叫他来气。这世道成什么样了？他的爱全倾注在这匹老母马身上了，那温情，那柔意，像一条毯子覆盖在它宽阔的脊背上。

“‘夫人’要回家了，”他转过头对沃普萧夫人说，“它想回马厩，我得让它回啊。”

“让我们下车，行吗？”沃普萧夫人问道。

“不成，现在我不能让它停下来，”平切尔先生说，“它受的

1　1码约合0.9米。

苦比你们所有人都多得多。它想回马厩，我可不能阻拦它啊。”

沃普萧夫人和朋友们只得屈从于这种近乎被拘禁的处境。不管怎么说，谁也没伤着哪儿。凉水罐砸碎了，讲坛翻了个儿，但仍然完好无损。她们知道“夫人”的马厩设在海威特街，这就是说得爬过山，穿过乡间，到河巷去；反正风和日丽，一路上可以呼吸一下带有咸味的空气，领略一番夏日的美景——不过，也只能这样，有什么别的办法呢？

老母马拖着马车艰难地爬上了沃普萧山，停立于山顶之上。她们一览片片蓊郁的树林，村子静躺在河谷之间。在东北方向是银餐具厂的砖墙和铁路桥，在车站耸立着阴郁的维多利亚式塔尖。在镇子中央是一位论派的教堂，建于一七八〇年。它不像车站的塔楼那样撩起人们的愁绪。她们赶路时，钟击了一下半点钟。钟是在安特卫普铸造的，钟声甜蜜而明快。一刹那间，基督教堂（一八七〇年）的钟声也随之而击。那钟声异常沉郁，仿佛煎锅的叽叽声似的。钟是从阿尔图纳送来的。快到山顶时，马车驶过老德林克瓦恩夫人可爱的小白屋门前，尖木桩的栅栏上长满了红玫瑰。这洁白的小屋，这娉婷的榆树，这准时无误的击钟——甚至这淡淡的海的气息——使这些旅行者每每忽略生活之纷繁复杂，似乎忘却了德林克瓦恩夫人曾经在李和J. J. 舒伯特兄弟剧团[1]那儿当过戏装保管员，忘却她比路易-费迪

1 J. J. 舒伯特兄弟剧团：二十世纪初由舒伯特三兄弟创立的走江湖的剧团。

南·塞利纳[1]了解更多生活阴暗面，是再正常不过的事。

但是，漫游于沃普萧山山顶之上，人们很难不给村子蒙上一层得体而又奇异的浓重纱幕——要不就只能悲叹这曾经盛极一时的港口如今颓败了；只能空口说说原先人口稠密的地方如今成了阿尔达山谷，而原先的海员之家成了格拉斯·路易斯茶馆。收入眼帘的一切是都美的，具有一种毋庸置疑、绝无仅有的美。许多美好的东西是那些坚忍的、吃苦耐劳的人为了满足自己的欲望而创造的，但是镇子现在衰微了。喝酒聊天时空口说的船比真的在河上行驶的船要多得多。其实，何必为此而悲哀呢？回忆村子已逝的历史，我们犹如一个归来的游子（在克利夫兰有老婆、孩子），为了遗产、一套霍桑的著作或者一件足球衫回到家乡，在一个晴空万里的日子徒步走过街巷，铁匠铺子成了艺术学校，和他有什么相干呢？我们这位来自克利夫兰的朋友，在向晚时分穿过广场的时候，也许会意识到这种精神上的衰败和沧桑并未改变他的人格；不管他回来干什么，是归来继承遗产的游子还是寻索青楼女子的醉醺醺的水手，在茶馆里点燃的是飘忽不定的烛光还是别的什么，都和他毫不相干；这并不能改变他的存在。

但是，我们来自克利夫兰的朋友只是过客而已，他是要离

1 路易-费迪南·塞利纳（Louis-Ferdinand Céline，1894—1961）：法国作家。

去的，而平切尔先生和他车上的人却不能。马车奔过老德林克瓦恩夫人的小白屋，越过山顶，村子的西头尽收眼底，一览无余。农田，森林，远处的帕森池塘，帕塞尼亚·布朗在那儿寻了短见。如今，废弃不用的冰窖兀立在塘岸，窖梯一直伸进那碧青的一泓池水之中。登高远眺，人们可以看出村子周围既没用围墙，也没用栅栏圈起来；然而，马车沿沃普萧山的西坡缓缓下行。他们走近里巴·希斯利普的屋子时不禁纳闷起来：里巴屋子没有用围墙围起来，怎么能活下去。每每有人介绍她认识个陌生人，她便大声嚷嚷道："当年，我是在共济会教堂的一间内室里降生的。"她的意思是说现在的共济会教堂当年不过是她父亲的家宅罢了。她这种手舞足蹈、吵吵嚷嚷的腔调在芝加哥吃得开吗？她是一位热烈的反活体解剖论者，主张改革或者取消圣诞节的庆祝活动。在她看来，圣诞节是造成并延续毁灭性短视、虚伪标准和经济堕落的祸根。圣诞前夜，她和朋友们奔忙于唱圣诞颂歌的人之间，分发反活体解剖论的小册子。她被她所谓的"法西斯警察"逮捕了两次。她和德林克瓦恩夫人一样有一幢雪白的屋子，门上钉着一块牌子：这是一位非常年迈的女士的家宅。她将最近十年的岁月奉献给反活体解剖事业。她家庭中许多男子为祖国捐躯。这儿没有任何价值连城、可供把玩的宝物。向你们的旗帜致礼！强盗和企图抢掠别人艺术珍品的人，请走开吧！这块牌子在风吹雨淋下已非常陈旧了。它在那门上挂了十年，女士们很少瞥上一眼。

在里巴家前院草地上放着一叶轻舟，上面种满了暗紫色的牵牛花。

下沃普萧山的西坡，马车整个重量全压在前轭上。老母马缓缓下行。过了里巴家的院子是一块林地，浸染在一片灿烂的阳光下，显得异常可爱；这片蓊郁的森林使所有人，包括平切尔先生，产生一种幸福的感情，仿佛这勾起了关于天堂的回忆，仿佛这令人愉悦地证明了夏日乡间的美。他们在客厅的墙上都挂着类似的美景；但是，他们正在穿行的、无数的光影荡漾其上的景色并不是在照片里或者画中，而是存在于活生生的世上的旖旎的美。

过了树林便是彼得·科维尔的家。

彼得是个农夫，种点儿经济作物——甜玉米、唐菖蒲、菜豆和土豆。早年的时候，他靠给人砌石头墙发了点儿财。其人身量魁伟，兴许七十岁了。家里堆着许多锈迹斑斑的农具，谷仓快倾颓了，鸡群在厨房里闲逛，猫儿蹲在他客厅里打瞌睡。他精力充沛，口齿清晰，时而喝得歪歪倒倒的。他在山中采石，用一匹比“夫人”还要年迈力衰的母马驮，不管他建什么石头建筑，都要远远超过村子的寿命。在河中筑条石坝，积起水来成个水库（这是完全可能发生的）。逢到夏季干旱的时日，河水退了，露出科维尔的石坝，人们便会驾车或乘飞机——这当然是未来的事——来瞧瞧石坝的样式；或者干脆让它长满灌木丛、枫树苗和欧石南。渔夫和猎人爬上石坝定然会说，这儿曾经是一片牧草场。他的女儿艾丽斯从未结过婚，非常热爱老人，即使如今，每每到了星期日下午，两人还手挽手爬上山顶，拿着望远镜瞧海湾里的片片帆影。艾丽斯饲养长毛大牧羊犬。家门口挂了个牌子：出售牧羊犬。谁要她的牧羊犬？她还不如去生几个孩子养养或者卖卖鸡蛋呢。

马车驶过门口时，所有还没有售出的牧羊犬狂吠起来。

科维尔家旁边是布朗河——实际上是条小溪或者小涧，溪水上横着一座木头桥，马车滚过时，发出雷鸣般的轰响。溪水那一边是普罗津斯基的农场——一幢小巧玲珑的棕色屋子，避雷针上还装着玻璃饰物，前院种着两丛玫瑰花。普罗津斯基一家是外国来的移民，吃苦耐劳，平时深居简出，虽然长子得了学院的一份奖学金。他们的农场长长的，独门独户，和彼得·科维尔的房子遥遥相对。他们虽然不谙英语，可到这河谷里来落户，似乎比当年的北方佬还要自然得多。

一过普罗津斯基农场，路便向右拐，人们可以望见西奥菲勒斯·盖茨家漂亮的希腊式圆柱门廊。西奥菲勒斯是波格马塞特银行和信托公司的总裁。他主张诚笃与节俭，每天清晨在上班之前，人们可以看见他在屋前劈柴。他的屋子不能算破烂，但需要好好粉刷一番了；这种简陋和劈柴一样，是要表明他认为正直的破烂要比奢侈的虚荣宝贵得多。西奥菲勒斯家的草地上挂着一块牌子：出售。他从父亲那儿继承了特拉弗廷和圣博托尔夫斯公用事业的产业，出手卖了一大笔钱。谈判完的那一天，他回到家便在草地上挂上出售的牌子。当然，他并不是想卖掉这栋房子。竖起这块牌子，他是想在村子里煽起谣传，让人们以为他卖公用事业的产业卖亏了。这样他仍然可以保持他作为一个贫穷、阴沉、操劳过度且敬畏上帝的人的形象。还有一件事。西奥菲勒斯晚上请客，晚餐后他总指望客人们到花园里去玩捉迷藏。

马车驶过盖茨家，女士们便看见远处船舶巷上霍诺拉·沃普萧家的石板瓦。霍诺拉才不屑于见这些女人呢。当初有人把她介绍给美国总统，她扭动着手，说："我是圣博托尔夫斯人。我想您一定知道它在哪儿吧。人们说圣博托尔夫斯像南瓜饼，上面没脆皮……"

他们瞧见莫蒂默·琼斯太太穿着一身宽大的便服，戴顶大檐草帽，挥舞着网兜，在花园的小径上奔跳着，追逐着彩蝶。

琼斯家隔壁是布鲁斯特家，门前也挂着一块牌子：家常糕饼。布鲁斯特先生病歪歪的，夫人做糕饼支撑着家门，送两个儿子念完了大学。儿子们混得不错，一个在旧金山，一个在底特律；他们从不回家来看看。他们给妈妈写信，说什么计划圣诞节或者复活节回家来，说什么只要出远门首先就得到圣博托尔夫斯来，但是他们去约塞米蒂国家公园，去墨西哥城，甚至去巴黎逛，却从未回过家。

在小山街和河巷的交叉路口，马车折向右边，驶过乔治·洪堡家门口。他和妈妈住在一起，乡人都叫他匹匹·马什曼洛大叔。匹匹大叔祖上全是吃苦耐劳的水手，但是他并不像祖辈那样有个男子汉的样子。难道成天耽于幻想能够使他像渡过麦哲伦海峡那样成就一番事业吗？夏日的傍晚，可怜的匹匹大叔时而会赤身裸体漫步于河岸的花园之中。邻居们倒无恶意，只是不耐烦地说："回家去吧，匹匹大叔，去穿上件衣服吧。"人家不逮他，也不赶他走，因为赶走他，不就家丑外扬了吗？要是圣博托尔夫斯治不了他，别的地方还能治得了他吗？

走过匹匹大叔家，人们便可看见远处沃普萧家和河巷的街影，那总是一幅浪漫的图景，今天沉浸在节日迟晨的雾霭之中，更引人遐想了。空气中夹杂着一股咸味——起东风了——即刻撩起一种人们因追求某种目的的感奋、荣耀和愁绪，因为女士们在赞叹房子和榆树时，知道儿子们有朝一日总会远走高飞。为什么这些年轻人总想远游呢？为什么这些年轻人总想远游呢？

平切尔先生的马车停了好一阵子，等沃普萧夫人从车上爬下来。"我才不谢你呢，"她说，"我得谢谢'夫人'。这是它出的好主意。"沃普萧夫人说话总是这样的腔调。她微笑着道别，矜持地走上通向家门的小路。

[4]

那天，在晨光熹微、很早很早的黎明时分，圣博托尔夫斯的游行队伍压根还没影的时候，在圣博托尔夫斯的南面，罗莎丽·扬踏上了通向河岸的道路——当然，沃普萧一家对此一点儿也不知道，正如我一点儿也不知道你的情况一样。她约会的朋友驾着一辆旧式的敞篷汽车在她居住的城里一家公寓房子面前停下来等她。房东香农夫人躲在前门玻璃门后面望着他们驱车驶走。对香农夫人来说，青春总是伴有一种酸溜溜的神秘感；而今天，罗莎丽穿上一件雪白的外衣，瞧她那涂脂抹粉的劲头，这种神秘感更加深了。房东太太琢磨，要是他们是去游泳，她决不会套上那件崭新的白色外衣。倘若不是去游泳，那她为什么带毛巾呢——那还是香农太太的毛巾呢。他们兴许是去结婚？去野餐？去打球？或者去访亲问友？香农太太哪一件也拿不准，只得唏嘘哀叹一声。

其实，罗莎丽每次出门之前总是那么激动，陌生人是很难捉摸出她的去向的。秋日，她的男朋友有时跟他父母说去打猎，就会带上罗莎丽——她只要一离开公寓，谁也管不了她啦——到公路边上的旅游小屋里过夜。每逢他星期六下午来找她，她往往要在衣襟上别一朵菊花和一片橡树叶，拎上一只贴有阿默斯特学院或者哈佛大学标签的小箱子，似乎她隐隐激动地巴望着周末游乐的愉悦——足球赛，茶会上的舞会，系里的聚会，大学生舞会。世界上没有任何事会使她绝望，也没有任何事会引起她的自责。当她在旅游小屋挂上大衣、他燃起篝火驱除湿冷时，偷偷摸摸的夜奔和足球架前跳蛇舞的迥异既没有令她伤感，也没有叫她灰心丧气。她特别喜欢学院的生活；如今出了城，她开始哼起小调来。无线电上和乐队现场演奏的欢乐的、感伤的民间小调一直在她脑海中回响、萦绕。

一出城便是海滩，海滩上挤满了游客，一直向南伸展数英里，间或夹杂着几爿工厂。现在正是清晨时分，海滩上一片生动的景象，空气中弥漫着煎油和爆米花黄油的奇异香味，盖过大西洋散发出的氤氲；那大洋雾霭笼罩在远处点点岛影的岸边，既雄浑而又有点沉郁的样子。数千名半裸的泳客，有的趴在沙滩上，有的惶惑地站在齐膝深的海水之中，仿佛这水和恒河一样神圣，使人们的灵魂变得纯洁。这些散落在绵延数英里河滩上离家远游的裸露的人似乎赋予这盛大节日以一种朝圣色彩——罗莎丽和她的男朋友和这些他们驱车驶过的数千个泳客一样，竟也成了朝圣者了。

“饿了吗？”他问，“想吃点什么吗？妈妈给我们准备了够吃三顿的。在手套箱里还有威士忌呢。”

一提起野餐大盖篮，罗莎丽便想起他那纯朴的、白发苍苍的母亲，她恨不得把自己的心也掏进野餐篮子里去——她非常警觉，但总是异常随和，独生子的快乐还时时撩起她的伤感呢。唉，他有他自己的主意。他那整洁的、单调乏味的、丑陋的卧室是他们家的轴心，他和父母的关系是那样的紧张而缄默。对于罗莎丽，这简直是个谜。每个房间挂满了纪念他成长的物品：猎枪，高尔夫球棒，在学校里或者野营时得的奖杯，置放在钢琴上他十年前练习的东西。这冷冰冰的屋子和他老是悔恨过去的父母，对于罗莎丽来说是陌生的。她觉得，那天上午连他穿的白衬衣都散发出一股家中黄色油漆地板的味道——那是他和爸妈度过谜一般生活的地方。她的男朋友老是养条狗，一生养过四条狗了。罗莎丽知道它们叫什么名字，它们的习惯，它们脖子上挂的牌子，它们怎么悲剧性地了却了一生。有一次，她去见他父母，话题转到他的狗，她感到他们把他和她的关系看作他和狗的关系一样——并非出自恶意或故意伤人，只是因为他们似乎再也找不到别的话了。我感到我简直成了条狗，她说。

他们驱车驶过几处乡村广场，沉浸在节日的气氛中，在一家开着门的杂货铺报摊上堆放着许多报纸；游行的人正在集合。他们终于到了乡下，往内地驶了好几英里；但是感情并没有多大的变化，道路两旁仍然是无尽的百货店、饭馆、礼品店、花店和旅游小客栈。他要带她去造访的海滩很少有人敢于问津，因为路是这么糟糕，沙滩上间杂着无数嶙峋的礁石。然而，大大出乎他之所料，在一块空地上居然还停着两辆车。他们取下大盖篮子，沿着一条弯弯曲曲的小径走向大海——这儿是一片一望无际的洋面。小径旁生长着丛丛粉红色的玫瑰，她感到充满咸味的海风似乎滞留在唇边，便伸出舌头去舔了舔。海滩非常狭窄，沙粒中裸露出尖石，岸边是峭壁。他们望见远处有一对和他们一样的情人，一家携带孩子的野餐者，再往远处瞧，便是碧蓝的海了。周围悬崖陡立，将这对情人与世间隔开——这正是他多么向往的私下隐匿处啊；然而，他感到一阵燥热，不好意思了。于是他拎上野餐篮子、威士忌酒瓶和网球走上沙滩，在所有游客都能见到的地方安顿下来，似乎是包在三明治里的母亲的阴魂令他做出这种追求诚朴的公众娱乐的短暂行为。罗莎丽躲到一块石头后边换上游泳衣。他待在海边等她。她将头发塞进泳帽里，便一把抓住他的手，向大海走去。

海水真是寒冷，总是这样冷冽的；一俟水齐到膝头，她便松开他的手，一头潜入水中。据说她学的是自由式，未免太自由了，划水动作显得那样的不连贯，那样的不协调。她脸一半隐没在碧水绿波之中，往海面上游了十英尺光景，掉过头来猛地潜下水去，大声嚷嚷水冷得扎人，急急忙忙向海滩奔去。海滩沐浴在灿烂的阳光下，冷水和太阳的热度倒叫她精神振作起来。她用毛巾略略擦了一下身子，扒掉泳帽，立在阳光下面，仿佛要让阳光钻进骨子里去似的。她擦干手，点上一支烟。他也钻出海水，只是擦一下手，便躺倒在她身边。

她一头金发，非常妩媚可爱——修长的四肢，丰满的乳房，两眼滴溜溜的，一副挑逗人的姿态，即使穿上教堂唱诗班姑娘的神袍，也仍然显得十分富有线条美，仿佛没有穿衣服似的。他一把抓住她的纤手，举到唇边，嘴唇摩挲着她的手臂，上面披散着少女浅色的丝丝细发。“我真想去摘黑浆果。”她高声嚷道，好让沙滩上其他的泳客也能听到。“我也想去摘黑浆果，把帽子摘了吧，好兜浆果啊。”

他们手牵着手，爬上海滩边的峭岩，想找个能躲躲人的地方；探寻了好久，未能觅到她乐意的；也许没有比这更好的藏身之所了，他猛然抱她进去，她也只好答应，怯生生的。他解开她肩膀上泳衣的结带，脱去泳衣，把她全身裸露了出来；她喜滋滋地躺在阳光照射的泥地上，这是她所能记得的唯一一次肉体联姻。春风一度之后，两人仍然沉浸在一片柔情和欢愉之中；她依偎在他的肩膀上，穿上泳衣，两人手挽着手，踱回海滩去。他们又游了一阵，然后拿出忧心忡忡的妈妈前一天晚上烤的三明治来。

野餐篮里有辣味烤鸡蛋、鸡腿、三明治、糕点，还有家常小甜饼。他们尽情吃了个饱，把剩下的全又重新放回篮子里去。他慢跑到海滩另一头，向她这儿扔来网球。海风吹来，球轻飘飘的。她接住了球，甩了回去——和游泳一样，劲总是不大——他摆花样抓住球，又扔给了她。接啊，扔啊，扔啊，接啊，虽然单调，却也带来点欢乐；就这样，她感到下午的时光倏然从身边飞逝。潮水退了，海滩上滞留下浪水冲积的砾石和海带。她用手指使劲捏一把如花状的海带，一股汁水向外喷射开来。那家人开始收拾行囊，喊孩子们归去了。那对情人并肩躺在沙滩上，说说笑笑还是没个完。她也躺了下来。他坐在她身边，点燃了支烟，一个劲儿地问，行吗，行吗，而她总回答，不，不，不行；他走开，跳进海水中去。她撑起脑袋，瞧他遨游于万顷碧波之中。回到她身边，他擦干身子，递了杯威士忌酒给她。她说，不，不喝，现在还不想喝。于是他眺望着浩瀚的洋面，独自酌饮起来。

清晨出海的游艇回港了——那些宽体的、洁白的、挤满游客且已不再适宜于出海的游艇。（蜂鸟号也在其中。）海浪平息了些。她的朋友一仰脖子把威士忌喝得一干二净，一巴掌把纸杯捏得稀巴烂。躺在他们左边沙滩上的情侣准备归去了。等他们一走，他又苦苦哀求道，行吗，行吗；而她总回答，不，不行；现在她似乎朦朦胧胧地感到一种自制的力量。她已不能将对孤独的恐惧和爱情的狂热分离开来，她太孤独了。她是孤单的，太阳光渐渐从沙滩上隐退，向晚了；迅将来临的黑夜使她充满了如水的柔情，也产生了一种忧惧。她双眸凝视着他，心中至少还残留着一点自制力。他在举目望着大海，瘦削的脸上显出一种混合着情欲与忧虑的神色。浮漾在海面上嶙峋奇突的礁石犹如人的锁骨和女人的膝盖。即使在苍穹飞逝的云彩也未能引起他的注目。在他看来，那些游艇无异于奔驰在水上的青楼妓院；他想，这大海上似乎也浮泛着一种淫荡的温馨。她——裱糊师的女儿——想，他会娶个乳房丰满的姑娘，沿街到处去兜售消毒剂。行啊，行啊，她说，现在行了。

然后，他们喝了点威士忌，又吃了点东西；归去的游艇驶离视线，不见了，沙滩也渐渐隐退在黑暗中，只有那高耸的峭壁仍然兀立在夜空中。他走到车旁，拿来一条毯子；现在不用费多大劲寻觅躲人耳目的地方了——周围黑沉沉的一片。星星在天际闪烁。他们做爱之后，她到海里冲洗了一番，然后穿上那件白色的外衣。两人光着脚，在沙滩上逡巡了一阵，小心翼翼地将他们和别人丢下的三明治包装纸、瓶瓶罐罐和蛋壳，都捡拾起来——因为他们毕竟是中产阶级爱好整洁的正派孩子嘛。

他将潮湿的泳衣挂在汽车门上晾干，轻轻地拍打她的膝盖——这是他们之间最温柔的表示了——然后，他启动了车。一上公路，车就多了，许多车跟他们的一样，门把上吹拂着泳衣。虽然车陈旧不堪了，他仍然开得很快，而且在她看来，也开得很机灵。车灯的光非常微弱，迎面飞驶而来的车亮开大灯，使人眼花目眩；他沿着路面往前闯着，说不定什么时候会出什么事，犹如一个奔跑中的盲者。但是，他还是为自己的车而感到自豪——刚换了汽缸盖和增压器——为自己能在特拉弗廷和圣博托尔夫斯之间的崎岖道路上纯熟地驾驶这辆老掉牙的破车而感到自豪。车驶进了一条僻静的小路，路上车很少，他知道那条荒路也不会有交通警察巡逻，便玩命加足马力。风驰电掣般的车速反而使罗莎丽感到一种慰藉。冷不丁地，她听见他啊了一声，车顷刻掀翻过来，飞滚进鄙野。

[5]

沃普萧家的老房子还是独立战争前建的，在嗣后的岁月中添造了些附属设施，使房屋具有人们梦寐以求的那种高敞轩昂的气派。每每离家不多几日，回家打开卧室的门，你就会发现多了一条走廊和楼梯。楼梯盘旋而上，通向大厅，书架间有许多门，每扇门后面都是一间间轩敞的房间，人们可以逍遥漫步于其间，仿佛这压根不是宅邸，而是梦魇中的迷宫。利安德年轻那一阵，房屋有点失修，后来，他在银餐具公司发了点财，又将其重新修缮了一番。这栋房子年份够老的了，也够大的，阅尽了人间的阴谋和诡计，待上个把鬼也是不足为奇的。楼厅后面的盥洗室是鬼唯一常去造访的地方。那儿孤零零放着一只陶瓷和红木的原始水箱。时不时——有时一天一次，这“新玩意儿”竟然自己发动起来——吱吱嘎嘎，老阀门发出尖厉的叫声，接着哗的一声，水冲将下去，闹得整个屋子都听得见。真是活见鬼。

描述一下这幢房子是轻而易举的，可是怎么描绘一个古老庭园的夏日呢？我们会说，先闻一闻青草的香味吧。闻一闻绿树的幽香吧！从屋顶天窗上沿前墙垂下一面大旗，使厅堂显得十分黝黯。夕阳晻暧之时，全家人聚在一起。萨拉给他们绘声绘色地讲述了和平切尔先生的那段漫游。利安德把蜂鸟号稳稳当当驶进了埠头。摩西从波格马塞特俱乐部来，他在那儿赛了一阵帆船，眼下正将主帆摊放在绿茵茵的草地上晾干。科弗利爬上谷仓顶，瞧了场银餐具公司的球赛。利安德正在呷饮威士忌酒，鹦鹉笼悬挂在厨房的门框上。一丝云影飞逝过夕阳，整个河谷罩上了一层阴霾；他们感到一阵深沉的忧虑，仿佛他们担心这阴霾会笼罩在他们心上似的。清风乍起，他们脸上又露出笑容，仿佛这风使他们意识到自己复原的力量。马科姆·皮维驾上他的独桅艇溯河而上，周围是那样的静谧，独桅艇驶过屋前击水的琤琤瑽瑽的声音清晰可辨。厨房里的人正在烹调鲫鱼，正如人们都知道的，煮鲫鱼要加波尔多红葡萄酒，佐以腌牡蛎、鳀、麝香草、牛至、罗勒和白洋葱。这些佐料都是可以用鼻子闻出来的。当我们瞧着沃普萧一家人散坐在河岸的玫瑰园中，听着鹦鹉的啼啭，闻着傍晚清风的馥香——这清风，在新英格兰，带着少女的香气——掺杂着鸢尾根、香皂、因为开着窗淋了暴雨的租借来的房间的馨香；糅合着室内花卉、酢浆草汤、玫瑰、方格花布、草地的芬芳；夹杂着教堂唱诗班长袍和软羊鞣皮的《新约》以及供出售的、长满芸香和蕨的牧场草地的芳菲——当我们瞧着利安德用折断的高尔夫球棍、拖把或扫把柄支撑花秆时，当我们瞧着玉米田里竖着的驱赶乌鸦的稻草人穿上圣博托尔夫斯早已销声匿迹的骑兵卫队的红袍、感叹足下幽蓝色的潺潺河水是这一切历史的见证时，要是我们跟着一位建筑摄影师——他刚拍摄了边门——说“这不啻是 J. P. 马昆德[1]小说中的一个场景”，那就大错特错了。他们不是他笔下的那种人——他们是乡下人。在这群人中间端坐着阿德莱德·福布斯姨妈，她的男人原先是学校老师，故世了。听听她说什么来着。

“昨天下午，”阿德莱德姨妈说，“约莫三点钟，噢，不是三点就是三点半光景——趁园子里到处有树荫，我赶紧去拔几根胡萝卜，好做晚饭的菜。我这个人不能晒太阳，一晒就要中暑。所以，我拔啊，拔啊，冷不丁地，拔出了个这么大的。”她在乳房前伸开了右手的五指，似乎再也找不到别的词汇了；不久，她又振振有词地描述起来。“啊，我这辈子拔了多少胡萝卜，可我从来没见过这样的。它就跟别的普通胡萝卜长在一块儿。那儿既没有石头也没有什么别的东西使它长成这样。啊，这胡萝卜哟，简直就像——我真不知道怎么说出口——这胡萝卜哟，简直和福布斯先生的那玩意儿一模一样。”她的脸顿时臊得像个烧盘，但是，羞赧也未能使她停止或者哪怕缓口气再唠叨下去。萨拉·沃普萧像个美丽而快乐的天使对着落日余晖露出甜丝丝的微笑。“然后，我把胡萝卜送到厨房做晚餐，”阿德莱德·福布斯姨妈说，“这个嘛，我留下，包上层

1　J. P. 马昆德（J. P. Marquand，1893—1960）：美国小说家。

纸，送到里巴·希斯利普那儿。我琢磨她是个老处女，兴许会感兴趣的。她正在厨房，我就把胡萝卜给了她。我说，里巴，这胡萝卜可像那个了。可像啦。”

萝萝喊他们吃饭，餐厅里那红葡萄酒、鱼和调料的味道简直让人晕眩起来。利安德做感恩祷告，然后请大伙儿就座。吃上鲫鱼，大家都说，这鲫鱼没有土腥味。这鲫鱼是利安德用自己发明的一种钓具放上发霉的面团作饵料钓上的。他们聊起在入河的溪涧钓到鲫鱼的情景。一共钓到六条——六七条吧。阿德莱德还记得别人早已遗忘的钓到某一条鲫鱼的光景。利安德钓了三条，德克斯特先生两条，对岸磨坊的一个下手——波兰人吧——一条。这鱼还是当年从中国引殖到圣博托尔夫斯的，养在园子的小池里作观赏、装饰用。九十年代时，有人把它们投放到小溪里去，看能不能活。果然活下来了。正在利安德聊鲫鱼的时候，传来轰的一声巨大的翻车声。对这老破车来说，这声音也真够吓人的，好像有个歹徒操起斧子对准首饰盒劈头就是一下似的。利安德和两个儿子从椅子上霍地站起来，赶紧从边门往外跑。

那是一个旷远的夏夜。幽幽的黑夜氛围似乎格外温柔，星光微弱，周边是异乎寻常的漆黑一片，利安德即使走在自己土生土长的土地上，也不得不加倍小心，别绊倒在石头上或踩进荆棘蒺藜之中。车是在拐弯的地方飞离道路，撞进旧田里的一棵榆树上的。车的血红尾灯和一只前灯还亮着，照着草地和榆叶，显出一种翡翠般的绿色。他们奔向车时，散热器还在冒蒸汽，发出嗞嗞的声音；待到他们穿过田野，嗞嗞声减弱了，走近车时，压根没声了，只是空气中仍然滞留着一股蒸汽的味道。

“他断气了，”利安德说，“死了。天哪，多糟啊。摩西，你待在这儿。我回家给警察局打电话去。科弗利，跟我来。你开车送阿德莱德姨妈回家。没她，事已经够多的了。他完蛋了。”他嗫嚅地说。科弗利跟着他穿过田野，跨过公路，回到家。有人正在开灯，窗户一扇接着一扇亮起来。

摩西似乎有点惊呆了。他待在那儿没什么事可干，冷不丁地，叭的一声——他想，也许利安德或者谁回来，在田里踩上树丛了——他猛然转过身来，但田野和道路，仍然是空旷而荒凉的；再转身面向小车，瞧见车盖口上在吐火舌。几乎同时，肮脏的蒸汽和橡胶湿冷的味道夹杂着一股燃烧的钢铁和焦漆的味道直往鼻孔扑来。发动机盖燃着了，车漆开始鼓起一个个气泡。他一把抓住死人的肩膀，死劲把他拽到车外来；火噼里啪啦吼叫起来，犹如夜晚湿屋里壁炉火的欢歌一样。火焰往树丛射出一道道金色的光。摩西担心车会爆炸，把他和死者一起送入天国；这种隐忧使摩西的动作显得慌乱而无力。尽管他想离烈火远远的，但是不忍心就这么让死人在火堆上焚烧。他拽啊，拽啊，猛然一松，尸体和他一起踉踉跄跄跌进田野里。路边有沙土，他用手捧起沙粒，往火苗上撒。火势控制住了，他赶紧扒土往发动机盖上扔。他用根棍子撬开发动机盖，往汽缸盖上抛沙；火终于熄灭，再也无须担心小车爆炸了，在野地里他孑然一人陪伴着一辆破车和一具尸体——至少他是这么想的。他颓然坐到地上，筋疲力尽；路那边农场的窗户后面全亮灯了。他听见从十字路口北边传来警车的笛声：利安德找到警察了。他想，他得稍坐会儿喘口气，等他们来了再说；猛然间，黑夜深处传来一个少女幽幽的声音：我受伤了，查利。我受伤了。你在哪儿？我受伤了，查利。[1]一刹那间，一个念头闪过摩西的心头：管她呢。但是，当她再度呻吟时，他强迫自己站起来，绕着小车转一圈找她。查利，她喊道，我受伤了。他寻到了她，她把摩西当成那个死了的人，哀号道：查利，哦查利，我们在哪儿哟？她啜泣起来。她躺在泥地上，摩西蹲在她身边。这时，警笛声已过十字路口，正从公路上往这儿奔来；然后，他听见利安德和警察在黑夜中悠悠的声音；田野上舞动着手电筒光，悠闲自若，似乎在探求什么。那悠闲自若的、探索性的手电筒灯光落在尸体身上时，他听见一声声的叹息，有人让另一个人回屋子去拿条毯子来。他们随后带着一种悠闲自若的声调聊起火来。摩西向他们高喊一声，他们又亮

1 原著此段对话即无双引号，译作保留原著处理方式。

起探索性的灯光，照到他蹲着的地方。灯光中现出了姑娘的身影，她一直在饮泣不已——一头金发，看上去很年轻。“别动她，别碰她，”一位警察带着一副自命不凡的神气说，“有可能伤了内脏。”有人喊拿担架来，他们把她抬到担架上——她还在哭泣——担着她经过倾翻的小车和死者，死者身上覆盖了一条毯子，躺在从屋子内众多灯射出的光之中。

还记得七号公路第二支路上的那次车祸吗？有个人问道，但因为说者的口气充满神经不安的语气，没人搭理他。这奇异的黑夜，这探索性的灯光，这远处传来的焰火的声响，这死者，使他们都有点心绪不宁，至少使他们中的一个显得有点胆怯；现在，他们紧跟着走展现在他们面前的唯一的路：把少女送到灯光明亮的屋子去。沃普萧夫人伫立在门口，脸色镇静，微微带着一丝忧郁的神情——遇到这种未可卜知的事情，她总是不由自主地带有这种表情。她自忖，这女孩大概完了；继而一想，琢磨着她一定是个独生女儿，父母的掌上明珠；一定和个年轻有为的小伙子订了婚，富裕而有用的一生原本正在向她招手。不管怎么样，她想得最多的还是：她到底曾经是个可爱的小女孩哪。沃普萧夫人无论在街上瞧见个躺倒在街边的醉鬼，或是有个妓女敲打她家的窗玻璃，每每想到他们也曾经是可爱的孩子，也曾有过芬芳的童年，她总会忧愁难耐。她有点心绪不宁，但是她很快恢复了镇定；当警察抬着担架走进开着的门时，她带着一种命令的口吻说："送她到那间空房里去。"警察从未到过这屋子，压根不知道空房在哪儿，因此显得犹豫了一下。而她觉得这帮人简直是笨蛋，加剧了今天的悲剧气氛。"送她到楼上空房去。"她命令道；因为对于沃普萧夫人来说，整个世界都知道，或者说应该知道西方农场的构图。这"楼上"救了他们的命，于是他们开始往楼梯上爬。

打电话找医生，医生来了。姑娘睡在空房的床上。小石砾和沙粒划破了她手臂和肩膀上的皮肤。到底是先断定田野里找到的男子是否已经死亡，还是先去瞧少女，医生一时拿不定主意。最后，他还是决定先瞧姑娘，所有的人等在楼下厅里。人们听见医生跟沃普萧夫人说："给她拿点儿热的喝，给她拿点儿热的喝。"沃普萧夫人下楼，到厨房去煮茶。"这儿疼吗？"人们听见医生问姑娘道。"这儿疼吗？到底疼不疼？"对所有的问题，姑娘都回答说不。"喂，你叫什么名字？"他问她。她回答"罗莎丽·扬"，并说了城里家中的地址。"那是幢公寓房，"她说，"我父母住在费城。""要通知你父母吗？"医生问。她苦苦哀求道："别，请别告诉他们，没有必要。"她又啜泣起来。萨拉·沃普萧端来了茶。前门轻轻打开，村里的棺材店老板埃米特·卡维斯走了进来。

埃米特·卡维斯当年是作为金珠厂的跑街来到圣博托尔夫斯的。他那城里人的派头和洒脱的衣着给全村人留下了深刻的印象。那年月，跑街有责任向穷乡僻壤的人推销城市生活的色彩和喧嚣。他外出转悠了几次，拿了张殡仪业者的证书回村，开了家棺材铺和家具店。从首饰推销员变成个殡仪业者对他十分有利，也许他从来未曾这么意识到，因为当个推销员，他与之有关的一切——首饰，乱交，到处兜揽，不义的钱财——把他和芸芸众生分割开来，至少对于乡村妇女来说，那一切无异于死神的象征。

在和忧伤迷惘的家庭打交道时，他用殡葬的仪式换取丧主家的家具和财产，手段是非常毒辣凶狠的；但这是那地方人的习俗，诡计多端和不义反而受到人们极大的尊敬。他的阴险使他显得可怕而狡猾；和所有的北方佬一样，他在搜刮丧主时，从来不忘添上一句“尘世不定”的话。他保持并发展了作为商业跑街的所有才干，成了村里广场上的头面人物。他能非常出色地编织流言蜚语，用当地方言绘声绘色地讲个故事，逢到个可怜的女人，独生儿子冲浪时淹死了，他懂得如何用花言巧语去慰藉她。他尽管很不乐意，也只得忍受他的职业所造成的心灵上的习俗。和利安德说话的时候，他打量利安德，心中核计利安德至少还能再活十五年；他纳闷，到那时利安德的人寿保险就要过期，要是两个儿子像通常情况那样撒手不管，坚持火化，那葬礼就只能简单从事了。要是在最后审判日除骨灰之外什么也拿不出来，该怎么办呢？他和周围所有的人握手——既没有因过分喜形于色而显得踌躇满志，也没有因过分谦卑而显得阴险毒辣——接着，他跟着两位警察离开了屋子。

他吆喝着告诉人们该怎么干。除了打开柩车的车盖，他什么活儿也不干。“往那儿放，伙计，就放在柩车底上。再推他一下。再推一点。”他砰然关上车盖，手伸到车门把上。在圣博托尔夫斯，他的车最大了，似乎在死亡的力量中数第一的还是财富。他爬上驾驶座，缓缓地发动了车。

## [ 6 ]

第二天早晨，翻车的事在圣博托尔夫斯差不多人人都知道了。农场里来了个不速的陌生人，并且在翻车中送了命，这事让大家心里都很难过。人们到处打听，不知霍诺拉·沃普萧对此是怎么想的。人们想到霍诺拉是完全自然的；霍诺拉，这位没有子嗣的女族长，给利安德一家带来的庇荫远远超过一艘蜂鸟号。正如人们暗中传说的，她有钱，碰巧摩西和科弗利是她的继承人。新英格兰到处充满了脾性古怪的老太太并非是我的过错；让我们先简单介绍一下霍诺拉吧。

正如我们已经知道的，她生在波利尼西亚群岛，由伯父洛伦佐在圣博托尔夫斯带大。她进过威尔伯小姐学院。“哎哟，那会儿我可是个顽皮透顶的假小子哪。”谈起年轻时光，她总是这么说，用手遮住脸，嘻嘻哈哈笑起来；也许正回忆起那些撩人心绪的隐私，在狗尾巴上绑上个空罐头，以及其他一些乡下人的调皮玩意儿。她也许仍然十分怀念父母那时的慈爱（他们死于波利尼西亚），也许受尽了伯父的欺凌，也可能由于孤独和什么类似的感情而过着一种孤芳自赏的生活；但这也正是霍诺拉的生活方式。霍诺拉从来未曾屈从于时兴的戒律。我们在这里描述的不是什么伟大的城市或文明，而是一个古老的、人口日益减少的河港社会。

霍诺拉从威尔伯小姐学院毕业后，随洛伦佐进城；洛伦佐在国家立法机关工作，而她成日醉心于社会性服务工作——好像是种医务性事业。她宣称这是她一生最值得骄傲的年月。作为一位老年妇女，她总是说，她希望自己永远不要放弃社会工作；叫人难以捉摸的是她为什么总要这么死乞白赖地到贫民窟去。她耽迷于回忆做个乐善好施的撒马利亚人[1]的乐趣。这类故事能叫你大倒胃口或是毛骨悚然；其实这也不过是迎合那些颐养晚年、古道热肠的女士那病态的好奇心而已。这些故事我们每每在公共汽车上、火车上、厨房里和饭馆里都听说过，妇道人家用那种忧郁的、富有音乐性的语调来讲述种种道德堕落的情景，好像她们这才发现虽然人们常说肉体永恒，但事实上肉体总有死亡的一天。而这种发现往往使她们心中十分难受。霍诺拉堂姐往往羞于将医学词汇说出口，因此想出了个折中的办法。她的办法就是先发医学词汇的头一个音节，然后含含糊糊咕哝过去。例如子宫切除术成了子工切除术，化脓成了花农，睾丸成了睾瓦之类的。

洛伦佐撒手人寰时留给霍诺拉一笔比她想象的多得多的钱财。即使在最黝黯的、猫头鹰尖号的黑夜，沃普萧家也从未谈论过这笔钱到底有多少数目。洛伦佐故去后一两个月，霍诺

1　撒马利亚人：乐善好施者，源自《圣经》。

拉和一个名叫德萨斯塔戈的先生结了婚。德萨斯塔戈先生自称是个侯爵，在西班牙还有座城堡呢。她作为新娘乘轮船驶往欧洲，不料不到八个月，又回到了美国。关于这段经历，她只是轻描淡写地说："我曾经和个外国人结婚，可叫人失望啦……"她重新用上姑娘时候的名字，在船舶巷洛伦佐的老房子里定居下来。要真正了解霍诺拉的为人，最好观察一下她白天的活动。

霍诺拉的卧室是非常令人愉悦的。墙漆成浅浅的青蓝色，大床四周高高的细杆撑着一个木头架子，是挂华盖用的。家里人早就催促她卸去这木头架子，因为架子塌下来好几回了，很可能半夜三更老太太做美梦的时候砸下来打在她脑袋上。对于这些警告，她毫不介意，仍然非常平和地躺在这任何时候都可能大难临头的古玩意下面。当然，这并不是说她家的家具和西方农场的一样，歪歪扭扭，不堪一击；但是，她屋子里确实有那么三四把椅子，陌生人一坐，准会摔倒在地板上。她屋里的家具大部分是洛伦佐在意大利旅游时购买的，因为他相信这新大陆毕竟还是文艺复兴时期伟人们的精神产物嘛。一切的一切上面所蒙的灰尘都是世界性的尘土；而盐碱滩、草编垫、柴烟的味道，却仅仅是圣博托尔夫斯的气息而已。

今天清晨，霍诺拉被七点十八分进站的那班火车的鸣笛声惊醒了；睡眼惺忪的时刻，她还误以为那是天使的号角呢。她是一个非常笃信宗教的人；她满心虔诚地加入而后又痛苦地退出了特拉弗廷和圣博托尔夫斯几乎所有的宗教团体。听见火车的汽笛声，在心灵的幕上，她见到一位穿着雪白神袍、手拿狭长喇叭的天使。她愉快地自忖，神来召唤她了，神来召唤她去完成一项不凡的事业了。她总是对一切期望很大。她坐在枕头上又听见了火车的汽笛声。火车头取代了天使的形象，但她也并不非常失望。她下床，穿衣，使劲嗅了几口空气，里面好像夹杂着羊肉排骨的香味。她走下楼去用早餐，觉得今天食欲非常好。老太太走路需要根手杖了。

即使这已经是七月了，餐室里仍然生着火。她在火上烤了一下手，以驱除这把老骨头里的丝丝寒气。厨师麦琪端来一只有盖的菜盘，放在餐桌上；霍诺拉满以为那是羊肉排骨，却发现是一条河鲈，大失所望。这使她非常恼火；近来她十分容易烦躁，夜间盗汗，还伴有神经衰弱的其他种种症状。她从来不承认自己有这病，只要一发火，就将菜盘照厨师脸上扔去。眼下，她拿起金属盖往菜盘叭的一声砸将下去，简直像在敲锣。麦琪一走进餐室，她就吼道："河鲈！天晓得你怎么会想到早餐给我吃河鲈？河鲈！拿走，快拿走，劳驾给我做培根和鸡蛋来。"麦琪拿走鱼盘，叹了口气，倒也没真把它当回事：她习惯了。人们都纳闷，为什么麦琪非得待在霍诺拉那儿。麦琪并不是离了霍诺拉就活不成——她随时都能找到一份更好的工作——而且她也不喜欢霍诺拉。然而，她似乎在这老太太身上看到了某种赤裸裸的人类力量，这和依赖与爱毫不相干。

麦琪做了培根和鸡蛋送到早餐桌上。她之后向霍诺拉宣布昨夜西方农场附近发生车祸的消息：一个男子撞死了，一个年轻女子正待在农场屋子里。“可怜。”提到死者时，霍诺拉说道；对于其他，她也没说什么。麦琪听到邮差走在便道上的脚步声，信从铜口缝里塞进来，飘飞到地板上。她捡起信件——一共十二封——放在餐桌上霍诺拉旁边的盘子里。霍诺拉连瞅也不瞅上一眼。也许是旧时朋友的信，也许是阿普尔顿信托公司的支票、票据、请求、邀请信之类的。天知道。霍诺拉往这一摞信件瞄了一眼，一把抓起来就往火堆里送。我们大伙儿可能都要纳闷，为什么她连瞧也不瞧上一眼就把信烧了；但是，她离开壁炉回到椅子里时，脸上闪过一丝激动的神情——也许我们这就明白了。我们也许希望读到一个温柔老太太的形象，对仆人和蔼可亲，开信的时候，用上把银质小刀——这是可以理解的；但是，霍诺拉身上岂不是有更多的诗意呵，每每在生活的权利刚刚萌生的时候，她就舍弃了它们。她收好剩下的早餐，站起来，转过头去对麦琪说：“要是有人找我，我在花园里。”

她的花匠马克已经干上活儿了。他七点钟就开始工作。“早安，马克。”霍诺拉兴高采烈地喊道，但是马克又聋又哑。

在马克之前，霍诺拉雇用遍了村子里所有的花匠。原先她用了个意大利人，糟糕透了。有一次，意大利人扔掉耙子，嚷嚷道："给你干活，霍诺拉小姐，简直叫人受不了。真受不了。一会儿叫你种这个，一会儿叫你拔那个，不消五分钟就变了卦。叫人真受不了。"一嚷完他就愤愤然走出花园去，霍诺拉一个人留在那儿兀自掉眼泪。麦琪从厨房里奔出来，双手抱住老太太，说："别在意，别在意，沃普萧小姐。谁都夸你是好人，谁都夸你是好人。"既然马克是个聋子，她再瞎使唤也无碍大局；她叫他拔掉所有的玫瑰花丛，无异于在跟块石头说话。

对霍诺拉来说，蹲下去很不易了；而她真的跪在地上，一直干到十点钟左右。然后，她回到屋里，静静地洗了手，戴上帽子、手套，拿上手提包，穿过花园到十字路口，登上了去特拉弗廷的公共汽车。霍诺拉这样神出鬼没地离家出走到底是故意算计还是无意的，谁也说不清。例如，霍诺拉请人喝茶，当客人们穿上最隆重的礼服赴会时，她却往往不在家——她这样做并非是要使客人难堪，而是她的癖好使然。不管怎么样，她离开花园不多时，阿普尔顿银行的信托职员就来按她前门的门铃。自从她依靠洛伦佐信托财产的收入生活以来，这么多年从来没在同意银行管理的证书上签字。这次，头儿叫信托职员死等在圣博托尔夫斯，她不签字，就不离开这小镇。按了好一阵子铃，麦琪才来打开扇窗户，告诉他沃普萧小姐在园子里。来到花园，询问马克当然叫他一筹莫展，他只好再去按门铃。这回麦琪冲着他高声嚷道："要是不在花园，天晓得她到哪儿去了。兴许到农场其他姓沃普萧的人家里去了。四十号公路，河边上一幢大房子。"霍诺拉踏上去特拉弗廷公共汽车的时候，信托职员正询问前往四十号公路的路怎么走。

和其他乘客不一样，她不往车票箱里扔硬币。她说，她才不找这麻烦呢。每逢圣诞节，她会给运输公司送张二十美元的支票。运输公司给她写信，打电话，派人来找她，都毫无结果。车，是辆老朽的破车，座位歪歪扭扭的，好几块窗玻璃贴着绝缘胶布。车内一片哐啷哐啷声，给人留下一种异乎寻常的衰弱不堪的印象。这趟车似乎载着世界精英——古道热肠但是脾气暴躁的上街购货的女子，驼背，酒鬼。霍诺拉向车窗外望去，河水，房屋——一派饶有趣味的田园景色，在那儿她度过了大半生的岁月，人们称她为"美妙的霍诺拉""辉煌无比的霍诺拉""伟大的霍诺拉·沃普萧"。车在特拉弗廷街角处停下，她下车往海勒姆先生的鱼市走去。海勒姆先生正在后屋打开一板条箱的咸鱼。霍诺拉转了一圈，走到柜台后面瞧见一小桶装在海水里的龙虾。她放下包和手杖，卷起袖管，手就往桶里伸去。正抓出一只四磅重的大龙虾的时候，海勒姆先生从后屋走出来。"放下，霍诺拉小姐，"他喊道，"还没绑上呢，还没绑上呢。”

“没关系，一点事儿也没有，”霍诺拉说，“给我拿个纸袋来。”

“乔治·沃尔夫刚送来，”海勒姆一边说，一边在屋里满世界找纸袋，“这些四磅重的龙虾一旦咬住您，乖乖，您手指就完蛋了。”

他撑开纸袋，霍诺拉将龙虾扔了进去，转过身，又将手伸进桶里。海勒姆先生只好摇头叹气；而霍诺拉一眨眼又提拎出一只龙虾，往纸袋里塞了进去。她给海勒姆先生付了钱，拿着龙虾来到街上。街角一辆公共汽车正等着去圣博托尔夫斯。她将龙虾往司机手中一塞，说：“喂，照看一下，几分钟就回来。”

她往干货店走去，可是半路上，一家出售低价小商品的杂货店里的牛肉香肠吸引住了她。她在柜台前一坐。“香肠好香哦，”她对店伙计说，“好吧，只好买根尝尝了。你知道吗，我堂妹贾斯廷娜以前常在这儿演奏钢琴。唉，要是她知道我还记得这些，要高兴死了……”她吃了两根牛肉香肠，一客冰淇淋。“好吃极了。”她对柜台上的姑娘说，收拾了东西，上街往公共汽车站走去。半中间，她瞥见海神电影院广告：西方的玫瑰。她自忖，老太太去看个电影有什么坏处呢？她便买了张票，走进漆黑一片的电影院，可那里散发着一股臭气。电影描述了一人被迫干出了许多下流行当，充满了感官刺激。她可没有勇气承认自己人性上的种种弱点。她想，正当满世界阳光灿烂的时候却来到这么个阴暗地方是错误的。错了，她成了个可怜的罪人。买了包爆米花后，她拣了个最后一排靠过道的座位坐下——一种若即若离的地方，使她负疚的灵魂稍微轻松了些。她一边嚼着爆米花，一边带着一种怀疑的神情看着电影。

话说在这期间，麦琪将霍诺拉的午餐在炉子后面保温；而她的龙虾，一路上在纸袋里苦苦挣扎，到了圣博托尔夫斯后，现在又在回程的路上。信托职员伯斯顿先生驱车到西方农场。萨拉待客倒是十分客气周到。“我自己也没见到霍诺拉，”她说，“她说要来的。她想瞧瞧谷仓的家什。也许在那儿呢。”他沿着车道走向谷仓。伯斯顿先生是个城里人，谷仓之大和味道之难闻把他吓坏了，他不由得怀恋起城市的生活来。一只偌大的黄蜘蛛在谷仓地板上噔噔噔直往他这儿爬过来，他迅即绕了个大弯躲开它。上阁楼得爬楼梯。两架梯子散架了，一架也快完蛋了。他好不容易爬上了阁楼，却不见一个人影；阁楼上只有一个天窗，上面布满了蜘蛛网，挂着干草屑，光线非常微弱，他也拿不准到底有没有人。

霍诺拉看了两遍电影。离开电影院时，她的身子困倦极了，像个罪人似的，一股忧怆之情袭上心头。电影院的过道像个地洞似的倾斜着通向街面的人行道。有一小段混合石头路特滑，上面积着一小洼水，有送冰块留下的水迹，淘气孩子扔的汽水瓶，有的人甚至还可能吐了口痰。霍诺拉脚踩上个什么玩意儿，一屁股坐在石头上。钱包飞到这头，手杖飞到那头，三角女帽拉到鼻子尖。卖票房里的那姑娘，不，那女子，不，那妖精，看见这一切，骇呆了，在这摔倒的老太太身上，她看到了岁月无情的力量。她到处寻找钥匙，锁上了现金箱，赶紧打开她那小象牙塔，或者说避难所，或者说安乐窝的门，奔到霍诺拉躺倒的地方。她一面蹲下身子，一面喊道："哦，沃普萧小姐，亲爱的沃普萧小姐。"

霍诺拉自己用胳膊肘支撑，爬了起来，头缓缓地转过来瞧着这位善心的人。"别管我，"她说，"请走开吧。"语气并不严厉，也不是命令式的；声气很微弱，哀求似的，听起来像是个心中有难事的孩子的声音；她还想保持自己的尊严。周围拥来越来越多的人。霍诺拉仍然跪在地上，双手撑着。"请走开吧，"她跟围观的人说，"请别多管闲事。请走开，让我一个人待会儿吧。"人们这时意识到她愿意一个人独自熬受痛苦，便走开了。"请走开吧，"她说，"请别多管闲事。"她扶正了帽子，全身趴在手杖上，站了起来。有人将丢飞的钱包送到她手里。衣服撕破了，沾了不少尘土。她也管不了这么多了，径直走向停在街角的驶往圣博托尔夫斯的汽车。上午送她来特拉弗廷的司机回家吃晚饭了，换了个年轻人。"什么？"霍诺拉问道，"我的龙虾呢？"

司机告诉她龙虾已送回家了，给她点面子，一分钱也不收。车沿着河巷直驱圣博托尔夫斯。霍诺拉在岔路口下车，从花园后门走进屋去。

马克的活儿做得真不赖。在夕阳的昏暗苍茫之中，那曲径，那花坛，看上去整整齐齐——差不多已是垂暮时分了。这一天过得真叫人高兴，她特别喜欢那电影。一闭上眼睛，那绚丽多彩的平原，从孤山峰巅骑马飞驰而下的印第安人又浮现出来。在这种夏日夜晚，厨房的窗扉敞开着，里面亮着灯；走近一瞧，她看见麦琪和妹妹俩正坐在案板前聊天。她听见麦琪在说话。“河鲈，她嚷嚷道，操起菜盖就往盘子上砸下去，嘴里噗哧噗哧吐粗气，天晓得你怎么会想到早餐给我吃河鲈？好几个星期，她老跟我唠叨想尝尝河鲈的味道，我昨天用自己的钱在小汤森那儿买了两条。我费了不少劲想做得好吃点儿，好吧，结果却是这样。河鲈，她嚷道，天晓得你怎么会想到早餐给我吃河鲈！”

说到这些，麦琪没动一点儿气，压根没有。姐妹俩一想起霍诺拉就咯咯大笑起来；她们万万没想到这个霍诺拉正站在亮着灯的窗户外面那茫茫夜色之中。“正在那会儿，”麦琪说，“我们听见麦格拉夫先生从便道上走近的橐橐声，他将邮件塞进缝里来。我赶紧到大厅里去拿信，送到她手里。你知道她干什么来着？”麦琪坐在摇椅里，一会儿往前，一会儿往后，哈哈大笑不已。“她一把抓起信——一共有十二封——往火堆里一扔了事。啊，老天，活像个大世界马戏团的演员。”

霍诺拉踩着软软的青草地走过窗户，姐妹俩没注意到她；她们仍在一个劲地大笑。往屋子走了一半，她止住步子，双手死死倚在手杖上，一股强烈的莫名感情袭上心头，她思忖，这孤寂和迷惘之感也许就是人生神秘性的表现吧。伤感似乎整个攫住了她，直到她感到双腿发软，热切地渴望人们理解她；她扬起头，喃喃说了一半祷告。她振作起精神，走进前门，神采飞扬地喊道：“我回来了，麦琪。”在楼上卧室里，她喝了满满一玻璃杯的波尔多葡萄酒；正在换鞋的时候，电话铃响了。是可怜的伯斯顿先生打来的，他在维亚达克客栈下榻，那可不是有身份的先生待的地方。“好啊，要是你想见见我，就来吧，”霍诺拉说，“找我并不难。除了到特拉弗廷去，近七年我没出过圣博托尔夫斯。回去告诉银行的头儿，要是他们想找我谈事，请他们改天派个精明点儿的人来，不光是找到个老太太就算完事。”她挂上电话，下楼去吃晚饭，食欲很好。

[ 7 ]

清晨的白光和家人在楼上厅堂过道里叽叽喳喳的声响把她吵醒了。一醒来，她有一种陌生的感觉，尽管她熟稔的地方其实并不多。空气中浮泛着香肠的香味，甚至连这清晨的光——金灿灿的，到处洒下蓝幽幽的阴影——也有点陌生，使她难受。她忆起在宿营地的初夜，清晨醒来，她发现自己尿床了。然后，她便记起了这次事故——模模糊糊的。车祸犹如一块石头浮现在她心头，太大了，简直挪动不了，太坚硬了，没法击碎，让人无法知晓它里面到底有什么。一切在她心中就好像一块黑漆漆的石头。床单——麻布和潮气，又使她感到那种陌生的痛苦。她心中暗暗纳闷，为什么一个人活在世上却要受这么重的伤，这么可怜。她跳下床来感到浑身酸痛，走路一颠一跛的。在衣橱里，她发现大衣口袋里还有烟卷。抽上支烟，那陌生的痛苦感觉缓和了点；她拿起一只贝壳当烟碟，放在床边，又躺下。她感到阵阵寒冷，浑身颤抖，想哭，又哭不出来。

现在，整个屋子，至少她下榻的一隅，安谧极了。她隐隐约约听见一个在道别的男子声音。她注意到，墙上一个荷兰小姑娘照片的镜框后面插着复活节前的星期日插上的棕榈叶。她希望这家主人可别是个牧师。她听见楼下厅堂里电话铃响，有人喊道："喂，梅布尔，今天我来不了了。不，她没给我钱。

她没钱。他们这种人都是从霍诺拉那儿拿钱的。自己没一点钱。不行，我再也不能动用我的保险金了。不瞒你说，我实话告诉你吧。讨厌，我真烦死他们了。好家伙，一天上楼下楼跑个五十趟，我还要花钱买鞋呢。他们这儿留着个人呢。车祸，听说了吗？昨晚上这儿发生了一起车祸。车冲出了公路，死了个男的。可怕极了。喂，他还有个女的跟他一起呢。他们把那女孩子留下，正住在这儿。以后我详详细细告诉你。我说以后再详详细细告诉你。他们留下她做好人，我可忙坏了。查利怎么样？今天晚上吃什么来着？唉，别吃肉馅面包，肉馅面包不够。我说，别吃肉馅面包。开罐鲑鱼，给查利做盘好沙拉。肉馅面包不够。我刚跟你说了。开罐鲑鱼，然后到面包房买上几个烤得极好的面包卷。给他做当甜食吃的馅饼。他们买了特好的做馅饼的苹果。他还便秘吗？他们买了特好的做馅饼的苹果，他们买好了。前天我亲眼瞧见他们在泰特斯店里买的。到泰特斯那儿去买上点做馅饼的苹果，给他做个甜馅饼。听我说的没错。见面我再告诉你关于车祸的事儿。我不知道她要待多久，不知道。我得赶紧去铺床了，再见……”

然后，屋子里又是一片沉寂。她听见有人正爬上楼梯，餐盘里的碟子发出叮叮的脆响声。她灭了卷烟。“早安，”沃普萧夫人说，“早安，罗莎丽。我就叫你罗莎丽。我们这儿的人都不讲客套。”

“早安。”

“请先允许我给你父母打个电话。他们会发愁的。唉，瞧我在唠叨什么？那不是首先要你办的事。我首先希望你好好吃一顿早餐。让我给你理理枕头。”

“啊，我恐怕什么也吃不了，”姑娘说，“您真是太好了，但是我真的不想吃。”

“唉，你不用把餐盘里的东西全吃完，”沃普萧夫人热心地说，“但不管怎么样，你得吃点儿什么。试试这鸡蛋，好吗？就吃这点儿；但你必须吃掉这鸡蛋。”

姑娘开始哭泣。她脑袋斜倚在枕头上，双眸凝视着屋角，仿佛层峦叠嶂浮现在眼前。那目光显得是那么遥远，那么伤心。泪水沿着脸颊串珠似的滚落下来。“哦，对不起，”沃普萧夫人说，“真对不起了。你和他订婚了吧？我揣摩……”

“没有，”姑娘抽咽道，“是鸡蛋。吃鸡蛋，叫我受不了。在家时，他们总要我早餐吃鸡蛋；早餐不吃，晚餐时还得吃。就这样，我该吃而又没吃的东西一顿又一顿地堆在我的盘子里。见到鸡蛋，我就嫌烦。”

“那你早餐想吃什么呢？”沃普萧夫人问道。

“我喜欢吃花生奶油。要是能有一块花生奶油三明治，一杯牛奶……”

“行，没问题。”沃普萧夫人说，端着餐盘，脸上带着一丝笑容，走出房间，下楼去。

好端端准备的早餐给退了回来，她心中没有一点儿怨恨。房子里来了个姑娘，她高兴。仿佛她是个孤寂的女人，只要有个伴，就谢天谢地。她早就盼生个女儿，想得要命；她想象小姑娘躺在她的怀里，大雪飞扬的夜晚，教她缝纫或者在厨房里做糖饼。在给罗莎丽做三明治的时候，沃普萧夫人眼前浮现出一幅未来的图景——她想，她应该把这告诉这位陌生的姑娘。她们可以结伴去采撷浆果，沿着河滨漫步，星期日一起坐在教堂里做弥撒。她将三明治送上楼时，罗莎丽说她想起床。沃普萧夫人坚决不让，但是罗莎丽的苦苦哀求似乎也有道理。“起床到阳光底下去坐坐、散散步，会让人感觉好受得多；只是去晒晒太阳。”

早餐后，罗莎丽穿上衣服，随沃普萧夫人到花园去，那儿有几把甲板躺椅。“太阳真美。”她说，卷起袖管，头一扬，将头发甩到脑后去。

“现在你得让我给你父母打电话了。”萨拉说。

“我不想让他们今天就知道，”姑娘说，“也许明天。要知道，我一出事，他们就要着急。我就不愿让他们着急。他们一知道，准会来接我回家，忙得跟什么似的。你瞧，我爸爸是个牧师——其实是个教区长，我是说，一星期七天圣餐之类的玩意儿。”

“我们这儿是低教会派[1]，”沃普萧夫人说，“但是有些人——我可以说出他们的名字——盼望有个变更。”

“而且他是我认识的人中间最神经质的人，”罗莎丽说，“我爸就是那样。他老是抓肚子，这是神经质的表现。人家衬衣先破领口，我爸可好，衬衣先破肚子那儿一块。”

“啊，我想你还是应该给他们打个电话。”沃普萧夫人说。

“不，正因为我出事了，我不能打。他们老是认为我会惹事。我参加了阿娜玛塔帕塞特营的活动，运动衫上印上个A字，别提有多神气了，可爸爸瞧见了，说这A字表示老是惹事[2]。我就不想烦他们。”

“这好像并不对。”

“请务必别打。请别。”她咬住嘴唇；她几乎要哭出声来了。沃普萧夫人赶紧改变话题。“闻闻这牡丹，”她说，“我特喜欢牡丹花香。可现在花差不多都凋谢了。”

“这阳光让人感觉真舒服。”

“你在城里有职业吗？”沃普萧夫人问道。

“嗯，我在秘书学校上学。”罗莎丽说。

“你想当个秘书？”

---

1 低教会派：圣公会一派，主张简化宗教礼仪，和高教会派相对。

2 阿娜玛塔帕塞特营（Annamatapoiset）第一个字母是A，而A又是“老是惹事”（Always in Trouble）的第一个字母，故有此说。

“啊，我才不想当秘书呢。我想当个画家或者心理学家。我起先进了阿伦达尔学校，我简直受不了学校的学术顾问，所以我一直犹豫不决。我是说他老摸我，扯我的领口，和他说话简直叫人受不了。”

“后来你就进了秘书学校？”

“我先去了欧洲，去年夏天，我找了几个姑娘做伴，到欧洲去转了一圈。”

“喜欢吗？”

“你是说欧洲？”

“是的。”

“哦，欧洲棒极了。有些地方，像斯特拉特福[1]，让人失望。我是说，那也不过是个小镇而已。伦敦简直叫我受不了。荷兰人棒极了，我非常喜欢荷兰。那是个特别有趣的地方。”

“难道你也不给秘书学校打个电话，告诉他们你在哪儿？”

“哦，不，”罗莎丽说，“上个月我考砸了，退学了。所有的教材什么的我都知道，就是不知道怎么写。我只知道写棒极了之类的词，可他们当然不会考这些玩意儿的，所以，提问的问题，我压根弄不明白。”

“噢，是这样。”沃普萧夫人说。

---

1 斯特拉特福：应是艾冯河畔斯特拉特福，在英国，莎士比亚故乡。

罗莎丽也许把自己其他经历也告诉了她。这段经历大致是这样的：我是说在我成长的整个过程中，我们听说的好像都离不开性。我是说，似乎人人都告诉我，性经验是非常美妙的，可以解开我所有的问题，孤独啦，什么的；那当然，我就想试试。在阿伦达尔学校，我和一个英俊的小伙子去参加舞会。我们做爱了，然而性经验并没有使我摆脱孤寂的心境——我总是一个非常孤独的人。我们干了一次又一次，因为我想这总可以不让孤寂之情袭上心头了，好吧，后来我怀孕了，当然这可怕极了——我的爸爸是位牧师，是位道德高尚、深孚众望的牧师。他们得知后，几乎要晕过去了。他们送我到个隐蔽的地方生了个可爱的小孩，而他们告诉别人说我正在做个鼻疾的手术，然后他们找了个老太婆陪我到欧洲去……

科弗利从屋子里出来向她们待的草地走过来。“霍诺拉姑妈打电话来，”他说道，“说可能晚餐后来喝茶。”

“跟我们一块儿聊聊吗？”沃普萧夫人问，“科弗利，这是罗莎丽·扬。”

“你好吗？”他说。

“你好。”他操起一种怪声怪气的男低音说话，仿佛要表示他是个成年人似的。但是罗莎丽心里明白，他离那还远着呢。他站在那儿向她莞尔一笑，举起右手放在嘴里，开始若有所思地啃咬大拇指底部的老茧。

“摩西呢？”

“去特拉弗廷了。”

“摩西放暑假成天玩帆船，”沃普萧夫人对罗莎丽说，“就好像我没这个大儿子似的。”

“他想得个奖杯。”科弗利说。他们一直待在花园里，直到萝萝喊他们吃午饭。

午饭后，罗莎丽上楼，躺在静谧的房间里睡着了。醒来时，绿茵茵的草地上已经拖着长长的影子，楼下似乎有男子在说话。她走下楼去，发现他们——整个一家子——又全聚在花园里。“这是我家户外的客厅，”沃普萧夫人说，“这位是沃普萧先生，这位是摩西。她叫罗莎丽·扬。”

“晚安，年轻的姑娘。”利安德说，她那妩媚和俏丽撩起他愉快的情绪，但他没有一点坏意。他和她讲话时，带着一种长者毫不介意的神气，仿佛她是他老朋友和酒友的女儿似的。只是摩西显得有点尴尬——虽然他举止十分彬彬有礼，但他连瞧也不瞧她一眼。年轻人在交往中有障碍，沃普萧夫人可不高兴了。他们在富有家庭气氛的餐室里吃冷鲫鱼，夏日向晚夕阳的余晖映照着餐室，屋子里亮着灯，那灯看起来就像是个倒扣的彩色玻璃碗，拼嵌的玻璃大多是暗色的。“这些餐巾与其说是正派的还不如说是神圣的。”沃普萧夫人说。在餐桌上她一个劲聊票子、格言和老掉牙的警句。她似乎是那种靠背书讲话的女人。“请慢用。”摩西吃完了自己餐盘里的菜肴，喃喃地说，一边退出餐室。腿刚伸到夜色苍茫的门外，妈妈便喊开了。

“还想吃点甜食吗，摩西？”

“不，谢谢。”

“你到哪儿去？”

“到彭德尔顿家去。”

“早点回家。霍诺拉要来。”

“是。”

“我真盼霍诺拉来。”沃普萧夫人说道。

霍诺拉才不会来呢——她正在家往地毯上钉钉子——当然他们压根不知道。与其沉湎在这种契诃夫式暮色苍茫的家庭聚会，我们还不如沿着楼梯爬上去，去窥探一番对我们更合适的东西。那儿有一个利安德书桌的抽屉，里面存放着一朵萎谢的玫瑰——花儿原先是黄色的——和一绺金黄色头发，这世纪初点过的罗马蜡烛头，一件煮过的衬衣（上面用红墨水清晰地画着一个裸体女人），一条用香槟酒瓶塞做的项链，还有一把上了膛的左轮手枪。或者，让我们瞧瞧科弗利的书架——《战争与和平》《彭斯诗集》《包法利夫人》《黑郁金香》。或者，最好到村子里波格马塞特信托公司遛个弯儿，那儿的保险柜里存放着霍诺拉的遗嘱。

[8]

霍诺拉的遗嘱毫无秘密可言。“洛伦佐给我留下点儿钱，”她跟家人说，“我得同时考虑他的愿望和我自己的意愿。洛伦佐是很顾家的。我自己呢，如今越老，好像也越来越恋家了。在我看来，大多数我信赖并敬仰的人都是新英格兰人的后裔。”诸如此类，类似的话有的是。她接着说，既然摩西和科弗利是沃普萧家最后的苗，她愿将财产留给他们俩，条件是他们必须有男性继承人。“哦，钱可派的用场可大了。”沃普萧夫人惊呼道，脑袋里浮想起盲人和残疾人养育院、未婚母亲之家和孤儿院。孩子们听到继承的消息却反应冷淡——开始的时候，这并未改变他们对于人生的态度，而霍诺拉的决定对于利安德来说似乎是天经地义的。除此之外，她还能怎么处置这笔钱呢？但是，虽然她的决定是合乎人情的，使大伙儿惊讶的是它竟给他们带来不合人情的不安。

霍诺拉写了遗嘱后的那年冬天，摩西得了急性腮腺炎。霍诺拉老是在问：“他怎么样啊？”摩西后来痊愈了，但是夏天，船舱厨房里一只汽油炉爆炸，烫伤了科弗利的生殖器。全家重又忧虑不安，如坐针毡。不过不管怎么样，这一系列对于利安德儿子男性力量的袭击却一点儿也没惊动利安德，他压根也没意识到这对他家的繁衍会有什么威胁。一次，科弗利十一二岁的时候，妈妈带他去看《仲夏夜之梦》。他兴奋极了。回到农场，他要当奥布朗，身上缠上用领带松松地系起来的玩意儿，想从后楼梯飞到客厅去，他爸正在那儿算月账呢。当然，他飞不了，嘭的一声一股脑摔到地板上——领带结全松脱了。利安德虽然对着他吼，却没有生气，相反，站着瞧他赤身裸体的儿子，他心中感到一种神秘的、焦躁不安的力量袭来——伊卡洛斯！伊卡洛斯！[1]——仿佛这孩子是从他遥远的父亲的心里掉坠出来似的。

利安德从来没有把儿子们拉到一边，偷偷地跟他们讲生活的知识，虽然霍诺拉对他们的诸多施舍恩惠是否能继续下去主要取决于他们的生殖力。只要往窗外瞧上一眼，生活的一切就展现在人的面前。他觉得爱情、死亡、私情——这些丰富的、常青的人生的产物——不过包含一半的真理，所以他的指导是笼统得不能再笼统的。他希冀他们懂得，他生活中那些脱俗的行为是对于人生的精华和延续的一种承认或神圣的敬意。圣诞节，他去溜冰——不管他喝醉了还是没醉，病了还是没病——似乎在帕森池塘上露一露脸是他的职责似的。“嗨，那是老利安德·沃普萧。”人们叽叽喳喳议论道。他听得见。那是一种

1　伊卡洛斯：希腊神话中建筑师和雕刻家代达罗斯之子，逃亡时因飞迎太阳，装在身上的蜡翼遇热融化，坠海而死。乔伊斯在《一个青年艺术家的画像》中也借用了这一寓言。

延续性的、无害的娱乐方式，他希望儿子们能够仿效。他每天清晨的冷水浴是一种脱俗的仪式。冷水浴不过是冷水浴而已，因为他差不多从来不用肥皂，从浴缸里走出来，身子散发出一股浓重的旧海绵刷的海盐味。他吃饭时穿的大衣，餐前的祈祷，每年春季的钓鱼远足，夜晚时分喝的威士忌酒，纽扣缝里别的鲜花——这些脱俗的行为他希望儿子们不仅懂得而且可能的话也加以模仿。他教他们砍树，拔鸡毛，播种，耕作，收成，抓鱼，省钱，钻螺丝，用手压机榨苹果汁，擦枪，驾帆船，等等。

他夫人老跟他对着干，诸如摆花和清洗盥洗室，她自有自己神秘的方式。这倒并未令他惊讶。他觉得这是非常自然的，从没跟萨拉以牙还牙，恶声相向；而生活本身每每调节了他们之间的歧异。他往往心血来潮，叫人摸不着头脑。谁也说不准他什么时候突然决定带孩子们到河里去游泳或者去野外烤肉吃。每年春天，他要到加拿大边境荒野里一个营地去钓鳟鱼；有年春季，他突然想到该是摩西陪伴他去钓鱼了。萨拉一时十分光火，说什么也不肯。她不让摩西跟着他爸往北走。临出发前一晚，她说摩西病了。她的样子简直像个天使。

“可怜的孩子病得很重，哪儿也去不了了。”

“明天一大早我们要去钓鱼。”利安德说。

“利安德，要是你拖着患病的孩子到北边树林子里去，我永远饶不了你。”

“有什么饶不饶的？”

“利安德，到这儿来。”

萨拉的卧室门砰的一声关上，两人争啊吵的，孩子们——和萝萝——在外面还能听见里面的怒吼和尖叫声。第二天，还未等晨光熹微，利安德就把摩西拖下床。他已经准备好鱼饵和钓具，趁萨拉还在熟睡的时候，两人在星光闪烁之中起程往兰格利湖区进发。

那时正是五月。西方河的河谷处一片繁花似锦，姹紫嫣红。大地浮漾着农夫马裤般的味道。他们采撷上两朵鲜花——到处是梯牧草，绿茵茵的，十分温馨。太阳露脸的时分，他们已经过了康科德，在新罕布什尔州的一个镇上吃了顿午饭。那时他们已经往北走了好久，离草木葳蕤的河谷很遥远了。这儿，树木髡秃，下榻的小客栈叫人冷得瑟瑟发抖，仿佛还是严冬。空气中充满了煤油味，女侍者整日流鼻涕。

他们进入山区了，黝黑的水在满是乱石的溪涧奔流着——是融化的雪。溪水照映着碧蓝的天穹，然而这旖旎的风光也未能消除人们的寒意。爬上一个山口，摩西兴奋地仰头凝视那妖娆山脉的轮廓。那似乎是虚幻的青蓝一色——像雷击那么蓝，那么深邃；但是，那在萧萧冷风中飒飒作响的秃枝撩起了他对清晨刚刚告别的美丽河谷的思念——唐棣、丁香和脚下已长出的银莲花。他们到了靠近法属加拿大的区域——那儿的农场和小镇似乎还慑于严冬的淫威之下，一片萧索荒凉：圣埃瓦利斯特、圣曼塞德、霍利哥斯特光秃秃的田野，无一不在冬天的肆虐之下。空中刮着凛冽的北风，云彩白白的，无精打采的样子。他看见地上时不时有堆堆残雪。抵达兰格利村时已近薄暮时分了。送他们溯湖而上进入荒原的一艘老掉牙的汽艇——小天鹅号——正系靠在码头，摩西将行军袋和钓具一股脑甩了上去。

兰格利村里只有一家邮电所和一家杂货铺，空荡荡的。天色晚了，很快就要垂下夜幕。邮电所窗户一灯如豆，湖滨没人住，黑黝黝的。摩西瞧着这艘老态龙钟的汽艇系在码头边上，长长的船头和舵像个驾驶盘似的。从红木船头的长度、铜烟囱和铜皮贴边的舱壁，他知道这艘船年份够久的了，是上一代人夏日度假享乐的游艇。在它深深的后甲板上并排放着四把藤椅。藤椅一副久经风霜的样子，藤条大都断裂，散了架子似的。想当初——多久以前呢？——多少去观赏落日的、穿夏服的女人和穿法兰绒衣服的男子在它们上面坐过？如今，油漆船身沾满了尘垢，暗淡无光，在萧萧的北风中撞击着码头，呻吟着，似乎谁也不管它。

他的父亲拿着食品从小路上走来，后面跟着个年迈的老人。老人解开系缆，用个钩子将船推到深水中去。他总有八十岁光景了，牙齿脱落，双颊凹陷下去，下巴颏显得更尖了，在一副肮脏的镜片后面眨巴着眼睛，舌头伸出来，从脱落的牙缝罅间舔一舔嘴唇。船启动了，全速上了路后，他就直僵僵地坐在那儿。到营地有七英里路。他们把东西搬到一个破败不堪的小屋，那儿的烟囱是用汤罐头拼凑起来的。他们生起了炉火，点亮了一盏灯。松鼠钻进床垫里。老鼠和豪猪大摇大摆地进进出出。摩西听见山下老人启动了小天鹅号的引擎，回邮电所去了。这冷冽的夕阳的余晖、这渐渐消逝隐去的引擎声、这火炉的味道和清晨刚刚告别的圣博托尔夫斯迥然不同，仿佛这世界被人劈成了两半似的。

在这半个世界里有深深的湖水，老人，他那旧日的小天鹅号，肮脏的营地；这儿有盐，番茄酱，打补丁的毯子，罐头意大利面，发臭的袜子；在这儿，台阶旁扔着成堆的锈罐头盒，在这儿，光溜溜的墙上用盖房顶的钉子钉上《星期六晚邮报》的头版，旁边放着《渔夫祷告集》《渔夫专用词汇》《渔夫寡妇之挽歌》《渔夫之抹泪毛巾》，以及一些愚蠢的、半喜剧性的关于垂钓的玩意儿；这儿散发出一股股蚯蚓、肠子、煤油、烧焦烙饼的味道，一阵阵不透气的毯子、熄灭的烟火、潮湿的鞋子、碱液和陌生的气息。在他站着的地方附近一张桌上，放着一根树根，上面戳着支蜡烛，旁边扔着一本侦探小说，前面几章被老鼠啃得不像样子了。

在另一半世界里有圣博托尔夫斯农场，温馨的河谷，婀娜多姿的河水，如今充满紫丁香和风信子馥香的、装饰着圣马可[1]彩色雕塑的房间，房间里所有的家具腿都雕成老虎脚爪的形状。那儿有种满了勿忘我的广东瓷盆、潮湿的麻布被单、壁柜里的银器和大厅里嘀嘀嗒嗒的自鸣钟。他纳闷，要是他越过边界，遍访那边的一座座山乡，这种两个世界的差异之感会更加强烈的。是的，是会更加强烈的，他想，因为只有这时他才意识到他是多么喜爱温馨的河谷故乡——东风和从印度带回来的披巾。他这才意识到他的母亲和她那一类的人，那些穿夏服的具有钢铁般意志的女人，是如何征服了圣博托尔夫斯。他站在那儿，在一生中，头一次强烈地感到没有她们似乎缺少些什么；他想象要是她们来了，她们会如何改造这营地：她们会烧掉这些家什，埋掉这些罐头盒子，铺上磨砂石地板，擦拭这煤油灯灯罩，在一只玻璃拖鞋（或者什么别的古玩）里摆上紫罗兰或者黄精之类的鲜花。在她们的管理之下，绿茵茵的草地将从营地一直延伸到湖边，后园会种上香草和萵苣，会有窗帘、地毯、化学厕所和自鸣钟。想到这一切，他莞尔一笑。

他的父亲给自己斟了点威士忌，等火炉热了，拿出几个汉堡，放在炉盖上烤炙，用个生锈的匙将汉堡翻来翻去，似乎在

1　圣马可：意大利威尼斯的一个中心街区。

存心跟老婆的洁癖与其出众的有条不紊作对似的。晚餐吃完，他们听到潜鸟的啾啾声；如今，小屋里因为生了火而变得暖洋洋的时候，听那鸟儿的声声呼唤给人一种十分旷远寥廓的感觉。摩西走到湖边，在林子里撒尿，在湖水里洗濯了手和脸。湖水是那样寒冷，他脱衣钻进两条邋遢的毯子里时，皮肤还像针扎似的疼。父亲吹灭了灯，也钻进了床，很快坠入睡乡。

钓鱼不在兰格利，而在森林深处的湖区。第二天六点钟，他们向福尔杰湖进发。仍然在刮北风，天空阴沉沉的。他们驾上一艘装有双缸马达的小船，穿过碧湖，前往凯顿沼泽地。半路上，小船漏水。摩西坐在船尾，用装钓饵的铁罐往外舀水。在洛厄尔角，他的父亲关小了马达，漏船驶进一片水茫茫的沼泽地。那地方十分鄙陋，令人难以捉摸；然而，对摩西来说，那景色是令人神往的。水边上戳着一根根业已枯亡的树干，高高的，一片灰意，叫人情绪骤然紧张起来。它们看上去就仿佛是人间灾难的雕塑似的。

水渐渐浅了，利安德把马达翻转到船里边来，摩西拿出了桨。他将桨固定上船舷的洞眼里时，惊起了一行天鹅。“往左点儿，”他父亲说，“再往左点儿……”从父亲的肩膀上望去，摩西看到沼泽地渐渐变狭窄，成了小溪一条，听到了潺潺的水声。水面上时时冒出石头尖儿，桨往下一戳，船靠岸了。

他拖着船往岸边靠，拴在一棵树上。在他们上岸附近的地方，有一块石头，上面还蹭有船漆。他的父亲蹲下去审视一番：是去年擦的。摩西看得出来他的父亲多么急于想成为第一个在这块林地探险的人。他在卸钓具时，利安德沿着小路到处转悠，寻觅人的脚印。摩西找到几个脚印，用小刀刮几下，发现脚印是猎人用模子压出来的。他敏捷地爬上小路。周围是一个死的世界：死的树叶，死的枝芽，死的蕨，死的草——这一切在林子里死亡的东西，发出一股腐臭的味道，覆盖着曲径小路。云间露出一线白光来，从树林的上空飞掠过去。一刹那间，摩西瞧见了自己的影子，接着便消失了。

小路蜿蜒爬上小山。摩西浑身发热，出汗了。他怀着满腔的钦羡和爱看着父亲的头和肩膀。当他们穿过树林，看见前方林间空地时，上午已过了一半了。当他们艰难地翻过最后一道山坡，一泓池水展现在面前。自秋天猎人留下屐痕以来，他们是第一批抵达这里的人了。这景色是粗鄙的，但它是一种沼泽的令人兴奋的粗鄙。利安德探头进矮树丛，找到了他所希望寻找的东西——一艘破旧的打野鸭的小扁舟。他让摩西去捡点树枝点篝火。火点着了，他从背包里拿出一罐柏油，在火上支起架子，化柏油。他将熔化的柏油往小扁舟的裂缝上涂，在冷冽的空气中，柏油一会儿就凝固了。他们将小舟推下水，顶着股股萧萧北风划起来。尽管涂了柏油，船还是漏水。他们给钩子挂上饵料，开始曳绳垂钓。

五分钟后，利安德的钓竿弯下去了。他咕咕哝哝了几声，往下放着钓钩。摩西轻轻地划着船，利安德钓到一条大鳟鱼。离船尾约莫有一百英尺处，鳟鱼飞出水面，扑打着，死命挣扎，最后只好坠进扁舟黝黯的船舱里。后来，摩西也钓到一条；约莫一小时光景，两人钓了足有十二条鳟鱼。接着纷纷扬扬下起飞雪来了。一连三小时，他们蹲在风雪迷漫之中曳绳垂钓，没歇口气，中午时分只草草地啃了几块三明治。这是一种锤炼和考验，摩西心中有数这是此行的目的之一。下午过了一半，风雪停了，利安德歇了一阵。然后，鱼儿又不断上钩；到薄暮时分，两人已钓了个够。他们将小扁舟拖上岸时，已经浑身麻木，困顿得要命了，从小路上踉踉跄跄赶回湖岸。天色还没有黑。寒风转向东北，沼泽口外传来水流潺潺的声音。摩西一个劲儿往外舀水，总算安全渡过沼泽。他们把船头和船尾牢牢拴在树干上。他的父亲在收拾四条鳟鱼时，摩西点燃了一堆篝火。利安德在炉盖上煎鳟鱼。吃完晚饭，两人咕咕哝哝道了声晚安，吹灭了灯，各自爬上床睡觉。

这次远足钓鱼很有意思。回圣博托尔夫斯时，他们带回来好多好多鱼，分送给朋友和亲戚。第二年，该科弗利去了。那会儿，科弗利恰巧鼻子老流鼻涕，感冒了；这次，萨拉一声没吭。临行的前一晚，很迟了，她来到科弗利的房间，将一本烹调书籍塞进他的行李袋里。“你爸不会做菜，”她说，“我真纳闷这四天你吃什么。带上这个吧。”他感谢她，吻别并道了晚安，拂晓前和父亲离开了家门。旅程还是这样：路上歇脚吃午饭，喝威士忌，乘上小天鹅号在湖上驶了好长好长的水程。在营地，利安德扔了几个汉堡包在火炉盖上；吃完晚餐，上床。科弗利却问能不能读会儿书。

“什么书，我的孩子？”

“烹调书，”科弗利瞧着书的封面，说，“鱼的三百种烹饪法。”

“哼，去他妈的，科弗利，”利安德咆哮着，“去他妈的。”他一把抓来儿子手中的书，打开窗，扔到窗外的茫茫夜色之中。吹灭了灯，他的心中又一次在呼唤——伊卡洛斯，伊卡洛斯——似乎这孩子是从他心中掉坠出来的。

科弗利知道他让父亲生气了。用负疚这个词来形容他的痛苦与不安是再恰当不过的了。要是他一旦了解霍诺拉遗嘱的条件，这种痛苦也许会更加强烈。携带一本烹调书到钓鱼营地不仅丢了他自己和父亲的脸，而且亵渎了神秘的男性力量、未来好几代沃普萧家的人以及霍诺拉的慈善机构——老年海员之家和哈钦斯盲人院。他犯愁了；但要是他知道，由于霍诺拉的遗嘱，他的人性的责任被相当不恰当地加重了，他会更加犯愁的。这是以后的事了，也许一年后，也许那年晚些时候。事情很简单，比钓鱼简单多了，发生在村子里一次赶集上。和往年一样，每年八月下旬他和父亲总要去玩的。（摩西也盘算着去的，只是燕鸥号帆船搁浅在沙洲上，到家已十点钟了。）科弗利在厨房早早吃了晚饭。他穿上最好的雪白帆布裤子和一件干干净净的衬衣，口袋里揣上点儿零花钱。利安德嘟地鸣了几声汽笛，将蜂鸟号绕过河湾，便直驱埠头。速度缓缓降下来，马达仍然嗒嗒地响着。船一碰河岸，科弗利纵身一跳，跃进了船身。

只有寥寥几个旅客。科弗利走进船舱，利安德让他掌舵。正在退潮，船顶着潮水缓缓地前行。天气很闷热，天空旋飞着团团阴霾，远处海上闪忽着雷电，电光是那样强烈，那样灿烂，仿佛使他们渐渐超脱于这河、这村子而升华起来。科弗利干脆利索地将船靠向码头。他帮着甲板水手本特利拴上缆绳，将那些陈旧的用破挂毯做罩面的甲板椅子堆放在一起，盖上舱盖布。他们在格兰姆斯面包店停留了一会儿，利安德要了一盘烤芸豆。“烤芸豆，富有音乐性的食品，”年迈的女侍者说，“吃得越多，响屁越多。”这有点粗俗的玩笑，女侍者老当个什么新鲜玩意儿跟顾客说笑。穿过清水巷，走向赶集地时，利安德放了几声很响很响的屁。这是一个美丽的仲夏之夜，这般的美妙，撩起他们不少回忆。他们看到前方集市的嵌花板栅栏，栅栏里和栅栏上的灯光几乎高兴得要蹦起来了。集市的灯，尽管天上乌云密布，尽管雷电闪闪，仍然骄傲地在那儿熠熠闪亮着。

科弗利见到这么多灯火在夜色苍茫之中闪烁，非常激动；走钢丝的那套家什一下子攫住了他的心。两根长长的杆子，用绳索绷着，还有四边饰有流苏的舞台和柱脚——这一切都笼罩在两股指向苍穹的探照灯的巨光之中。在那充满粉尘的光柱里，粉蛾在自由飞翔，像片片撕碎的糖纸。一位少女在钢丝绳上表演走路和骑自行车。粉白的皮肤，一头金发，肚脐眼深得足足可以塞个大拇指进去（利安德这么想），耳朵上和乳房上闪烁着碧蓝的、血红的人造钻石的宝光。她不时将头发甩到后脑去，动作似乎有点匆忙。雷击的霹雳声越来越频繁，狂风中夹带着明显的雨意。虽然一滴雨还没有落下来，那些有点神经质的人，年迈的人，或者穿着太讲究的人，时不时离开看台，找个能躲雨的地方。看完走钢丝，利安德带科弗利到娱乐场的最前头，瞧一场摇摆舞把戏。

嗨，脱衣舞啦，脱衣舞！来看啊，剥得精光，舞蹈可谓美妙绝伦。嗨，大人瞅了，回家劲头儿足，年轻的瞄上一眼，血气方刚啊。一个男子在那儿瞎嚷嚷，尖尖的脸，尖尖的嗓子，瞧他那样儿，好像他就是诈骗与淫荡的化身似的。他虽然和人群隔着好一段路，却躲在一个小小的红漆讲坛后面扯着嗓子叫喊着，仿佛他自己就是魔鬼，至少是魔鬼的信徒，一个阴险毒辣的人。在他背后的杆子上挂着四幅穿闺阁服装的大幅女人画像，在风雨中飘摇，就好像是鼓满风的船帆似的。年头和风雨使画黯淡了，虽然灯光照着它们也无济于事，似乎是什么咳嗽药水或万能灵药之类的广告。中间是个门，门上灯光组成快乐的巴黎字样，漫长的夏季里在新英格兰颠来颠去，门已经破损不堪了。嗨，脱衣舞啦，脱衣舞！摇摆舞啦，摇摆舞！魔鬼嘶叫着，捏着一大摞没卖掉的票敲打小红漆讲坛面。我现在请这些小妞儿们再表演几个动作，再表演几个动作，嗨，这样你就明白，能明白进帐篷能看到什么啦！

两个姑娘，扭扭捏捏，就好像孩子登台朗诵《海华沙之歌》或是《乡村铁匠》一样，腼腆地、非常腼腆地爬上了摇摇欲坠的舞台。她们一站上去，舞台的木板叽叽嘎嘎作响，不堪负担似的。两人穿着粗糙的、透明的布裙子，跟农家小舍的窗帘布一样，站在一块儿。一个更富于冒险精神一点，微微乳峰垂在布衣下面，人们可以清晰地看出她们体形的线条。她们大胆而兴奋地望着人群，一个姑娘一手按着后脑勺的头发，不让风吹乱，一手捏着裙子的开口处。她们一直站在那儿，直到这拉皮条的魔鬼开腔道：嗨，表演就要开场，就要开场啦，快啊，最后机会，最后机会看美女起舞啦。科弗利跟着父亲走到讲坛那儿，然后钻进了帐篷。约莫三十名男子漠然站在一个小小的舞台周围，跟他小时候看可爱的朱迪揍倒庞奇[1]的舞台差

1 庞奇：英国木偶剧滑稽角色。

不多。篷顶到处都是洞，灯光照着，犹如天穹的星星。这幻象深深吸引住了科弗利，直到他醒悟过来到这儿来是干什么的。不管怎么样，人们显得非常阴沉。利安德跟个朋友聊上了，撇下科弗利一个人听帐篷外头那拉皮条的魔鬼嘶喊。“脱衣舞啦，摇摆舞——我现在请这些小妞儿开场前再表演几个动作……”

他们等啊等，姑娘们一遍又一遍爬上舞台，爬上又爬下。这夜晚，这集市就这样过去了。天开始飘洒起小雨来。帐篷四壁顺着风儿摇摆，雨水也并没有使帐篷里的空气凉爽下来。空中飘浮着一种科弗利希望自己真的在那儿的散发蘑菇清香的森林气息来。姑娘们终于退下，一个摇起留声机，一个舞动起来。她很年轻——在利安德看来，还只是个孩子——并不俏丽，但是因为她浑身充满了青春的魅力，这倒也无妨。一头棕发，直挺挺的，跟牧牛女的差不离，只是头发两鬓打了两个卷。她手指戳上了别在裙子开口处的针上，咒了几声，虽然大拇指在淌着血，仍然继续跳下去。她忽地拉开裙子，赤身玉体裸露在众人面前。

接着，在这破旧的、充满被践踏的青草汁液清香的帐篷里表演起狄俄尼索斯式的礼仪。一个中间裂开的帐篷杆被当作象征物——那神圣中最神圣的象征——这种向深沉的性的力量的致意几乎和人类一样古老。从薄薄的帆布帐篷外传来牛的哞哞声和孩子们的嚷嚷声。科弗利完全着迷、销魂了。一个舞女一把夺过坐在前排的一个农夫的帽子，做了几个非常下流的动作。科弗利从帐篷里走了出来。

虽然下雨了，集市照样闹下去。空气中浮荡着一种令人愉悦的、酸溜溜的味道。旋转木马和摩天轮在旋转着，旋转着。从背后的远处，科弗利可以断断续续听见飘荡过来的摇摆舞音乐，父亲还在那儿。为了躲雨，他钻进了农产品展览馆。除了一个伛偻的老人外没一个人影。也没什么是他想看的。南瓜、番茄、玉米、利马豆盛在纸盘里，前面放着牌子，写着获得嘉奖的等级。在这种情景下，再来欣赏南瓜，无异是一种讽刺。“二等奖。奥尔加·普罗津斯基，”他读道，带着忧郁的神色望着一瓶腌番茄，“金黄班塔姆玉米。彼得·科维尔培育。二等奖，耶路撒冷洋蓟……”在旋转木马的喧嚷声和雨的沙沙声中，他可以清晰地分辨出姑娘扭摆的音乐。音乐声停歇，他踱了回去等父亲。利安德没说他刚才是否瞧见科弗利离开帐篷，两人缄默不言地走回停车的地方。科弗利回忆起在兰格利湖区曾经体验过的感情。他不仅使自己的权利处于危险的境地，而且使一代代还未出生的沃普萧家族的人和许多年迈的、瞎眼的人陷于危险的境地。他甚至会使父母颐养天年的权利受到威胁，损害他们在西方农场的生活方式。回到家，人们都睡了。他们喝了点牛奶，喃喃道了晚安，各自上床。

但是，科弗利的春心并没有平静下来。他仍然在梦中想着那舞女。第二天清晨他醒来时，天气很潮湿，带有盐味的雾霭沿着河流溯水而飘，像丝丝羊毛一样，团团凝集在枞树林中。这早晨，仿佛一切都跟他作对似的。婀娜缥缈的薄雾仿佛竭力要恢复他心灵和肉体的自我，恢复他的痛苦和郁悒。从一堆躺在地板上的衣服里，他摸着找到了羊毛游泳裤。裤子仍然是湿漉漉的，散发出一股死海的味道——湿羊毛贴在肉上似乎是一种道德的沉沦。科弗利拉起裤子套在下身上。从后楼梯走下去时，他在心中虔敬地默想着奉行禁欲与苦行的圣人。那天上午，即使厨房——在一片混沌与迷惘中，这幢房子中唯一光明与理智的房间——似乎也成了个被人遗弃的破船，既脏又冷；科弗利从后门走出去，穿过花园，来到河边。潮水退了，露出泥岸来，在科弗利看来，河水似乎冒出一股腥味，虽然并不是那么恶臭；他那包在下身上的潮湿的羊毛裤，由于自身可怜的肉体热度而温暖起来，每动一下，便发出一阵腐烂的海水味。他爬到跳台的顶上，踩在一块土豆麻袋片上，用手揉搓胸部，眺望寒冷的、飘浮着雾霭的河谷。天空下起一场令人伤感的冷落的小雨来，雨滴仿佛是在一个地下的监狱里凝聚起来似的。他跳下水，冷得瑟瑟发抖，一直游到河中心。跑啊跳啊穿过雨中的花园时，他心中还在纳闷生命的欢乐是否又回来了。

十一点钟，他们陪母亲到教堂去，科弗利虔诚地跪了下去。但是，祷告还不到一半，座位前面女人浓郁的香水芬芳便把他所有禁欲律己的努力消释殆尽，使他明白即使基督教堂也不是攻不破的堡垒。虽然司事关上了橡木大门，敞开的窗扉连个小孩也钻不进来，但是，就科弗利而言，魔鬼不仅来回逡巡，还端坐在他肩头上呢，怂恿他把视线探向哈珀夫人长裙前胸，欣赏前排一个女人的脚脖子，心中在揣摩教区长和女高音歌唱家之间的暧昧关系是否真有其事。该是领圣餐的时候了，他的母亲用胳膊肘轻轻戳了他一下。他苍白的脸望了望她，摇摇头。布道简直叫人受不了，科弗利从头到尾心里一个劲儿在想着一首污秽的、关于主教的两段五行打油诗里的句子。

晚些时候，全家聚在一起喝茶时，科弗利走到屋后去。他闻着阵阵清风的馨香，神志清醒；风在树林中发出飒飒的响声。他看见一层阴霾上升起来，一天令人痛苦的一切消逝了，西边射出一线橘黄的光来。他知道他该干什么，于是做起准备来。他擦洗了胳肢窝，把存下的钱一股脑全拿出来。让她钦慕自己，这些钱是够了。他要去厕身于那一帮幸运男子中间，只隔着一层薄薄的帆布，外面就是哞哞叫着的牛和喧哗吵闹的孩子了。他走走跑跑，跑跑走走，在韦兰家牧场抄了个近路，往直通集市的土路奔，心里还一边在嘀咕为什么不早点明白这么简单的生活真理。

到达土路时，天已经黑了。尽管有习习清风吹来，天空中似乎没一颗星影。他急着赶路，一刻也没停歇，来到集市的门前，发现所有的灯都灭了。当然，集市散了，狂欢节也完了。门都敞开着，为什么不开着呢？既然糕点、南瓜、洋娃娃和刺绣展品都走了，还要门干吗？集市的过道里黑洞洞的，树木浓荫遮天。这种地方，即使无处可去的情人也不找它。这种集市一年才租那么三四天，年头可能和利安德一样老了，在夜空中散发出一种腐烂木头的恶臭。但是，科弗利还是走了进去，空气中浮漾着被践踏的青草汁液的清香。他往前找到游乐场搭帐篷时挖的槽沟，就是在这儿，至少在黑暗中他认为就是在这儿，那舞女表演了那一切的过程，唉，男孩子到了那年龄，有什么办法呢？

而对于摩西来说，还没当上父亲只是个机遇问题。

## [9]

亨利·帕克用他装农产品的卡车从城里给罗莎丽捎来衣服。虽然她老嚷嚷说要去芝加哥找个在阿伦达尔认识的姑娘，却一直在农场住下来了。不管她是什么时候做出去芝加哥的计划的，但是她要远行的打算本身给这古老且古板的屋子和河谷增添了一种美好的金色光彩，激起人们对她的一片柔情，因为她所见的一切将永远停留在她身上。有时候，漫步于海滩，周围没有一幢房子，向晚时分，随着东风，我们每每闻到柠檬、木柴烟、玫瑰和尘土的味道，闻到我们孩提时代造访过的大屋子的芬芳。记忆是那么模糊朦胧，却又那么令人惊喜不已——这正是我们希冀着而又不能待的地方。对于罗莎丽来说，农场正好像是这样的地方。

烟雨渺茫的时候，这幢老房子真让她神往。每每清晨醒来，听到雨滴打在房顶上淅淅沥沥的声音，一线天光照射进来，她感到无限慰藉。逢到雨天，她就筹划读书——得补补课了，她对自己说。她选的书都是大部头的，但没一本是读完第一章的。萨拉试着指导她。《米德尔马契》[1]是一部很好的书

1 《米德尔马契》：英国女小说家乔治·艾略特（George Eliot，1819—1880）创作的长篇小说，是她的代表作之一。

呢，或者，你读过《死神来迎接大主教》[1]吗？早餐后，罗莎丽往往坐到后厅去，拿出本书来读，到头来，她还是从木盒里取出本笑话类的东西读读。她有时候到村子里去遛遛弯儿，她挺高兴，人们都非常和善，没把她当陌生人。人们都问：您就是那位住在沃普萧家的姑娘吧？屋子里，她总想帮着干点什么，拖拖起居室的地板，或是拿着个布掸子到处转悠，但是，像她那样年龄的人，中世纪的装饰就像荆棘和绊脚石似的，不是碰了这个，就是绊倒那个。她暗自纳闷，简直不明白为什么沃普萧夫人总是要撷摘这么多鲜花，拿到屋子里来插在花瓶和花罐里；而她总是要碰翻几个。她笑起来很清脆、很甜润，人们都喜欢听她的笑声，甚至还有她远远的细微脚步声。她对一切都怀有善意，当然包括常常犯毛病的抽水机。逢到抽水机不好用时，科弗利就在木屋附近的井里为罗莎丽和沃普萧夫人汲水洗濯衣物；而男子汉们就在小溪里洗澡。

霍诺拉还没有来看过她。利安德跟她说了一句家里的玩笑："不见亲戚霍诺拉，就去不了芝加哥。"屋顶上沙沙的雨声使她领悟到，她在农场这样闲适的生活，是完全自然的——无所事事，让时间白白飞逝过去是完全自然的。一想起朋友的

1 《死神来迎接大主教》：美国女作家薇拉·凯瑟（Willa Cather，1873—1947）创作的小说，歌颂了十九世纪在新墨西哥印第安人中传教的天主教神父的献身精神。

死，像我们通常做的那样，她竭力让自己相信他的死其实也没有什么突兀的地方——也许是该他去天国的时候了，命定年纪轻轻就告别人间的，等等，聊以自慰。有一次，她梦见他了，熟睡之后醒来，只朦朦胧胧感到他遭难了。夜很深，屋子里黑洞洞的。她聆听小溪的潺潺声和林子里一只猫头鹰的鸣声——那种细微的、温和的低吟。她一边想，他遭难了，一边点燃一支烟卷。她似乎看见他了：背对着她，赤身裸体，从他脑袋和肩膀的姿势，她明白，此时他已衰弱不堪，迷路或者被蒙住了眼睛，在一片茫茫的谜一样的世界里怀着极大的痛苦踽踽独行。她帮不了他的忙——她心里明白，虽然从他犹如泳者滑动手臂的样子，她能体验到他无助的悲哀。她想，也许他正在经受应得的惩罚，但是她怎么也想不起来他到底犯了什么罪行。她回到床上睡觉，梦消逝了，好像他走出了她的意识，也好像他的跋涉和旅程结束了。

利安德带她上蜂鸟号玩了一天。那天海边的天气真是可爱极了。她站在前甲板上，利安德从舵轮室看着她。船穿过海湾时，有个陌生人走到她跟前，她也不理睬他，这使利安德感到高兴。那陌生人死乞白赖地要跟她搭讪，她只是冷冷地一笑，一骨碌爬上舵轮室里来。“这是我见过最滑稽的旧船了。”她说。

有人这么轻慢地评说蜂鸟号，利安德一肚子不高兴。她没轻没重的话叫他光火。也许，对于蜂鸟号的偏爱是他的一个弱点，但是他想，不喜欢蜂鸟号的人准是个轻浮鬼。“我饿死了，”罗莎丽说，“尽是些盐味的海风。我能吃下整整一头牛，而现在还不到十点。”她起初说的话仍然刺痛着利安德的心。“在大湖区，我去过这样的营地，”她说，“那儿有船载着游客到湖上转悠，但没这儿好玩。我是说我不认识那儿的船长。”她意识到轻慢蜂鸟号的不是，竭力想做些补救。“而有的船没这船能经受海浪，”她说，“这艘船一定特能航海吧？我想，这艘船一定是在人们知道怎么建航海船时造的。”

“到春天，就有三十二年了，”利安德骄傲地夸说道，“每季霍诺拉也不过花两三百美元在它身上。不管刮风下雨，它都送旅客，没损害过他们一根毫毛。”

在楠格萨吉特，他们一块儿上了岸。利安德瞧着她吃下四只热狗，买了瓶汽水，大口大口吞下去。她不想滑旱冰；利安德纳闷，也许她喜欢玩儿的要更复杂些。他也摸不准她是否乐意在休息厅里喝鸡尾酒。一提到家，她总把家描述得既富有而又卑俗。利安德独自思忖，也许两者兼而有之。“妈妈每年夏天都要举行大型的花园晚会，”她说过，“让乐队藏在树丛里什么的，糕点呵，好多好多啊。”而一小时之后，讲到她怎么当不了管家时，她又说道：“我爸在家自己擦洗浴室。穿上旧衣服，趴在地上，擦浴缸啦，地板啦，什么的……”树丛里雇用的管弦乐队和擦地板的牧师，对于利安德来说，都有点儿陌生，也同样都能撩起他的兴趣。她的背景似乎和眼前的罗莎丽以及她享受楠格萨吉特的劲头有点不符，这也使他感到很大的趣味。他自己倒是挺乐意滑旱冰的，当她拒绝去时，他真有点失望。他们在架于白沙滩和碧海之上倾颓的海边墙垣上盘桓；和她在一块儿，他感到乐融融的。他想——跟萨拉一样——要是有个女儿该有多好。他在心中描述起女儿可能的一生来。她当然要结婚。他甚至似乎看到自己在她奔上基督教堂的台阶时往她身上扔大米。到头来，她丈夫也许会在战时阵亡，或者是个酒鬼，或者是个无赖。不管怎么样，利安德老态龙钟时，她得回家来照顾他——给他拿威士忌，做饭，听他讲狂风暴雨之夜的故事。三点钟，他们回船。

除了摩西之外，大家都挺喜欢罗莎丽。摩西老躲着她，迎面碰上了，他脸上也是阴沉沉的。沃普萧夫人老催促他带她去乘帆船玩，他总是拒绝。也许他把她跟草原的初夜、火什么的联系在一起；也许他认为她是他母亲的造物，一个模子里出来的——这当然是不可能的。他大部分时间泡在波格马塞特航海俱乐部，用他的燕鸥号参加帆船赛；有时到小溪里去钓鱼。小溪从帕森池塘汩汩流出来，绕过谷仓的后墙，和西方河汇合。

一天清晨，他打算去钓鱼，拂晓前就从床上爬起来了。虽然已经夏末秋初，钓到鱼的可能性已微乎其微了。他给自己煮了点咖啡，在厨房套上涉水行头的时候，周围还是一片漆黑的夜色。他的脑海里浮现出许多令人愉悦的回忆：和这相仿的清晨，兰格利营地，滑雪——滑雪场小屋热得叫人透不过气来，吃得糟透了——赛跑。蹲在黝黑的厨房里喝咖啡（从窗户外开始爬进些熹微的晨光了）使他回忆起这一切。他从大厅贮藏室里拖出些家什，把靴子挂在皮带上，踉踉跄跄走上田野，打算步行到帕森池塘去，然后沿着小溪用水蝇钓鱼。水蝇是他能找到的唯一钓饵。

他穿过帕森池塘附近的森林，渔夫踏出来了一条小路。林子里的空气是湿润的，万物的清香叫人陶醉。一听到潺潺的水声——犹是预言家断断续续的宏论——他的心都快要跳出来了。第一口池映入眼帘。他的膀胱里贮满了尿，但是他要等到好运气来临的时候，才能释放呢。他太心焦了，急着逮只水蝇，便扑进了湖水里，只好自叹太匆忙了。他得装好钓竿，绑上几个像样的绳结。正在此时，他见到一条鳟鱼正逆水而上——只是一眨眼的工夫——他几乎就好像夜间嘴里咬着张报纸的狗一样，六神无主。

清晨，这么早，湖面上浮漾着阵阵雾霭。他闻到一股清香，是什么味道？有如鞣料树皮一般的浓郁，而且要优雅得多？他往水里又走了几步，站稳了脚跟，往湖水里甩钓钩。至少他自己非常满意，要是他是条鳟鱼的话，在上钩之前，他准是垂涎欲滴的。收起钓线，他又用力甩了一次，往湖水里走得很深了，水漫到了裤裆那儿。这是一种祝福呵，他想，希冀这清凉凉的水使他清醒过来，别再去追求安逸与享乐——业已成年的摩西发现自己倾向耽迷于享乐的人生。他抓到了一只水蝇，绑在钓钩上，蹚过湍流的浅水，走到另一个湖里。这是所有的湖中风光最旖旎的了，但是，在这儿，他从来没钓到过一条鱼。湖岸都是方方正正的大理石，好像人工开采出来的似的。湖水乌蓝乌蓝的，缓缓地淙淙而流，不时有一两棵枞树和野苹果树张开蓊郁的浓荫，罩于湖水之上。虽然摩西知道在这湖里垂钓是白费时间，但他也未能使自己信服——狡猾的、下颚上翘的鳟鱼，一群一群地洄游，每条足有两磅重呢。从这溢满乌蓝湖水的湖，他慢慢蹚过白亮白亮的水域，来到一处湖区。岸边长满了青青的野草，中间长着头巾百合和野玫瑰；这儿，甩钓钩容易得多了。在这湖里钓鱼的时候，太阳升起来了——金色的霞光穿过浓密的树林，洒向水面，每一块青蓝的石子，每一块洁白的卵石，都清晰地显现出来——水面越来越金光灿烂，仿佛是威士忌酒一般，一刹那，钓上了。他没站稳，差一点趴到水里，嘴里大声骂了几句。钓竿压得弯弯的，鳟鱼甩打尾巴跳出水面，往湖口的木堆那儿游去。摩西使劲拽住钓竿，鱼东蹿西蹦，水溅到摩西的手臂和肩膀上。鱼儿显得有点倦意时，他伸出网去兜。他想到：生命，多么旺盛的生命力！他赞赏地瞧着鳟鱼身上玫瑰色的花斑，将鱼脊骨折断，用蕨叶包裹起来。好运气的一天终于开始了，好运气！这一天他要钓个够。但是，蹲了整整一小时，他也没见个鳟鱼的影儿，于是蹚水到一个又一个湖中去，像个跑道巡查员低头沉思着，但是对周围笼罩在绿林碧水上的寂静，那琤琤的预言般的流水声，他并不是无动于衷的。极目向湖面望去，他发现自己并非一个人在这儿。罗莎丽也在。

她是来洗澡的；真的洗，用肥皂使劲擦脚趾，全身裸露，坐在一块青石上，沐浴在暖洋洋的阳光下。他折断了绕线轮，这样收掉线，她就听不见了。他小心翼翼地蹚水，不发出一丁点儿响声，走到岸边躲着，她便没法瞧见他，而他却可以透过树叶偷窥她。他赧然地望着他浑身熠熠发光的苏珊娜[1]，安逸享乐的梦消逝了，代之以忧郁和负疚。这使他唇干舌燥，牙齿隐隐发酸。她光是洗濯脚而已。也许是水太凉了，也许是太阳太暖和了。她站起来，扒掉粘在屁股上的一片树叶，走进葱绿的林子，消失了。她的衣服可能留在了林子里。他脑袋昏眩起来，口袋里钻出来的一股死鳟鱼味似乎勾起了往日回忆。他打开包着的鳟鱼，在流水里洗净；鳟鱼看上去就好像一个手中的

1　苏珊娜：英国小说家劳伦斯·斯特恩（Lawrence Sterne，1713—1768）创作的小说《项狄传》中的女仆人。

玩物。等了好一会儿，他回到农场，母亲正等着他打井水。午饭过后，他邀请罗莎丽去驾帆船玩。“好极了。”她说。

他们乘旧汽车到特拉弗廷，她的航海知识比他想象的要多得多。他正在抽干船舱里积水的时候，她把压板条送上帆船，放在非常合适的地方。海面上正在刮西南风。顺着风，拉起船底中心的垂直升降板，他驾着帆船沿赛道驶向第一个浮标。西南风转成东风，这时天似乎在玻璃上哈了口气一样，变得朦胧黝黯起来。他来了一个巨大的抢风行驶，往第二个浮标驶去，但是，这时海浪汹涌澎湃，忽然间，一切都变得阴沉、愤懑而危险。他感到古老的海的落潮正在拉扯帆船的巨大的力。海浪一个又一个劈向船头，每一个浪头都把罗莎丽浸得湿透透的。

她希望他掉转船头，驶回帆船俱乐部去，但她心里明白，他不会那样做的。她开始冷得打战，心想，要是没来该多好。她多么希望得到他的关怀，他的友谊。一个浪头将帆船抬得高高的，然后，船又叫人心惊胆战地摔入波谷，接着一个浪头猛然击向她的肩膀；此时，她想起自己的过去和希望，感到心灰意懒。远离可爱的家，远离朋友们，她发现男子每每要带她到使她生命处于危险的神秘地方去。她曾经认识个喜欢爬山的男子；当巨浪掀起燕鸥号，击向船舷时，她又想起了这位爬山的情人。当初，她爬上山巅，舌干唇裂，脚酸痛得要命，三明治都干了，望着那一片朦胧的蓝色，她心里就开始纳闷：到这峰巅来干什么？她曾经和逮鸟的远游过，在家里等过钓鱼的，狩猎的，而现在在燕鸥号上。她快冻得发僵，不淹死就算福分了。

他们绕过第二个浮标，开始回帆船俱乐部。快驶近系泊码头时，罗莎丽走到船头。下面发生的事其实并非她的过错，虽然他要是不明白，定会怪罪于她。正当她将轻舟往自己那儿拽时，小船的船头缆索叭的一声折断了。小舟似乎沉思般地荡漾了几下，然后慢慢调转船头向着茫茫大海漂流而去，在狂风大浪中时隐时现，颠簸着。摩西迅即踢掉运动鞋，一骨碌跳进海中，径直往小舟那儿游去。小舟随落潮和海风飞也似的漂去，击了一阵水，他才意识到游水没法追，此时掉过头来，才明白事情有多糟。当轻舟缆索折断时，燕鸥号已吹离系泊码头，风帆已放下，随狂风漂向大海，罗莎丽在船上扯着嗓子狂喊他。

这时，一片迷雾茫茫，人们只能影影绰绰地看见远处的海滩和波格马塞特俱乐部的点点灯光。因为逆潮而游，要悠着点劲，他便划着水向海滩和灯火游去，不慌不忙。见到帆船俱乐部门廊前现出个人影，他挥手狂喊，但是谁也听不见他的声音。仰躺在水面歇息了一会儿，他便开始往远处的海岸划去，脚一触到沙滩，心里便浮上来一种甜滋滋的味道。一艘旧的俱乐部委员的船正系在码头边。他解开缆绳，便冲进迷雾之中，揣摩燕鸥号可能在哪儿。一时他停下马达，嘶喊道："罗莎丽，罗莎丽，罗莎丽，罗莎丽……"

一会儿，她就应声了。瞧见燕鸥号的轮廓，他便告诉她该扔哪根缆绳给他。他在船头用手臂把她拽了上来。她哈哈大笑，咯咯咯笑个没完。他一直非常担忧，她的乐观好像是他从未想过她会拥有的德性似的。他们找到小轻舟，便向海岸驶去。将燕鸥号系好缆绳，两人走进旧俱乐部。这幢房子看上去似乎是由老太婆和老鼠一块儿凑合起来，而且是从圣博托尔夫斯沿海漂到这儿来的似的。摩西烧了一堆火，两人烤了一会儿。要不是老斯特吉斯先生到弹子房里来练球，他们还要待在那儿。

那天下午，霍诺拉钉好了地毯——锄了一块红玫瑰地——听说了这令人忧虑的海上事故后，终于决定到西方农场跑一趟，见见那位不速的姑娘。她从船舶巷穿过细雨蒙蒙的田野来到河巷，走到边门喊道："喂，喂，家里有人吗？"没人应声。屋子里阒无一人。她绝不是个爱管闲事的人，可还是爬上楼梯来到那间空房，也许姑娘在那儿。床铺叠得匆匆忙忙，椅子上到处乱放着衣物，烟灰缸里塞满了烟蒂，这使她不禁生起一种不友好的狐疑心情；她打开了壁橱的门。她听见摩西和罗莎丽从楼梯上正走上来时，人已在壁橱里。摩西在说："要是能使我们俩都感觉舒服，那这种事有什么害处呢？"他们走进房间时，霍诺拉关上了壁橱的门。

至于霍诺拉听到些什么——她偷听到不少——和我们毫无关系。这又不是病历卡。我们在这里见到一位老太太的矛盾心理——诞生于波利尼西亚，受教于威尔伯小姐学院，一位慈善家，一位乐善好施的妇人——在一个细雨霏霏的下午躲进窄小的壁橱，并不是为别的，而只是为探索真理而已。

[10]

那天，谁也没看见霍诺拉离开屋子；即使看见了，他们也无法肯定，当她穿过烟雨蒙蒙的韦兰家牧场到船舶巷时，满脸到底是泪珠还是雨水。她的感触，一腔的激动，也许是因为想起了德萨斯塔戈先生，他那成了泡影的城堡。她的生活一直是十分讲究道德的，她毫不动摇地崇尚不加害于别人的信条，而她今天却发现自己这种看法犹如旋风中的纸梗火柴一样微不足道。她不能理解。她也不能像人们想象的那样将自己的困惑全倒给麦琪。她换上了干衣服，喝了波尔多葡萄酒，晚餐后念起《圣经》来。

十点钟，霍诺拉祷告，灭了灯上床。一灭灯，她反而感觉更加清醒。是漆黑的夜使她清醒的。她惧怕黑暗。她壮起胆子直挺挺逼视黝黯，一面告诉自己那有什么可怕的。但是，在一片漆黑之中，似乎有什么在蠕动，有什么在不断地运动，仿佛妖魔鬼怪在一个跟一个地走进屋来。她清了清喉咙，试着闭上眼睛；但这使她更清晰地看见黑暗中群魔乱舞的情景。她又张开眼，既然无法躲避，她就要睁眼瞧瞧这幻觉的一切。

她虽然无法看清楚，但知道妖魔的数目并不多，好像十二、十四个光景——够围住她的床了。它们好像在舞蹈，动作丑陋猥亵；再往黑暗之中瞧，她似乎看清了它们的样子。有的像傻瓜，咧着狗牙讪笑；有的戴着万圣节卖给孩子的那种硬邦邦的猫和海盗的面罩；有骷髅，有戴面具的刽子手，有她在《国家地理杂志》照片中见到过的偌大的巫医头饰——有她认为奇异、矫揉造作的一切。她高喊一声：我是霍诺拉·沃普萧！我是沃普萧家的子孙。沃普萧家的人全是什么都不怕的。

她跳下床来，开灯，在壁炉里点上火，双手伸近火苗取暖。这光、这火好像驱赶走了这些妖魔。她又喊道：我是沃普萧家的子孙。我是霍诺拉·沃普萧。她在火炉边一直喃喃，直到子夜时分，才上床睡觉。

她早早地穿衣起床，早餐后，匆匆忙忙穿过花园，去赶开往特拉弗廷的公共汽车。雨停了，但天仍然阴惨惨的，残留着暴风雨的遗迹。车上乘客只有寥寥几个。车开了几分钟后，后座一位女士离开自己的座位，坐到霍诺拉旁边。“我是基塞尔太太，”她说，“您不记得我了，但我认识您。您是霍诺拉·沃普萧。有件怪叫人不好意思的事要告诉您，您上车的时候，我就看到——”基塞尔太太压低了嗓门，絮语道，“您衣服前面的扣子都没扣。这真叫人不好意思。但我觉得最好还是跟人直说的好。”

“谢谢您。”霍诺拉说，拉上了外套。

“我总是觉得最好还是跟人直说的好，”基塞尔太太接着说道，“不管什么时候别人跟我直说，我都是十分感激的，不管他们是谁。这使我想起一件我从前碰到过的事。几年前，基塞尔先生和我到缅因州去度假。基塞尔先生老家在缅因州，他是从鲍登学院毕业的。我们乘的是卧铺。车到站时是清晨，哦，在睡铺上穿衣服真叫人难受死了。我以前从来没有乘过卧铺。好吧，下车到月台，月台挤满了人。站长也站在那儿，在那儿等邮件什么的，我猜想。好家伙，他径直走到我跟前。我从来没见过他，纳闷他到底想干什么。好吧，他走上前来。‘夫人，’他低声说道，‘夫人，您的紧身胸衣没扣上。’”基塞尔太太扬起头，哈哈笑了一阵，像个很年轻、很年轻的女人。“哦，我以前从未见过他，”她说，“后来也没见过他。可他径直走到我面前，跟我直说，我一点儿也不生气。哦，压根没生气。我谢谢他，走进女厕所，扣上扣子，雇了辆马车到旅馆去。那会儿还兴马车呢。”

霍诺拉转过身，瞧着基塞尔太太，心中充满了妒忌——她邻座的这位妇人这么纯朴，这么热心，这么无忧无虑。到特拉弗廷了，车一停，霍诺拉便跳下车，沿街径直往招牌油漆师那儿走去。

[ 11 ]

第二天清晨，利安德沿着散发一股鱼腥味的小路走到蜂鸟号停泊的埠头。十几个旅客已等在那儿，准备买票上船。他一眼瞥见舵轮室外面挂着一块牌子。他立时想到霍诺拉，她葫芦里到底卖什么药？是块油漆的木牌，一定得花五个美元呢。木牌上写着：不准入内。此轮出售。欲知详情请与船舶巷二十七号霍诺拉·沃普萧联系。一刹那间，他的心似乎沉坠下去，好情绪顿时全泡汤了。他继而感到愤怒。牌子是挂在舵轮室上的，不是钉上去的；他一把将它拽下来，要扔到河水中去，但一想，这木料不错，还可以派别的用场。“今天不开船了。”他对旅客说。他用胳膊夹上木牌，穿过人群来到广场。村里做生意的当然知道这挂牌的事情，大伙儿瞅着他。他什么人也不瞧，费好大劲才不让自己太大声地自言自语地叫喊出来。正如我们知道的，他已经是六十多岁的人了，有点佝偻，走起路来带点外八字，但是他是一个非常漂亮的老人，一头浓发，一副孩子气。牌子挺沉，他的手臂有点酸，到船舶巷一路上两边胳膊换着夹。这时，他已经到了怒不可遏的地步，完全控制不住自己。他操起木牌边往霍诺拉的门上砸去。

霍诺拉正在缝纫。待好一会儿，她才起身往大门走。她先拿了手杖，在厅里转了一圈，收起摩西和科弗利的所有照片，往沙发后一扔。这样做的理由是，虽然她喜欢挂这两个男孩的照片，却不愿让家里任何人看到她这种外露的爱。然后，她整了整衣服，往大门走去。利安德还在猛敲。“要是你把我门上的漆打掉了，”她冲着他喊道，“你要赔。”她一开门，利安德便快步冲进屋子，吼叫道：“老天，这是什么意思？”

“别嚷好不好？”她说，两手捂住耳朵，“别嚷，我受不了。”

“霍诺拉，你干吗要这样？”

“我受不了你这样说话，”她说，“嘴里不干不净，我不要听。”

“我根本没骂人，”他喝道，“我早不骂人了。”

“船是我的，”霍诺拉说，两手从耳朵上拿下来，“我想怎么着就怎么着。”

“你不能卖掉它。”

“我当然能，”霍诺拉说，“达哥斯蒂诺家的孩子想买下它当渔船。”

“我是说，它对我还有用，霍诺拉。”话音中没一点哀求的意思。他还在嚷嚷。“是你把船送给我的。我一直在用它。它是我的船。”

“我只是租给你的。”

“他妈的，霍诺拉，一家人可不能这样咬来咬去。”

“你骂街，我不要听。”霍诺拉说，手又举到耳朵上。

“你要干什么？”

“我希望你别骂街。”

“你为什么要这样？为什么背着我干这个？为什么你不告诉我你心里到底在算计什么？”

“船是我的，我想怎么着就怎么着。”

“我们总是一起分享许多东西的，霍诺拉。那地毯是我的。那地毯是我的。”他指的是大厅里的长地毯。

“那是你亲爱的妈妈送给我的。”霍诺拉说。

“她借给你的。”

“她送给我的。”

“那是我的地毯。”

“没那回事。”

“既然你能那么干，我也能。”利安德扔掉木牌，一把拽住地毯的一角。

“放下手，利安德·沃普萧。”霍诺拉高声喊道。

“这是我的地毯。”

“马上把手放下。听见没有？”

“是我的。这是我的地毯。”他拽起长长的地毯就往门口拉，地毯很长、很脏，飞扬起来的灰尘叫他连连打了好几个喷嚏。这时，霍诺拉奔到地毯另一头，一把抓住，一边大声喊麦琪。麦琪冲出厨房，攫住霍诺拉那一头——大伙儿都连打喷噓——开始拉将起来。这是令人非常不悦的一幕；但是，考虑到圣博托尔夫斯的古怪，我们必须承认这是怨恨与自相残杀之乡。在这里，平肖这双胞胎兄弟俩一辈子住在一幢屋子里，到死还用粉笔线把两人隔开。当然，利安德输了。在这场竞赛中，你怎么能指望男人赢呢？霍诺拉和麦琪得了地毯，利安德冲出屋子，气鼓鼓的，自己也不知道往哪儿走好。他沿着船舶巷往南奔，来到一块田野，坐在甜甜的青草之中，嘴里咀嚼起多汁的草根，想驱走一嘴的苦水。

一生中，利安德眼看村子里男子汉可去的避难所一个一个减少，如今只剩下一个了。骑兵卫队解散了，大西洋俱乐部关闭了，甚至帆船俱乐部也漂到特拉弗廷了。只剩下尼亚加拉消防公司。他走回村子去，爬上救火车旁边的楼梯到了会议室。夜餐吃的牛排味还飘荡在空气中，房间里除了老珀利·斯特吉斯之外，没一个人影，而珀利还在呼呼大睡。墙上挂着许多沃普萧家人的照片：年轻的利安德；利安德和哈姆雷特；本杰明、埃比尼泽、洛伦佐和撒迪厄斯。自己年轻时的照片使他非常难受。他走到窗边，跌入一把莫里斯安乐椅里。

他对霍诺拉的愤懑渐渐演变成一种不安。她这样做显然是怀有什么目的的，他很想知道那是什么。他思忖她可能干些什么。他终于渐渐明白，她毕竟能干一切她愿意干的事。蜂鸟号以及这农场都是她的财产。她支付了孩子们的学费和抵押贷款的利息。甚至是她给贮藏室运来了煤。她做这一切都是出于可能想象的、最仁慈的意愿。她曾经说过，利安德，我有钱。为什么我不该帮助我自己家的人呢？是他自己的过错，从未考虑过她宽宏大量的后果——这是不能怪罪于她的。他知道她爱管闲事，但是他往往忘却了这一根本事实，误认为生活总是殷实富有的——河汊里的鲫鱼，溪水里的鳟鱼，果园里的松鸡，霍诺拉钱包里的金钱——误认为世界之所以存在就是为了让他自由自在，快快乐乐的。一幅他妻子和儿子可怜巴巴的情景映现在他眼前——穿得非常单薄，在暴风雪中瑟瑟发抖——这毕竟也不是太离奇的。要是霍诺拉愿意，难道她不能让他们都体验一番饥饿的滋味吗？家庭这种可能的图景在他心中激起无穷的激情。他要保护他们，给他们准备栖身之所。他要用木棍和石头，他的拳头，去保护他们。但这是无法改变财产占有的现状的。一切都属于霍诺拉，甚至阁楼上的摇马。他本来会有一个完全不同的人生。

但是，瞧着窗外广场树林之上那块碧空如洗的天，他一下子被这世界的美攫住了。在这天堂般的世界里，怎么还会有谬误和不幸呢？“醒醒吧，珀利，醒醒吧，让我们玩十五子游戏[1]吧。”他喊道。珀利醒来，他们俩一块儿玩十五子游戏，用火

1 十五子游戏：一种双方各有十五枚棋子，由掷骰子决定行棋格数的游戏。

柴梗赌输赢，一直玩到中午时分。在面包店吃了午饭，两人还接着玩十五子游戏。下午过了一半，利安德突然明白他缺的就是金钱。可怜的利安德！我们不能凭空胡说他是一个睿智、富有创造力、具有总理般气度的人。他自己倒有点自命不凡。

他穿过广场来到卡特赖特街区，爬上楼梯。他对电话公司办公室的马斯顿太太道了声午安——这是一个讨人喜欢的、白发苍苍的寡妇，办公桌周围摆满了盆装花，这些花花草草似乎在她和善脾性的气氛中葳蕤怒放。利安德和她聊了会儿雨，然后下楼到大厅医生的诊疗室。诊疗室门把上挂着块牌子：请进，像个孩子的围涎。在候诊室有个手上缠着绷带的小姑娘，头枕在她母亲的胸部；还有老比利·汤普金斯，手里拿着空药瓶。家具似乎是从门廊那儿搬来的；利安德坐着的藤椅吱吱嘎嘎叫起来，好像是坐在耗子窝上似的。墙纸上画着背包、树篱和猎狐的行装。从这些不断重复的图案中，利安德仿佛见到这村子生命力的表现——善于吸收陌生的、迥异的生活方式。通里屋的门打开了，走出来一个皮肤黧黑的、怀孕的年轻妇人。手上缠绷带的小姑娘随母亲进去了，不多会儿就出来了。然后轮到拿着空药瓶的比利·汤普金斯。他走出来时，手里拿着一张处方笺。利安德走了进去。

“我能为你做点什么呢，沃普萧船长？”医生问。

“我刚才和珀利·斯特吉斯在消防公司玩十五子游戏来着，”利安德说，“我突然起了个念头。我寻思，你能给我个职位吗？”

“哦，恐怕不成，”医生十分和善地说，“我连个护士都没有。”

“那不是我心目中的职位，”利安德说，“有人会听见我们说话吗？”

“我想没有吧。”医生说。

“拿我做试验品吧，”利安德说，“请答应吧。我已经做出决定，这正是我想做的事。我签字。我绝不告诉任何人。在我身上开刀吧。干任何你想干的事。只要给我点儿钱。”

“你自己都不明白你在胡说什么，沃普萧船长。”

“拿我做试验吧，”利安德说，“我将是个很有意思的标本。纯北方人的血统。想想我血管里流的血，有议员的，学者的，海轮船长的，英雄豪杰的，校长的。你会创造医学奇迹的，你会因此而成名，因此而扬名四海。我告诉你我的家族历史，我将给你我们家的系谱。你拿我干什么都成，我不在乎。只要给我点儿钱。”

“请你出去，沃普萧船长。”

“这将对人类有点利，是不是？”利安德问，“这将对人类有利。谁也不会知道。我谁也不告诉。我发誓谁也不说。我要对着《圣经》发誓。你可以建立个谁也不知道的实验室。我不告诉任何人。只要你说什么时候，我准就去。要是你希望的话，我可以晚上去。我可以跟沃普萧夫人说我去旅游。”

“请出去，沃普萧船长。”

利安德拿起帽子，走了出去。在广场上，有个住在河对岸的女人用意大利语喊自己的儿子。“请说英语，”利安德对她说，“请说英语。这儿是美国。”他驾着老别克回到农场。

他困顿极了，见到农场的灯火非常高兴。他又饿又渴，好像一口可以把这整个的风景和房子吞下去。萝萝好像烤了什么，大厅里满是烤炙食品的香味。萨拉在后轩。

“见到那牌子了吗？”她问道。

“见到了，”利安德说，“她今天上这儿来了吗？”

“是的，今天下午来的。”

“她把牌子挂到舵轮室了，”利安德说，“我猜想是她自己亲自挂上去的。”

“你在说什么来着？”

“那牌子呀。”

“但牌子在门框上呀。”

“什么？”

“木牌挂在门框上。她下午挂上去的。”

“她要卖这农场？”

“哦，不。”

“那又是什么，什么？到底是什么？”

“利安德，别这样。”

“我跟谁都没法沟通。”

“别用那样的口气说话。”

“好吧，怎么回事？告诉我，萨拉，挂的是什么？”

“她想，我们应该招待游客来住。她跟帕特森家的人聊过，他们接待旅游的人，赚了好多钱，每年还能到代托纳[1]去转悠一圈。”

“我不想到代托纳去。”

“我们有三间空余的卧房，”萨拉说，“她说我们应该出租。”

“这老婆子疯了，”利安德喊道，“把我的船卖给外国佬，现在又要叫陌生人到我家来住。简直疯了。”

“她只是想……”

“她只是想叫我也发疯。简直弄不明白她到底想干什么。我才不想到代托纳去呢。她怎么会瞎说我想到代托纳去？”

“利安德，别，嘘……”在向晚的暮色中，她瞧见一辆小车的车灯开上了车道。她穿过大厅下楼，来到边门，走上门廊。

“这儿有地方住吗？”一位男士情绪很好地问道。

---

1　代托纳：美国佛罗里达州东北部大西洋海岸著名的旅游胜地。

“嗯，我想是有的。”萨拉说。利安德跟着她穿过大厅下楼。当他听见陌路人在暮色茫茫之中关上车门时，又缩腿退进门里。

“要多少钱？”男士问道。

“照流行的价格付吧，”萨拉说，“也许您想瞧瞧房间吧。”一位男士和一名女士上了楼。

“只要床睡得舒服，有洗澡间就成。”男士说。

“哦，这床褥是马毛的，”萨拉若有所思地说，“热水箱有点铁锈。不瞒你说，这个月抽水机出了好几回毛病，糟透了。还是先瞧瞧房间吧。”

她拉开纱窗门，走进大厅，后面跟着旅客。利安德站在那儿，尴尬得很，赶紧打开大厅衣柜的门，钻进黑咕隆咚的旧大衣和运动器具中间去。他听见陌生人进屋，跟着萨拉上了楼。不久，从古老的盥洗室里传来异常响亮的哗啦啦的水声……这是前奏。水声静下来后，他听见陌生人问：“那你们没有带单独浴室的卧房吗？”

“哦，没有，”萨拉说，“真对不起。”话音中含有哀怨的调子。“不瞒您说，这是圣博托尔夫斯最古老的房子，我们的浴室是乡下这一带最老的。”

“唉，我们想找个带单独浴室的卧房，”陌生人说，“而且……”

“我们总是喜欢有个单独的浴室，”他太太彬彬有礼地说，

“即使坐火车旅行，我们也喜欢那样的车厢。”

“De gustibus non est disputandum.[1]”萨拉甜丝丝地说，但她的甜蜜是非常勉强的。

“非常感谢您，让我们看了房间。”

“别客气。”

纱窗门砰的一声关上。车开出车道后，利安德从衣柜里钻出来。他奔上车道，走到挂牌子的门柱旁迎面瞧见：旅游者之家。和蜂鸟号上牌子的大小、木质一个样。他使出浑身气力，将牌子高高抡起在空中，猛然往石头上砸去，叭的一声，木牌碎成两半，蹦跳起来，磕到他自己了。那天夜里，他走到了船舶巷。

霍诺拉的屋子还没亮灯。利安德摆出架势站在屋前，直呼她的名字。他停了一会儿，让她有披晨衣的时间，接着又嚷喊着她的名字。

“干什么呀，利安德？”她问道。他看不清她，但这明明是她的声音；他知道，她正站在窗口。“你想干什么？”

“这些日子，您可高贵、可伟大啦，霍诺拉。别忘了我知道您的底细，我知道您是个什么玩意儿。我记得您喂过猪，从韦兰家回来，手里还得提牛奶桶。我今日有重要的话要跟您说

1　拉丁文，意为“人各有嗜好”。

清楚，霍诺拉。那是很久以前的事了，您刚从西班牙回来的那会儿。我和米切·埃默森正站在穆迪家门前。您走过广场，米切嘀咕了几句损您的话。我不想重复他的话。好吧，我把他从伐木场一把拽出来，揍得他直哭爹喊娘。他比我重五十磅，埃默森家的小子个个虎背熊腰，可是我揍得他哭鼻子。这我可从来没跟您唠叨过。”

“谢谢你，利安德。”

“还有的是呢。我是一直跟您讲情分的。当初要是您叫我，我会一直追到西班牙，干掉那个叫萨斯塔戈的小子。我利安德可从来没干过什么对不起您的事。您为什么总要和我过意不去？”

“摩西得自己闯荡去。”

“您说什么？”

“摩西得到世界上去闯荡，去证明他的价值。唉，我这么说出来是很困难的，利安德，但是我想我们必须得这样。整个夏天，他除了寻欢作乐之外，什么也没干。我们家的男子汉，年轻时都得到世界上去闯荡一番——所有的沃普萧人。我琢磨了一下，觉得他必须去；当然啦，他会想家的。哦，在西班牙那会儿，我多么想念家乡啊。一辈子也忘不了。”

“摩西是个棒小伙儿，”利安德说，“到哪儿都成。”他挺了挺腰杆，想到儿子，充满了自豪。“您心里是怎么盘算的？”

“我想他可以到纽约、华盛顿之类的地方去，陌生而遥远。”

“好极了，霍诺拉。敢情您那些馊主意就是为了这个？”

“什么馊主意？”

“您不是要卖掉蜂鸟号吗？”

“达哥斯蒂诺家的孩子们改变主意了。”

“摩西的事我要跟萨拉合计合计。”

“这对我们大伙儿都不是件容易的事。”霍诺拉说，然后唏嘘一声。利安德听见了这颤抖的太息，震了一下又像烟雾一般消逝了；这一声太息发自一位年迈妇女的心灵深处，似乎年龄并未改变叹惋的温情与纯洁——这犹如稚童的一声叹息，使他深深地感动了。

“晚安，亲爱的霍诺拉。”他说。

“去好好呼吸一下这新鲜空气吧。”

“是的。晚安。”

“晚安，利安德。”

[ 12 ]

摩西在大学的生活平平常常，除了几个朋友之外，没什么可以叫他留恋的。他并不惜念粥上面的一层脱脂奶，再说，邓斯特大楼的倒影映在阴惨惨的查尔斯河上，像头母猪似的。他希冀去瞧瞧世界。对于利安德来说，世界是意味着摩西能施展他坚强的、温顺的、睿智的本性——他的聪明才智的地方。一想到儿子要远走高飞，他心里每每充溢了骄傲和期待之情。摩西会干得非常漂亮的！原来霍诺拉心里揣着的是家族的传统：沃普萧家男子汉长大都得去闯荡世界——包括利安德的父亲——长出胡子之前都得去好望角转上一圈。有的沃普萧家的子孙流露出堕落的倾向，在回国的航程上从事买卖萨摩亚美女的淫业。萨拉一生惯于奉行一种宿命的信条——生命是飘忽不定的，无常的，活了今天不知道明天会不会来。这信条帮助她忍受因大儿子离家远游而引起的痛苦。什么时候该轮到可怜的科弗利呢？

大约一年前，兄弟俩还一见面就像仇人似的，哥俩不是拳打脚踢，就是用木棍、石块和冰球斗殴。两小子每每恶声相向，互相谩骂另一个终究有一天会被社会斥为脾气暴烈的骗子。后来，这一切突然被温情和兄弟情谊所取代。这种兄弟情谊展现出了一切爱的迹象——近则喜，离则痛。他们甚至沿特拉弗廷海滩漫步很长很长时间，互相倾诉内心最隐秘的、也许是最不现实的盘算。得知哥哥要离家远走，科弗利第一次尝到了爱的苦楚；太苦涩了。没有摩西，他简直没法生活下去。霍诺拉已经做了安排。摩西要到华盛顿去为个名叫博因顿的先生干活。博因顿先生欠了霍诺拉一笔债。即使摩西心中有憾意，或者任何憾意的表示，那这种憾意也是不明显的，被淹没在行前的慌乱和急于离开圣博托尔夫斯到世界上去较量较量的心情之中了。

萨拉给摩西整理了好些东西。这些东西她想生活在一个陌生的地方也许会有用的——坚信礼证明，在普利茅斯海岸巨砾处买的一把纪念品汤匙，六岁时画的战舰，足球衫，祈祷书，暖手袋，两张成绩报告单。但是，听见他在楼上冲着科弗利大声嚷嚷，她感觉他不会乐意带上这些玩意儿的，便又一件一件拿出来。摩西离家的日子越来越近，萨拉和利安德老两口也越亲近，重演可爱的自欺欺人的那一套——这是许多白头偕老的婚姻的基石。利安德觉得萨拉太孱弱了，摩西行前好几个夜晚，他给她拿来披肩，好让她挡挡夜寒；萨拉觉得利安德有漂亮的男中音嗓子，现在既然摩西要走了，她希望他能重新捡起音乐来。其实，萨拉一点儿也不羸弱——她足有十倍的力气——而利安德连最简单的乐调也唱不出来。“你必须小心夜里着凉。”利安德给她拿来披肩时说；而萨拉则抬起头钦羡地瞧着他，说：“唉，孩子们从来没听过你唱歌，真是叫人太遗憾了。”

家里举行了一个告别聚会。男子们喝波旁威士忌，妇道人家喝干姜水，吃冰淇淋。“我来时走过韦兰家牧场，”阿德莱德·福布斯姨妈说，“那儿堆满了牛粪。我一辈子也没见过这么多牛粪。简直满世界全是。每走一步，人准踩在牛粪上。”所有的人都来了。里巴·希斯利普走到罗莎丽跟前，说：“我是出生在共济会教堂圣坛上的。”他们还尽聊出外见世面的所见所闻。盖茨先生和太太去纽约跑了一趟，一间房一天十八美元，窄小得连抱着小猫旋转的地方都没有。阿德莱德姨妈小时候有人带她去过布法罗。霍诺拉去华盛顿转悠过。教堂的风琴师米尔德里德·哈伯弹琴，大伙儿捧着古老民歌小册子唱起《金线中的银线》《不啦歌》和《黄昏》。正在唱歌的时候，萨拉瞅见匹匹·马什曼洛大叔贴在玻璃上的脸。等到她奔出去到门廊那儿请他进屋时，他已经溜走了。摩西进厨房喝点水，却发现萝萝在饮泣。“我不是因为你要走才哭的，摩西，”她说，“只是因为我昨夜做了个噩梦。我做梦给你一块金表，你把它往石头上一甩。我傻吗？当然，我不会有买金表的钱，你也不是那种孩子，会把金表往石头上扔。不管怎么样，我做了这个梦，我给你金表，你摔到石头上去了。”

第二天晚上九点十八分，摩西走了。除了父母，没有别人送他。罗莎丽把自己关在卧室里独自啜泣。“我不到车站去。”

霍诺拉说，口气就跟家里举行葬礼时说我不去坟地一个样。谁也不知道科弗利上哪儿去了，萨拉思忖他可能到特拉弗廷海滩散步去了。站在车站的月台上，他们可以听见远处火车沿河东岸奔来的辚辚声，这声音令萨拉浑身打战，因为对像她这把年纪的人来说，火车无疑就意味着生离死别。利安德一手搭在摩西的肩膀上，给了他一枚银元。

摩西激动不已，但并不悲伤。他已经忘记当赛前十分钟信号响起时摩托快艇的紧张情景，忘记他曾经追捕过松鸡的残败冷落的果园，忘记帕森池塘、草地、广场上的大炮，以及五金店和贾斯廷娜姑妈曾经弹钢琴卖艺以招徕顾客的廉价小铺子之间熠熠发光的河水。如今，我们已经习惯于诗意的程式性夸张，把兰花和套鞋混为一谈，说什么旧羽毛污浊的臭气夹杂着大海的清香。每每假期结束，我们乘大车或者轮船离开那些纯朴之乡，枯黄的落叶在萧萧的北风中飞舞，我们忙着将种子、狗和孩子扔进车厢里去；在这种离别的时刻，并非一幕幕璀璨的、真切的往昔图景都会像濒临淹死的人一般在脑海中闪过。诚然，我们确实风尘仆仆地回到灯火通明的家，闻到随北风吹来的烧焦苹果树的糊味，瞥见一位波兰伯爵夫人在滑雪木屋里往脸上抹香油脂，听到发情角枭啾啾的呜呜声，闻到南风飘来的死鲸腥味——南风飘送来安特卫普甜丝丝的钟声和阿尔图纳钟洗碗碟般的召唤声，但我们不是都能记住这一切的，行色匆匆、赶车远行时，就更不容易了。

摩西吻萨拉的时候，她嘤嘤哭泣起来。利安德一手搭在她肩上，她让开了。所以，摩西道别的时候，他们是分开站着的。火车一开动，在特拉弗廷偷偷上车的科弗利从他藏匿的厕所里钻出来，找到他的哥哥。火车飞驰过银餐具厂，急驰过墙上漆有对动物慈悲些吧传说字样的、拉金先生的谷仓，疾驰过雷姆森家的田野和船民家的垃圾堆，行驶过结冰的水塘和生发水工厂，驶过特林布尔太太洗衣铺，驶过布朗先生的家。这班九点十八分的火车轰隆隆驶过他窗下时，他总要咬一小口碎肉馅饼，喝一杯牛奶。火车继续驶过霍华德家和汤森家，驶过公路、公墓和一位给人锉锯子的老人的屋子——那是这村子里最后的一间房了。

[ 13 ]

真是不雨则已，一雨倾盆，什么事儿都一股脑来了。告别摩西后，利安德和萨拉回家在大厅的桌子上发现一封科弗利的信。

“亲爱的妈妈、爸爸，我随摩西走了。我知道我应该告诉你们，不辞而别无异于说谎。但这只是我一辈子第二次对你们撒谎而已，以后永远不会了。上次撒谎是关于那把黑柄螺丝起子，那是我从蒂涅肯姆五金店里偷来的。我爱摩西，没有他，我不可能在圣博托尔夫斯生活下去。我们不会待在一起，因为我们想分开，我们能更好地向霍诺拉姑妈证明我们的自主能力。我将到纽约去，在米尔德里德堂姐夫开办的地毯厂干活。一找到住的地方，我就写信给你们，告诉你们我的地址，我有二十五美元。

“我爱你们，我不愿伤害你们的感情。我知道世界上再也没有比圣博托尔夫斯和我们家更好的地方了。有朝一日，我出人头地，就回家来。在任何其他地方，我是找不到幸福的。但是现在，我成年了，我要到世界上闯荡一番，赚自己的钱。我这么说，是因为我脑海里装着这么多美好生活的理想，而从前是没有的。我带了镶过框的吉卜林的短诗《如果》。我将时时想到这首诗，想到我读过的所有伟大的人物。我会去教堂的。

“爱你们的儿子科弗利。”

两天后，罗莎丽的父母打电话来说一小时后他们来接她回家。他们的车已开到奥伊斯特维尔。不久，一辆长长的漆黑锃亮的轿车——这可大大打开埃默森·卡维斯的眼界——驶进西方农场的车道，罗莎丽奔过去迎接父母。“你怎么穿这草绿色的衣服？”萨拉听见扬夫人问女儿。这即使不是第一句，也是她跟女儿说的第二句话。他们走出汽车；罗莎丽一脸飞红，像个孩子似的迷惑困窘，将父母介绍给萨拉。扬夫人握一下萨拉的手就转身问女儿：“你猜我昨天找到什么来着？我找到你的圣甲虫宝石手镯了。在我梳妆台上的抽屉里。昨天早晨准备来奥伊斯特维尔之前，我决定清理清理梳妆台抽屉。抽出抽屉，我一股脑把里面的东西全倒在床上——正倒的时候，哎哟，瞧，那不是圣甲虫宝石手镯吗？”

“我上楼去把东西整理好。”罗莎丽说，羞怯怯的，脸一直红到脖子根。她进屋，留下萨拉和父母在一起。这位教区长穿着牧师的袍服显得胖墩墩的，一副十分自信的样子；站在那儿的他开始在肚子上搔痒痒。萨拉平生讨厌对人下过于匆忙的、不友好的结论；但是，这位男子身上散发出一种十分显然的僵硬死板、枯燥乏味的气息，讲起话来傲慢、单调而粗鲁，她心中有点不悦了。扬夫人矮矮的，有点丰腴，身上套着皮大衣，戴着手套和珍珠装饰的帽子。她似乎是那种中产阶级的妇女，脑袋里空空如也，有一股悲剧的意味。“这事逗就逗在，”她说，“我以为罗莎丽把圣甲虫宝石手镯掉在欧洲了。你知道，她去年到外国旅游了一圈。八个国家呢。是啊，我以为她将手镯掉在欧洲了，居然在梳妆台抽屉里找到，真叫人大吃一惊。”

“进屋去吗？”萨拉问。

“不，谢谢你。不，谢谢你。这是幢古怪的老房子，我看得出来。我特爱古怪的老房子。以后，我老了，詹姆斯退休，我就要买一幢这样古怪的、颓败的老屋子，我自己把它整个粉刷一番。我特爱那种古怪的、颓败的老房子。”

牧师清了清喉咙，伸手去摸钱袋。“我们有一点有关经济的问题要解决一下，”他说，“最好在罗莎丽下楼之前就解决好。我和扬夫人商量了一下，我们想也许二十美元够偿付……”这时，萨拉不由自主地哭泣起来——为了科弗利，为了罗莎丽，为了摩西，为了这愚蠢的牧师。她感到胸中一阵阵疼痛，仿佛是在给孩子们断奶似的。“哦，我流泪了，请原谅我，”她啜泣着说，“真对不起，请原谅我。”

“好了，这儿是三十美元，喏。”牧师说，将钱递给她。

“唉，我也不知道我怎么了，”萨拉哭泣不已，“唉，天哪。唉，天哪。”她将钱随手扔进花园。“我一辈子还没有被这么侮辱过。”她哭着走进了屋子。

和沃普萧夫人一样，罗莎丽在楼上也在啜泣。提包已捆扎好了，但萨拉发现她全身趴在床上嘤嘤而泣。萨拉坐到她身旁，一只手轻柔地搁在她背上。“可怜的孩子，”她说，“恐怕他们并不太讨人喜欢。”

这时，罗莎丽抬起头。出乎萨拉的意料，罗莎丽愤愤地说：“嗳，你可不能这样说别人的父母。”她继续说：“我是说他们毕竟是我的父母，我想，你说你不喜欢他们，不合适吧？我是说那样讲并不公正。他们毕竟尽了自己的一切力量，送我上阿伦达尔学院，上欧洲。人人都说我父亲可能要当主教了，并且……”她转过身来，满脸泪痕，望着萨拉，在她脸颊上亲了一下告别。她妈妈在楼梯上喊着她的名字。“再见，沃普萧夫人，”罗莎丽说，“请代我向萝萝和沃普萧先生问好并告别。这儿太美了……”然后，她对着妈妈喊道：“我来了，我来了，我来了，我来了。”她拎着箱子，噔噔噔地奔下楼梯去。

# 第二部

## [14]

笔者的书信体（利安德写道）是继承蒂莫西·德克斯特爵士的传统，尽量简练地运用标点符号、前置词、副词、冠词等，并希望读者随时随地补充他认为合适的想象。西方农场。秋日。下午三点钟。西北风，帆船大赛好极了。金灿灿的阳光。粼粼的河光波影。屋顶上挂着黄蜂窝。古老的屋子。远远能瞧见圣博托尔夫斯的房顶。如今成了河边古镇了。我家在那儿曾经是显赫名门。附近许多地名，湖、路甚至山，都是以我家的姓命名的。沃普萧大道如今成了南边海滩挤满下等酒吧间和妓院的陋巷。空气中弥漫着热狗、爆米花和海风的气息，回响着老旋转木马场那儿传来的汽笛风琴[1]的刺耳音乐。破木片搭的小舍，出租一天、一星期或者一个季度。这条街是以我家一位祖先的名字命名的。他曾趴在一根桅杆上在爪哇海航行了三天三夜，光脚和鲨鱼搏斗。

笔者的身上奔流着船长和教师的血统。都是伟人哪！真正出类拔萃的人，这些时日引起好多人的好奇。回忆重要的和不重要的往事，总可以弄明白业已发生过的事情。有许多家丑。有污秽的秘密，大多与肉欲有关。残忍，暧昧的爱情，坦率，

1　汽笛风琴：一种利用水蒸气鼓吹发声的管状风琴，其声甚响，数里可闻，商人用以招揽顾客。

但并不肮脏。这牵涉到情趣与爱好。老是写排空膀胱；老是写刷牙；老是写造访查顿街上的妓院。谁感兴趣？就因为这些，大部分现代小说让笔者反感。

可能存在关于十九世纪七十年代和以后一段时期新英格兰港——同时也是工业城市——的文学。如果真是那样的话，我在那以后可从来没发现过可与之相匹敌的文学。笔者年轻的那段时光，造船厂兴旺得很。河巷的造船厂堆着足有三英尺厚的橡木木料。那会儿用牛拉木料。一整个夏天净听见手斧和锤子的喧闹声。这是令人精神振奋的喧闹声。八月末能听见嵌船板缝隙的声响。冬日的严寒很快就要来临了。九月新船下水。船员早年都是当地青年中的精英之辈，后来净是些印度水手、夏威夷水手，有的更糟。糟糕日子降临。临死前，祖父哀叹："造船业死亡了！"盛极一时的船长。笔者就是在海里拣来的纪念品中长大的。窗边深陷的椅子上放着绒布垫子，如今都破了。早先屋后有个很长的花园。几何形的花坛。曲径通幽。低低的黄杨树篱。四英寸高。爸爸饲养的美丽家禽。扇尾鸽。信鸽。翻头鸽。压根没有粪堆之类的玩意儿。那会儿有专人管着花园，照看着鸟儿。那是个当地人。好人哪。出过海。有好多有趣的故事。飞鱼。海豚。珍珠。鲨鱼。萨摩亚女孩。他在萨摩亚海滩住了六个月。天堂啊。六个月他从没穿过裤子。每天下午放鸽子。各个种类分开放。笔者最喜欢翻头鸽了。

有时候悲哀；有时候欢乐。雷暴雨。圣诞节。有人吹起渔号，笔者就根据这号声回家吃晚饭。和爸爸一起驾艘纵帆船玩。佐伊号。夏季的月份船就系泊在花园旁边。船舷很高；船尾很小。船首短短的。船舱真漂亮，有楣窗和一个小小的瞭望台。吃水线三十英尺。船帆的设计一般。主帆，前帆，在挺杆上支着两个三角帆。有一个挺大的。气候恶劣的时候船就晾搁在岸上。顺风，帆兜着风，船走得挺好，但是要是遇到像人们今天所说的“几乎顶风”或者“顶风”，它简直像幢不动的房产。逆风航行，一点儿也走不动。纵帆船水手是丹尼尔·奈特。一位退休的水手。那时老了。高约五英尺八，重一百七十磅。老是咧开嘴笑，非常诙谐。仍然记得横帆船，加尔各答，孟买，中国，爪哇。他到佐伊号干活是来偿付债务的。上船的第一个仪式是爸爸和水手在船舱见一见面。将巴克曼甜酒和糖浆倒在地上祭神。那时，我正在割系于主桅横杆上的绳索，不在船舱里；但是，我现在还可以闻到这味道。那时的世界比现在的要有味道得多。闻到船上烤面包的馥香。每星期烤一次绿咖啡豆。烤咖啡的馨香沿河飘散好几英里。灯烟。闻到水塘里水的清香。厕所里传来的碱液味。木头燃的火。

家里有我和哥哥，哥哥比我大十岁。童年时年龄的差异犹如无法填补的鸿沟。随着年龄增长，这种差异缩小。哥哥以丹麦王子哈姆雷特命名。这也是爸爸热爱莎士比亚的一个明证。

但是，和忧郁寡欢的王子完全不一样。非常活泼、好动。为消防公司打垒球；还打长曲棍球。赢了许多径赛项目。妈妈特别爱他。后来，成了查顿街上妓女们的宠儿。楠格萨吉特酒吧间的常客。极好的打手，无论戴上手套在体育场上，还是赤手空拳在街上聚众斗殴。

暖和的月份，笔者睡在顶楼，周围放满了男孩子喜欢的矿石和古玩。一件中国船象牙雕刻的复制品。两英尺长。有三只象牙球，一只衔着一只。跟苹果一般大。脑壳珊瑚。海贝，有的和西瓜一般大，有的像豌豆。放在耳边，可以听见波涛拍打海岸的哗哗声。有的贝壳长着利刺。在最宝贵的财产中有两只驯服的乌鸦。四月，从黑尔岛鸟窝里摸来的。箭鱼的骨刺和眼窝。发出一股强烈的臭气。顶楼里透过天窗射进光来，上去要爬几级阶梯。大河奔流入海的壮观一览无余。

那时河里还有鲟鱼呢。大约有三英尺长。全身布满了棱鳞。猛烈蹦跳至空中，然后潜入水中。端坐在来往于圣博托尔夫斯和特拉弗廷的马车里，人们经常可以看到这种令人赏心悦目的美景。那是一种短尾的马车。从背后上车。丁吉·格雷夫斯是车夫。出过海。一次远航到加尔各答。我上车他老是不收钱，有时还让我执鞭赶上一阵。一边扬着马鞭，一边瞧鲟鱼在河面上欢蹦。男孩的快乐哪。丁吉那会儿正在经受失恋的煎熬。他热恋的对象是哈里特·阿特金森。她出身于当地名门望族，而丁吉既没钱又没进过校门。两人情意缠绵，但是不能结婚。情人总是能找到隐蔽的会面之所的，比如长满林木的河岸或者短树丛中。老处女姐姐抚养出的由爱情产生的孩子。哈里特被放逐到戴德姆。而丁吉默默地承受绝望的煎熬，赶起马车来。

丁吉是吉姆·格雷夫斯的侄子，而吉姆是临河古老的清河酒吧的后台老板。说一不二的赌徒。胸膛很宽。五英尺十一。两百磅。一头黑发。清河酒吧远近闻名。酒很好，至少别人这么说。喝一小杯十美分。好厉害的酒。顾客自己拿酒瓶斟酒。有的喝啤酒。凉啤酒。有的喝淡啤酒。也是当地土产。巴克曼甜酒。在这里有多年的酿制历史了。没有鸡尾酒；只供应混合饮料。吉姆·格雷夫斯大叔从来不走路。骑马或者坐四轮四座马车。马儿都是成对成双的。从来没单个儿的。总是有那么一两个人跟他做伴。阒没声息。挺阔气。浆得挺括的衬衣外面，领带上缀着颗宝石胸饰针。手上还戴个大红宝石戒指。总是大翻领，但一点儿也不俗气。衣着讲究，是当时摩登的样式。双排纽扣的大衣，双排纽扣的背心，外面套件前下摆向后斜切的燕尾服。按今天的眼光来看，头发长了点。胡须。不是往两边撇的八字须。丝质帽子。扑克牌。法罗牌戏。明扑克。轮盘赌。不用骰子。成年后，跟吉姆和丁吉一块儿上查顿街妓院，隔壁就是靠近海边的硫磺石浸礼会教堂。妓女一口新英格兰腔。洛厄尔姑娘。肥腴的大腿。口中吐出的丝丝热气中含有紫丁香的馥香。空气中飘来教堂的唱诗声。靠在酒篮边，吉姆要了香槟酒。到哪儿他都招人喜欢。大人物。挣大钱的人哪。酒量很大。从不喝得歪歪倒倒的。也不啰里啰嗦。死时已破产。躺在清河酒吧三楼的寓室里。一间备用的房间。冷飕飕的。去看他。人全走了。跟蒂莫一样。酒肉朋友全溜之大吉了。也没什么可抱怨的。君子不忘其旧。水罐里结了一层薄冰。羞赧的雪花纷纷扬扬。

在河谷度过的青年时代最后一个夏天，总统候选人J. G. 布莱恩[1]来家进餐。星期天。朱莉安娜堂姐来访。可怜的亲戚。在围兜口袋里揣根象牙尺，星期天嘴里吹着口哨，对着笔者手心就是一下子，两步当一步跨上楼，说“好”非得说“棒极了”。“这布丁棒极了。”嗨！河里来了鲷鱼群。鲭鲨——足有十四五英尺长——中午时分将鲷鱼追逐到镇上的埠头边。激动极了。沿着河岸赶紧跑回村子去。河水中泛着白花花的泡沫。深处神秘莫测。狂怒的雷暴雨越过山头刮过来了。雨真大。站在苹果树冠底下。雨霁后壮观的日落景色。鲨鱼随着潮水向大海退走了。风光绮丽的时分。天空像火烧一般，绯红绯红的。马车的号角嘟嘟嘟，火车汽笛呼哨着。（那时火车都是准点的。）教堂的钟声叮叮当当。所有的人，包括我的祖母，都

1 J. G. 布莱恩（J. G. Blaine，1830—1893）：美国政治家。

去看鲨鱼游回大海的奇观。走回家已是薄暮向晚时分。对着星夜祈祷能得到一块金表的链子。那是太白金星吗？家里华灯初上。道上是一辆辆四轮马车。记起布莱恩先生要来赴宴的事。迟了。惧怕朱莉安娜的尺子。

两年来前厅的灯第一次点亮了。粉蛾在灯周围飞舞。厅里的地毯很少有人走。光着脚，感到有点扎人。夏天大部分时间都是光着脚的。客厅里点着五六盏灯。那会儿，这算是灯火辉煌了。显要的客人。布莱恩先生。一个魁伟的人。妈妈穿一件石榴红的礼服——后来改成窗帘了。好像出了什么问题。朱莉安娜，一身考究的黑礼服，金项链，花边帽，却蹲在地板上。左手捏着一支大雪茄。嘴里念念有词，不知在说什么玩意儿。笔者偷偷地、蹑手蹑脚地溜到楼上去。心里难受极了。顶楼卧室散发着箱子和箭鱼骨刺的味道。遇到下雨的日子，他们把你赶到大街上去。用罐子烧水。压根没有浴室之类的玩意儿。在屋后用雨水在大盆里洗澡。瞧着朱莉安娜那样真叫人难受。不久车道上传来人声。人们在交谈；马车的灯点亮了。狗狺狺狂叫，叫声沿河而上，飘了好几英里远。

早晨问比德利娅。一个女仆。从来不敢问父母。孩子家不准胡乱搭茬儿。比德利娅一副严肃的神情。“朱莉安娜小姐是个远近有名的巫婆。她借助一个印第安人的灵魂跟死人说话来着。昨晚，她跟布莱恩先生的妈妈和淹死在河里的哈德威奇家的小孩说话。”怎么也弄不懂这位虔敬的老太太为什么要跟死人说话。即使现在也想不明白。找朱莉安娜找了一整天。午餐时不见她来。晚餐时露脸了，准是跟死人说话说累了。还是那套行头。黑礼服。卷曲的白发。花边帽。大声念着祷告。“亲爱的主呵，铭感汝之祝福。”胃口特别好。朱莉安娜老是东闻西嗅的。肉桂的香味。辣味，撒尔维亚干叶味，其他调料味。并不难闻。留意巫婆到底是个什么样，却只见个一板一眼的老太婆。颈下苍老下垂的皱皮肉。可怜的亲戚。

还有一个印第安人。乔·思拉姆。住在郊外。脸上涂成橘黄色。小屋子里散发出一股难闻的臭味。穿一件丝衬衣。耳朵上挂一对硕大的铜环。邋邋遢遢。笔者怀疑他大概是吃耗子什么的。最后的一代野人。恨印第安人，即使看西部电影也恨。曾曾祖父在杜肯堡是被印第安人杀死的。可怜的美国佬！离家多远哪。异乡的水。异乡的树。下午四点，赤身裸体被押到临水的林中空地。在火上被炙烤折磨。八点钟还活着。哭喊得真凄惨哪。恨印第安人，大多数外国人。在浴缸里盛放着煤炭。吃大蒜。散发波兰土地、意大利土地、俄国土地、异乡土地的味道。改变了一切。摧毁了一切。

这是利安德自传或者说自白的第一章。儿子离家出走，蜂鸟号闲置起来之后的那一年，他就靠写这个消磨时日。

[ 15 ]

设想一下，你跟摩西一样，晚上九点到达华盛顿——一个陌生的城市。拎着皮箱，你等着离开车厢，穿过月台到候车室。在这儿，你放下皮箱，伸一伸脖子，纳闷这建筑师到底想干什么——在幽暗的灯光下，诸神凝视着你。除了一些私人的安排之外，请想想你伫立的地方曾经站过总统和国王。随着人群走出来，喷泉潺潺地响着，你隐没到这黄昏的落暮之中。你再次放下皮箱，惊叹不已。左边是国会大厦，沉浸在灿烂的灯火之中。这你在奖章和明信片上见过多次，它已经深深地烙印在你的脑海里。但这毕竟不同，这是真的国会大厦呵。

你口袋里揣着十八美元三十七美分。你没有像父亲说的那样将钱用别针别在内衣兜里，但是你时不时伸手去摸摸，生怕让小偷给摸了去。你想找个停栖的地方，反正国会山附近也不会有客栈，于是你向相反的方向举步。你的心中充溢了春潮和年轻的力量——鞋踩在地上特别舒心，毛袜子是亲爱的妈妈自己编织的。内衣裤都是干干净净的，以防被出租汽车撞伤时出丑或者不得不在陌生人面前脱掉外衣。

你走啊，走啊，走啊，皮箱从一只手换到另一只手上。走过灯光灿烂的店面，纪念碑，剧院，美容院。听着跳舞厅的音乐和弄堂里楼上滚木球十柱戏的喊声，你心中揣度要多久你也会卷入这种生活的漩涡之中。也许你会在左手大理石大楼里谋到个事做。你会有自己的办公桌，秘书，电话分机，职责，忧虑，成功，提升。同时，你会爱上什么人。你会在街角纪念碑旁边和一位姑娘约会，在街对面餐厅里请她就餐，然后，她带你上她远处什么地方的家中去。像前面两个穿短袖衬衣的男子亲密地徜徉在街上一样，你也会有许多自己的朋友，享受他们的友谊和抚爱。你也许会成为一个滚木球戏俱乐部的成员，也许就是那个你听见的从弄堂里传出喊叫的滚木球俱乐部。你将会有供自己花的钱，也许会买上一件摆在右手橱窗里的雨衣。也许你——天知道——会买上一辆绛红色折篷小车，像那辆正在拐弯的绛红色折篷小车一样。你也许会乘上飞机，在树林上向东南飞行；也许会成为父亲，跟那个头发稀疏的男人一样，一手牵着个小姑娘，一手拿着一夸脱草莓冰激凌，等着绿灯。你想，这一切都是可能的，只是时间问题。其实，当你拎着皮箱走进这座城市，这一切已经开始了。

你走啊，走啊，终于来到一个街区，这里散发着乡土和家庭的气息，到处是出租房间的广告。你爬上了几级楼梯，一位白发苍苍的寡妇出来应门，询问了你的职业、名字和从前的住址。她倒是有个空房，但是因为心脏病或者什么别的病，她不能爬上楼去。于是，你自己爬上三楼，那儿有一间十分令人满意的房间，窗外是几家人家的后院。你登记了，把最好的衣服挂进壁橱，这是明晨见头儿穿的。

或者请设想一下，你跟科弗利一样，一个乡下孩子一朝醒来却住在世界最大的城市里。这时正是利安德平常行宗教沐浴仪式的时刻。这是一个三美元带家具的房间，和你家乡的壁橱一样小，甚至还要小一些。你发觉墙上漆着要命的绿色，但不能因为影响人的情绪而不要这颜色——这真叫人灰心丧气——这是不由自主的，因为房租便宜嘛。墙上好像有潮气，摸上去和糨糊一样黏手。你跳下床，眺望窗外宽阔的街道，车水马龙，运送着市场和火车堆栈的货物——令人愉悦的一幕。但是，你刚从新格兰一个小镇来，用一种怀疑甚至怜悯的眼光看着这情景。虽然你远途跋涉而来，却认为城市只是那种缺乏毅力的人的最后归宿之地，他们无法忍受像圣博托尔夫斯那种地方单调乏味的生活。人们告诉你，这城里人心不古，即使在这晨光熹微之时，似乎也应验了这种可悲的情景。

在过道里，你找到洗脸架，开始刮胡子。正刮的时候，一个身材魁梧的人走过来，带着批评的神色瞧着你。“得把脸绷紧点儿，小伙计，”陌生人说道，“瞧，瞧我的。”他抓住一小撮皮肉，使劲往下扒得紧紧的。你感谢他的开导，绷紧下嘴唇，只剩那块没刮了。“对了，”陌生人说，“就那样。皮肤绷紧，才刮得净。可以一整天不用再刮。”你刮洗完毕，他就站上你的地方，你便回房穿衣。然后，你下楼踏上大街。大街上充满了各种令人惊奇感叹的东西。老家虽然有个了不起的哲学学会，但那终究是个偏僻小镇，你还从来没见过这么高的摩天大楼，这德国种的小猎狗；你还从来没有见过穿羊皮皮鞋的男人或拿张舒洁纸巾擤鼻涕的女士；你还从来没有见过停车场的计时器；还从来没有体验过脚底下的路因地下铁道而颤动。但是，不管怎么样，你首先倏然注意到的是这里天空的纤巧与美丽。也许有人告诉过你，美丽的天空只有家乡才有，但是，你惊讶不已地发现在鳞次栉比的幢幢大楼之间露出块块似旗帜、似大地的最青蓝、最青蓝的天。

还是清晨。空气中弥漫着便宜糕点的香味，回响着汽车的隆隆声——尾板乒乒乓乓作响——这尘嚣既喧闹而又叫人高兴。你走进一家烤面包店吃早餐。女侍者毫不羞赧地对你嫣然一笑，于是你胡想，也许，或许意中人就是她。以后再说吧。再次走到大街上，你一个劲儿发呆。尘嚣越来越响，你纳闷，在这样乱糟糟的世界里，人怎么能活下去？怎么受得了呢？一个男子，走起路来外八字，与你擦肩而过，穿件外套好像是用下脚料拼凑起来似的；于是，你思忖，这种外套要是在圣博托尔夫斯，谁都要投之以鄙夷的目光的。人们会笑你。透过一个地下室窗扉，你瞧见一个穿内裤的老人正捧着纸袋在吃着什么。生活似乎已经遗弃了他，他是这么可怜，一股忧郁感伤的情绪不禁顿时攫住了你的心。你恍恍惚惚横穿了马路，差点儿让卡车轧死。缓步踱到街角，你再次忖度这座大城市里生活的节律。他们怎么能保持这样的速度？无论走到哪儿，你都能见到破坏与创造的痕迹。这城里的人，在目的与趣味上似乎迥然不同。他们不仅推倒一幢幢挺好的建筑物，还掀掉一条条挺好的街道。烦躁是这么巨大。如果你喊救命，也不会有任何人听得见你的。

你徜徉着。你闻着从一家西班牙餐馆传来的烹调香味——新烤的面包，啤酒，烤咖啡豆，以及汽车排放的汽油味。你只顾抬头瞧幢摩天大楼，迎面撞上立在路边的消防龙头，险些被绊倒。你向四周扫了一眼，巴望没人瞧见你出洋相。其实谁也没留意。到下一个十字路口，等绿灯那会儿，一个年轻女子哼起情歌来。在汽车的喧闹声中人们几乎听不到她的歌声，她也毫不在意。以前，他从来没有瞧见过女子在大街上唱歌；她身段这么窈窕，看上去这么无忧无虑，你冲着她莞尔一笑。街灯换了，你又未能穿过马路，因为迎面拥来众多年轻女子，挡住了你的路。她们一定赶着去上班，但是看上去跟圣博托尔夫斯银餐具厂的姑娘没一点相像的地方。没一个像新英格兰美女那样谦卑。她们的脸像一朵朵盛开的玫瑰，毵毵发丝轻柔地卷曲着，手上、脖颈上闪烁着珍珠宝石的亮光，有一个——叫你头昏目眩——在丰满乳房间深凹的阴影里别上一朵布玫瑰。你穿过马路，又险些给车轧了。

你这时突然想起来得给米尔德里德堂姐打电话，米尔德里德堂姐要在地毯厂为你谋个事做。但是，一跨进杂货铺却发现所有电话都有拨号盘，你从来没用过这玩意。想问个人，但一问就要暴露出你的稚嫩，你的土气，仿佛生长在穷乡僻壤是个耻辱似的。不管怎么样，你还是问了个人，这人却非常和善，乐于助人。就凭这么点儿小小恩泽，这世界对你顿时显得阳光灿烂，人类博爱的前景使你久久不能平静。电话打到了米尔德里德堂姐的家，但女仆说米尔德里德小姐还在就寝呢。凭女仆讲话那口气来琢磨，你堂姐似乎很有钱哪。瞧瞧腿上皱巴巴的法兰绒裤子，你走进了一家裁缝店。脱掉裤子，你局促地蹲在一间四周全是玻璃镜子的试衣间里等着，空气非常潮湿；瞅着自己的样子，既熟稔又寒碜。要是这会儿天上掉下个炸弹来怎么办？裁缝师傅递给你裤子，暖烘烘的，非常挺括，你又走上了大街。

现在，你漫步上了一条通衢大道，本能地举步往北。你从来没见过这么多行人，每个人都是那么匆匆忙忙的样子。他们都起得很迟。人们都在向一个既定的目标奔着，眉宇间显示出来的内在热情和活力似乎比圣博托尔夫斯的居民要多得多。这里充溢着如此多的热情和活力，自然不时要在这儿或那儿爆出句话来。你这时在面前发现了一位姑娘，拿着一只帽盒——这般美丽，这般可爱，这般妩媚，眉头却紧锁着，仿佛怀疑自己的美和用处似的。于是你想奔上前去，给她点儿钱，至少给她点儿慰藉。在人群中，她消失了。你走过一间间百货公司的玻璃橱窗，里面站着一代代石膏女模特儿，她们的服饰四季一循环；早在你来纽约之前，她们就出现在优雅高贵的时装橱窗和艺术走廊里、新婚典礼上、街头、游艇上或鸡尾酒宴上，在你变成灰末之后，她们还将永恒地站在那儿。

你随着人群往北走，几千张脸仿佛是一本本教科书，令人百读不厌。这样奢侈，这样温文尔雅，你是从来没见过的。你思忖，在这种地方，即使西奥菲勒斯·盖茨夫人也会显得非常寒碜的。在公园，你离开大道，转进动物园。这简直像是天堂，绿树碧水，无辜的动物囚于笼中，空气中充满了稚童的嬉闹声和狮子的吼叫声，在地下过道的墙上画着淫逸猥亵的画。离开公园，你抬头四望，公寓大楼鳞次栉比，你感叹奢侈华丽，心中纳闷是什么人住在这座座大楼里呢？你甚至把空调机误认为是临时性的冰柜，人们在那儿放点牛奶和四分之一磅的新鲜奶油。你琢磨能不能有朝一日也住进这样的高楼——在那儿喝点茶，用晚餐，接待客人什么的。一座水泥的美女雕像，丰满的乳房，双手过头高举根梁柱，使你的心扑扑扑地跳起来。你赧然。你经过一位女士，她坐在一块石头上，膝盖上放着本贝多芬奏鸣曲的琴谱。你右脚发疼。兴许袜子上冒出洞眼了。

公园的北边街区一片荒凉，并非是因为受到欺压迫害，只是名声不太好，那情景就像个患痤疮或哮喘的病人，样子很难看——毫无生气，布满皱纹，不是这儿缺了点就是那儿多了点什么，真不顺眼。在这一间黑洞洞的、散发一股厕所般骚味的小饭馆里，你吃了片三明治。女侍者昏昏欲睡的样子，脚上穿着一双网球运动鞋。你爬上了圣约翰大教堂——那座巨大的丑陋建筑物——的台阶，虽然教堂粗俗的墙壁使你想起一座孤零零的火车站，你仍然做起祈祷来。走出大教堂，你看见有人在玩棍球戏，远处有人在练习吹长号。你向个穿长筒丝袜、正在等公共汽车的女人瞟了一眼，又瞧见地下室玻璃窗里有个留金发刘海的姑娘。

现在，这街区的居民大部分都是有色人种，空气中到处回响着爵士音乐。在大甩卖的药房里，那些药丸和万应灵药似乎也在随着低音连奏的爵士钢琴乐起舞。街上有人用粉笔写道：耶稣基督。他复活了。一个老太婆坐在露营凳上，手摸着盲人歌本在哼着歌儿，你放一角银币在她手中，她连连说，上帝保佑你，上帝保佑你。一扇门嘭的一声打开，冲出个女人来，手中拿着封信。她将信塞进邮箱，是那么匆促，那么激动不已，你纳闷，莫非她给儿子、情人还是什么朋友写了信，莫非她中了什么奖。街对面，你瞧见个漂亮的黑女人，穿件用金黄色的布做的外套。“‘大香肠约翰’和‘猪油’两个小子都完了，”一个男人喃喃道，“而我么，结婚五年，连家具的腿还没捞上一个。五年哪。”“为什么你总是将我和别的姑娘比？”一位姑娘柔声地问，“为什么你老说这个那个比我好？有时候，真好像你约我上街就是想让我受罪似的，跟这个那个比。为什么你总是将我和别的姑娘比呢？”

天色晚了，你疲乏困顿了。说真的，袜子冒了洞眼，脚跟长了老茧。你决定坐地铁回家。你下了阶梯，爬上辆车，相信车一定会把你送到清晨出发的地方，便没问任何人路。怕被人耻笑——乡巴佬——怕得要命哪。这样，你自作自受，活受罪，瞧着站牌一个个地掠过窗外：内文斯街，弗兰克林大道，新洛茨大道。

## [ 16 ]

笔者是很有点儿事业心的，虽然这么说也许不太谦逊（利安德写道）。春天花两美元买了头病病歪歪的小牛。好生照料。长膘了。秋天出手，卖了十美元。寄钱到波士顿买两册百科全书。走路到邮电所去拿的。秋日的夜晚，光着脚丫子。心扑扑扑跳。光脚走的每一步，一辈子忘不了。沙，蒺藜。粗糙的和如丝一般柔软的青草。牡蛎壳，松土。在镇外河边的小路上急着将书打开。就着落暮的光吟读起来。黄昏。奥尔堡[1]。主教管区的首府。土狼[2]。亚伦[3]。永远也忘不了。永生永世忘不了。学习的愉悦。决心读完整本百科全书。并把它背出来。值得纪念的一刻。西天火一般的晚霞隐没了。月亮周围又染上了火一般的光晕。可爱的河谷，可爱的树影碧水。河面上散发出一种潮湿的教堂气息。叫你心力交瘁。伟大的夜。回家路上揣着颗忧郁伤感的心。

爸爸快要不行了。他可英俊了。腰板可直了。头发可黑了。有人说他给纵容惯了，游手好闲，但从来不信。依旧爱他。请想想，他四下东印度群岛，自豪极了。堂兄弟们给他在金珠厂

---

1 奥尔堡：丹麦城市。

2 土狼：产于非洲南部。

3 亚伦：基督教《圣经》中人物，摩西之兄，相传为犹太教的第一祭司长。

谋了个事做，他拒绝了。为什么不？他是个富有自尊心的人，压根瞧不起做金珠子之类的玩意儿。家里开了许多次会商议。好多亲属来了，一片阴惨惨的样子。在客厅里净是交头接耳的。没钱，没晚饭吃，连生火的薪木也没有。爸爸愁死了。

那可是个伟大的、灿烂的秋天。落叶知秋，飘落下来，像古老的布片，古老的船帆，古老的旗帜。想当初，夏日的时候，一片蓊郁、葱绿的树林。凌厉的北风一片一片地将绿意刮净了。请瞧瞧，自六月之后，那幢幢屋顶，那尖塔，都掩埋在片片落叶之中了。到处是一片金光灿烂。像是迈达斯[1]的王宫。可怜的父亲！小心忧能伤人。树林中盖满了银行金票。到处是一片辉煌的金光。金票足有膝盖那么厚。口袋里揣着尘土。几缕棉线。什么也没有了。摩西舅舅来帮忙。妈妈的哥哥。一个身量魁梧、肥胖的人。一个粗鲁的人。在波士顿做批发买卖。卖装饰品和玩具之类的小玩意儿给小杂货铺子。棉线、针、纽扣、伞。嗓子很响亮，像个牧师似的。裤子油光锃亮。绽线了。为了省八美分的马车钱，从特拉弗廷走了四英里路到圣博托尔夫斯来。他走路的劲儿是远近闻名的。有一次，一口气从波士顿走到塞勒姆取消一个债权人的抵押品赎回权。睡在马厩里。走回家。他让爸爸在波士顿有地方住。有活儿干。“城

1 迈达斯：希腊神话中弗里吉亚国王，贪恋财富，曾求神赐予点物成金的法术。

里生钱，阿隆！”爸爸恨死了摩西。但也没办法。摩西三句话不离亏本什么的。叫人伤心。一年亏了四千美元。第二年又亏了六千美元。他住在多尔切斯特一幢宽大的四方形屋子里，屋前挂着“出售”的牌子。他的妻子用面粉袋做内衣裤。两个儿子；全死了。

告别了圣博托尔夫斯。让驯顺的人走吧。哈利特与戴维斯牌红木钢琴被搬上了马车，还有一些其他家具。没地方放箭鱼骨刺、贝壳、珊瑚什么的了。房子要出售，可是没有买主。太大了。老式的。没洗澡间。远行的前一夜就将家具搬上了廷格利的马车。马全拴在谷仓里。最后一夜睡在顶楼了。清晨四点就被淅淅沥沥的雨声吵醒了。甜蜜的音乐。晨光熹微便离家远游。就此一去不返了吗？谁知道呢？笔者和哥哥趴在马车尾板上。爸爸和妈妈坐在车里。拂晓前微风习习。兜了个圈又回到原地。风不够张满帆的。在风中瑟瑟颤动的树叶呵。再见了。天色黑后，才抵达坐落在平克尼街上的房子。破地方。楼梯颓败不堪。窗棂残缺不全。摩西在那儿。油光光的裤子。牧师般的嗓音。“屋子年久失修，阿隆，我敢打赌你不会怕吃点儿苦头的。”第一夜睡在地板上。

星期天，去拜访住在多尔切斯特的摩西。一路走去的。有马车跑这条道，但妈妈说既然他能到塞勒姆来回都用走的，我们也能走到多尔切斯特。穷亲戚树个榜样也是负担哪。冬日的晚晨。天空乌云密布。北风，东北风呼呼地刮着。冷极了。走在农田之间，狗在屁股后面汪汪直叫。我们遇到的净是些怪人——穿得漂漂亮亮走在土路上，到教堂去做礼拜。到摩西舅舅家，已是两点钟了。房子非常宽敞，但摩西舅舅和丽贝卡舅妈住在厨房里。两个儿子，死了。摩西抱着一捆柴，从小屋到地窖去。“帮我一下吧，好小子，我给钱。”他说。哈姆雷特、爸爸和我搬了一下午的柴。漂亮衣服全挂满了木屑。妈妈在厨房里缝缝补补。夜幕降临了。凛冽的寒风。摩西带着我们到井边。“让我们尝尝亚当的美酒——水吧，好小子们。没有什么比这更能让人恢复疲劳的了。”这就是我们的报酬。一口冰凉的井水。夜里摸着黑回家。好几英里的路哪，早餐后还没一点儿东西下肚。半路坐在地上休息了一会儿。“他是个小气鬼，萨拉。”爸爸说。“阿隆。”妈妈说。“他做买卖倒真是有两下子，”爸爸说，“给他搬了一下午的柴，到头来给我和我的儿子们喝口冷水。”“阿隆。”妈妈说。“他是个有名的小气鬼，”爸爸说，“他琢磨着赚了一万美元，当他只赚五千美元，他就嚷嚷着说亏了五千美元。他卖的那些东西净是次货，一上织机全完蛋。儿子病了，不舍得花钱买药，死了，只买了两个松木棺材一装了事，坟上才放了块石头。”妈妈和哈姆雷特在前面走，爸爸的手搭在我的肩膀上，把我抱得紧紧的。忧喜交融，这么深邃，这么良善。只是爱和慰藉。

爸爸。怎么描述呢？脸容严肃，多愁善感。人们爱他，但对他敬而远之。在朋友中，激起怜悯、温情、孤独之感与敬佩。从来没人和他结下坚定不渝的友谊。他出身于浑身是胆的航海家庭。在萨摩亚初次尝到了爱情的甜蜜。那儿白天很长，只好规规矩矩。后来也许结了婚，很不幸。在那时候，人们又有不同的标准。宿命论。从来不恶声相向。只是容易发火。也许是那些吹毛求疵的想法。对摩西越来越恨。干活很卖劲，可他太吝啬了。妈妈的姐妹常来屋子。交头接耳。这么多客人，爸爸腻烦。“我家的门对亲戚从来是敞开着的。”妈妈说。爸爸常常跟笔者玩跳棋。可狡猾了。很有远见。

笔者进了拉丁学校。一班四十个学生，我是拔尖的。（附上成绩报告单。）乡下孩子，穿件特短的马裤。冬天拂晓前，给人送报纸。天上还亮着明月呢。在公共广场玩。长曲棍球。打雪仗。滑冰。打点儿垒球。也不懂什么规则。那会儿河边还没堤坝。科普利广场堆满垃圾。到处是女裙圈撑的金属丝。潮汛退了，河里泛出一股股海水的咸味。不瞒你说，笔者却挺快活。幸福极了。只是爸爸总是愁眉苦脸的，要不倒也没什么痛苦的记忆。现在再回想起来，很多事情遗忘了。发生过一次动物流行病。（那是一八七三年。）城里所有的马都得病死了。牛进口得极少，再也听不见牛车的辘辘声，牛蹄的嗒嗒声了。只有街上的叫卖声。卖煤油的。磨刀的。和爸爸下跳棋玩得很晚。听见一阵阵清脆的钟声。那是教堂的钟声，但附近没有教堂。钟声越来越急迫。从四面八方传来。祈祷吧，向上帝，向主。钟声中夹杂着奔跑的人群杂乱的脚步声。和爸爸一起爬上屋顶。人们越来越激动。屋顶上的钟声越来越响亮。荣耀属于上帝，至高无上的主。一片喧闹声。瞧见河边冒着大火；波士顿大火灾。

和爸爸一块儿奔下楼梯，奔上平克尼街。波士顿着火了！挤进查尔斯街上的救火队。和爸爸肩挨着肩一口气跑到河岸边。开始是一股股浓烟，没几处吐着火舌。空气中弥漫着可怕的呛鼻的焦味——鞋、墙纸、衣服、羽绒衣的味道。跟着人用盆舀水。烟呛得眼睛掉泪水。咳嗽。爸爸硬把笔者往后面安全地区拉，不一会儿，又冲进了用盆舀水的人群。足足忙了一整夜。拂晓的时候，走回家去。乏极了。整个城市笼罩在浓烟之中。烟雾从华盛顿街和冬街一直弥漫到港口。老南方教堂烧得烟熏火燎的了。到山堡一路上是焚毁的废墟。从烟火中望去，晨光似乎也染上淡红色了。烟味闻了叫人难受。在公共广场支起了帐篷收容难民。奇异的一幕。婴儿嘤嘤的哭闹声。做饭的烟火。舀水桶的声音像阴间的牛铃声。一幕幕喧闹、痛苦、幽默的图景。查尔斯街上已经有清道夫了。比印第安人还要坏。一群小偷杂种。缝纫机，菜盘，硬衬领，两打剩下的鞋，女帽。简直是一帮野蛮人。出太阳的时候，脸红脖子粗吵嚷起来。

摩西的财产烧光了。全部保着险的。得了一万美元。他还指望得两万美元呢。说是亏了一万。鳄鱼的眼泪。有名的小气鬼。不出六星期，在新楼里又开了家店。照样尖酸刻薄。爸爸怒气冲天。姑妈和堂兄弟姐妹们一个个像狗一般从家门口走进走出。交头接耳，窃窃私语。爸爸没回家吃晚饭。以后一直没回过家。没敢问人。三天三夜不见爸爸的踪影。星期天上教堂去。走着去的。一场好雨，新英格兰的春天光辉灿烂。令人心旷神怡的春天呵。走过平克尼街和杉树街岔路口的砖瓦房。听见一个女人嚷嚷道："好小子，好小子，哦，你！"抬头往窗户望去。看见一个光着身子的女人。一头蓬乱的散发，像长着胡子似的。容貌平平常常。窗口出现个男子。往女人脸上举手一巴掌。拉上了窗帘。继续往河边走去。发誓一辈子也不靠近屋子看女人了。发誓要保持一个圣洁的灵魂，一个健全的身子。在河岸上跑了一英里。脑子清醒多了。歆羡那天空，那河水——上帝的造物。又走回平克尼街和杉树街的岔路口。一切的誓愿全化为乌有。红着脸，往窗户里瞅，再望一眼那女人。这时那女人已穿上了宽大的居家服。正在采撷窗外天竺葵花朵。后来得知她叫特雷克斯勒夫人。一位很有声望的教徒。可怜的人。

向晚薄暮时分，走回家，没爸爸了。贾雷德叔叔在吹笛子。妈妈在弹红木钢琴。银光闪闪的横笛。Faite en France[1].《阿西斯与加拉蒂亚》[2]。笔者听见音乐声从房间里悠悠飘出来。后来，贾雷德告辞了。有人叫我到厨房，妈妈和哥哥正在谈话。似乎发生了什么糟糕的事。哦，妈妈，一个圣徒般的老太太，上帝保佑她吧！她从来不愿承认自己的不幸或痛苦。一曲音乐，一幅落日，能催她泪下。碰到人世的事情，她却判若两人。记得有一次，她站在西方河边凝视落日，凝视彩霞，潸然泪下，而在所有的葬礼上，她却从不哭一声。她让我坐下。“你父亲把我们全甩下走了，”她说，“他给我留下一张条子。我扔进火里烧了。摩西知道。他说，要是我们受得了这苦，可以待下去。你不能再上学了。去干活吧。哈姆雷特准备上加利福尼亚去。把你爸爸忘掉吧。”

笔者第一次尝到了痛苦的滋味。迷惘。这是我第一次经受打击，以后打击接踵而来。我往厨房瞄了一眼。达特默思水泵。斑驳的天花板，像幅拉丁美洲的地图。妈妈的缝纫袋，是用往昔在圣博托尔夫斯愉快的夏日穿的那件旧丝绸外套改的。炉灶上有漆绘；联邦之骄。一切都收在眼底。妈妈的头发花白了。地板上到处是洞眼。灯罩烟熏火燎的样子。可怜的美国佬

---

1　法文，意为“法国制造”。

2 《阿西斯与加拉蒂亚》：三幕歌剧，由亨德尔创作。情节取自古罗马诗人奥维德的《变形记》，描写海洋女神加拉蒂亚和河神之子美少年阿西斯的爱情。

的后代。这是一生的转折点，笔者至今仍然记得那破碎的杯盘，玻璃上的污垢，煤炉，以及水泵。

第二天上午笔者就去找工作。哈姆雷特远行的计划正在筹划之中。他到一家公司工作。米纳瓦表姐给钱，六月坐船去。哈姆雷特，妈妈的爱子。他盘算七个月后给家捎钱。帮助我们大家。大伙儿为哈姆雷特举行了一个盛大的告别聚会。摩西开始吃头肉冻块。大伙儿跟着吃。贾雷德，米纳瓦，埃本，丽贝卡，朱莉安娜，还有好多其他人。贾雷德变戏法。从米纳瓦的顶髻里拔出根胸针来。表变没了，从维苏威火山岩浆做的花瓶里抓了出来。痛饮蜂蜜酒。家酿的。香醇极了。妈妈弹奏钢琴。哈姆雷特唱歌。忧郁的男高音。

> 青春与享乐相伴，
> 倏忽白了少年头。

屋里的人们不禁凄然泪下。黑漆漆的夜。无数的灯火。离别撩起那甜甜的、淡淡的哀愁。在我心中，却一点儿也不甜蜜。

爸爸远走了。哈姆雷特坐船驶向远海。笔者和亲爱的老母亲留在家里。愿上帝保佑她！但和她在一起，生活是十分严峻的。笔者过着一种洁身自好的生活。每天早晨洗冷水浴。参加了斯通希尔斯航海俱乐部。划单桨船板。一星期到体操馆去两次，思念爸爸，思念哥哥。最眷念爸爸了。孤寂的家。卧室过道。楼梯平台。在人群中寻觅爸爸的踪影。直挺挺的腰杆。黑大衣。在下班回家的路上，总是在人群中寻觅爸爸。到北火车站和南火车站去找。到河边去找。到所有登岸的渡口去找。航轮。渔船。鬼灵舞动着镣铐，叮叮当当。隐匿在城堡古垒里。一缕缕虚无缥缈的灵魂，大都声音细软而柔和。蓝幽幽的晨曦出现的时候，幽灵渐渐远去。鸡鸣之时，消逝了。哦，这么可怕的幽灵，我吓哭了。

有一次问妈妈关于爸爸的音讯，她不答话。然后，她回忆起旧日的时光。问我是否还记得圣博托尔夫斯，我不禁沉湎在记忆之中。黑尔斯岛上的梅花。每年采撷一大篮梅子。思念起有名的教堂野餐，带上二十一种浆果烙饼。还有航海。所有美好的事情。屋子仍然空荡荡的。快倾颓了。老妈妈的眼睛顿时亮起来。长时间来她第一次显得这么快活。哈哈大笑起来，聊起河水那边的老家，上帝都遗弃不要的地方。趁妈妈心绪愉快的时候，又问起爸爸。“他到底是死是活？”

“还记得一个秋日的傍晚，我们一起用晚餐，吃排骨和番茄吗？”她说，“就在那晚的前一天，波士顿警察局通知我说，他们发现你父亲猝然死在查尔斯街的一家客栈里。我孑然去料理一切，没有任何人帮忙。天蒙蒙亮，我把遗体抬上马车，回到故里圣博托尔夫斯。弗里斯比先生做的坟前祈祷。坟边没别的人。完事之后，我坐马车回家，给你做了一顿美餐，我不想让你知道发生的那一切苦难。”

收到哈姆雷特一封蜡封的信，凄伤的心也并未得到多少慰藉：“你好，老弟。我们航行了七个月零九天，终于抵达这片幸福的土地。虽然航海的苦楚以前连想也没想到过，我还是忍受了这一切的艰辛。在我们三十个阿尔戈英雄[1]中，死神召去了七个。我身体很棒；我们在荒野扬鞭跃马，一脸胡子拉碴，晒得黑黝黝的，哥儿们都讲义气，要么成了百万富翁，要么到地狱去见了阎王。

“从地峡到旧金山，一路上有许多姑娘和孩子做伴，他们是去找亲人的。再没有什么比班轮靠近旧金山海岸更叫人动心的了。我希望你离家到这儿来瞧瞧。你不得不被羁绊在那窄小的老镇子里，我真可怜你。那小镇和旧金山——真真切切的蜜罐——是没法比拟的。但是，生活费用非常昂贵——住宿一天四美元。我们在旧金山只待了一个星期，然后北上，那儿一天两美元。见到米纳瓦表姐，把这儿的苦楚跟她聊聊。

“在我们哥儿们中间有个爱尔兰人，名叫克兰西，是从戴德姆来的。他来这儿为的是给女儿挣一套嫁妆，跟‘有教养的’阶级结婚。有三个木匠，两个鞋匠，一个铁匠，还有许许

1 阿尔戈英雄：希腊神话中随伊阿宋到海外觅取金羊毛的英雄，此处指 1848—1849 年拥往加利福尼亚的淘金者。

多多干其他活儿的。有位雅士是搞音乐的，带了一把小提琴来，晚上还会给我们拉上几段乐曲呢。一到这儿，豪伊·科克因和我带着斧子就到河床地带干起来了。还没干上一小时，两个墨西哥人走上前来，说用一盎司金粉买下挖出来的沙粒。我们答应了。一眨眼，就赚上了金子，要知道，一盎司金子卖五点六美元，要是运气好，一天可赚四五十美元。现在在马森斯船长的带领下，我们正设法将河改道，这样可以在干河床里淘金。

“老弟，别指望我写许多信，因为这人间乐土还是一片荒野。我给你写信这会儿，是地当桌子，天当屋顶。但是，哦，出门远游终究让人充溢着伟大的感情。教书先生拉着小提琴，那声声乐音把我带回到那永远逝去的日子里。我并不钦羡世界上任何国王和商业大亨。我心中一直明白，我生来就是命运的宠儿，我决不会屈从于财富、名誉和权力，也决不会屈从于可厌、卑贱、堕落、阴险又平庸的商人。”

[ 17 ]

对科弗利来说，在利安德的世界和他自己试试运气的世界之间架设或想象出某种联系的桥梁是非常、非常困难的。那浮泛着馥香的农场和他栖住的斗室之间的差异有如天壤之别。它们似乎是由不同的造物主创造的世界，互相是排斥的、离异的。一个阴雨霏霏的夜晚，科弗利穿着件租来的无尾礼服，在去米尔德里德堂姐家的路上这么想道。“来我这儿吃晚饭吧，”她曾这么邀请他，“然后去看歌剧。你会喜欢的。今天是星期一晚上，穿得好一点。人们星期一都穿礼服。”米尔德里德堂姐就住在科弗利抵达纽约的初夜纳闷日后会不会进去的那种摩天大楼里。抬头瞧这高楼一眼，科弗利想，按圣博托尔夫斯的标准来说，人们会指责这楼太奢侈，太浮华，太喧闹，太不安全了。和一座优雅的农场相比，这简直算不了什么。他搭了电梯，上了十八层楼。他平生从来没升到这么高，心里想象着回到圣博托尔夫斯，怎么跟皮特·米查姆吹嘘这塔楼林立的城市。他感到自己既平庸又忧心忡忡，像个电影里的角色。一位漂亮的女仆引他进屋，把他带进一间客厅，这是他连想也从没敢想过的。墙上只镶嵌着一半装饰木板，跟西方农场餐室的护墙一模一样。他认得大部分家具，小时候，这些玩意儿全堆在干草库的顶楼上。在壁炉架上放着一幅老本杰明的肖像：穿着一件宽大的便服或文艺复兴时期的服饰，一对严峻、狡黠的眼睛凝视着房间里的一切，正是这眼神使家族里大多数人厌恶他。大部分的灯都是从老家谷仓或者顶楼里搬来的，沃普萧祖母被虫蛀过的古旧的绣花样本（《贵子降临斯屋》）挂在墙上。米尔德里德堂姐骤然冲进屋子的时候，科弗利正在揣摩老本杰明的眼神。她是一个高大瘦削的女人，穿着一件绛红色的晚礼服，衣服空荡荡垂挂在身上，仿佛就是为了让人瞧瞧她骨瘦如柴的肩膀似的。“科弗利！”她喊道，“我亲爱的。你能来多好啊。你看上去像个百分之百沃普萧家的人。哈里会高兴死的。他就羡慕沃普萧家的人。坐下吧。我们喝点儿什么。你住在哪儿呀？接电话的女人是什么人？告诉我关于霍诺拉的一切。哦，你多像个沃普萧家的人啊。即使在人群中，我也能认出你来。在人群中能认出人来，妙不妙啊？在纽约还有个沃普萧家的人。贾斯廷娜。有人说，她当初在小杂货铺给人弹钢琴卖艺，现在可阔绰啦。我们把本杰明的肖像擦了一下。你觉得瞧上去好一点儿了吗？你注意到没有？当然，他看上去还是像个无赖。喝点儿鸡尾酒吧。”

男管家从盘子里拿了杯酒递给科弗利。他从来没喝过马提尼鸡尾酒。为了掩盖他的稚嫩，他举杯仰脖一口干掉了，没敢咳嗽，也没吐出来，只是眼睛里灌满了泪水。松子酒像火一般燃烧，他嗓子眼里一阵阵辣，一句话也讲不出来。咽了几口唾沫，他终于舒顺了点儿。“当然，我才不想要这房间呢，”米尔德里德堂姐说，“这是哈里的主意。我真想找个室内装饰家来，把房间收拾得舒心点儿，但是，哈里发疯般地迷上了新英格兰风格。他可是个可爱的人，做地毯买卖刁着呢。但是他是个没有根的人。我是说，他记忆中没有什么美好的地方值得回忆、值得留恋的。他老是吸收旁人记忆的营养。他比你和我更像个沃普萧家的人。”

“他知道本杰明耳朵的故事吗？”科弗利嘶哑着嗓子问，说起话来，嗓子眼还是有点难受。

“我亲爱的，咱们家的历史他能倒背如流，”米尔德里德堂姐说，“他到英格兰去，一直追溯到瓦克尔-肖，咱们家族的老祖宗。我敢打赌，他比霍诺拉知道更多关于洛伦佐的事儿。他是从你母亲手里买下这些家具的，我得说，他付钱可大方啦。我真不敢断定，你妈——我并不是说你妈耍滑头——你还记得那张老鼠大本营的移动式旧书桌吗？好吧，你妈来信说那书桌是属于本杰明·富兰克林的，我以前可从没有听说过。”

这种隐隐约约怀疑他妈妈诚实品质的话使科弗利感到忧郁，他思念起家乡来。他开始厌烦堂姐絮絮不休的聒噪、她客厅里装腔作势的简朴与无拘无束的气氛。他本来想把这些说出来，但是男管家又斟满了他的酒杯，他又一口饮尽松子酒，嗓子眼重新开始难受，说不出一句话来。布鲁尔先生走了进来。

他比妻子矮小得多，一个活跃的、粉红脸的男子，非常沉静，仿佛就是为了跟他妻子的唠叨絮聒互补似的。“哦，你是沃普萧家的人喽？”他们握手时，他问道，“好吧，正如米尔德里德跟你说的，我对沃普萧家族非常感兴趣。这里许多东西都源自圣博托尔夫斯。那是沃普萧家四代人的摇篮，是村里殡仪棺材店老板做的。那桌子是用西方农场草地上的一棵鹅掌楸树做的。拉斐德[1]一八一五年曾骑马走过这棵树下。壁炉架上的相片是本杰明·沃普萧。这椅子属于洛伦佐·沃普萧。他连任两届州立法机关官员时，坐的就是这椅子。”话音一落，布鲁尔先生就跌坐进洛伦佐的椅子里，抚摸着身子底下稀有的文物，脸上露出一种淫荡的微笑，犹如坐在沙发上，夹在两个漂亮姑娘中间一般。“科弗利的鼻子，”米尔德里德堂姐说，“我刚跟他说，在一群人中，我也能把他挑出来。我是说，我一眼就知道他是沃普萧家的人。有他这样的人为你干活，真是太好了。我是说公司里有他这么个沃普萧家的人干活，真是太棒了。”

布鲁尔先生等了好长时间才搭腔，这时，他光咧开嘴笑，瞄着科弗利，所以这缄默倒并不让人感到不安。科弗利感觉他非常喜欢布鲁尔先生。“当然，你要从头做起。”布鲁尔先生说。

---

1　拉斐德（Lafayette，1757—1834）：法国政治家、将军，参加过美国独立战争。

“哦，是的，先生。”科弗利欣喜地喊出来，不愧是他父亲的儿子，“我什么都干。我什么都愿意干。”

“哦，我并不指望你什么都干，”布鲁尔先生说，见科弗利这么急迫，便想让他悠着点儿，“但是，我想，我们可以签订个学徒合同之类的玩意儿——比如说，定上那么几条规矩，譬如你喜欢不喜欢干地毯生意，地毯公司乐意不乐意雇你什么的。我想，我们可以立下几条规矩。人事处得调查你一下。进每个人都要这样的。格雷弗利和哈默为我们干这事儿。我们明天约个时间吧。要是星期一查清楚了，你就可以到我办公室报到，开始工作。”

科弗利对于筵席交际并不熟悉，靠着瞧米尔德里德堂姐，他学着吃女侍者端来的菜肴。只是一次，他险些将甜食掉进洗手的小盆，显得很尴尬。女侍者对他微微一笑，打着手势，他才学乖赶紧拿开洗手盆。吃完饭，他们乘电梯下楼，迎着蒙蒙的夜雨，驱车到歌剧院去。

对于事物的规模，我们也许每每感到失望，这兴许因为我们的心灵本身是这么一个巨大的、迷宫般的空间，连伟人祠和希腊卫城也比我们原来想象的要渺小得多。科弗利发现歌剧院并不是他所想象的那么富丽堂皇，但不管怎么样，他觉得歌剧院还是称得上辉煌的，而且非常舒适。他们坐在乐池里，非常贴近舞台了。科弗利没有歌剧剧本，台上演的一点儿也不懂。

他时而似乎觉悟到一点儿情节，却往往是错的。到头来，他反而更加茫然了。中间，他睡着了两次。歌剧演完，在走廊里他跟米尔德里德堂姐和她丈夫道了晚安，感谢他们的款待；心里暗暗地想，让他们开车送他回那贫民窟，太丢人现眼了。

第二天上午，科弗利到格雷弗利和哈默处报到。他们对他进行了一次普通的智商测验：算了几道简单的算术题，数积木，做了几道有关词汇的题目。这虽然占了他大半个上午的时间，但他做这些并不太费劲儿。他们告诉他下午两点再来。科弗利吃了片三明治，在大街上转悠了一阵。东区一个补鞋匠的窗户上养满了各色的花草，使他想起普罗津斯基夫人的厨房窗户。下午回来，格雷弗利和哈默给他瞧十几张画着画或点的卡片——有几张是彩色的——有个陌生人问他这些画使他想起什么。这似乎容易极了，因为既然他一生都生活在青水碧海之间，这些画自然使他想起了鱼骨头、海带、海螺壳以及潮汐时冲上岸边的玩意儿。医生的脸毫无表情，他也捉摸不透到底答对了没有。他的缄默是那么让人难以捉摸，科弗利生气了：两个素昧平生的人被关在一个屋子里却要经受这种不近人情的气氛煎熬。临走时，医生叫他第二天再来，还有两场考试和一场口头审查。

第二天上午他又碰见一个陌生人——科弗利猜想他们可

能全是医生。那人给他瞧许多画和照片，它们虽然描画得非常粗糙，毫无韵味，更谈不上想象力，但是要说它们像什么的话，它们就像一本杂志里的插图。这些画对科弗利来说成了个麻烦事儿。因为他刚瞧了几张，它们便使他想起非常腐朽、非常堕落的事情。他起先纳闷这是不是他灵魂深处堕落劣根性的反映，琢磨着明说会不会影响他在地毯厂找个事做。他只是犹豫了一秒钟光景。还是老老实实吧，这是上策。所有的画都散发一种令人沮丧的道德沉沦的气息。看完后，他感到愠怒、不悦。下午，是造句。句子都是与解决问题或表态有关的。既然科弗利在为钱犯愁——他差不多快把二十五美元用完了——他造的句子都与金钱有关。第二天下午，一位心理学家将要对他进行口头审查。

这使他有点儿情绪不安。对于他，一个心理学家跟巫医一样让人觉得奇异而可怕。他预感到生活中一些污秽的秘密可能不得不暴露出来，最糟的是他曾经手淫过。但是回顾走过的路，想到像他这种年纪的人没有不手淫的，他琢磨这也算不上什么秘密。他决定跟心理学家尽可能坦率。这样想反而给了他一点慰藉，紧张不安的情绪稍微缓解了点。约定的是三点钟。他等在外屋，屋里放着许多盛开的兰花花盆。他纳闷是否有人在偷偷瞄他。医生打开一扇双层或者隔音的门，叫科弗利进去。医生是位年轻人，和以前几个表情冷漠的医生迥然不同。

他竭力想显得和善友好一点，但是，因为素昧平生，今天相逢也不知以后是否还会再遇，而且科弗利到这儿来也只是为了在地毯厂谋个职事而已，所以他这种情感也不易表达出来。这里压根没有友谊的氛围。医生让他坐进一把非常舒适惬意的椅子里，他开始神经质地捏起指关节来，咯吱咯吱响。“现在，请你跟我聊聊关于你自己的事吧。”医生说。他非常谦恭，拿着本子和铅笔，记点儿什么。

“嗯，我名叫科弗利·沃普萧，”科弗利说，“我是从圣博托尔夫斯来的。我想你知道这个镇子在哪儿。所有沃普萧家的人都住在那儿。我的曾祖父名叫本杰明·沃普萧。我的祖父是阿隆。我妈妈家姓科弗利，还有……”

“好了，对你家的家谱我没什么兴趣，”医生说，“我更想了解你的情绪和秉性。”医生打断话插进来说，但非常客气、友善。“你知道不安是什么意思吗？你有过不安的情绪吗？在你的家中，在你的社会背景中有任何东西会引起你产生不安的情绪吗？”

“有的，先生，”科弗利说，“我父亲特别怕火，怕给火烧死。”

“你怎么知道的？”

“嗯，他在卧房里准备了全套行头，”科弗利说，“他将各种衣服——内衣裤什么的——全挂在床头，一有火灾，一分钟之内他就能穿好衣服，逃出屋去。在所有过道边上，他放着盛满沙土和水的桶，电话机旁边的墙上用漆刷上救火队的电话号码。逢到下雨天不干活的日子——他有时下雨天不干活——他整日在屋子里跑来跑去，到处用鼻子嗅。他认为他能闻出烟味来，在我看来，他有时候几乎一整天从这间房走到那间房，没别的事儿，光是伸鼻子嗅。”

“你妈妈也有这种不安情绪吗？”医生问道。

“没有，先生，”科弗利说，“我妈妈可爱火了。但她也有令她不安的事情。她怕人群。我是说她怕被人踩了。有时候，圣诞节时，我陪她进城。在大百货公司一碰上嘈杂的人群，她就要患病，脸色苍白，气喘吁吁。心狂跳起来。可怕极了。她一把抓住我的手，走到冷僻的小街上去。那儿渺无人迹。她往往要五分钟，甚至十分钟光景才能缓过气来。在任何地方，只要我妈有一种禁锢的感觉，她就会不安起来。譬如说看电影吧。只要见到有人被送去蹲班房，或者被囚禁在一个小房间里，好了，我妈就会一把抓起帽子、钱袋，一眨眼逃出电影院。我还不得不紧追几步才能跟得上她呢。”

“你认为你父母在一起幸福吗？”

“嗯，不瞒你说，我还真没那么想过，”科弗利说，“他们是一对儿，是我的父母，我想，跟所有的人一样，凑合着过吧。有一件事，她老跟我絮叨，给我留下很深的印象。”

“什么事？”

“嗯，只要我跟爸爸一块儿到外面去玩儿——比如说划船什么的——回家时，她总等在那儿，跟我唠叨起这事来。唉，是关于，关于我怎么到这世界上来的。那会儿，我爸在银餐具厂干活，他们进城去赴个什么宴会。嗯，我妈喝了点鸡尾酒，天正纷纷扬扬下着大雪。他们不得不找个客栈过夜。然后，不知发生了什么事儿，从此，我父亲就不希望我生出来。”

“你妈跟你说了吗？”

“哦，说了。她告诉我好多次呢。她跟我讲，我不应该信赖他，因为他想杀我。她说，他请打胎的巫婆到家里来了。要不是她刚强，我早完蛋了。这事儿，她跟我说过不知多少遍了。”

“你认为这影响你对你父亲的基本态度吗？”

“嗯，先生，我从没想过这个，但是，我认为是有影响的。我有时觉得他可能会伤害我。半夜三更醒来还听见他在屋子里走来走去，我特讨厌。当然，这真傻，因为我知道他绝不会来伤害我。他从不惩罚我。”

“你妈惩罚你吗？”

“嗯，并不经常。有一次，她把我的衣服扒了，揍了我一顿。我想也许是我不好。我们到特拉弗廷去游泳——和皮特·米查姆一起——忽然，我想爬到洗澡间屋顶上去瞧女人脱衣服。这事儿够丢人的，但是，我们刚爬，管洗澡间的就看见我们了。嘀，我妈把我一把揪回家，叫我脱光衣服，用我曾祖父的——就是说本杰明的——马鞭子抽。她让我趴着。墙上全溅了鲜血。我的背脊被抽得皮肉绽开，鲜血直流，她害怕了。当然，她不会去找医生的，因为那样她太下不了台了。最糟的是，那以后一整个夏天我都没法下水游泳。去游泳，会让人瞧见我背上的伤疤。一夏天没游泳。”

“你认为这影响你对母亲的基本态度吗？”

“唉，先生，对于我出生的那地方的男人来说，我想当个男子汉没什么了不起的。我是说，在那儿是女人说了算的。她们挺善良，意愿也是好的，可是有时候专横得叫人受不了。有时候你简直会纳闷，当个男人简直是投错了胎。有个关于豪伊·普里查德的笑话。新婚之夜，他一只脚伸进尿盆里撒尿，这样就不会稀里哗啦吵醒新娘。我并不认为他应该那样做。既然你是个男子汉，你就应该为此而感到自豪，感到幸福。”

“你有过性经验吗？”

“有过两次，”科弗利说，“第一次是和马登太太。说出她的名字并不妥当，但是村里人都知道她。她是个寡妇。”

“另一次呢？”

“也是和马登太太。”

“你有过同性恋的经验吗？”

“嗯，我知道你是指什么，”科弗利说，“年轻的时候干过好多次。但很久以前我就发誓戒掉了。但是，在我看来，周围这种事儿好像不少。比我想象的要多。在这儿，有个和我住在一起的人。他老叫我进去瞧他的照片。我真想叫他滚开。你瞧，先生，要是世界上有件什么事儿我不愿干，就是当男同。”

“现在请你跟我聊聊你的梦，好吗？”

“什么梦都做，”科弗利说，“我梦见驾帆船玩，旅游，钓鱼，我想你感兴趣的是噩梦，是不是？”

“你说噩梦是什么意思？”

“啊，我梦见我跟个女人做爱，”科弗利说，“在现实生活中我从没见过这个女人。她是你会在日历牌上和理发店橱窗里看见的那种美女。而且，有时候，”科弗利说，脸颊飞红，低下了头，“我梦见和男人做爱。有一次，我梦见跟一匹马干。”

“你的梦有色彩吗？”医生问。

“我从没有注意过。”科弗利说。

“嗯，我想时间差不多了。”医生说。

“好的，你瞧，先生，”科弗利说，“我并不希望你由此得出结论，说我的童年是不幸的。我想，我告诉你的并没有给你一幅真实的图画。我听说过一点儿心理学。我猜想，你想知道的正是我上面说的那套玩意儿。我童年是非常非常幸福的。我们居住在一座农庄里，有一艘船，经常去狩猎，钓鱼，吃的也是世界上最好的食物。我一直很幸福，快乐。”

“行，谢谢你，沃普萧先生，”医生说，“再见。”

星期一早晨，科弗利早早爬了起来，裁缝店一开门，就将裤子送去熨烫。他漫步到市中心堂姐夫的事务所。门口一位接待的女郎问他是否预先已约好，他回答说没有。她说星期四之前已不可能安排任何会见。“但我是布鲁尔先生的堂弟，”科弗利说，“我是科弗利·沃普萧。”秘书只是嫣然一笑，请他星期四上午来。科弗利倒也并不忧虑。他知道堂姐夫有许多事务的细节要处理，要应付管理人员和秘书，也许把这位远房的沃普萧亲戚给忘了。只是钱的问题困扰着他。钱所剩无几了。晚餐，他吃了一个汉堡包，一杯牛奶，回家给女房东付了房租。星期二早餐，他吃了一盒葡萄，不知从哪儿听说葡萄对健康十分有益，而且耐饿。他晚餐吃了块饼，喝了一杯牛奶。星期三早晨，他买了一张报纸，只剩六十美分了。在雇用广告栏目里，有公司想招聘仓库管理员。他来到一家职业介绍所，然后去到一家百货公司，人家告诉他周末再去。他买了一夸脱牛奶，在杯子上画了三段记号，一段作早餐，一段作午餐，一段作晚餐。

对于一个年轻人来说，饥饿真够折磨人的。星期三晚上倒在床上时，科弗利饿得只好将身子弓起来。星期四早晨，什么吃的东西都没了，他将仅剩的钱用来熨烫一下裤子。他走到表姐夫事务所，跟女秘书说他跟布鲁尔先生有个约见。她情绪很好，非常有礼貌，请他坐下等一会儿。他足足等了一小时。这会儿，他饥肠辘辘，几乎不可能再挺起腰杆坐在那儿了。秘书出来跟他说，布鲁尔先生事务所里没人知道这个约会，并说，要是下午晚些时候来，她也许能帮他个忙。他躺在公园一条长凳上打盹儿，直到四点钟回到事务所。秘书仍然笑容满面，但这次拒绝得也非常干脆。布鲁尔先生不在纽约。从那儿，科弗利走到米尔德里德堂姐所在的那栋公寓大楼，但门房拦住了他，给楼上打电话。电话传话来说布鲁尔太太不见任何人，她正有个客人在家呢。科弗利走出公寓大楼，等在大街上。几分钟后，米尔德里德堂姐走了出来。科弗利赶紧奔上前去。“哦，是啊，是啊。”她说。他告诉她发生的一切。“是啊，当然啦，我以为哈里事务所的人一定告诉你了呢。主要是因为你性情的缘故。他们认为没法雇用你。真对不起，我也没有办法，是不是？当然啦，你祖父已经是第二茬的孩子了。”她打开钱包拿出一张钞票递给科弗利，自己钻进出租汽车，车开走了。科弗利徜徉到公园。

那时，夜幕已经笼罩在城市的上空，他感到疲乏、迷惘、绝望，举目无亲。家在何方？印度披巾。展翅掠过河谷的乌鸦，活像提公文皮包的商人，是赶着去乘公共汽车吗？他正漫步在林荫大道上，城市之光透过浓叶密枝闪烁着，把天空映照成一片火一般的颜色。他瞧着排列在宽阔大道两旁的一尊尊雕像，犹如一座座巨擘的坟墓——哥伦布，沃尔特·司各特爵士，彭斯，哈勒克[1]，莫尔斯[2]——从这座座隐没在黑暗中的塑像中，他得到些微的慰藉与希望。他并不是钦慕他们的灵魂或者著作，而是佩服他们的古道热肠和温情，这两种秉性与品质一定是伴随他们而生的。而他现在是如此寂寞，如此痛苦，宁可与这些青铜与石头雕像为伍了。沃尔特·司各特爵士会成为他的朋友，他的摩西和利安德。

他吃了点晚餐——这位沃尔特·司各特爵士的朋友——第二天上午到沃伯顿百货公司充任仓库保管员。

1 哈勒克（Fitz-Greene Halleck，1790—1867）：美国诗人。

2 莫尔斯（Samuel Finley Breese Morse，1791—1872）：美国电报发明人。

[ 18 ]

摩西在华盛顿的工作是高度机密的——这么隐秘，我们不便在这儿谈论。他抵达的第二天就开始工作了——这兴许反映了博因顿先生对霍诺拉的感恩戴德和对摩西才能的认可。他有一张朴实英俊的脸，出身于曾经领受华盛顿将军颁发勋章的家庭，对这工作是再适合不过的了。一切并不太顺利——沃普萧家的从来是不顺利的——和博因顿先生相比，他有时觉得自己不啻一个铤而走险的人。他的顶头上司似乎是在野心政治的氛围中长大的。他的服饰、他的仪态、他的语言和思维习惯似乎都是预先筹划好的，相互之间的呼应和联系这么天衣无缝，似乎是从一整套行为模式中炮制出来的。摩西猜想，这套模式并非是在任何一所东部大学中形成的，而是在外国学校里熏陶出来的。这套模式的条条框框从来没人告诉过摩西，所以他也无法仿效，但是，他知道这些条条框框一定是为了掩饰对自己外表容貌和智力缺乏的自信的。

摩西对于自己无意中挑中的住所非常满意，那儿的房客大多数跟他差不多年龄：市长、政治家之类的儿女；可敬的选区头儿的走卒，和他一样是由于某种感恩之情才到华盛顿来的。他在寄宿处待的时间并不长，因为他发现他的社会、体育和精神生活是完全由他工作的局里制约的。比方说打排球，送圣餐，到某某使馆或公使国赴宴。这些事儿他都能干，但是，在每次宴会上他只允许喝三杯鸡尾酒，并留意别往政府机构或外交使团的任何女人身上瞄一眼。华盛顿城人口流动性太大，为了安全起见，对自然性欲就要做出这种约束性的规定。逢到秋日的周末，他有时跟博因顿先生驱车去克拉克县骑马，时而就留在那儿跟博因顿先生的朋友们一起进晚餐。摩西骑马还可以，但这不是他最喜爱的运动。能欣赏一下乡间的美景当然令人心旷神怡，只是南方秋季的萤火虫和迷漫的雾霭太叫人沮丧了，在他内心深处撩起对西方农场金光璀璨的秋日的思念与缅怀。博因顿先生的朋友都是些十分好客的人，住在金碧辉煌的寓邸里，而且他们无一例外地靠遥远地方的漱口水、飞机引擎或者啤酒什么的赚钱，或者继承了一笔遗产。但是，对于摩西来说，端坐在宽敞的阳台上，瞧着这一片诗情画意的雅兴都是靠个业已死亡的酿酒商支付，他心中很不是滋味，但说句实话，对于酿酒，他一生还从未尝过这么香醇的波旁威士忌。是的，对于一个来自僻远小镇的人，在那儿邻里之间的关系是亲密而彻底的，摩西在这里经受了离乡的痛苦。对于一位同事的了解无异于旅行者之间，后来，渐渐熟悉华盛顿后，他才知道清晨候车的人群中，某个蓄胡须、缠头巾的黝黑男子也许是位尊贵的印度王子，要不就是哪座公寓房子里的古怪房客。一天晚上，在一个大使馆举行的音乐会上，这种戏剧性的、令人难以捉摸的气氛——这种登峰造极的欺瞒性——给他留下了深刻的印象。他是一个人去的，在音乐会间隙，想走上台阶呼吸几口新鲜空气。一推开门，只见三位年轻女士正站在那儿。一个肥墩墩的，一个骨瘦如柴，一个一脸傻气，她们似乎代表着人类缺陷的各个方面。她们的晚礼服使他想起万圣节店里五彩缤纷的儿童服装。她们戴着薄头罩，披着披巾，手里拿着扇子，一身珠光宝气，穿的鞋子简直像是要夹死她们似的。摩西正推开门的时候，她们溜进了使馆——这胖的，瘦的，傻乎乎的——这么蹑手蹑脚，这么惊惶，仿佛要干件什么错事似的。摩西决定站在一旁瞧一会儿。一进使馆大楼，她们成扇形排开，每人赶紧从椅子或者地板上抓一张掉落的节目单。正在这时，门卫瞧见了她们，她们拔腿就往门外冲，逃走了。摩西望着她们，脸上泛着一股得意洋洋的神气——此行就是为了拿张节目单嘛。她们一身华丽的服饰，一瘸一拐走下车道去。这在圣博托尔夫斯是不可能见到的。

在寄宿处，摩西的邻居是西部什么地方一位政治家的儿子。此人非常能干，内向，是勤俭和清心寡欲的楷模。他既不抽烟，也不喝酒，节省工资的每一分钱，用一半的积蓄买了匹马——马正拴在弗吉尼亚一个马厩里。他在华盛顿已住了两年了。有一晚，他邀请摩西到他房间里小坐一会儿，给他瞧张表格之类的玩意儿，上面记录着他社会生活的进展。他曾到乔治城赴宴十八次，主人一律按政府级别记录在案；曾去泛美联盟四次，去某使馆三次，去另一个使馆一次（那是次花园聚会），去白宫一次（记者招待会）。这在圣博托尔夫斯也是闻所未闻的。

摩西抵达华盛顿那会儿，人们普遍非常注重夫妻间的忠诚。关于男女间暧昧关系的任何谣传都可能导致人被解雇，让人名誉扫地。情场老手总是喜欢跟人吹嘘旧日跟国会图书馆姑娘们——甚至文件保管员——到弗吉尼亚海滩度秘密的周末幽会。可如今，不行了，至少对政府雇员来说，不行了。在公众场合醉酒是不可饶恕的；乱搞男女关系足以被判死刑。但私下的交易自有它的路子。摩西一位在肉类包装工业工作的朋友有次对他说："有四个姑娘星期六从巴尔的摩衬衣厂到这儿来，我带她们到马里兰的小屋去。怎么样？只你，我，她们四个。垃圾货，但长得不难看。"摩西说不，谢谢——不管怎么样，他得这么说——但是，他羡慕这位肉类包装工业老兄的自由。他心中时时在想这新道德的标准，思考久了，却隐隐约约在淫荡和间谍之间理出某种合法联系的根据来。但这并未减轻他那种特殊的寂寞感。他甚至给罗莎丽写信，请她来过周末；但是罗莎丽从来没有回过信。政府机构里标致的姑娘有的是，只是她们不愿发展那种暧昧关系。

一天夜里，寂寞攫住了他的心。他无所事事，于是走上大街散一会儿步。他往市中心走去，踱进五月花大楼的走廊，买一包烟。他往四周瞧瞧，一切笼罩在优雅的氛围之中，使他忆起了广袤无垠的故土。摩西爱上五月花大楼的走廊来。这里正在开会，脖子晒得红红的、非常有自尊的来自乡间小镇的人正聚集在走廊里。听着他们聊天，摩西似乎感到他和圣博托尔夫斯贴得更近了。离开五月花大楼，他继续向城中心走去。听见曼妙的音乐声，他傻乎乎地走进一间名叫“海室”的房间，向四周望了一眼。乐队，舞池，一位姑娘在唱着歌。在一张桌旁坐着一位金发女郎，远远望去，似乎还挺漂亮，而且看上去好像并不是政府雇员。摩西坐到她身边，要了一杯威士忌。她正对着墙上的镜子凝视自己的美丽容颜，起先没有看见他。她晃着脑袋，开始向一侧歪，然后转向另一侧，用手指尖捣鼓着小脸蛋，还想恢复五六年前的倩影。等她瞧完自己的美丽容颜，摩西问她能否和她做个伴，给她买点儿什么喝喝。她非常友善——有点慌张，但挺乐意。“哎哟，和您做个伴，太好了，”她说，“但我在这儿，是因为查克·欧文。他是乐队的头儿，我的丈夫。闲着没事，我就到这儿来打发时间。”摩西和她搭上腔，给她要了杯酒。她又最后往镜子里瞅了几眼，开始聊起自己来。“以往，我经常为乐队伴唱，”她说，“但是，我受的是歌剧训练。全世界夜总会我都唱遍了。巴黎，伦敦，纽约……”她絮叨着，虽然没有咬舌，但咕咕哝哝就好像个孩子在说话。她一头秀发，皮肤白皙，但这主要是因为她涂了太多粉底的缘故。摩西心里嘀咕，也许五六年前她还可以称得上漂亮，但是，既然她自认为还跟从前一样妩媚，他也乐得顺着她。“当然，我绝不是个职业的歌女，”她接着说，“我念完书，开始给酒吧间唱歌那会儿，我的爸爸妈妈几乎气死。呆板得要命。旧家庭嘛。原来住在山沟沟里的。”乐队停了，她丈夫走了过来。这女人把摩西介绍给他，他便坐了下来。

“能挣多少钱，亲爱的？”他问妻子。

“角落上的一桌在喝香槟酒，”她说，“乐队边上的六位客人在喝啤酒和矿泉水。每人喝了四杯。有两桌喝苏格兰威士忌，五桌波旁威士忌，乐队另一头还有些喝啤酒的主。”她用手指算计着，讲话时声调嗲声嗲气的。“别犯愁，”她跟丈夫说，“大约能挣个三百的。”

“交易会在哪儿开？”他问，“还有个交易会呢。”

“我知道，”她说，“卖床单和枕套。别犯愁。”

“有热的垃圾食品吃吗？”他问走到桌旁来的侍者。

“是，先生，是，先生，”侍者说，“我们有非常可口美味的热的垃圾食品。我可以给您端来香肠油配咖啡渣，或者来点柠檬皮和锯末屑怎么样？”

“好极了，”乐队头儿说，“就拿柠檬皮和锯末屑来。”起初，他刚来桌边时，看上去忧心忡忡，一脸沉郁。和侍者这么打诨取笑，他倒乐了起来。“您有洗碟水吗？”

“各种各样的洗碟水，”侍者说，“我们有油腻洗碟水，里面漂东西的洗碟水，我们还有樟脑丸和湿报纸。”

“好，给我来盘湿报纸包锯末馅吧，”乐队头儿说，“再加一杯油腻洗碟水。”然后，他转身对妻子说：“你回家吗？”

“我想好吧。”她嗲嗲地说。

“好极了，好极了，”他说，“要是交易会开了，我就要迟到了。幸会。”他跟摩西点点头，走回乐队那儿。其他乐师正陆续从走廊踱回来。

“我能送您回家吗？”摩西问。

“哎哟，我真不晓得该怎么办，”她说，“我们的寓所就在附近，很小，我总是步行回家的。我想，您陪我走回家也没什么害处。”

“走吧？”

她从衣帽间姑娘那儿接过大衣，跟姑娘聊起在威斯康星森林里一个四岁儿童走失的新闻。这孩子名叫帕梅拉，丢了四天了，好多人去寻找。这两个女人不安地揣想，小帕梅拉在野地里又冷又饿，还不知是死是活呢。聊完天，比阿特丽斯——这女人的名字——往大厅走去。不一会儿，衣帽间姑娘喊她回去，给了她一个纸袋。“里面装着两支唇膏和一些小发夹。”她说。比阿特丽斯悄悄地说，衣帽间姑娘一直留意着女厕所，只要有什么东西被遗忘在那儿，她就捡了送给比阿特丽斯。她一刹那间似乎有点羞赧，但她很快就恢复过来，挽起摩西的手臂。

她的住处离“海室”不远，一间二楼的卧房，屋子里放着一个快要或者说正在散架的卡纸板衣柜，占去了大半个空间。她使劲打开衣柜一扇变形的门，露出了杂货衣柜——里面也许有一百件各色各样的衣服。她走进浴室，出来时穿一件中国式外套，背上用丝线绣着一条龙。摩西用手抚摸上去，有点扎人。她非常轻易地答应了。干完后，她躲在黑暗中啜泣，问道：“哦，亲爱的，我们干了什么哟？”她声音还跟往常一样那么嗲声嗲气。“除了干这事之外，谁也不喜欢我，”她说，“我琢磨，这也许是我从小受了太严厉的教育的缘故吧。我是由一个家庭教师带大的。她名叫克兰西。哦，可严格啦。她从不许我和别的小孩玩……”摩西穿上衣服，向她吻别，偷偷地溜出了大楼。

## [19]

在农庄，利安德用海草垫在老房的宅基旁，雇了普罗津斯基先生清理一下花园。儿子们每月给他写一两封信，他每星期写。他真想见见他们。有时候，独酌波旁威士忌时，他想着到纽约和华盛顿去转一圈。但是，第二天，晨光熹微之时，他又发现自己再也离不开圣博托尔夫斯了。不管怎么样，他见过世面了。大部分时间他都是独自一个人，萝萝一星期三天回村子里的家跟女儿待在一起，而沃普萧夫人一星期三天在特拉弗廷的安娜·玛丽·路易斯礼品店当店员。萨拉用她从容的仪态让每个人明白，她，沃普萧夫人，干这行当并不是因为沃普萧家缺钱花，而是因为她的爱好——这也是实话。她充沛的精力——曾经这么好地用来发展村子——似乎终于找到了令她感兴趣的归宿——礼品商店。她还想自己在农庄的前厅开一爿礼品店。她甚至做梦还想到这个，可是这计划利安德听也不屑听。

至于为什么礼品店的话题一方面激起萨拉这么强烈的生活热望，而另一方面又引起利安德极大的轻蔑，就很难说了。沃普萧夫人站在柜台边，桌上放着许多彩色玻璃花瓶，朋友和邻居们进店来花点钱，打发点儿时间，她对着他们莞尔一笑时，心情似乎是非常、非常平静的。这对于礼品店的爱好——这对于装饰艺术的嗜好——也许是由这荒凉的、毫无生气的海岸造成的，也许是出于一种对富有感官刺激的细小物品的自然的爱。当她对着一只手雕沙拉叉或者手绘彩玻璃惊喊道："美吗？"那完全是真诚的。顾客的窃窃私语使她跟在妇女俱乐部时一样，成为社会注意的贤达中心。人们总是喜欢来找她。做买卖，将银币和钞票装进那只旧锡箱里，令她感到无穷的愉悦，因为她一辈子除了将谷仓那些家什卖给米尔德里德之外，还从没卖过东西。她喜欢和男售货员聊聊天，乐意安娜·玛丽·路易斯在购进玻璃天鹅、烟灰缸和香烟盒时，征询她的意见。用自己的钱，她买下了两打安娜·玛丽·路易斯不想买的花苞状花瓶。花瓶到货那天，她亲自打开箱子，不小心衣服在钉子上刮了个口子，细刨木花撒得满地都是。她洗了花瓶，做一朵纸玫瑰插在花瓶里，放进橱窗。（她一辈子都讨厌纸花，但霜打之后，又有什么办法呢？）放进橱窗不到十分钟，花瓶就卖掉了。不到三天，花瓶全部卖光。她非常激动，但是不敢跟利安德说，只是在厨房里悄悄地跟萝萝讲起。

对于利安德来说，让妻子去工作会产生女性特权的问题。犯了向霍诺拉借钱的错误之后，他不想再犯了。当妻子宣布要去安娜·玛丽·路易斯店里干活时，他细细想了一下这个问题，决定反对。"我不想让你出门去干活，萨拉。"他说。"你管不着。"萨拉说。就这么回事儿。这问题跟传统的女性特权无关，萨拉卖的大部分东西都是为了装饰出海的船只的，这无疑会激起人们对于圣博托尔夫斯作为一个港口的鼎盛时期的浪漫遐想。现在，在利安德的有生之年，他就会看到在昔日海岸和港口的废墟上建起另一个港口，沿岸礼品古玩店、餐馆、茶室、酒吧间林立，在那儿，人们就着幽幽的烛光饮杜松子酒，周围陈列着犁、渔网、罗经柜灯以及其他陌生的、显示一种艰苦而井然有序的生活方式的古玩文物。利安德心里嘀咕，在小平底渔船上种牵牛花倒也不错，但是，当他双腿跨进新开张的特拉弗廷礼品店，他发现这店本身就是一座向两头分叉的平底船，仿佛瞧见了个魔鬼似的。

他在屋子西南角上的舒适房间度过了他大部分的时光，从房间里可以远眺河水和村里的屋顶。在那儿，他写着他的日记。他竭力忠实。记录下往事，似乎在他心中激起了一种率真的情绪，这种情绪只有他跟最要好的朋友在一起时才会体验到。不管是年轻时还是如今上了年纪，他脱衣服总是快手快脚的。他回味着那裸露着身子的复杂快感。

谈起可怜父亲的第二天，笔者就去工作了（他写道）。像往常一样，拂晓前就起床了。领早报去分发，瞧一眼招聘广告。J. B. 惠蒂尔公司招人。挺大的一个制鞋公司。送完报纸。洗脸。往头发上抹点儿水。用墨水涂在袜子的破洞上。一路跑到惠蒂尔事务所。在一幢大楼的第二层。市中心。头一个到。当时才一丁点儿天光。春之晨。又来了两个男孩，也是找这活儿的。鸟儿在公共草地上啼啭。光辉的时刻。职员——格兰姆斯——八点钟打开门。申请者挤了进去。带我们到惠蒂尔事务所。八点半。真是胆大妄为。那人身量可魁伟了，坐在桌前，背对着门。他不转过身来。只隔着肩膀说话。“会写信吗？回家去写封信，明天上午拿来。还是这个时候。”口头审查就这么结束。在办公室外间等了一会儿，瞧着另外两个申请者走进房间去，同样的结果。等其他申请者走完后，我问职员——一个瘦脸蛋儿——要一张纸，一支笔。没法子呦。信纸抬头为J. B. 惠蒂尔。落款写上个想象中的债权人。要求再见老板。雇员特肯帮忙。第二次胆大妄为。“信写好了，先生。”手伸过来拿信，但不转过身来。读信。从肩膀上送了张棕色的信封过来。信是写给经纪人的。布鲁斯特与巴西特公司收。“把这送去，等收讫回票。”一口气跑到经纪人那里。等回票的时候才缓过气来。又跑了回去。将票据送给惠蒂尔。“在角上坐下。”他说。整整坐了两个小时没搭理我。那会儿商人真是霸道得很哪。他们往往找碴儿。虐待人。没工会。两小时末了，我终于开腔。“你到那儿去。”手指着外间。“洗一洗痰盂罐，然后问格兰姆斯干什么活儿。他不会让你忙个不停的。”

令人愉悦的记忆，一切的一切，甚至包括痰盂罐。开始了商业生涯。充满自信。下决心一定得成功。写日记，记下格言警句。跑比走好。惠蒂尔在，一定不能慢步走。笑脸比皱眉好。避免想肮脏的事儿。给妈妈买了一件青灰的丝衣。二十世纪快来临了。到处是进步的迹象。新的世界。音乐厅。飞船。养蚕所。留声机。夏街上第一支弧光灯。每天得换碳棒。在康科德和列克星敦博览会上首次展现了早期的电话装置。冷极了。人很多。没吃的。趴在火车车厢顶上去波士顿的。不瞒你说，惠蒂尔是位商业王子。工厂设在林恩。事务所在波士顿。鞋卖六十七美分到一美元二十美分一双。全卖给了西部、南部来的工人。一年可赚一百多万美元。从早晨七点一直干到晚上六点。微笑着，跑着。学着。

格兰姆斯是雇员的头儿。事务所里最好的朋友。瘦瘦的。一头柔软的头发。手像猴爪子似的，好色，阴郁。有时候，令人厌倦。老是讲老婆，没完没了。丈夫的祝愿。眼神阴沉下来。舔着嘴唇。他知道土耳其人、法国人、亚美尼亚人的风俗习惯，还有许多许多人种的。正如上面提到过的，他有时候讲起话来叫人生厌。笔者被养个妻室的念头攫住了。一头金发。也许是个荡妇？跟格兰姆斯到他家吃晚饭，见到了他的女人。激动不已。格兰姆斯锁上了门。女人在厅里说话。低沉的口音。激情消逝了。一个身量很大、宽肩膀的女人。红红的脸颊。沉甸甸的靴子，上面还沾着泥。“晚餐吃排骨和蔬菜，”她说，“我八点得上班。”格兰姆斯套上围裙。做晚饭。在饭桌和厨房以及厨房和饭桌间奔走。老婆塞下了好大一份饭；饭量真大。没什么好说的。穿上厚实的大衣，套上沾满泥浆的靴子，去开会了。女性解放运动的鼓吹者。格兰姆斯洗碟子。手指像猴爪子的男人。可怜。

虽然还未到结婚年龄，我却发现自己对异性十分感兴趣。在河岸边勾搭妓女。戴顶大礼帽。衣服很邋遢。神情中倒有点少女的妩媚，但已不年轻了。有什么关系。笔者傻里傻气地失了足。红发。碧眼。聊起天来。“多美好的天啊。”她说。“天，这河散发着多美的香味啊。”她说。非常温柔，非常有教养的样子。河水浮泛出泥岸的味道。一股股带臭味的海风。潮水退了。法式的接吻。阴部对阴部。手放在胸口上。小孩躲在丛林里咯咯咯笑。大傻蛋。漫步于黄昏薄暮之中，大腿顶着大腿。“在贝尔蒙特街上我有个小房间。”她说。不，谢谢。带她到铁路路堤那儿。煤渣。矢车菊。星星。高高的芦苇，像热带的植物。萨摩亚。品——了她那儿。端庄而令人荣耀的感情。忘却一切烦琐的小事吧。贿赂。金钱的忧虑。野心勃勃。顿时感到振作起来，产生一种对神圣的老母亲慷慨相助的情绪。妓女名叫比阿特丽斯。以后常常见面，不久去了纽约。在二十三号大街窗口丁零当啷敲打她的玻璃指环。冬夜。到处寻觅她。失踪了。这一切也许太污秽了。如果真是这样的话，笔者抱歉。人生来就是找麻烦的，犹如火花总是向上飞溅一样。

味道。热风。寒意。这一切清晰地存在于记忆之中。冬日的事务所一片恶臭。煤炉。迎着寒风步行回家吃晚饭。快乐极了。街风是直接从白雪皑皑的群山之中吹拂过来的。华盛顿。杰斐逊城。拉斐特。弗朗科尼亚。等等。等等。像冬日的山城。深深地吸一口公共草地广场落叶的清香吧。吸一口北风吧。比任何种类的玫瑰更馥香，更幽甜。永远享用不尽的日月之辉。总是说关门。七月，笔者得了一星期的假。格兰姆斯说是为了给另一个孩子——惠蒂尔的一个亲戚——干活的机会。太糟了。回圣博托尔夫斯，和妈妈住在一起。和堂兄弟姐妹一块儿玩。古屋依然空荡荡的。门廊快倾颓了。花园杂草丛生，一片荒芜萧索。玫瑰几乎消失了。到河中去游泳。去驾帆船玩。在帕森池塘钓到一条三磅重的鳟鱼。独自漫步于寂寥的海滩，有无穷的情趣。欢愉的时光。惊涛拍岸，喧哗不已，犹如在纽约，纽黑文，哈特福德。足下踩着一条条业已死亡的鳐鱼。根根海草看上去像牛鞭，像鲜花，像裙裾。贝壳，卵石，海帆。都是非常简单的东西。金色之光也许唤起了对于美好岁月的回忆；青春当然无辜。在海滩享受永恒青春的欢乐与苦涩。甚至今天。闻一闻东风吧。听一听海神的号角吧。总想去。包上三明治。游泳衣。搭上破旧的公共汽车到海滩去。难以抑制的欲念。也许在鲜血里就奔流着这种欲念吧。爸爸随着波涛拍岸的节拍吟诵着莎士比亚的诗句。似乎满嘴塞了卵石。

是狄摩西尼[1]的化身吗?

小心翼翼地筹划着生活。运动。夏日弄帆。读普卢塔克[2]的作品。从来没有一天没到事务所去。从没有过。增加了薪俸。也增加了责任。还有其他成功的迹象。寒冬之夜。职员全回家了。正擦洗钢笔。封火。惠蒂尔把我叫进他的至圣所——密室。一张卑俗的脸。魁梧。犯点儿肠胃胀气的毛病。在房间角落里放着一只盛威士忌的小桶。用稻草从桶口吮吸威士忌。让我等了足足半个钟头。听见最后一位职员——格兰姆斯的脚步声走下楼去。"你喜欢这生意吗,利安德?"他说。"是的,先生。""别那么急着回答我,"他说,"你瞧上去好像个黑鬼侍童。"清了清喉咙。往痰盂罐里吐痰。猛然跌进椅子。悲哀吗?病了吗?得了坏消息吗?破产了?失败了?要么,更糟的什么事儿?"我没儿子。"他说。"我为你感到遗憾,惠蒂尔先生。""我没儿子。"他又说。抬起大脸。脸颊上挂满了泪珠。眼泪扑簌簌滚落下来。"好好干吧,"他说,"请相信我。我会像对待自己儿子一样对待你的。晚安吧,孩子。"拍一拍我的肩膀。让我回家了。

野心与柔情糅合在一起的复杂情感。我一心扑在买卖上。惠蒂尔和沃普萧。沃普萧公司。渐渐爱上了鞋子买卖。为了老

1 狄摩西尼(Demosthenes,384—322BC):古雅典雄辩家。

2 普卢塔克(Plutarch,约46—约120):古希腊传记作家、散文家。

板赴汤蹈火，在所不惜。想象从大火熊熊的大楼里，从行将倾覆的船舶里救他出来。宣读他的遗嘱时，法定继承人的愤怒声。注定会成功。赶紧吃完晚饭。在寒气逼人的房间里读普卢塔克。戴上手套。帽子。吐出来的气迅速凝成了白雾。第二天，比平时早半小时到事务所。办事小跑步。逢人便摆出笑脸。写信函。和格兰姆斯一块儿吃午饭。“你和惠蒂尔混得怎么样呀？”他问道。“挺好。”我说。“他请你进他办公室，告诉你他没儿子了吗？”格兰姆斯问。“没。”我说。“嗯，他会的，”格雷姆斯说，“有朝一日他会请你到他办公室去，告诉你好好干，相信他，他会像对待自己儿子一样对待你的。他跟谁都说这一套。甚至托马斯老人。他已经七十三岁了，还儿子、儿子的呢。”

笔者竭力掩饰屈辱的感情。格兰姆斯看了出来。我试着吸取点儿经验教训。继续当个干儿子的角色。并不诚心，但这是做买卖的规矩啊。掩饰自己的独立性。看上去非常忠于职守。异常唯命是从。到末了，一系列父与子的谈话。有时候，是典型的商贾珍言。“永远别借钱给蓄长发的。别相信抽烟的人，或者穿短帮皮鞋的人。”商务简直是一种宗教。充满了欺诈、狡猾。以及迷信。白天，做梦想要娶惠蒂尔的女儿。他的独生闺女。名叫哈丽特。我跟自己说，别胡想了，老人自己却怂恿我。他请我到家里吃饭。

买了件黑色的外套。在富有历史意义的一个晚上，穿着打扮之后，到厨房跟妈妈告别。好久没听到哈姆雷特的音讯了。正在为宝贝儿子发愁呢。“记住要用餐巾擦嘴，”她说，“我想，你该明白妇人或老人进屋来，你该怎么站起来致意吧？我们家世世代代是讲究礼仪的。我们以前并不穷困。记住用餐巾。”

走着到城南惠蒂尔的家。仆人开门，接过大衣。房子总算还勉强挺立在那儿。贫民窟。房子很大，但并不像主人想炫耀的那样如宫殿一般。暖房培育的鲜花。糊墙纸。钟声响了。数着钟敲几下。十四。惠蒂尔夫人在客厅门口迎候我。一位瘦削的、仪态优雅的妇人。戴两根项链。四只手镯。三只戒指。向老板，然后是他闺女致意。一根项链。两只手镯。两只戒指。身量魁伟的小妇人。马脸。一切幻想全成泡影。再也没有爱情、婚姻的可能了。人的需要并非是这么简单的。还忘了排空膀胱。苦极了。一切都糟了。数着墙上的画。一共十四幅。全都非常美。静物画。海上的风暴。井边意大利或埃及女郎。玩骨牌戏的法国牧师。异国风光。天花板上也贴着花纸。

晚餐非常丰盛。室内环境优雅，但礼仪并不像在西方农场那样彬彬有礼。惠蒂尔放了两次屁。每次都嘭嘭直响。盛宴之后，惠蒂尔夫人开始唱歌。戴上眼镜。将亮灯放在桌上。唱爱情的歌。颤抖的美声。眼镜。亮灯使女主人显得更加衰老憔悴。音乐会后，笔者道晚安告辞。走回家的。发现妈妈还在厨房。就着一盏灯正缝补衣服呢。老了。思念着哈姆雷特。“玩得快活吗？记得用餐巾了吗？我们家又丑又黑，比不上人家家吧？当我还是个姑娘的时候，那时比你还小，我到纽伯里波特城布鲁斯特表哥、表姐那儿玩。他们家有马车、佣人、一幢特大的屋子。回到圣博托尔夫斯，家就显得既丑陋又黝黑。我想了好久，好久。”

跟往常一样，四星期后一个薄暮时分，又开始了父与子的谈话。职员都回家了。火熄灭了。“坐下，利安德，请坐下，”他说，“我告诉过你，要是你相信我，好好干活，我会像对待自己亲生儿子一样对待你，是不是？你相信我，对吗？现在，我告诉你我的原意。做买卖的形式正在变化。我要派个推销员出去。我想让你当这个推销员。我想让你去纽约，代表我。我希望你就像我儿子一样去访问我的主顾。去接受订货。像位有教养的人。你去纽约，我想让你明白你在干什么。我想让你明白，J. B. 惠蒂尔比买卖更重要。我希望你把公司当成自己的母亲；我们的母亲。我希望你记住这位老人需要钱用，而你去纽约就是为了赚钱给她花。我希望你举止大大方方，潇洒自如，仪表堂堂，讲起话来就仿佛你代表这位老妇人。吃饭、住旅店，我希望你意识到你花的钱都是这位可怜的老妇人的。”眼泪扑簌簌流下来。我们彼此了解。

唱起夜行船的歌。笔者都是很熟稔的。福尔里弗，班戈，波特兰，开普梅，巴尔的摩，伊利湖，休伦湖，圣路易，孟菲斯，新奥尔良。浮游的宫殿。玉米壳垫子。在水面上飘荡的歌声。一夜的牌戏，一夜的友谊，一夜的露水夫妻。薄明天晓，一切便了却完结。第一次航行非常平静。澄碧的大海像镜子一般。水面上闪烁无数的点点灯火。海岸华灯阑珊。人们站在门廊上，草坪上，桥上，圆屋顶上远眺宫殿，浮江而下。他们按照船的莅临来对钟。和陌生人睡在一个船舱里。将表、现钞、支票藏在袜子里，袜子再套在脚上。躺在玉米壳的垫子上，觊觎夜船上的仙女。到大城市去赚钱，为了这可怜的老女人。J. B. 惠蒂尔公司。

按照叮嘱，在霍夫曼客栈下榻。第一位主顾定了八百美元的货。第二位还要多一些。三天光景，卖了五千美元。打电话确认最后几笔订货。每晚睡觉，将表、现钞什么的塞在袜筒里。乘火车回纽约，疲顿但心绪愉悦。一下车就径直往事务所跑。J. B. 正等着我。扑过来吻笔者的脖颈。神童的荣归。征服一切的英雄。带着爱子到派克饭店吃饭。威士忌，葡萄酒，鱼，肉，飞禽。后来去查顿街上的游乐场。第二次去了。第一次是跟吉姆·格雷夫斯去的。正像上面述说的，他已死在圣博托尔夫斯。施洗礼者仍然在吟唱着。《慈光，引导吧》。似乎是一首人们喜爱的曲调。

白发苍苍的少年。询问做鞋、做买卖什么的事儿。终于破题聊起婚姻大事。和其他推心置腹的密谈一样，在同一个地点，同一个时间。“你打算跟我女儿结婚，”他问道，“还是准备一辈子打光棍呀？”“我打算结婚，养个家，先生。”我说。“关上门坐下。”他说。“看上个姑娘啦？”他问。“还没呢，先生。”我说。“那好，我给你找个姑娘，”他说，“她跟父母住在坎布里奇，主日学校老师，还不满十八岁呢。喝口酒。”他走到屋角落的酒桶边。两人轮着从麦管里吮吸威士忌喝。重新坐下。“男人是由女人生的，”他说，“人生倏忽，灾难无穷。”开始刷刷刷流泪。号啕大哭。“我折磨了这位姑娘，利安德。是我强迫她的。不过，她会给你当个贤妻的。”哭得更响了。“她并不是那种轻骨头的骚货。我是第一个。你跟她结婚，我给你一千美元。要是你说个不字，那就对不起，在波士顿和一切我有影响力的地方，你别想找到活儿干。星期一告诉我。回家去好好想想。”他站起身。魁梧的人。转椅的弹簧吱吱咯咯响起来。“晚安，我的孩子。”他说。走下曲曲折折的楼梯，脚步非常沉重。夜间的空气飘浮着山间的清香，但这不是属于我的。这冷漠的、令人憎厌的北城。夜，黑沉沉的，只有煤气灯影的地方才发出昏昏的光；芥末色的毯子覆盖在马屋的饲料架上。脚下踩着肮脏的冬雪。雪泥；马粪。五年从商，到头来一场空。父亲过世了。哈姆雷特从不回家。我一个人赡养神圣的老母。干什么呢？和妈妈一块儿吃晚饭。上楼走进寒气逼人的房间。披上麦基诺厚毛毯。读论述决断的书。别起肮脏的念头。

小跑步，永远别慢吞吞踱步。微笑。永远别皱眉头。一星期去两次健身房。给你妈买件灰丝衣。这书压根没用。想起了奥尔巴尼。到那儿找事做去。找住处去。重新开始生活。决意下奥尔巴尼。星期天打包行李。星期一出发。再也不想见惠蒂尔了。走下楼去。妈妈正坐在厨房火炉边。缝缝补补。聊起奥尔巴尼。“我想，你别起到那儿去的念头啦，”她说，“你是个好孩子，利安德，但别学你爸。他一辈子老以为到个新地方就会发财，就会幸福。这是一个致命的弱点。他是一个软弱的人。你要走，至少得等我死了。等一等吧，等哈姆雷特回家吧。要知道我老了。我怕冷。我只想待在波士顿。”

星期日去教堂。上帝该知道我的痛苦。跪下。第一次诚心诚意地祈祷。圣马可的筵席。圣约翰的遗训。环顾教堂四周，想找个什么象征性的东西帮我做出抉择。戈尔迪[1]的结，羊与狮头，鸽子，纳粹十字饰，十字架，荆棘和车轮。做弥撒时一直留神着。什么也找不着。问块石头吧。“我为你祈祷了。”妈妈说。她一把抓住我的手。“奥尔巴尼全是爱尔兰人和外国人。别到那儿去。”后来贾雷德来了。演奏《阿西斯与加拉蒂亚》。让人厌烦的音乐。阿西斯挨饿吗？难道加拉蒂亚是年迈老母的唯一支柱吗？神祇的痛苦更深沉。

1　戈尔迪：希腊神话中的国王，他将马车把与轭马之间打上一结，无人可解。后引申为难解的结。

星期一天没亮就醒了。两三点。辗转未能成寐，心里拿不定主意。坐到窗前，想做出个决定来。整个城市堕入梦乡。灯火阑珊。纯洁无瑕的景色。想起了西方农场。多美的昔日仲夏风光！想起了爸爸。没钱的生活简直叫人受不了。一辈子的教训似乎就是：赚钱。地狱里是不烧穷火的。贫穷是万恶之源。谁当小偷？穷光蛋。谁是嗜酒之徒？也是穷光蛋。谁让女儿在查顿街上在陌生人面前劈开大腿？穷光蛋。谁遗弃自己亲生的儿子？穷光蛋。

这样左思右想做出的决定虽然与内心深处的本意有所忤逆，但终于使对道德抱有疑虑的心平静了一点。也许是非常浪漫的。每每梦见一日劳顿之余有位漂亮夫人在摆满玫瑰花的卧房里等我。洁白如雪的小舍。相思鸟在鲜花盛开的树丛间鸣啼。奈丽·梅尔芭[1]般的embonpoint[2]。这一切瞬间消逝。唉，也没别的办法。天际生出微弱的晨光曙色。青黛色的。乔伊街上传来早起马车的辚辚声。上午第一件事就是去见惠蒂尔。“我什么也不怕了，先生。”我说。他告诉我心中的打算。晚上找她去。一两个星期就结婚。快生孩子了，带她到纳汉特去。把孩子留在那儿。弑婴？孩子生下后，纽约国家信托公司会在笔

1　奈丽·梅尔芭（Nellie Melba，1861—1931）：澳大利亚女高音歌唱家。长期在伦敦的科芬花园演唱，成为欧洲各大首都的著名歌星。

2　法文，意为“圆润”。

者名下存上一千美元。

晚餐后穿上最好的黑礼服，按地址来到坎布里奇。春之夜。华氏六十几度[1]。南风吹拂过仍然光秃的枝桠，发出铜鼓般的咚咚声。天上繁星密布。柔和的星光。和寒冬腊月的星影迥然不同。房子坐落在坎布里奇的郊外。饿得半死的瘦狗紧追着笔者狂吠。没有人行道。光是泥地上铺几块木板。这是一幢很小的房子，掩映在树丛之中。苦苦地敲了几下门。一个个子很高的人来开门。一头银发。连鬓胡子。拉长着脸。也许是病了吗？背后是面黄肌瘦的老婆，手里提着灯。黄澄澄的煤油里浸着灯芯。互致问候，随后跟着老两口走进起居室，瞧见了未来的妻子。

一个美丽的姑娘。头发跟渡鸦的翅膀一般乌黑发亮。雪白的脸庞。纤纤的双手。心中浮起阵阵怜悯同情之感。主日学校野餐之后，躲到丛林中去，在不断放响屁的老公羊旁边互拥着打滚。老板甚至在查顿街风流娘儿们中间也是臭名远扬。丛林中两个天真无辜的孩子——她和我。“你爸在读《圣经》呢。”她妈妈说。“路加福音，”老人说道，“第七章，第三十一节。”读《圣经》读了整整一个钟头。合上书祈祷。人人都跪在那儿。然后互相道别。“再见，沃普萧先生”是未来的妻子说的

1 约为摄氏十五至二十度。

唯一的话。走回家，一路上纳闷。她傻吗？她会做菜吗？

第二个礼拜天带着克拉丽莎到教堂去。她父母跟着。半路上竟然求起婚来。“我愿意嫁给你，沃普萧先生。”她说。一阵幸福感。前景并非是无望的。继而一想生下孩子之后的日子。乱糟糟一阵，往后不就是和平与宁静的时光吗？那是一座正统的浸礼会教堂。阳光明媚。布道时，昏昏欲睡。入夜，告诉妈妈我的打算。老妈妈惊讶得连眼睛也不眨一下。从来没告诉过她，生怕出岔子。和盲从一样，生性简洁似乎也会派生出其他性格来。占卜的伟力。下一个礼拜天在升天教堂完了婚。马斯特森牧师给我们结的联姻带。他可是个善良的老人。妈妈只是站在一旁瞧着。愿上帝保佑亲爱的老妈妈吧。从教堂直接到了北站。坐车到弗朗科尼亚。

坐着本地车，旅程真是太漫长了。似乎在每一家后院都要停一下。一路上，瞧见谷仓后面刷了许多广告。万应灵药。肝丸。老马戏团招贴画。晒干的鳕鱼。茶叶。咖啡。圣博托尔夫斯谷仓后面漆着：波士顿百货店。不惜血本。

年轻的黑发妻子，穿着最讲究的衣服。所有衣服都是自己剪裁、缝纫的。不可思议的甜蜜；优雅。至今仍然清晰地记得她修长的手臂，脚踝，那脸庞上时时掠过的瞬息即逝的快乐与忧郁。披肝沥胆。从一位可爱的妇人身上流溢出美的真正含意。诗情画意。音乐。她使触摸过的一切似乎都具有启示的力量。笔者的手。丑陋的火车车厢。“我有次乘火车去斯瓦姆斯科特。”她说。那音乐般的声音使旅程充满了诗意。天鹅。竖琴的琴声。喷泉。斯瓦姆斯科特并不大，火车也跟所有地方的火车一样。这散发芬芳的柔顺的姑娘，肚子里怀着私生的种子。深深的怜悯和恻隐。心中燃起欲火。

抵达弗朗科尼亚。找了家客栈。一星期八美元。美国式的计划。北国风光。甚至仲夏之夜也是凉飕飕的。在一间昏暗的餐厅里胡乱往嘴里送了些晚饭。没事儿。情中人无暇顾及什么冷布丁，面黄肌瘦的女房东，天花板上的污迹。一间偌大的农庄卧室成了我们欢度新婚之夜的洞房。沉甸甸的床架上画着紫葡萄。烧薪木的铁炉燃得正旺。在淡淡的、暖暖的火光之中脱衣解带。

附近没有垂钓之处。和新娘一起到山间去。绮丽的草色烟光。远处隐现出淡淡的蓝色峰峦。古老的湖。古老的山。这令人心碎的古园，在磨坊镇的北边。曾经一度十分繁华。后来衰败了。（无力抵御来自南方和西部的挑战。）就是所谓的边界农业。萨姆斯卡特。多石的田野。山里大部分小镇即使那时也无人居住。在丛林深处可见到房基坑和倾颓的建筑。家园，校舍，甚至教堂。附近的树林一片冷落荒凉与萧条。鹿，熊，还有些猞猁。年轻的爱妻从农夫老婆种的花园里采撷来一束束花朵。他们业已远离了。英国玫瑰。石竹花。柠檬百合。福禄考和樱草花。有时带些到洞房里来。放在水罐里。真是爱花呦。割草晒干的时节天老爷真帮忙。笔者跟个农夫和他的儿子们在田间劳作。傍晚时眼看要下一场雷暴雨了。乌云密布。到处是鸡叫声。石头从山坡上滚落下的沉闷的隆隆声。趁下雨之前赶紧将干草送进谷仓。叉子般的闪电划破长空。雨滴落下来的时候，沉甸甸的装着干草的马车驶进了棚屋。到处是霹雳劈劈啪啪的响声。深夜，雨终于停了，拥着妻子，一切好事都来了。真是神奇般的睡觉的好天气。热如阳光。凉似风暴。

假期飞逝。和山峦、田野、牧场、天堂般的乐土再见了，心中充满了忧伤和悲戚。平克尼街，惠蒂尔，格兰姆斯，等等。老妈妈对媳妇温柔谦恭极了，除了对哈姆雷特，她还从没这么温柔谦恭过。从不提令人忧伤的事儿，她似乎感觉得到这对天真人儿在林子里的浪漫经历。不管怎么样，这不是那种买卖婚姻。这是天合之好；似乎是这样的。这甜蜜的人儿和笔者一起早早起床。补袜子，把新婚的床弄得惬惬意意的，洗擦灯罩，给红木钢琴打蜡。老是瞻望未来。处理掉这私生子，养育自己的孩子。老妈妈撒手人寰后，我们就住在那长满玫瑰藤蔓的小屋里。在教堂，笔者每每感谢上帝，赐给我这么个甜蜜的爱人。打心眼里祈祷。从来没有这么感恩戴德过。晚上，爱妻常常吟唱，妈妈在哈利特与戴维斯牌红木钢琴上伴奏。音域不算宽，但是音调很准，哦，多清脆呀。甜蜜，优雅，可爱，和善。

肚子里的小子来劲了。下腹渐渐隆起，但是并未变形。三伏天人特容易黑。分娩要在十月。一天下午，她给事务所送了封信。我三点离开事务所。回家发现包裹都给捆好了，妻子的和笔者的。乘夜班车去纳汉特。雇了辆马车去拉瑟福德农场。到达那儿是晚上九点钟或者更迟一些。黑洞洞的屋子。清风中有一股咸味。传来阵阵惊涛拍岸的声音。又按铃又敲门。一个身上裹着件睡衣的菜黄脸色的女人来开了门。头发蓬乱。“我压根不认识你们，”她唠叨着，“我也不想认识你们。越早滚离这儿越好。”点燃了灯火。打开行李。爬上床去。妻子睡得很糟。老是在梦中说呓语。嘟嘟囔囔的。一整夜就听这痛苦的梦呓；以及大海的喧闹。从涛声听来，海岸似乎是一片平坦的石板地。清晰的咚咚声——击石的声音。很早就醒了。用冷水洗脸。“在厨房吃饭，”菜黄脸色的女房东说，“只要你们自己能干的就自己干。我才不来侍候你们呢。”

早餐时，她丈夫做了自我介绍。五英尺六英寸。一百二十五磅。发育不全。可怜的人。看上去似乎很怕老婆。自称早年是个车马店的老板。还有不少发迹的故事。拥有过纳汉特规模最为可观的车马行。六十四匹马。工资单上就有七名马车夫。一次瘟疫让一切全完蛋了。拿出往昔富有的证据。饲料支付收据一千美元。还有裁缝师傅、肉店、杂货铺的单据。一切全完了。和克拉丽莎到海滩漫步。亲爱的妻子用裙子兜拣来的彩石奇贝。日子缓缓地流逝。境遇越来越棘手；梦想着未来。给自己描绘一幅玫瑰色的图画——乡村小屋，儿女绕膝，愉快的生活。这样的胡思乱想只能使妻子嘤嘤哭起来。

七点钟开始临盆的阵痛。床褥湿了一大片。喷将出来一股水之类的东西。即使今天，对于这产科行话，笔者还是一窍不通。“哦，上帝。”克拉丽莎喊道。不断地祈祷。痛苦极了。第一次经历这种事情。阵痛开始时双手抱着妻子。菜黄脸色的女房东待在隔壁房间里。摇椅吱吱嘎嘎的声音。“把床单往她嘴里塞，”她嚷道，“要不人们在德克斯特广场都能听见她的喊声。”十一点钟，最可怕的阵痛袭来。猛然间瞧见了鲜血，婴孩的脑袋。女房东冲将进来。一把把我推开。嚷喊着派她的丈夫拿水和破布来。忙乱了好一阵子。午夜两点钟，菜黄脸色的女房东又露脸了。“一个小女儿。”她说。神奇的改造的伟力！装出一副老实巴巴的样子。走进屋子瞧瞧孩子。正躺在一只肥皂箱里。克拉丽莎也睡熟了。吻她的弯月眉。坐在椅子里一直待到天明。到海滩上去散一会儿步。云影飞散开，像扇贝弯弯的脊一般。大海的逆光映照在云彩之上。这苍穹的一幕至今还隐现在心头。蹑手蹑脚回到房间。打开门。克拉丽莎躺在床上，嫣然一笑。蓬蓬的一头青丝。孩子正在吮奶，充满乳汁的乳房胀得鼓鼓的。自从远离西方河之后，笔者第一遭啜泣起来。“别哭，”克拉丽莎说，“我很幸福。”

菜黄脸色的女房东沉重的橐橐的脚步声。转化正在演进之中。“上帝保佑你，亲爱的，甜甜的小丫头。”她在跟婴儿说话。猛然一阵刺耳的尖锐声。“瞧这可爱的小手指，”她说，“瞧她那可爱的小脚趾。让我抱走吧。”“再让她吸一会儿奶吧。”克拉丽莎说。“让她吃饱吧。”我说。“哼，你们不带孩子走，”她说，“既然你们不带孩子走，既然她已不再是你们的孩子，就没必要再给她喂奶了。”“让她再吸几口奶吧。”克拉丽莎说。“不由我来对人评头论足，”她说，“我从不管闲事。但是，要是你没犯错，怎么会到这连上帝都不想要的鬼地方来生孩子呢？倘若孩子吸了犯过错的妈妈的奶，那么，奸诈、罪愆、放荡，都会随奶汁流进孩子的身体。”她说。“你口舌好尖刻，”我说，“请走开，让我们清静点儿。”“让她再吸一会儿吧。”克拉丽莎说。“我只是人家付钱叫我这么干的，”她说，“话说回来，她毕竟是上帝创造的生灵。哦，让她在人生一开头就去吮吸另一个人的罪愆，是不公平的。”“请走开。”我说。“她是对的，利安德。”克拉丽莎说，把孩子从奶头上挪开，送到这陌路者手中。她转过头去，饮泣起来。

她哭了整整一天，整整一夜。哭得床褥上沾满了泪水。早晨，我帮她穿衣。她太孱弱了，连穿衣服也太费劲；她无力拢起那一头黑发，我帮着她，让她别上发夹。九点钟有班火车去波士顿。给马房送了个信，准时派车来接我们到车站。我捆绑好行李，提拎到大路边。这时，我听见女房东嘶喊地问："你啊，喂，她到哪去了？"哦，她瞧上去活像个鸟身女妖。"她跑了。往德克斯特跑的，上了去德克斯特的路。我走这条贝壳路追，得截住她。"穿着双沾满泥巴的靴子，女房东跑开了。拿着把粪叉，从前的马房老板也奔上了追的路。我寻觅到地平线边的采石场。听见花园里有孩子嘤嘤的哭声。真的，那是哀怨的呜咽。她逃离了，但并没有走远。

花园里梨树修剪得像喷泉，也许是为了荫庇的关系。片片树叶组成了优雅有致的帐盖。她正坐在树荫底下。紧身围腰解开了。背心带松了开来。孩子正在奶头上吮奶。令人心烦意乱的哭泣。没说一句话，她和我。只是眼睛互相瞅了一下。无须解释，连称呼也不用。孩子吸着奶汁，仍然在哭闹。天开始飘起霏霏细雨；但雨滴打不到我们身上。梨树的荫盖挡住了雨丝。孩子睡着了。在那儿我们到底坐了多久，我不知道。也许半个钟头。瞧着牡蛎壳铺盖的道路隐现在苍茫的雨色之中。雨滴仍然没掉到我们身上。"眼泪比奶汁还多哪，"她说道，"眼泪比奶汁还多哪。奶都哭干了。"用脑袋遮着，用肩膀挡着，把熟睡的孩子抱回家，放进厨房火炉边的肥皂箱里。乘上马车去车站。

我不愿再沉湎于凄凄惨惨戚戚之中。兽性的悲哀。在人生中，我们有时只能凭一味的蛮力活下去。忘掉吧。遗忘这一切吧。（利安德在这里指那天深夜克拉丽莎在查尔斯河投河自尽。）第二天上午和老妈妈同可怜的克拉丽莎搭车到圣博托尔夫斯。

乌云密布。并不冷。风向时时变化。一会儿南风，一会儿西南风。灵车停在车站。看热闹的人不多。弗里斯比神父念的祷文。那会儿，也年迈了；老朋友。紫色的脸膛。风扬起他的神袍。露出老式的两侧有松紧布的半筒靴。厚厚的袜子。我家的空地在山坡上，傍河临水。河光山色，田野，召唤来我早先青春的情趣。决不再结婚了。远远可以瞅见老家宅屋的屋顶。那是耗子、松鼠、刺猬的流连之地。野孩子们游乐的场所。祈祷的时候，风小了。闻到远处传来焦电般的雨的气息。树叶间，田塍上，沙沙声。弗里斯比神父说，顷刻休矣。他充满了痛苦。雨声越来越大，令人感奋，让人感受到慈爱。这是传进人类耳朵里最古老的声音吧？

[ 20 ]

那个教科弗利刮脸的胖墩墩的男子开始晚饭后到房间里来拜访他了，给他能在世界上混下去的各种劝告。他是个鳏夫，在北边什么地方有幢房产，周末偶尔去一下，自己却住在公寓房子里精打细算，好过个舒舒服服的晚年。他在政府部门供职，觉得科弗利也应该到政府文职部门找个事做。他给科弗利带来载有政府文职部门招聘广告的报纸，许多空缺招的全是中学毕业生或是城里政府经办的文职官员训练学校毕业的专家。那年磁带转码员需求量很大，他建议科弗利不妨在这件事上碰碰运气。政府支付在麦基尔哈尼学院学习的一半学费。四个月一期，毕了业，到政府部门工作，一星期七十五美元。既然朋友这么劝告、鼓励，科弗利便报名到讲授磁带转码的夜校读书。这活儿主要是将物理实验编制成符号——即磁带——这样可以指令计算机。

科弗利的一天大致是这么过的：八点半到沃伯顿百货公司报到，然后沿着后楼梯走下地下室。空气糟透了：紧挨着另一家百货公司的后门，挤迫得很，一股污秽的臭气。在仓库干活儿的什么年龄的都有——有一个六十多岁了。科弗利的乡音，讲话时老提圣博托尔夫斯，把他们都逗乐了。他们将运进来的货开包，然后通过电梯送到楼上柜台上去。逢到大贱卖，他们有时得干到半夜，卸镶皮边的大衣或是床单包。一星期三个晚上，科弗利干完沃伯顿公司的活儿后，便到麦基尔哈尼学院学习。学院在一幢大楼的第四层，那楼上似乎有许多学院——肖像照相学院，新闻学院，音乐学院。晚上只有一架运货电梯运行，开电梯的是个穿工作服的老年人。他鼓胀起嘴巴，能模仿吹法国号。送乘客上上下下时，他就唱《威廉·泰尔》[1]序曲，喜欢人家恭维他。科弗利班里一共有二十四位学生。教师是个年轻人，到班上来时，匆匆忙忙的样子，似乎一天东奔西跑也够忙的。第一课讲了控制论或自动化概述。有点儿懊悔性格的科弗利即使发现自己与这思维机器未来的关系非常可笑，也很快就屏弃了这种想法。他开始背诵代码。

这是基础课，就如学一门外语。一切都要死记硬背。一星期要背五十个符号。每节课前考十五分钟，两小时课时结束时，进行速度测验。一个月后，符号——跟一切语言学习一样——开始占据科弗利的整个思想；走在街上，他便习惯于将汽车牌号、橱窗里的价目表、钟表上的数字重组，这样可以送入计算机中去。课讲完了，他有时跟个一星期上五个晚上课的朋友喝杯咖啡。这朋友叫米特勒，他还在戴尔·卡内基学院上学。米特勒非常善于讨人喜欢，这给了科弗利非常深刻的印

1 《威廉·泰尔》：四幕歌剧，意大利作曲家罗西尼作曲。

象。一个星期日，摩西来拜访科弗利。两人在街上闲逛了一整天，到处喝啤酒。摩西不得不告别时，两人都非常痛苦。从此，摩西再也没来过。科弗利筹划圣诞节回圣博托尔夫斯一次；但是，圣诞节前夕有加班，他干了——他现在毕竟是在城里赚钱呵。

大海的一切都属于维纳斯，珍珠，贝壳，炼金术士的黄金，海带，海潮带着的撩拨心弦的味道，碧绿的近水，绛紫色的外海，远方的欢乐，石楼倾颓的隆隆声——这一切的一切都是她的；然而她离开大海并非是为了我们。她从四十街一家三明治店旋转门中走出来是为了科弗利的。科弗利在麦基尔哈尼学院上完课到那儿想去吃点儿什么。她是一位瘦削、黑发的姑娘，名叫贝特西·麦卡弗里，在佐治亚州北部荒原长大，是个孤儿。那晚，她哭了，眼睛还布满血丝。科弗利是店里唯一的一个主顾。她给他送来一杯牛奶，一块用纸包着的三明治，然后走到柜台的另一头，开始洗杯子。时不时，她深深地唏嘘一声，声音有点颤抖——这声音使弓身在池子上洗杯子的她在科弗利心目中成了个裸体的姑娘，温存柔顺。吃完半个三明治，他对她说：

“哭什么？”

“哦，天，”她说，“我知道不该在生人面前哭泣。老板刚才进来，正碰上我在抽烟，他真叫我受不了。店里没个人影。碰到这样下雨的夜晚，时间总是过得很慢。他怎么能怪我呢，是不是？雨又不是我招来的；我总不能老站在雨中招徕顾客。好吧，时间过得慢极了，几乎二十、二十五或者三十分钟不见个人影，于是我走进店堂，点上支烟。他正巧进来，像头猪似的，到处嗅闻，骂了我一通。可难听了。”

“别管他说什么。”

“你是英国人吗？”

“不是，”科弗利说，“我来自一个叫圣博托尔夫斯的地方。是个小镇，这儿往北点儿。”

“我为什么问你呢，因为我一眼就看出你和别人不一样。我自己也来自乡下小镇。我只是个小城姑娘。我想，也许这正是我在这儿遇到麻烦的原因。我没那种厚脸皮在城里鬼混。这星期糟糕的事儿够多的了。我刚和个女朋友租了一间寓所。她叫海伦·本特，是我的，也许该说我过去的一个女朋友。我以前以为她够义气的；够朋友。她当然也让我相信她和我最要好。好吧，既然这么要好，那就住到一块儿吧。我们形影不离。旁人也这么说。他们总这么说，这两人穿连裆裤，形影不离。好吧，我们租下了一间寓室，她和我。那是一个月以前的事儿了；一个月或者六个星期。好吧，一搬进去，安定了，正想享用的时候，我发现这整个是个阴谋。她和我合租间寓室为的是能见她的男朋友。以前，她和父母住在昆斯区。当然，我并不反对有时候见个把男朋友。但那是个一居室的套房，而她每晚都有男客人，当然啦，这真叫我窘得要命。这么多男人进进出出，简直不像个家。瞧，有时候，该回我的寓室了——我付房租，那儿全是我的家具——可是生怕打扰她和个什么男人会面，我不得不去看晚场电影。哼，我终于跟她直说了。海伦，我说，这地方简直不像个家。我说，要是我不得不到电影院去消磨时光，我付房租就毫无道理。好了，她当然原形毕露啦。啊，她说得有多恶毒。第二天回家，她走了，电视机什么的全拿走了。不再见到她，我当然很高兴，但是如今再也没人和我分担租金了。干我这行当，也很难找到个女朋友。”

她问科弗利还要吃什么不。快打烊了，科弗利探问能送她回家吗。

“难怪是个冷僻小镇来的人，”她说，“一见你，能送你回家吗，就知道你出生在一个小镇，没见过世面。我家离这儿不过五个街区，我是走回去的。要是你不动手动脚，送我回家也无妨。这儿动手动脚的鲁莽事儿太多了。你一定得答应不动手动脚的。”

“我答应。”科弗利说。

准备关门打烊的时候，她说啊，说啊，没个完。打烊后，她戴上帽子，穿上大衣，和科弗利一起走进了蒙蒙细雨之中。

跟她在一起，他感到高兴。他想，当纽约城的居民有多美妙，茫茫烟雨之中送个售货姑娘回家。快走进她家时，她提醒他曾经答应过不动手动脚，所以他没探问能不能一块儿进屋。但是他请她选了个晚上一块儿进餐。“哦，行啊，”她说，“我只有星期日晚上有空。要是对你合适的话，星期日晚上怎么样？这个街角上有家意大利饭馆——我从没去过，那个从前的女朋友告诉我说挺好——烹调精美，要是你能七点钟来接我的话……”科弗利瞧着她——一个瘦削的、并不太优雅妩媚的姑娘——穿过亮着灯的大厅走进内门时，正像天鹅认得自己的配偶一样，心里明白：他堕入情网了。

[ 21 ]

东北风（利安德写道）。原先刮西南风。季节第三次二分点扰动。并不是所有的情人都是幸福的，激动不安的。——顶楼上响起像水掉进坛坛罐罐，断断续续如竖琴一般叮咚叮咚的音乐声。望着这幅雨中河色的阴惨图景，利安德感到悚然，放下稿纸，走下楼去。萨拉去特拉弗廷了。萝萝不在家。他走到后轩，专心致志地燃起一堆火，瞧着火怎么点着，闻一闻干净薪木的芬芳之气，感受暖流顺着手指，钻进衣物。身子暖和些了，他走近窗前，望着黑沉沉的天。一辆车驶进大门，上了车道。他很惊讶，这是火车站出租汽车站的车。

车停在侧门，他瞧见个女人弓着身子，正在跟司机说话。他不认得这位来客——一位面貌平常、灰白头发的女人——他猜也许是萨拉的朋友。他就站在窗口望着她。她打开车门，穿过从破损的水管往下掉的雨帘，走到门口。有人来访，不管是谁，利安德总是高兴的。他走到厅里，趁她还没按铃，就开了门。

一个非常平凡的女子，大衣肩膀上因为雨水濡湿而显出一摊黑黝黝的水迹。她的脸庞长长的，帽子边上饰有坚挺的白羽毛，仿佛是羽毛球上的那种羽毛，大衣是陈旧的。利安德想，一辈子这种女人他见过上百。她们是新英格兰的产物。尽职、虔诚、执拗，她们似乎是按高原牧场长的那种野草来培育自己的精神和情趣的。利安德想，她们的名字就是被逮鲐鱼的船队用来命名脏得不堪的船的：艾丽斯，埃斯特，艾格尼丝，梅贝尔，露丝。竟在帽子上饰上羽毛，竟在平坦的胸脯上别上用海贝制作的丑陋饰针，她身上竟显现出来女性的美，这样一个索然无味的女人身上竟还摆上了几件装饰——这一切，对于利安德来说，是令人感动的。

“请进，”利安德说，“我想您是找沃普萧夫人？”

“我想您就是我想找的那位先生。”她说，神色慌张而羞赧。利安德只好低头看自己的衣服。“我是海伦·拉瑟福德小姐。您是沃普萧先生吗？”

“是的，我是利安德·沃普萧。请进，外面下着雨呢，请进客厅来。我生了点火。”她跟随着利安德走过大厅，他打开通往后轩的门。“请坐，”他说，“请坐在这张红椅子上，靠着火。烤烤衣服。”

“您家真大啊，沃普萧先生。”她说。

“太大了，”利安德说，“你知道一共有多少门吗？一百二十二。请问您想找我干吗？”

她缩了缩鼻子，似乎着了凉，似乎刚才哭了一场。她打开带来的一只沉甸甸的皮包。

“一位熟人告诉了我你的名字。我是自我改进学院委任的代表。我们还有些空额，招收合格的男女学生。学院院长巴塞洛缪先生将人类知识分为七大类。科学，艺术——包括文化艺术和体育艺术——宗教……"

"谁告诉你我的名字的？"利安德问。

"巴塞洛缪先生认为，这样分类与其说是根据人的背景，还不如说是根据人的情趣，"不速之客说，"许多有幸受到大学教育的人，按巴塞洛缪先生的标准，仍然没有资格进入我们的学院。"她述说着，语调毫无抑扬顿挫可言，表情淡漠，几乎有种惴栗的情绪，眼睛一个劲儿盯着地板。"全世界的教育家以及欧洲的一些王室贵胄都非常赞同巴塞洛缪先生的教育方法，巴塞洛缪先生的文章《论宗教科学》现在庋藏在荷兰皇家图书馆。我这儿有一张巴塞洛缪先生的照片，而且……"

"谁告诉你我的名字的？"利安德再一次追问道。

"爸爸，"她说，"爸爸告诉了我你的名字。"她绞着手臂。"他去年夏天死的。哦，他对我可好啦，像个亲生父亲。他愿为我做任何事儿。他是我最好的爱友啦。星期天，我们一块儿散步。他可聪明啦，只是别人老骗他。什么事儿都欺骗他。当然，他不害怕，他什么也不怕。有一次，我们到波士顿去看戏。那天正巧是我的生日。他买了最昂贵的票。我们的票是剧场正厅前排座。我们一进大厅，他们却领我们坐到楼厅去。我们买的是正厅前排票——他跟我说——我们走下楼，到正厅前面去。于是，他挽着我的手，下了楼，告诉领座员——那势利眼的小人——我们买的是正厅前排票，要坐到那儿去。唉，我真想念他，我就只能记起这点儿了。他从不让我独自走开。他自己去年夏天却撒手走了。”

“你家在哪儿？”利安德问。

“纳汉特。”

“纳汉特？”

“是的，爸爸把一切都告诉我了。”

“你这是什么意思？”利安德问。

“爸爸什么都跟我说了。他告诉我你怎么在天黑之后，像个小偷似的，鬼鬼祟祟来到纳汉特——他是这么说的，惠蒂尔先生怎么支付所有的开销，妈妈又怎么不让我吮吸那女人罪恶的奶汁。”

“你是谁？”利安德说。

“你女儿。”

“哦，不，”利安德说，“你在骗人。你是个疯婆子。滚开。”

“我是你女儿。”

“哦，不，”利安德说，“你们编造了这一切，都是你和纳汉特那帮无耻之徒纯然捏造的。请出去，滚开。”

“你们曾到海滩漫步，”她说，“爸爸什么都记得，请相信我吧，给我点儿钱。他甚至记得你穿什么衣服。他说你穿的是方格呢西服。他说你们常到海滩散步，捡石卵子。”

“滚出去。”利安德说。

“除非你给我点儿钱，我是不会走开的。你从没问过我是死是活。从来没想着我一点儿。我现在需要钱。爸爸死了，我把房子卖了，只剩下一点儿钱了，后来我干上了这活儿。不容易哪，太不容易了。我身体并不太好，刮风下雨都得东奔西跑的。我需要点儿钱。”

“我没钱给你。”

“爸爸说过的。他说你不会不帮我的忙。爸爸告诉我你会说什么，但是他要我答应来见见你。”她站起来，拿起皮包。“上帝会审判你的，”她站在门口说，“我知道我的权利。我可以到法院去告你，毁坏你的名声。”她走下大厅，正走近大门时，利安德喊起来：“请等一等，等一等，等一等。”他奔到大厅来。“给你点儿吧，”他说，“我留下了点儿东西。我有根怀表玉石链和金链子。我带你去瞧你妈妈的坟。就在村子里。”

“呸！”她说，“呸！”她走出屋子，钻进出租汽车，驶走了。

[ 22 ]

和贝特西一块儿下馆子后一星期或者十天光景，科弗利搬进了她的寓所。他费了好大劲儿才劝说成，不过她的执拗却让他心里暗暗发乐，这证明她是一个自重的姑娘。他是基于——间接地——她需要有个人照料，基于正如她自己说过的，她没有那种在城市里生活下去的厚脸皮。科弗利每每想起她的孑然无助，心中便充溢了一种富有诗意的动人感情。每当她不在身边，一想到她，他便油然生出一种混杂着怜悯和侠义的情绪。她孑然一身，他应该去保护她。就是这样。他们之间的关系如此正当地发展着，这非正式的婚姻或同居生活，且发生在一座全然陌生的大城市里，科弗利陶醉了。他爱她，他是她的情人——这是毫无疑义的，而这正适合科弗利的性情。这种情场追逐与同居艳情使追求充满了活力。她曾经那么苦苦地寻觅过友人，总是失望，而正是科弗利抚慰了她这颗绝望与愤怒的心。她毫无矫揉造作之意——从不絮叨什么猎枪子弹和关于有尖削脊背的猪豕的回忆——她乐意给他做晚饭，夜里拥抱他在怀里，给他以温暖。她是祖母抚养长大的，祖母希冀她当个教师，而她呢，却讨厌南方，愿意到外地任何地方干任何活儿。他觉察出她为人的美德，她作为一个漂泊无定的羁旅之人令人感动的气质。她真诚率直，但当她玩着爱情各种各样的游戏时，她却从不说爱上了。每到周末，他们散步，乘地铁和渡轮游荡，议论未来的计划和各自的情趣。到隆冬时节，科弗利求婚了。贝特西的反应令人捉摸不透，哭了鼻子却非常娇甜。科弗利往圣博托尔夫斯写了封信，讲述了自己的计划。他想在学院一毕业就结婚，他已经被分配到一个火箭发射基地工作，那儿需要磁带转码员。他在信里放了一张贝特西的照片，他要度假时再回圣博托尔夫斯。他小心翼翼地处理一切，因为他觉得贝特西的南方口音以及时而暴躁的性格会忤逆霍诺拉的意；所以还是明智点儿，待结了婚生了个白胖儿子再去见霍诺拉吧。利安德也觉察出来了——他给科弗利的信充满了祝贺与温情的言语——也许他内心深处以为科弗利一结婚全家就能搬进安乐窝了。这是他非常隐秘的思想。萨拉却非常伤心，科弗利没有在基督教堂里完婚。

四月，科弗利以优异的成绩通过了考试；听说麦基尔哈尼学院还要举行毕业典礼，他真的有点儿惊讶诧异。典礼在大楼五层一家教授钢琴的学院里举行，两间教室拉开挡板成了个小礼堂。科弗利的同学都携带了家人或妻子来赴毕业典礼；贝特西戴了顶新帽子。一位夫人，大伙儿都不认识，弹奏钢琴曲《威风堂堂》[1]，叫到谁的名字，就走到台前，从麦基尔哈尼先生

---

1 《威风堂堂》：英国作曲家爱德华·艾尔加（Edward Elgar，1857—1934）创作的管弦乐作品，1901 年英王爱德华七世加冕典礼时，艾尔加作了六首进行曲以示庆贺，此为其中最好的一首。

那儿领受文凭。然后，他们下到四楼，麦基尔哈尼太太站在一个租借来的茶罐旁，每人一盘丹麦点心。第二天上午，科弗利和贝特西在变容教堂举行了婚礼。只有米特勒一个人在场；米特勒将自己在一座小岛上的小屋借给他们，他们在那儿度了三天的蜜月。萨拉给科弗利写了一封长长的信，只要科弗利一安定下来，她要给他寄——广州瓷器，漆花椅子——利安德寄了一封信，其中说到生个儿子就跟从膝盖上吹掉一片羽毛一样轻而易举。霍诺拉寄来一张两百美元的支票，没有信。

科弗利通过了考试，如今成了合格的磁带转码员了。那时，他已经熟知美国大部分火箭发射基地的地点；只要一安定下来，就接贝特西去，开始婚后的生活。虽然科弗利是文职人员，但赴任时他被送到一个军事基地，由空军运往工作地点。给他的指令全是用密码书写的。新婚后一星期，他乘上一架过时的 C–54 型飞机，机内全是座板可翻起的凹背单人座；第二天他发现自己到了旧金山城外一个飞机场。他预感到可能要被送往俄勒冈州去，或者到个沙漠地带的基地去。他给贝特西打电话，一听到他的声音，她嘤嘤哭了。他劝慰她，只消一星期，最多十天光景，他们就可以在自己的寓所里相会。他真是爱自己的妻子爱得发狂，每晚躺在军床上，似乎贝特西的灵魂就萦绕在身旁，她的身影卧躺在他的怀中。清晨醒来，他思念起他那三明治店的维纳斯妻子的心情，简直无法抑止。第二段路程延缓了些时日，他在旧金山空军基地待了差不多一个礼拜。

我们大伙儿，不管是大人还是孩子，都知道临时的营房是个什么样，过多地描述它的萧索荒凉也没多大意思。虽然科弗利是文职人员，但也享受不到什么自由。不管去军官俱乐部还是去看电影，他都得到值班室去报告自己的行踪。他可以看见隔海湾相望的隐隐绰绰的群山，心想也许这座城，或者附近什么发射基地，就是他此行的目的地了。他怀着巨大的希望给贝特西写信，谈论到西部来的生活。“昨夜营房里真冷，我真希望你能跟我睡在一起暖暖被窝。”等等。他和十几个男子住在一起，他们似乎是因为不合适，才从太平洋上某个永久基地撤回来的。这帮人中最惹人注意的算是个墨西哥裔人。他撤回后方，只是因为那儿没有胡椒，他吃不惯营房的伙食。只要旁人爱听，他就唠唠叨叨没完没了地讲起他的故乡来。他一开始吃军营伙食，就掉肉。他知道毛病在哪儿。他需要胡椒。他吃了一辈子胡椒，甚至母亲的奶汁里也掺了胡椒粉。他请求伙夫和医生给他点儿胡椒，但他们压根没把他当回事儿。他给妈妈写信，妈妈从信封里给他寄了点胡椒籽，他种在一架高射炮旁边。那儿土壤肥沃，阳光充裕，他浇水照料，好了，正当发芽那会儿，当官的命令铲掉。说是大炮旁边种菜简直是胡闹。这命令可要了墨西哥裔人的命。他开始掉肉，皮包骨头，不得不送进医院；如今，作为个犯精神毛病的人，他复员了。他说，其实只要菜里有那么点儿胡椒粉，他是乐意为祖国服务的。他的诉说似乎有点儿道理，但是，他夜夜絮聒不休，真叫人烦躁。科弗利一般在外面等到营房熄灯才回来躺下睡觉。

他不是在军官俱乐部吃饭，在赌博机上下一美元的赌注，就是在酒吧间喝上一杯姜汁酒，然后去看电影。西部电影，打家劫舍的电影，描述幸福与不幸的爱情电影，有彩色的也有黑白的。一天晚上，他正坐着看电影，扩音机里喊道："请注意，请注意。下列人员带着行装到三十二楼报到：列兵约瑟夫·迪加辛托，列兵亨利·沃拉斯顿，马文·斯迈思中尉，科弗利·沃普萧先生……"他们从黑洞洞的影院里鱼贯而出时，观众起哄，吹着口哨，喊道："你们要完啦！"科弗利拿了行李，到三十二楼报到，和其他人一起被送到机场。关于目的地，每个人都有自己的一套说法。俄勒冈州、阿拉斯加或者日本。科弗利从没想过要离开美国，心事重重。他希冀最好是去俄勒冈，要是阿拉斯加，贝特西也是可以去的。一上飞机，舱门就关上了；飞机沿着跑道滑行了一会儿，起飞了。科弗利想，这是一架老式运输机，不敢放开了飞；要是去俄勒冈，天亮之前怎么也到了。舱里闷热异常，他昏昏然睡着了；黎明时分醒来，从舷窗口眺望出去，知道飞机在太平洋上空飞行。飞机整整一天都在往西边飞，大伙儿掷骰子玩，或者读《圣经》——这是他们所有的唯一可读的书；黄昏向晚时分，他们望见戴蒙德赫德的灯火，不久就在瓦胡岛着落。

科弗利被分配住在另一处临时营房里，并被告之第二天上午去机场报到。没有人告诉他说旅程结束；从值班职员的神色判断，他还得上路。放好行囊，他搭上运武器的车，到了檀香山。那是一个炎热的夜晚，空气中浮泛着一股陈腐的臭气，远处山间电闪雷鸣。他的心中浮现出关于撒迪厄斯、艾丽斯、霍诺拉、老本杰明的种种回忆，他正走在许多沃普萧家的人走过的道路上；但是，即使这也没有给他带来多少慰藉。他和贝特西之间横隔了半个世界，一切关于幸福、孩子、家族荣耀的计划和打算，似乎都残酷地中止或者成了泡影。在墙上，他读到了一张广告：只需三美元，即可给您心上人航寄上一个兰花花环。这倒是向贝特西表达他的爱情的一种方式；他问古宫旁边的宪兵，什么地方能买到个夏威夷人戴在颈上的那种花环。按宪兵指示的方向，他走到一家门口按铃。一个胖墩墩的女人穿着睡衣，让他走了进去。“我想要个花环。”科弗利忧郁地说。

“啊，正找对了门，亲爱的，”她说，“请进。进来喝上一杯，只需几分钟，我就可以为您安排好一切。”她挽着他的手臂，带他走进一间小客厅，有几个男子汉正在喝啤酒。

“哦，对不起，”科弗利突然说道，“误会了，瞧，我是个已经结婚的人。”

“好了，那有什么关系，”胖墩墩的女人说，“这儿为我干活儿的女人，一半都是结过婚的；而我自己也已经过了十九年美满的婚姻生活啦。”

“误会了。”科弗利说。

“好了，别死心眼了，”胖墩墩的女人说，“你到我这儿来明明说是要花姑娘，我不是在为你张罗吗？”

“哦，对不起。”科弗利说，转身走了出去。

第二天早晨，他登上了另一架飞机，飞了一整天。向晚时分前一会儿，飞机绕着降落地点转圈。从舷窗往外眺望，科弗利从风雨欲来的天光之中，看见一座长长的、阿拉伯弯刀形状的珊瑚岛，雪白的波涛拍打着海岸，岛上躺着建筑群和火箭发射台。跑道很小，飞行员试降了三次，第四次才成功。科弗利从舱门跳下，跑过机场跑道，走进一间办公室，里面的职员将他的命令译出来。他正位于第九十三号岛——这里是个半军事性质的基地。他的服役期为九个月，中间有两个星期假期，可以去马尼拉或布里斯班的修养营地，任选一处。

[ 23 ]

摩西升了官，买了辆小轿车，租了间寓所。他在办公室干活儿特别卖劲，博因顿先生还给他分配了不少晚上加班的活儿。他大约一星期见一次比阿特丽斯。这是一种令人愉悦的、不用负责任的关系；摩西很快就发现早在他漫步闯进“海室”之前，比阿特丽斯的婚姻就已经完蛋了。查克和乐队卖唱的女人经常幽会；比阿特丽斯老埋怨查克偷情忘恩负义。是她给他钱组织了这个乐队的；是她养活他的。她甚至给他买衣服穿。比阿特丽斯说道起来言语刻薄，其实心灵深处未必这么恶毒。她遣词造句时那副轻巧的神色表明她似乎并没有为深沉的痛苦所困扰。她是痛苦的——痛苦还不少——但是，她不想在言词中述说出来。她说正想去旅游，到墨西哥、意大利或法国重新开始生活。她说她有好多钱；摩西私自思忖，要是她真有钱，为什么家里卡纸板衣柜却那么破旧不堪，穿的皮毛大衣那么寒碜。有一夜，他突然来到她的寓室，在过道里待了好长一阵才给进去。从房间传来的响动判断，他猜想她正在和另外一个野汉子鬼混。进屋后，他还纳闷也许那汉子正藏在浴室或者衣柜里。但是，他才不管她怎么生活呢。待了抽支烟的光景，他就离开去看电影了。

这种关系倒是十分实惠而又平和的。后来，摩西开始对她渐渐丧失兴趣，而比阿特丽斯却对他如痴如狂起来。她无法到办公室去找他，就到寓所去，有时候是深更半夜。他去见她，她便啜泣不止，说妈妈虚伪，野心勃勃，想在社会上露一手，克兰西如何冷酷无情。她从公寓搬到一家旅馆住，他帮着提行李；后来又搬了一次，他又去帮忙。一天黄昏，刚吃完晚饭回家，她打来电话说她在克利夫兰找了个卖唱的差使，他能送她上火车吗？他回答说成。她说她正在家里，给了个地址。他叫了辆出租汽车。

按地址他找到了一家熟食店。他想也许她母亲的生活有点拮据，就租了间店面的楼房；可是并没有上楼的口子，于是他就往熟食店里望。在熟食店后面，比阿特丽斯戴着帽子，穿着大衣，正坐在衣箱中间。她正在哭泣，眼睛布满血丝。“哦，你来了，真感谢你，亲爱的摩西，”她说道，和往常一样嗲嗲的，“一会儿就好。让我喘口气。”

她端坐着的房间是熟食店厨房。还有两个人。比阿特丽斯没说是谁，也没介绍。但是摩西认出其中一个是她的妈妈。虽然她是个身量很大的妇人，但脸容花俏漂亮，母女俩样子像极了。她衣服外面围着围兜，鞋是破的。另一个女人瘦削而苍老。是克兰西。这儿就是比阿特丽斯欢乐和不幸的回忆之所在。她的家庭教师是个熟食店厨师。

两个女人正在做三明治，时不时跟比阿特丽斯聊上几句，但她不搭理。她那布满泪痕的脸，她的缄默，似乎并没有使她们感到困扰；厨房里笼罩着一种疲竭的、亘古隔膜的气氛。比阿特丽斯告诉过他的关于她那不幸童年的故事——她那优雅而冷漠的母亲——以及眼下熟食店的一幕构成了鲜明的对照，使她的窘境和一个孩子的痛苦一样显得既生动又感人。

这是一个很雅致的熟食店。咸菜的酸味从门旁的桶中冲将出来。克兰西刚在地板上撒上新鲜的碎木屑——她的围兜上还沾着点儿呢——从门口到屋里、从地板到屋顶堆放着蔬菜和水果罐头、虾、蟹、龙虾肉、汤肴和鸡。在玻璃柜里放着烤火鸡和家禽，面包盒里有火腿和阿拉伯人缠头巾状的面包卷，还有醋浸黄瓜片、奶油奶酪、咸鲱鱼串、烟熏鲑鱼、白鲑和鲟鱼。大概就是在这满含酸涩、开胃的气氛之中，可怜的比阿特丽斯编织了她不幸童年的故事——一个铁石心肠的妈妈，一个冷酷的家庭教师。

比阿特丽斯还在抽泣。她从桌上盒子里拿了张餐巾纸，使劲往里擤鼻涕。“劳驾找辆出租车，把我的衣箱拿出去，亲爱的摩西。”他知道她的衣箱——那杂货玩意儿——里面装的是什么，提起来时，箱子跟石头一样沉。他把行李送到街角处，叫了辆出租汽车。克兰西跟在后面，手里捧着一大张纸包着的三明治。“她在火车上可以吃。”克兰西对摩西说。比阿特丽斯既不跟妈妈也不跟厨师说一句话，在汽车里又抽噎起来，不断往纸餐巾纸里擤鼻涕。

摩西将她的箱子拎过车站，送到去克利夫兰的火车上。比阿特丽斯嗲嗲地吻别了他一下，随后真哭起来了。“哦，亲爱的摩西，我干了傻事儿，得跟你讲。你知道，他们老在调查人，我是说他们老在你认识的人中间调查你的情况。一天下午，一个男人跑来找我，我给他编了个长长的故事，说你怎么骗我，答应娶我，拿走了我所有的钱。唉，我总得说点什么哟，要不他们会以为我是个不道德的女人。对不起，我希望不会让你倒霉。”列车员高声催着人上车。火车启动了，往克利夫兰开去。

## [ 24 ]

现在我们来讲讲蜂鸟号是怎么最终沉入大海的。

这事发生在五月三十日——那年船第一次下水。利安德和雇的帮手本特利花了整整两个星期整修。那正是紫丁香盛开的时节。在圣博托尔夫斯人家的墙篱上开满了丁香花——一丛丛，一簇簇，点染了整条河巷；在山的另一边，地窖旁长满了争奇斗艳的野丁香。每天清晨，在去埠头的路上，利安德瞧见上学的孩子手中都捧着一束束紫丁香花枝。他纳闷：这是要送给老师的吗？老师自己家里一定也有丁香树。莫非是装饰、点缀教室的？那一整个星期，他都瞧见孩子带紫丁香到学校去。三十日天蒙蒙亮时，他也折了些丁香花枝，送到坟地，然后上蜂鸟号去。

本特利以前也当过利安德的帮手。他是个年轻人，出过海，名声不好。人人都知道他是西奥菲勒斯·盖茨和一个自称本特利太太的女人生的私生子。那女人和另一家人合住在一幢房子里，离银餐具厂不远。他属于那种精干的、沉默寡言的、有才能的水手，一个月到世界上去闯荡一次。许多城市的女房东赞赏这水手的整洁、庄重、勤俭；不料，每到阴雨连绵的夜晚，这老兄就会用纸袋提拎三瓶威士忌回寓所，一瓶接着一瓶往嗓子眼里灌。接着，他会砸玻璃窗户，在地板上撒尿，做出种种令人难堪的、污秽淫亵的动作来，房东不得不把警察找来。于是，这老兄只好到另一个城市或另一个房东那儿去碰碰运气。

那天船上另一位乘客或者说船员还有莱斯特·斯皮涅特，一个瞎子，在哈钦斯盲人院学会了拉手风琴。是霍诺拉让他到蜂鸟号上来干活的，她还盘算着自己付他薪水。船上有人演奏音乐，利安德当然是高兴的；由于他讨厌瞎子探路棍的声音和他那副傻样，还直嗔怪自己呢。斯皮涅特是个魁梧的人，脑袋硕大，脸庞往上抬起，仿佛他还能见到点儿光影似的。那天清晨，利安德到码头时，本特利和斯皮涅特正等着他。有几位乘客登上了船。有位老年妇女，手中拿着一束紫丁香花，用报纸包着。天水一色，碧蓝澄澈，这正是或几乎是个理想的度假天气，只是有一点儿闷热潮湿罢了。从河岸边飘荡来的紫丁香花的馥香中夹杂着一种类似湿纸的味道。可能要下暴雨了。

在特拉弗廷又上了好些乘客。迪克·哈默史密斯和他弟弟穿着游泳裤，潜水给人捡掉在水里的硬币；生意并不兴隆。正往航道上行驶时，他看见曼恩兴大楼前的海滩边聚集了一大帮人，听见一个女孩子尖锐的嘶叫声，她父亲想让她学泅水。“爸爸不会害你的，爸爸只是想让你尝尝躺在水里有多美。”那男子说道，可孩子的喊声更响，更绝望。他驶过了黑尔和古尔礁石之间的航道，进入了风光绮丽的海湾。近海岸处一片碧绿，更深一点的海水是蔚蓝的，而在四十英寻[1]处像葡萄酒一般一片绛紫色。阳光明媚，空气暖洋洋的，浮泛着清香之气。从舵轮室，他可以看见他的乘客——度假赋闲的人们正闲逸地坐在前舱甲板上。他知道，只要船一顶上风，他们就会四散开来；驶过那条航道，他让船拐了个大弯，希冀能和这些人尽可能长时间地待在一起。有的家庭带了孩子，有的没有，那天乘客中老年人几乎没有。小伙子给姑娘照相，有的给妻子和孩子们留影。虽然利安德一辈子从没照过一次相，但是对于这些照相的人们，对于这些想留影纪念渡海去楠格萨吉特轻松旅行的人们，利安德心中充溢着温情。他认出在乘客中有一位戴假发的；船一顶上逆风，他瞧见他赶紧抓住假发。为了保险起见，那人戴上了帽子。这一刹那间，许多姑娘忙乱地按住飞扬开来的裙裾，抓住帽子。遭殃的事儿发生了。这风把他们全吹散了。人们拿起报纸和闲书，提拎起甲板椅子，聚集到背风处或者后甲板上去。利安德又孑然一人了。

寂寞之感使他想起了前天晚上见到的海伦·拉瑟福德。他在船上干得很晚，到格兰姆斯面包店吃晚饭。正在吃饭的时候，他瞥见她正站在橱窗前看贴在那儿的菜单。他从座位上站起来，走去跟她说话——他不知道该如何说起——但是，一认

1 1英寻约合1.8米，主要用于测量水深。

出他，她惊惧地后退几步，说：“别靠近我，别靠近我。”

在春日的黄昏，广场上阒无一人。只有他们两人。“我只是想……”利安德开腔道。

“你想伤害我，你想伤害我。”

“不会。”

“会的，你会的。你想伤害我。爸爸说你会的。爸爸跟我说要当心你。”

“请听我讲。”

“别动。别走近我，要不我要喊警官了。”

她转过身，走上了卡特赖特街区，仿佛这向晚的温馨空气中充满了飞石与导弹——她的样子像一个怪异的、被吓破了胆的跛者——当她拐进一条冷僻的马路，利安德走回面包房付晚饭钱。

“这疯子是谁？”女侍者问，“她在这儿待了一阵了，跟谁都说她了解一件秘闻，会把整个村子闹得天翻地覆。唉，疯子真讨厌。”

本特利回舵轮室时，利安德看得出来，他酗酒了。凭自己的经验，利安德一下子就能嗅出别人吃的任何反胃的东西。本特利是那种常常抵挡不住诱惑、熟谙寻欢作乐方法的人；他至今仍然保留着这种人不可思议的洒脱利落劲儿。卷曲的头发搽了油，油光发亮。苍白的脸刮得干干净净，脖子上还残留着刮胡子茬留下的疤痕。工作服洗了又洗，搓了又搓，直到绒毛被全部磨光；衣服散发出一种好闻的肥皂香味，但肥皂香味也糅杂着威士忌的酒味。利安德私下纳闷要不要甩开他，自己驾船回去。

这时，他可以看见楠格萨吉特雪白的墙垣，听见飘荡而来的旋转木马的音乐。码头上有位年迈的老人，帽子上挂着个小牌子，为楠格萨吉特饭店四道、五道、六道筵席做广告。利安德走出舵轮室，也喊起来。“三点半开船。喂，三点半开船。请准时回船。三点半开船。请准时回船……”最后一个离船的是斯皮涅特。他用棍子敲打着上了岸。利安德回到船舱，吃了块三明治，呼呼睡着了。

醒来时，快到三点了。天空阴沉沉的，他知道暴风雨要来了。他往脸盆里倒了点水，扑哧扑哧洗起脸来。他走到甲板上，约莫一海里[1]外飘荡着白雾。回程路上，他需要个帮手，戴上帽子便径直来到雷家咖啡馆，本特利一般总在那儿喝酒。但他根本不在那儿，甚至酒吧间也没他的影子。他正坐在一间小后屋里，对着一只酒瓶和一只玻璃杯独酌。“我想你一定以为我醉了。”他开口道。利安德颓唐地一屁股坐下，心里在嘀咕十五分钟之内到哪儿去找个水手。“你以为我不中用，我可交上了个俄克拉荷马州西尔堡的姑娘，”本特利说，“她夸

1　1海里约合1.9千米。

我有本事。我叫她鹦鹉。她鼻子可大啦。我要回俄克拉荷马去，回西尔堡去，去亲亲我的小鹦鹉。她在银行里有两千美元的存款，全给我。你不信，是不是？你以为我不中用。你以为我醉了，我有个姑娘啦。在俄克拉荷马州，在西尔堡。她可爱我了。她要给我她那两千美元。我叫她鹦鹉。她的鼻子可大了……”利安德知道，这不是本特利的过错——当个私生子；甚至成了个灰心丧气的私生子也不是他的过错。但是眼下他需要个水手。他出来走进酒吧间，探问玛丽琳她弟弟是否愿意在回程上帮个忙，赚上个一美元。她答道当然啦，当然啦，这孩子见到能赚钱可眼馋啦。她给妈妈打电话，妈妈打开厨房门，到处喊找，却寻不到他。利安德只好独自回了船。

他怀着兴致和温情瞧着乘客一个个登上船。他们拿着游乐场得的奖——薄薄的毯子，那连晚秋的寒冷也是抵御不了的；盛花生和果冻的玻璃盘；油布或纸扎的动物，有的眼睛嵌上块宝石。有位漂亮的姑娘，头发上簪上一朵玫瑰花；一个男子、他的妻子和三个孩子，全穿着一样花色的布做的衬衣。海伦·拉瑟福德最后一个上船，因为他在舵轮室，所以没看见她。她还是戴着那顶像口罐子一般的帽子，镶着羽毛，胸口上仍然别着那枚海贝做的饰针，手里提着那只旧皮包。

海伦·拉瑟福德在楠格萨吉特待了一个星期，走街串巷，兜售巴塞洛缪博士的理论。这天上午——最后一天了，她闯进一个居民区，这小小的避暑胜地，似乎比哪儿都更富有一些。居屋都很窄小——比有游廊的平房宅邸大不了多少——但是它们都以复折式屋顶、栅栏、弯弯的犹如古城堡般的门廊格饰向人们表明：它们并不是夏日的寻乐场所；它们是男人与女人赖以生存的中心，他们在这儿怀上孩子并把他们抚育成人。要不是狗的话，她也许会喜欢上这居民区的。这地方狗特别多；海伦心中一时闪过个念头，也许这辈子她最终要丧命于狂犬之口了。只要一听见她的脚步声，狗就狂吠起来，使她心中充满了胆怯和自我怜悯的感情。从早到晚，恶狗在她脚后跟东嗅西嗅，直往她的脚踝扑来，啮咬她最好的灰大衣的裙裾，设法衔走她的皮包。她的脚一踩进这个陌生的街区，那些狗——有的正平平和和躺在晾衣院子里晒太阳，或者睡在火炉旁烤火，有的在啃咬骨头，或者在做白日梦，或者相互嬉戏打闹——一股脑弃下它们平和的生活于不顾，冲着她汪汪狂叫起来。在噩梦中她好多次梦见自己被恶狗撕咬得粉身碎骨。在她自己看来，她仿佛是个朝圣者，鞋底如此单薄，她好像几乎是光着脚丫子。日复一日，她被陌生的房舍、陌生的人和敌视的野兽所包围；和朝圣者一样，时不时有人请她喝上杯茶，给她一片发霉的面包。其实，她的命运比朝圣者还要糟糕，因为只有上帝才知道她的罗马、她的梵蒂冈在哪儿。

那天第一只冲着她身后狂吠的是只大牧羊犬，那吼声比一般狗的汪汪叫更叫人心惊胆战、不寒而栗。后来一只小狗跑来加入大牧羊犬的行列，这小狗似乎稍微友好一点，但是谁能肯定呢。曾经有只表面很友善的恶狗撕破过她的大衣。接着又奔来一只黑狗，一只警犬，汪汪号叫。她活像身在十八层地狱里一般。她才走了半个街区，就有四条恶狗尾随；末了，只剩下大牧羊犬紧追不舍，其他三条狗各自走散，去干它们自己的事儿了。大牧羊犬离她还有点儿路，紧跟在她屁股后面汪汪狂吠着。她希冀着，祈祷着，有人会行行好开门把它唤进家去。她转过身来对狗说话。“回家吧，小狗，”她说，“回家吧，好小狗，回家吧，乖小狗。”它突然飞跃起来，扑向她大衣袖口。她甩手用皮包猛烈击去。大牧羊犬一口死死咬住皮包，与她开始了争夺战。“别欺侮这可怜的太太，你混账。”海伦听见有人喊道。一个陌生人出现在她右边，提了一壶水，往恶狗身上浇。狗落荒而逃，一边还吠叫着。“请进屋子里来待一会儿吧，”陌生人说，“请进来，告诉我你卖什么玩意儿，也歇歇脚。”

海伦向陌生人表示感谢，尾随着她走进了一间小房子。她的救命恩人是一个矮小的女人，一对美丽的浅蓝眼睛，脸红彤彤的。她自我介绍为布朗太太。为了接待海伦，她解下围兜，搭在椅背上。她是一个身量很小的女人，全身的线条却异常鲜明突兀，乳房和屁股将居家穿的便服高高托起。“现在你可以告诉我你到底卖什么玩意儿了，”她说，“让我瞧瞧我需要点什么不。”

“我是自我改进学院的委任代表，”海伦说，“我们还有些空额，招收合格的男女学生。巴塞洛缪博士认为学院教育并不是唯一的要求。他认为……”

“嗯，那好极了，”布朗太太说，“因为我不是人们常说的那种知识妇女。我是楠格萨吉特中学毕业的，那是世界上最好的中学之一——世界闻名——但是我所受的教育和我名门望族的出身相比真是太次了。我是德斯塔尔夫人以及许许多多素有教养的、尊贵男女的嫡系后裔。我知道，你不信，以为我是疯婆子；但是，你瞧瞧墙上的相片——那是德斯塔尔夫人的画像明信片——再瞧瞧我，你就可以看出相像的地方来，准没错。”

“市面上有许多历史名人的四色彩画。”海伦说。

“我到画像旁边去站着，你再瞧瞧有没有神似的地方，”布朗太太说，她大步跨过房间，站到明信片旁边，“我想你现在准看出来了吧？看出来了，是不是？准没错。谁都那么说的。昨天有个小贩到这儿来卖热水器，跟我说，我跟德斯塔尔夫人长得一模一样，简直是双胞胎。说什么像孪生姐妹。”她抚平了一下便服，走回去，坐在椅子的外沿上。“所以，正因为我是德斯塔尔夫人和许许多多尊贵男女的嫡系后裔，”她说，“所以我的血统是有教养的。我喜欢阔气。譬如说吧，进到一家店里买个钱袋，一种一美元，一种三美元，我眼睛准盯在三美元的钱袋上面。我一辈子喜欢买阔气的玩意儿。哦，我来日可有盼头了！我的曾祖父是个卖冰的商人，在洪都拉斯靠卖冰给黑鬼发了财。他才不是那种有钱就存银行的人，他要带回加利福尼亚铸成金条。回国的路上，船在哈特拉斯角遇到暴风雨沉了，黄金什么的，一股脑全沉了。当然，黄金还在那儿——两百五十万美元呢——全是我的。你认为这儿的银行肯给我贷款打捞这金子吗？谁也不干。我的两百五十万美元躺在海底，而这儿可好，没个男人或女人有足够的胆量和荣誉感借点钱给我打捞遗产。上个星期我到圣博托尔夫斯去见老财主霍诺拉·沃普萧，可她……”

“是利安德·沃普萧的亲戚吗？”

“一个血统的。你认识他？”

“他是我父亲。”海伦说。

“哎哟，天，利安德·沃普萧是你父亲，可你为什么还要东奔西跑卖书呢？”

“他遗弃了我。”海伦开始哭了。

“哦，他丢了你，是吗？好吧，说说容易，做起来可难啦。我曾想过扔掉我的孩子，可不知道该怎么干。你知道我女儿——亲生的——在感恩节那天干什么来着？全家人正坐在餐桌边，她一把抓起火鸡——十二磅重的火鸡——扔到地上，在火鸡身上跳来跳去胡闹，然后又抬腿踢将起来。她又一把拿起盛越橘酱的盘子往天花板飞甩过去——天花板全是越橘酱——然后又哭天抹泪起来。好了，我想不要这个孩子了，可是说说容易，做起来难。要是我扔不掉亲生女儿，利安德·沃普萧怎么能呢？好了，”她说，一边站起来，又围上围兜，“我得干家务活了，不能再穷聊天啦。我劝你去找老利安德·沃普萧。让他给你买双鞋。唉，当初我见你在街上跑，恶狗追着你，破鞋烂袜的，我寻思，不帮你一把不是基督徒。现在可好啦，既然你是沃普萧家的人，你自己的亲人应该帮帮你的忙。再见。”

利安德拉响准备起航的汽笛——这是他最后一次的航程了。从舵轮室，他可以看见雨滴打在公园游乐场的滑行铁道上。查利·马特森和他的孪生兄弟往驶来的最后几辆汽车上遮雨布。旋转木马还在转。他看见红磨坊一艘船上的乘客，当船从一只熟石膏妖魔的巨口中冲将出来时，他们个个诧异地抬头望天，这才发现天已经下起雨来了。他看见一个年轻小伙子开心地用一张报纸遮掩着姑娘的脑袋。他看见悬崖峭壁之上的旅游小屋点燃起盏盏灯火。他寻思，这些人多年好不容易离开一次家，出门却遇到了雨天，该有多么扫兴。在这些小舍里是没有灶火和壁炉的，潮湿和哗哗雨声的纷扰，看来也只好忍着点儿啦。小屋的木板墙吸够了盐风，绷得紧紧的，摸上去仿佛鼓皮一般，回响着叮叮咚咚的雨声。还没等你定下心来打上一盘惠斯特，屋顶便开始漏雨了，一会儿是厨房，一会儿在牌桌顶上，一会儿在床上。度假的人们等邮差来，可是谁给他们写信？——他们自己也写不成信啦，信封都粘到一块儿了。只是那一对对情人，把床杆弄得叮当直响，没这种种令人犯愁的事儿。在海滩上，利安德瞧见坚持到最后的人们也不得不服输，互相嚷喊着别忘了拿毯子，别忘了拿酒瓶起子，别忘了拿暖水壶和野餐篮；末了，只剩下一个老头儿，他喜欢在烟雨茫茫之中游泳。还有一个年轻人，他耽迷在细雨霏霏中漫步，脑袋里装满了斯温伯恩[1]的诗句，绰号叫“香蕉”。利安德看见卖扇子和搔背爪的日本人忙着收拾绸布和纸扎的灯笼。他看见人们挤在饭店门廊下躲雨，女侍者站在窗口。一个侍者正将柏格勒粤菜馆一张光溜溜的桌子搬进去，他看见一只手拉开楠格萨吉特饭店窗户的帘布，那人脸往外张望，他看不清。雨色中的波涛温顺多了，只是轻柔地拍打着海岸。海是平静的。那位老人齐腰站在海水中，陡然间转过身挣扎着往海滩泅去，感受到暴风雨前夕浩瀚大海那内在的伟力。他注意到“香蕉”正得意洋洋地欣赏着这一切危险的信号。这时，大海以击石的一吼涌出沙线之外，直扑向港口底基堆石的口上，形成了巨浪，往海滩奔

1　斯温伯恩（Algernon Charles Swinburne，1837—1909）：英国诗人、文学评论家。

涌而来。老人刚上岸，海浪叭地击碎开来，发出隆隆巨响（自此之后，大海吼叫了整整一个晚上）。利安德拉起缆绳索，又鸣起了汽笛。蜂鸟号驶进浩渺大海时，斯皮涅特奏起了《铃儿响叮当》。

在楠格萨吉特有一条海峡——一道花岗岩防波堤，上面长满了海草。在西南方向的海面上有一只摇曳的铃铛浮标，浮标晃荡时，泛着白沫的浪涛击打着浮标。利安德忖度，按这风向，岸上的人们可以听见铃声叮当。那些人——重新安置漏屋坛坛罐罐的打牌戏的人们，楠格萨吉特饭馆的那些老太太们，甚至正在床上吱吱咯咯作春戏的情人们——都可以听到这清脆的铃声。这是利安德在睡梦中听到过的唯一的铃声。他爱各种各样的铃声：饭铃，桌铃，门铃，安特卫普铃，阿尔图纳铃。这些铃声都曾令他激奋过，慰藉过他的灵魂；但是，只有这浮标的铃声在他阴暗的心灵中回响过。美妙的音乐渐渐往船后飘荡开去，越来越纤细渺然，淹没在这古老船体的嘎嘎声和浪涛拍打船头的欢闹声之中。船进入海湾，波浪滔天。

船对着滚滚奔涌的波涛劈面而去，像一只陈旧的摇马。巨浪击打在舵轮室的玻璃上，利安德只好腾出一只手来操纵玻璃水刮，好看清前面的航路。打到甲板上来的海水开始往船舱里灌。糟糕的天气。利安德想起了船上的乘客——那头上簪朵玫瑰花的姑娘，那带着三个孩子的父亲，穿着跟女人夏装一样的花色布做的衬衣的一家人。乘客们都挤坐在船舱里，现在怎么样？惴栗吗？怕是怕的，只是十之八九将竦惧淡然掩饰在若无其事的沉思里。摸摸钥匙圈和兜里的零钱，搔搔阴部，要是带着护身符的话，用手指搓一下银币或者圣克里斯托弗勋章。圣克里斯托弗，保佑我们吧！他们要是穿了吊袜，就整理一下吊袜带，绑紧鞋带，拉紧领带，心中纳闷怎么现实感一股脑全飞走了。他们净想些愉悦的事情：麦浪滚滚的田野，冬日薄暮的霞光，西边柠檬黄的彩霞一消失，便纷纷扬扬下起大雪来，或者复活节那天将豆形软糖藏进沙发靠垫下面。年轻人瞄着那簪玫瑰花的姑娘，回忆起她曾经如何慷慨地在他面前劈开大腿的情景，而现在她显得是何等的美丽而温顺。

在海湾的半中间，利安德将船头掉向特拉弗廷。从来没遇到过这么恶劣的天气，他担忧着。海浪猛然拍打着后舷，滔天的波涛把船托向空中，船体的螺丝发出吱吱嘎嘎的响声。顷刻间，船滑下波谷，向左倾斜起来。他将船头对准古尔礁方向。前方一切十分清晰，礁顶上堆积着海鸥粪便。狂涛冲上花岗岩堆，将一切都吞没了，海草在巨风中瑟瑟发抖。过了这海峡，一切都会好起来，前面就是平静的河面，太太平平回家吧。就这么干。他可以听见甲板椅子撞击船尾栏杆叮叮当当的声音；船上积了这么多水，开始向一边倾斜过去。叭的一声，舵链断了；他感觉到手下舵轮已全然没什么力量，软塌塌的了。

船尾有一只应急舵。幸好他想到这一招。他让船半速行驶，自己走进了船舱。海伦一眼认出了他，尖声喊叫起来。“他是魔鬼，那个人是魔鬼。他会淹死我们的。他怕我。整整十八个星期，算上星期一就是十九个星期，我不管刮风下雨到处东奔西跑。他怕我。我掌握足够的材料，非叫他坐电椅不可。他会淹死我们的。”并非出于惧怕，他才却步了，而是一刹那间令人晕眩的回忆——这姑娘可爱的妈妈，弗朗科尼亚附近的农庄，雷雨交加那一天的调情。他回到了舵轮室，一眨眼，蜂鸟号便直往古尔礁撞去。前舷凹陷进去，像个鸡蛋壳。利安德伸手一把抓住汽笛绳，拉起了求救的信号。

在原先是曼恩兴大楼的客厅、如今是酒吧间的房间里，人们听见了汽笛声，纳闷利安德到底在玩什么花招。他以前总是随心所欲地拉汽笛的：为孩子们的生日聚会，结婚纪念日，或者见到个老朋友。倒还是厨房里的侍者——一位外来的陌生人——认出了这是求救信号，冲到门廊下，发出了警报。航海俱乐部听见了警报声，有人启动了一只旧游艇。利安德一见游艇启动离开泊处，便走回船舱，宣布了这一新闻。大部分乘客那会儿正忙着穿救生衣。他们静静地坐在那儿，直到游艇和船体靠拢。他帮助乘客，包括斯皮涅特，包括海伦——她正在饮泣不止——登上游艇，游艇噗噗噗驶走了。

他将罗盘箱从柱子上卸下来，从更衣室里拿出望远镜和一瓶波旁威士忌。他走到船头瞧瞧船到底损坏到什么程度了。一个偌大的破洞，浪涛拍打着船舷，船体不断地磕撞礁石。正瞧的时候，船体漂离礁石，他感觉到船头正渐渐下沉。走到船尾，他感到困顿而疲乏——几乎睡眼朦胧了。他求生的整个活力垮了下来，呼吸和心脏的搏动似乎迟缓而呆滞了。眼皮沉甸甸的。在远处雨雾渺茫之处，他见到一只平底小渔船正往他这儿驶来。撑船的是个年轻人——不认识的。在麻木、迟钝与困顿之中，他似乎产生了幻觉，以为见到前来造访的是一位绝代佳人——一位天使或者是他峥嵘岁月的阴魂。多悬哪，大爷，陌生的来者说；阴魂与天使的幻觉消失了。

利安德跳进了平底小渔船。他呆呆地目送着蜂鸟号离开礁石，自己向海峡漂浮而去。波涛击打着船尾；船影孤零零的，犹如那关于海底文明和沉船黄金的无法磨灭的传说。它像一个被无穷的孤独所困扰的人，刺激着他灵魂中最隐秘的部分。船在海峡上飘零着，是走不到终点的。每经受一次巨浪的冲击，船就往下沉一点。海水已淹没过船头了。然后，船以它从未有过的那种优美姿势，翘起了船尾——哗啦啦，甲板椅子陡然横七竖八击打起舱壁——蜂鸟号终于隐没，沉到海底去了。

[ 25 ]

利安德给两个儿子写信。他不知道科弗利在太平洋，信在路上走了三个星期才送到第九十三号海岛。而摩西压根没收到父亲的信。比阿特丽斯去克利夫兰十天后，他被当作一个可能危害国家安全的危险人物给开除了。那会儿，开除人是很简单的，无须做任何解释；即使可以去上诉法院，摩西也没那份耐心和心思周旋。接到解雇通知一小时后，他便将所有家当扔进车后背箱里，驱车向北驶去。没做任何说明就把他除名让人觉得神秘莫测，似乎一棵树、一块石头、洞穴里的一句怪声揭露了他一般；正是这种鄙视他、把他除名的难以名状的力量叫他光火。他绝不是那种理智的人。对于自己的际遇，他感到愤愤不平；对于自己未能与世妥善相处，他感到愤懑。他深深地为父母担忧着，要是让霍诺拉得知他因为是个政治危险人物而被开除，父母会痛苦的。

他驱车北去只是为了钓鱼而已。也许他想重温一下和利安德在兰格利湖区垂钓的愉悦。钓鱼是他眼下所能想到的唯一能使他变得理智起来的游戏。从华盛顿，他把车一直开到波科诺山一片鳟鱼池塘边上。波科诺山他昔日里去过，在那儿，他能租到一座跟兰格利湖区营地一样颓败的小木屋、小棚子之类的住处。他吃了点儿晚饭，喝了一品脱威士忌，便跳进了冰凉的湖水中游泳。他觉得好受多了，早早地上床，心想拂晓前早早地起来到拉卡那那河去钓鱼。

他五点钟就起床了，驱车往北到了河边，巴望成为第一个到达那儿的渔夫，跟利安德当年盼望成为第一个进林子里的人一样。天刚蒙蒙发亮。在他前面，一辆小车拐过弯去，停在通向河岸的路脊上；他一脸失望、困惑。前面的司机急急忙忙跳下车，回过头来盯着摩西，脸上露出痛苦而惊慌的神情。摩西心中不禁纳闷：这一大早，莫非路遇了谋财害命的歹徒？陌路人松开皮带，解下裤子，光着屁股大起便来。摩西拿起钓具，对陌生人微微一笑，因为他不是来钓鳟鱼的而感到满心欢喜。陌生人也冲他粲然一笑，当然是为了他自己的理由。摩西沿这条路漫步到河边，一整天没见到一个来钓鱼的人影。

拉卡那那塘的水流进这条河流，河水由一个闸门调节，水深流急，许多地方有一人多深。河床陡峭，溪流底下全是大理石板，水声潺潺，没个安静地。摩西上午钓到一条鳟鱼，下午又钓到两条。山溪的有些河段与通往拉卡那那客栈一条通马不通车的小路平行，时不时有个把骑手闲逛而过，只是快到薄暮时分才有人停蹄询问摩西逮了多少鱼。

太阳落入树林那头去了，垂暮的黝黯似乎使琤琤玐玐的山溪显得更加深沉。该是回去的时候了。正当摩西收拢钓线、扔掉钓饵时，他听见一阵嘚嘚的马蹄声跟一声声咯吱咯吱的马鞍声。摩西脱下靴子的时候，一对中年夫妇骑手停蹄问他运气如何。这对夫妇一副城里人的神气，叫摩西大吃了一惊——他们和周围的环境是如此的悖逆而不相协调。两人都体格魁伟、头发花白了。那女人又矮又肥，那男子性格暴躁，喘着气，太胖了。整整一天暖洋洋的，他们却还穿一身黑色的骑手装：黑色圆顶礼帽，手杖，格子布，等等。这些玩意儿一定叫人很不舒服的。“啊，祝你好运气。”那女人用一种中年人破碎的快活嗓音说，掉转马头，奔离了山溪。摩西眼角刹那间瞥见马立蹄仰天跳将起来，没等他转过头去，疾蹄已经飞扬起一团团尘土，他也没瞧清她是怎么摔下来的。他快步蹿到堤岸上，一把抓住惊马的缰绳。她丈夫在号叫：“救命啊救命，她完了，她完了，她摔死了。”摩西攥住奔马的缰绳时，飞马再次扬起前蹄，向天而立。他一松手，马就撒腿飞也似的狂跑起来。“我去找人来，我去找人来，”丈夫吼叫道，“后面有座农庄。”他骑着马儿向北奔去，尘土慢慢散开、飘落，只留下摩西守着个看来已经无望的陌生人。

她跪着趴在地上，脸蹭在尘土里，大衣的尾叉分挂在她那撕破的宽大的马裤两旁，靴子是尖朝里拐着。她像个小孩似的，摔得这么惨，没点儿人样了。摩西想起她刚才在这初夏的日子那种自得其乐、认真的嗓音，如今却被剥夺了愉悦，心中不禁闪过一阵厌恶。他走到她跟前，把她的腿拉直——他这样做并不是为了什么别的目的，并不是为了拯救她，只是为了让自己觉得好受些，只是想让她看上去更像个女人。不料，这一动，她仰天躺了下来。他将自己的大衣卷起来，垫在她的头下。她的前额，眼睛上方，有一处伤口在淌血。摩西拿来些水，把伤口洗涤一番，因为终于找到点事儿干而满心欢喜。他留意到，她还有气。他不知所措，仅有的一点儿急救常识全用上了。他跪在她身旁，纳闷谁会来救她，怎么个救法。他点燃了一支烟，瞧着这陌生人的脸庞——脸庞圆圆的，苍白而困顿，似乎为家务、赶火车、买实惠的圣诞礼物等种种焦虑之事而疲惫不堪。这张脸，似乎明明白白地述说着她的身世：两姐妹，没孩子，有洁癖，可能爱好收集点儿玻璃动物或美国咖啡杯。这时，他听见了马蹄的嘚嘚声和马鞍皮革的吱吱声，在一团团尘雾之中飞驰而来亡者的丈夫。“农庄里连个人影也没有，我白费了这么多时间。她需要输氧，也许还得输血。得赶快找辆救护车。”说着，他在她身边跪下，把头枕在她的胸口上，哭泣起来：“啊，我亲爱的，我的爱，我的宝贝，别离开我，别离开我。”

摩西拾路奔向他的小车，穿过一段林地驶到盖满松土飞尘的马道上。那男子还跪在妻子的身边。打开车门，他们设法将她抬进小车里。他掉转车头，径直朝大道开去，车轮不断地在松土里打滑，不过，不管怎么样，车还是往前行进着。一上柏油路，他高兴极了。从车后座上传来了因痛苦而变得窒息的咕咴声。“她快完了，她快完了，”这陌生人啜泣着，“要是她能活下来，我会报答你的。我有的是钱。请快点。”

“要知道你们两位对于骑马，年岁似乎大了点儿。”摩西说。

他知道下一个村子里有座医院，急于赶路，不料在一条窄道上给一辆慢得要命的运活鸡的车挡住了路。摩西死命按喇叭，但这反而使卡车司机变得更加蛮横。摩西纳闷，用什么办法才能告诉他这车上有个女人的一线生命就靠他老兄的这点儿宽容？在一座小小山顶上，他越过了卡车，于是，卡车司机变得更加疯狂，飞也似的冲下山坡，车厢里的板条鸡笼左右轻摇起来。即使这样，他还是未能追上摩西。车终于驶进村子绿树成荫的街道，上了去医院的路。许多人在路边散步。摩西瞧见大树上钉着牌子，说是医院草地上有个聚会。太不巧了，医院周围摆满了乡间集市的售货摊，闪亮着电灯，回荡着乐声。

在去医院的路上，一个警察叫住了车，挥手示意他把车停到停车场。“我们这是去医院。”摩西狂喊道。警察往他们这边弓过身来。他是聋子。“车上有个女人快断气了，”陌生人大嚷道，“性命攸关。”摩西驶过警察和集市，来到一幢砖结构的房子跟前，房子因为周围树林蓊郁而显得有点黝黯。这建筑似乎是模仿维多利亚时代的风格修造的，也许就是幢维多利亚时代的寓邸，只是如今扩建了消防通道和砖砌的烟囱。摩西冲出小车，奔进急诊间，却发现里面没个人影。他出来走进一个大厅，遇见个手拿针盘、头发花白的护士。“车上有个急诊病人。”他说。她脸上没一丝恻隐的影子。她用一种令人憎恶的、痛苦的眼光向他瞟了一眼——人们太疲乏，或者屡遭不幸，再也无暇顾及邻居的死活时，往往是会用这种眼神瞅人的。“为什么挂急诊？”她若无其事地问。这时走来了另一位护士。她也并不年轻多少，只是没那样颓唐。“从马上摔下来，失去知觉了。”摩西说。“马！”老护士尖声叫起来。“霍华德医生刚来，”第二个护士说，“我去找他。”

几分钟后，第二位看护陪着位医生从大厅走来，从急诊间推出一辆躺车，从坡道滑到车前。摩西和医生两人将这个失去知觉的女人抬上躺车。这时，在夏日的薄暮之中，从树林那边正传来集市上小贩的嘶叫声和音乐声。“啊，能安静一会儿吗？”陌生人问道，他是指音乐，“我叫查尔斯·卡特。要多少钱我给多少钱。叫他们滚回家去吧。叫他们滚回家去吧。我付钱。告诉他们至少别再放音乐。她需要安静。”

“办不到，”医生镇静地说，操着明显的纽约州北部的口音，“我们就靠这个赚钱维持医院的。”在医院里，他们开始用刀割开这女人的衣裳。摩西走上厅道，后面跟着这女人的丈夫。“你再待会儿，跟我再待会儿，好吗？”他问摩西，“她是我所有的一切，要是她死了，要是她死了，我真不知道该怎么办。”摩西说他不会走开，便沿着大厅走进一间空空如也的候诊室。门上有一块偌大的铜牌，上面写着这候诊室是萨拉·P. 沃特金斯与她的儿子和女儿赠送的，但很难看出沃特金斯家到底送了点儿什么。三件人造皮革家具、一张桌子和一些过期的杂志。摩西一直待在那儿，后来卡特先生来了。"她活了，"他嘤嘤哭了起来，"她活了，感谢上帝。腿和手骨折，脑震荡。我已经给我秘书打了电话，让他们从纽约派个专家来。他们还不能肯定她能活下来，能活过二十四小时。啊，她是个多么可爱的人儿哟。这样的和善，这样的可爱。"

"您的妻子没事的。"摩西说。

"她不是我的妻子，"卡特先生饮泣不已，"她是这样的和善、可爱。我的妻子可不是那样的人。我们过着非常艰难的日子，我们俩。我们对生活并不过多地奢望。我们在一块儿的时间并不多。这不是报应吧，是吗？这不可能是报应。我们从未伤害过任何人。每年，我们这样小小地旅游，玩上一阵。这是我们可以相会的唯一时光。这不可能是报应。"他擦干了眼泪，拭了下眼镜片，又走回大厅去。

一个年轻的护士来到门口，往外瞧热闹的街景，那夏日傍晚的景色。一个医生来到她身边。

"B2 号病人知道自己快要死了，"护士说，"他想找个牧师来。"

"我找了贝维尔神父，"医生说，"他不在家。"他一只手搁在护士瘦削的脊背上，顺势慢慢移到她屁股上。

“啊，从那事我可以得到点儿好处。”护士兴高采烈地说。

“我也能。”医生说。

他继续摸着她的屁股，欲念似乎使护士变得娇柔起来，变得更加姣好可亲，而医生呢，刚才还显得那么困顿不堪，也由此变得血气方刚。然后，从这楼的一个隐蔽处传来了一声无言的吼叫，一阵吐唾沫似的咕哝声，这是人在肉体极度痛苦或者理性的希望幻灭时才发出的声响。医生和护士在大厅深处一个阴暗的地方分手，而后消失了。这阵阵咕哝声渐渐升高，变成嘶喊、吼叫；为了躲避这尖声的困扰，摩西走出了这幢楼，穿过草地，到了草地的边沿上。他正立在高处，远眺群山峰峦，在暮日夕照之下，一片青黛色，而那辉煌的向晚的橘黄色也只在南方地区二月最凛冽的夜晚才能观赏到。

他左手的树林中，集市或者说节日正迈着它那温柔的乡间步伐。台上的一个乐队正在演奏《微笑》。唱到第二部合唱时，一个牧师放下乐器，在麦克风面前吟唱了一段诗歌。货摊与货摊之间垂挂着彩灯——雪白的，浅红的，橘黄的——跟幽幽的烛光一起，映照着片片枫影。人们的熙攘声并不喧闹，男子汉们一边吃汉堡包一边聊着天，幸运转盘慢悠悠地叫着。他走到一家货摊跟前，从一位漂亮的乡下姑娘那儿买了一纸杯咖啡。姑娘找了他零钱，手里摸弄着糖罐，唏嘘一声望着炸面饼圈的盘，拾撩起胸前的围兜。“您是从外地来的？”她问道。他回答说是的。姑娘走到柜台另一头伺候其他主顾。顾客们正在怨天尤人，说山里傍晚时分太凉了。

在隔壁的货摊上，一位年轻小伙子正用垒球对准向一堆木奶瓶扔去。他扔得很准，劲不小。他瞄着奶瓶，身子微微后仰，眯细眼缝，像个射手似的，猛然一下死命将球往奶瓶甩去。瓶子一个个倒了下来。货摊周围围着一群小姑娘小伙子看热闹。奶瓶扔完，这位投手转过身子来，旁观的小伙子互道再见，再见，查理，再见，手挽着手走开了。投手似乎没一个朋友。

在垒球投手的那一头是个卖花的货摊。鲜花是从村子花园里刚采撷来的。那儿有轮盘赌和宾果游戏，还有个木头戏台，乐师们没完没了地演奏舞曲。摩西十分吃惊，这些乐师都这么年迈了。钢琴师苍老不堪，吹萨克斯管的那个佝偻着背，一头白发，而那击鼓的，至少三百磅。似乎是礼仪、利害关系、白头偕老的婚姻习俗把他们与他们的乐器维系在一起。

奏完最后一组曲子，一个男人报幕说当地一个明星要演出了。摩西瞧见一个孩子站在戏台边上，等着走到台中央去。她看上去只是个乳臭未干的小姑娘，但一旦乐队敲打起来，她便举起双手，跳到灯光下，开始狂热地跳踢踏舞，艰难地踩着拍子，时不时往观众这儿送来阵阵柔情的秋波。银鞋鞋掌发出金属的叮叮声，摇撼着舞台上的木板条，仿佛在这阴影中间青春年华早已谢别了这位姑娘而去。她浓妆艳抹，沉浸在机械的舞姿之中，看上去轻浮而妖艳。青春少女的鲜丽业已消失殆尽，而代之以淫荡的中年妇女的痛苦与种种失望之情。演毕，她鞠了个躬，观众中响起寥寥几声掌声。她又往观众甩了个轻佻的淫笑，冲进阴影中。在那儿，她妈妈正等着她，将大衣披在她肩头，说了几句鼓励的话。一走进阴影，摩西看得出来，她顶多十二三岁。

他将纸杯扔进垃圾桶里，在集市上绕了一圈，穿过散发浓郁的氤氲草香和令人愁闷的夏夜，看见一群人，也许是一家人，里面有位女子穿着一条黄色的裙子。裙子的色彩在他心中撩拨起一种希冀，一阵痛楚，叫他牙齿咬得咯咯发响。他记起来了，他曾经热恋过一位姑娘，这姑娘有一条同样颜色的裙子，虽然他已经想不起来她的名字了。

“找个专家来，脑科专家，”摩西回到医院，听见他朋友这样号叫道，“要是必要，租架飞机来。别考虑钱。倘若专家需要带个顾问，让他带来。是的，是的。”摩西的朋友在沃特金斯家馈赠的候诊室对面、大厅那一边的办公室里打电话，房间里渐渐黝黯起来，没有人费神想起去开盏灯。医院只有寥寥数得清的几盏阑珊灯火。这位痛苦的、年迈的情人坐在罩着盖子的打字机和计算机之中。打完电话，他抬头瞧一眼摩西，也许是因为灯光照亮了他的眼镜，也许是他的情绪发生了变化，他看上去非常殷勤友善。“我祈求你考虑从今天上午起到我这里来干活，”他对摩西说，“要是你有别的活儿，就算了。请相信我要酬谢你为我所做的一切。医院给了我一间过夜的房间，我希望你能去客栈一趟，把我的盥洗用具拿来。我这儿开了张单子，”说着，他递了张清单给摩西，“记下了里程和花费的时间，我要重重赏你。”他拿起电话机，要挂长途，摩西便退到黑洞洞的大厅里。

他反正也没什么事儿好干，驱车去客栈倒叫他满心欢喜。他满心欢喜，并不是有人对他令人钦羡地大发慈悲，慷慨解囊地相助，而是因为从刚才数个小时发生的事件中，他可以做出明智的估算。在客栈，他给经理——一位真正的沃普萧家的人——做出了最简单扼要的概述。“她出事了。”他说。他上楼，走到可怜的卡特先生和他情妇的春房。单子上开列的东西都很好找——只是一瓶黑麦威士忌不知放在哪儿。他翻了药箱，在书架后面找了个遍，只是低头往床底一望，就看见一只放得整整齐齐的小酒柜。他用刷牙水缸给自己斟了一杯苏格兰威士忌。回到医院，卡特先生还在电话上嚷嚷着。他将手按在话筒上，说：“去睡会儿吧，我的孩子。”语气中夹杂着家长式的命令和殷勤。“要是这儿没睡的地方，回客栈让他们给你找间房。九点钟来报到。请记住我不在乎花钱。你现在是我的雇员了。”摩西回到了马道边上，找到他的钓具，一切安然无恙，只是沾了点露水。他在租来的小屋里过了一夜。

[ 26 ]

第二天傍晚，卡特先生的情妇恢复了知觉。翌日上午，摩西让人将车开到纽约去，自己和卡特先生以及病人乘一架租来的救护飞机回去。他不知道卡特先生到底会给他多少钱，但是他反正也没别的事儿可干。一回到纽约，他就按地址找到了科弗利的住处，全然不知道他弟弟眼下正在第九十三号岛上。贝特西在纽约，他请她上街吃晚饭。她并不是那种他愿意与之结婚的姑娘，他只是觉得她还是够讨人喜欢的。一两天之后，卡特先生接见了他。几天之后，菲杜西利信托公司证券学校雇用了他，薪俸比在华盛顿优厚得多，前程远大。利安德寄到华盛顿给他的信正躺在他寓所的过道地板上。信上是这么写的：

"蜂鸟号三十号那天遭难。所有乘客安全撤离。船沉没在海峡，星期二海岸护卫队为了航道安全，把它打捞了起来。正停栖在曼恩兴大楼前的沙滩上，已经破烂不堪了。就在你从前惯常系泊燕鸥号的埠头，自出事后一直躺在那儿。船还能浮水，但不能出海了。比彻估算修缮一下得花四百美元。手头一直没有钱，霍诺拉压根不想帮忙。你能匀点儿钱吗？孩子，请设法帮点儿忙吧。你的老父亲正过着艰难的日子。

"蜂鸟号一完，我怎么活下去呢？像我这样的老头，刚开始珍惜现世的时光，可没有蜂鸟号，日子过得就没有目的、意义、色彩，没有形式、趣味、荣耀，没有喜怒哀乐。黄昏也罢。黎明也罢。全都索然无味。清晨起来，有时心中充满希望，但很快就破灭了。只是听听无线电上的马赛转播还能让自己激动上一阵。要是我有钱下笔马赛赌注，兴许很快就可以筹措到修葺蜂鸟号的费用。即使下笔小小的赌注的钱也不知在哪儿。

“想当年我可是个慷慨解囊的施舍者。好几次给穷迫拮据的陌生人一大笔钱。在派克大楼给汽车调度员一张一百美元的支票。在派克街教堂给一位卖薰衣草的老太太五十美元。在饭馆给了个陌生人八十美元。他说儿子急等着开刀。至于其他的舍予都忘了。这无疑是往水上扔面包——白费劲。今天，没一个人来报答你。跟你絮聒这些太没有意思了，帮家里人速度要快。燕鸥号要买副帆。大的花灯要花三百美元。要买英国式的鞋子，蘑菇，暖房鲜花，要付航海俱乐部会费，再说避风埠头的木板条破败不堪，也快完了。

“要是可能的话，帮你老父亲一把吧。要是不行的话，找几个相识的。总有个把人手头松一点，乐于帮忙的。有时候还会有个把喜欢下赌注的。蜂鸟号可值得投资了。每季都赚不少钱，只是这一次不行了。今年楠格萨吉特有大生意做。到八月借款即可偿还。这封信的语调有点哭哭啼啼的味道，我真是有点抱歉。欢笑，让所有的人跟你一块儿欢笑吧。哭泣，自己一个人去痛哭吧。”

利安德提到的系泊帆船的埠头有一个蘑菇似的锚和链，浸在花园尽头的河水中。人们从花园可以看见那艘破旧的游艇。一天下午，沃普萧夫人正在采撷鼠尾草时，眼光久久地停留在它身上。她感到身心里有一股激情正在奔涌上来，这意味着她很快就会产生某种幻觉。其实，沃普萧夫人的许多想象后来都一件件成为现实，所以她完全有理由把幻象称作先知。许多许多年以前，当她漫步过基督教堂，在教堂附近的一块空地边，突然有股另一生灵的力似乎让她驻足，她在幻象中见到了一幢教区楼：红砖建筑，一小格一小格的窗扉，房子前面有一块整齐的草坪。那天下午，她开始为建一幢教区楼而到处奔走呼号，结果一年半之后，她的幻象——一幢砖房——成为现实。她在幻象中见到了马的饲料槽，优秀的作品，愉悦的游艇，这些每每总能实现。眼下，她采集了一束鼠尾草，正从花园回屋。她瞅了一眼通向河岸的仄径。那儿蜂鸟号正系泊在埠头。

那天下午，海岸一带天气阴沉沉的，但都是一种令人激动的天气——也许就要来暴风雨了，这倒使她满心欢喜，仿佛是胡椒粒一般，那旧日海港和暴风雨傍晚的余韵还滞留在她的舌尖上。空气中充满了一股股咸味的海风，她可以听见海水在特拉弗廷惊涛拍岸的声音。蜂鸟号隐没在黝黑之中，当然啦，非常昏暗，看上去似乎已是不可救药了——就像人们在城区河流煤码头边上系泊的那种破船，由于一种莫名其妙的温情或希望，它们仍然漂浮在水面上，有时挂上一个“出售”的牌子，有时就成了疯疯癫癫的老隐士临终前的老窝。窝里贴着粉嫩皮肤、劈开大腿的美女画，这些美女一个个都龇牙咧嘴。当她瞥见这艘黝黑的、空荡荡的船，闪过她心中的第一个念头是这船再也不能航行了，再也不能驶到海湾对面去了。然后，沃普萧夫人见到了她的幻象。她在幻觉里见到船在花园埠头边上油漆一新，船舱里灯火通明。

转过头去，她又见到在玉米地里排着十几辆小车。她甚至见到有的车还挂着外州的车牌。她幻想小路边的榆树干上钉着一块木牌：请莅临蜂鸟号，新英格兰唯一的水上礼品商店。在心幕上，她描摹着她怎样沿着曲径穿过园子，从埠头登上游艇。船舱是重新油漆过的（救生圈都拿掉了），许多小桌上燃着灯火，照亮商店的商品：烟灰缸，打火机，扑克，铁丝花絮，花瓶，刺绣品，手绘玻璃杯，烟盒——打开它，会传出《维也纳森林的故事》[1] 的乐声。她幻想的一切十分具体，灯

1 《维也纳森林的故事》：奥地利作曲家小约翰 · 斯特劳斯（Johann Strauss Ⅱ，1825—1899）创作的圆舞曲作品。

火辉煌，暖意盎然，因为她瞥见在房舱的一头有一只富兰克林炉，炉栅里闪着火苗，空气中飘荡着紫烟、香囊、日本麻布和点燃蜡烛牛脂油的香味。她再一次想到：蜂鸟号，新英格兰唯一的水上商店，然后让孕育着暴风雨的暮色再一次笼罩在黑暗的船上，自己满心欢喜地走进屋子。

[ 27 ]

利安德怎么也弄不懂为什么西奥菲勒斯·盖茨不愿借钱给他整修蜂鸟号船舷，却借钱给萨拉将这艘旧游艇改装成水上礼品商店。事情是这样的。萨拉在产生幻象的第二天进了银行，翌日来了一帮木匠，动手修起埠头来。推销员——一天总有那么三四个——开始一个跟着一个赶来。萨拉像自己说的，就如个喝饱老酒的水手那样花钱，购买商品置放在蜂鸟号里。虽然人们很难明白为什么她那么喜欢脊背上绘花的瓷狗，瓷狗的爪儿制作得能搁烟卷，但她由此而找到的愉悦或狂热是真挚的。也许在她的热情之中夹杂着一种报复的心理——一种表明她的独立性、表明女性崇高地位的深邃手段。她从来没有这么欢乐过。她请人油漆了木牌：请莅临蜂鸟号，新英格兰唯一的水上礼品商店，并在村外所有的路口上都钉上木牌。她筹划在蜂鸟号开张大吉的那天举行个盛大的茶话会，卖意大利陶器。她印了几百张请帖，寄了出去。

利安德却出尽洋相。他在客厅放了个响屁，当着河上的船和意大利陶器推销员的面，在一棵苹果树前面撒尿。他嚷嚷着说自己苍老得太快了，蹲下去捡地毯上的一根棉线时，对人唠叨说，瞧，骨架子都格格发响了。每每聆听着无线电上马赛的实况转播时，他的泪水不由自主地从眼眶里流出来。他还是每天清晨刮脸、洗浴，然而他周身闻上去就好像尼普顿[1]一样，耳后和鼻孔里长出一团团长毛，他也想不起来要修剪一下。他领带上沾满了油渍和烟灰。然而，当夜风拂醒他，他躺在床上，在黝黑的罗盘上寻索着夜风的风向，每每追忆起自己年轻而强壮的那些峥嵘岁月。在丝丝冷风的吹拂下，他从床上爬起来，满怀激情地缅怀船、火车、乳房丰满的女人，或者一种景象——一条湿漉漉的人行道，上面铺满了金黄的榆树树叶——仿佛这是报应与力量的象征。他寻思，我还要去登山呢。我还要去逮老虎呢！我还要一脚踩死条毒蛇呢！然而，随着清晨的曙光来临，那令人激奋的风也消逝了。他的肾脏隐隐作痛。他再也睡不着了，这一整天又该瘸着腿走路，咳个没完没了了。儿子们没一个回信的。

蜂鸟号礼品店开张喜庆的前一天，利安德去拜访了霍诺拉。他们坐在客厅里。

“要喝点威士忌吗？”霍诺拉问道。

“喝点儿吧。”利安德说。

“一点儿也没了，”霍诺拉说，“吃块饼干吧。”

利安德瞄了一眼小甜饼盘，看见甜饼上爬满了蚂蚁。“霍诺拉，恐怕蚂蚁爬上你的甜饼了。”他说。

---

1 尼普顿：罗马神话中的海神。

“真好笑，”霍诺拉说，“我知道在你家农场有蚂蚁，可在我家从来没有蚂蚁。”她随手操起一块甜饼，连蚂蚁一起，一股脑往嘴里送去。

“你去参加萨拉的茶话会吗？”利安德问道。

“我才没那闲工夫逛礼品店呢，”霍诺拉说，“我正在学钢琴。”

“我还以为你在学画画呢。”利安德说。

“画画！”霍诺拉鄙夷地说，“哼，打春天起我就不学画画了。哈默家手头有点紧，我买下了他家的钢琴。现在哈默夫人一星期来两次给我上钢琴课。容易极了。”

“也许这是我家的传统，”利安德说，“还记得贾斯廷娜吗？”

“贾斯廷娜什么？”霍诺拉问。

“贾斯廷娜·莫尔斯沃思。”利安德说。

“啊，当然记得贾斯廷娜，”霍诺拉说，“我怎么会忘了她呢？”

“我是说她在小杂货铺弹钢琴卖艺。”利安德说。

“得了，我才不想去小杂货铺弹钢琴呢。”霍诺拉说。“瞧这凉风，多让人清爽。”她说。

“是的。”利安德说。（其实压根就没有凉风。）

“坐到那张椅子里去。”她说。

“坐在这儿挺好，谢谢你。”利安德说。

“坐到另一张椅子里去，”霍诺拉说，“我刚请人给这把椅子换了垫子。虽然，”利安德乖乖地换椅子时，她说，“坐在那儿你瞧不见窗外，也许坐在原来的椅子里你要舒服些。”

利安德莞尔一笑，记得跟她说话，即使当她年轻的时候，也让他觉得像挨了一记闷棍般难受。他真纳闷她到底为的什么。洛伦佐在他日记的什么地方告诫过，如果遇到魔鬼，最好将它一刀劈为两半，从中间走过去。用这话来形容霍诺拉的行为再恰当不过了，虽然他总顾自思忖，是不是对于死亡的恐惧使她在人生中成了像蟹一样横着走路的乖戾的人。也许是这样的，正是因为她回避了爱情、放浪形骸以及宁静心境这些力量把我们的命定归宿赤裸裸地摆在我们面前这样的事实，她才得以揭示一个精力充沛的晚年的神秘之处。

“霍诺拉，能帮我个忙吗？”他问道。

“我不去萨拉的茶话会，要是那就是你指的事情的话，”她说，“我告诉你了，我要上音乐课。”

“不是那件事，”利安德说，“另外有件事儿。我希望在我安息之后，有人在我的墓边朗诵普洛斯彼罗[1]的那段话。”

“哪一段？”

“我们的狂欢已经终止了，”利安德从椅子上站起来，吟唱道，“我们的这一些演员们，我曾经告诉过你，原是一群精

1　普洛斯彼罗：英国剧作家莎士比亚《暴风雨》中的人物，旧米兰公爵。

灵；他们都已化成淡烟而消散了。”他激动地朗诵道，朗诵的风格一部分是模仿他年轻时代的莎剧演员，一部分是模仿拳赛场上宣布比赛结果那花哨而富有音乐性的声调，一部分是模仿马车和有轨电车售票员念符咒般地通报沿路路名的嗓门。他的语调越来越高，按着诗意打着手势。“……如同这虚无缥缈的幻景一样，八方的楼阁、瑰伟的宫殿、庄严的庙堂，甚至地球本身，以及地球上的所有一切，都将同样消散，就像这一场幻景，连一点烟云的影子都不曾留下。”他垂下双手，声音低了下来。“构成我们的料子也就是那梦幻的料子；我们短暂的一生，前后都环绕在酣睡之中。”[1]然后他道了声再见，走了。

第二天一大早，利安德看得出来这天在农场他将不得安宁，连个安身的地方都不会有。一场规模盛大、吵吵嚷嚷的妇女集会——因为售卖意大利陶器而变得更加嘈杂——是挡也挡不住的了。他打定主意到西奇兰姆老人院会会老朋友格兰姆斯。他想去想了好几年了。早餐后，他步行到圣博托尔夫斯，搭上去西奇兰姆老人院的公共汽车。到了奇兰姆另一边，汽车司机告诉他，车已到了“暮年乐园”，利安德下了车。他从路上远望过去，这院子就像新英格兰的学院。大理石墙，墙头插

1　此处采用朱生豪先生译文，下同。

着尖石，不让流浪汉找到憩息的地方。车道上榆树成荫，房子是用红砖砌的，不管当初是干什么用的，如今看来非常沉闷。在车道边上，利安德瞧见老人在锄水沟。他走进中间一幢房子，走入一间办公室，一位妇女问他干什么。

“我想见见格兰姆斯先生。”

“除星期日之外不接待客人。”这位妇女说。

“我刚从圣博托尔夫斯赶来的。”利安德说。

“他在北宿舍，”她说，“别说是我让你进来的。从这楼梯上去。”

利安德穿过大厅，走上一条宽宽的木楼梯。宿舍房间很大，中间一条过道，两边各放一排双层铁架床。一半不到的床上有老人躺着。利安德一眼认出了老友，快步来到他躺着的床边。

“格兰姆斯。”他喊道。

“谁？”老人睁开眼睛。

“利安德。利安德·沃普萧。”

“哦，利安德，”格兰姆斯喊了起来，串串泪珠像线一般顺着腮帮滚落下来，“利安德，我的老小子。你是圣诞节后第一个来看我的朋友。”他一把抱住利安德。“你简直不能想象见到张朋友的脸让我有多高兴。你简直没法想象。”

“唉，我想我得来见见你，”利安德说，“我早就想来了。

有人告诉我你们这儿有张弹子戏盘，我想我得来和你玩会儿弹子戏。”

“我们是有一张弹子戏盘，”格兰姆斯说，“来，来，让我指给你看弹子戏盘。”他一把抓住利安德的胳膊，领着他走出宿舍。“我们有各种各样的娱乐方式，”他激动地说，“圣诞节他们送来许多留声机唱片。我们这儿有庭院，可以经常呼吸新鲜空气，运动运动。我们在庭园干点活儿。要见见庭园吗？”

“随你的便，格兰姆斯。”利安德不情愿地说。他并不想来见见庭园，更不是来参观“暮年乐园”的。要是他能在哪儿安安静静坐上个把钟头，跟格兰姆斯聊聊天，他就不虚此行了。

“我们自己种菜，”格兰姆斯说，“我们自己就吃菜园子里种的新鲜蔬菜。我先带你去见见园子，然后打会儿弹子戏。弹子戏盘弄得很糟。我带你去看园子。来，来吧。”

他们从一扇后门走出中央的这幢房子，穿行到园圃里。在利安德看来，这就如严格的、令人烦闷的教养院的生产菜园。“瞧，”格兰姆斯说，“豌豆。胡萝卜。甜菜。菠菜。玉米快熟了。我们卖玉米。也许你餐桌上的玉米是我们种植的呢，利安德。”他领利安德走进一块玉米地，玉米正开始开花。“轻点声儿。”他耳语道。他们穿过玉米地来到田园边上，爬上一堵石墙，石墙上写着“不准入内”的字样。然后，他们钻进了灌木丛。一会儿，他们走进一块空地，泥地里挖了一条浅沟。

“瞧见了吗？”格兰姆斯轻声问道，“并不是谁都知道这地方的。这是义冢地。埋葬我们的地方。这两人，查理·多布斯跟亨利·福斯，上个月病了，一个晚上去的。我那时便知道他们是怎么回事，只是想亲眼瞧瞧。那天上午我到这儿，藏在树丛里。没错，十点钟光景，那个胖小子推着辆手推车来了。里面装着查理·多布斯和亨利·福斯。一丝不挂。一个摞一个。头脚正好错开。他们两人相处得并不好，利安德。互相从来不说话。但是这胖小子将他们葬在一道。唉，我简直瞧不下去。受不了。从那之后，我心里一直不好受。要是我在夜里断了气，他们剥光我，扔进个洞穴里，让我和个我从不相识的人躺在一块儿。回去跟人说说这事儿。在报纸上揭露出来。你一直是个有口才的演说家。回去把这事儿告诉人们……”

“行，行。”利安德说。他穿过丛林往回走，离开那片空地，和他歇斯底里的老友隔得远远的。他们又爬过石墙，穿过玉米地。格兰姆斯一把攥住利安德的胳膊。“回去把这事儿告诉人们，在报纸上揭露出来。救救我吧，利安德。救救我……”

“行，我会的，格兰姆斯，行，我会的。”

两位老人肩并肩穿过庭院，在中央大楼前，利安德跟格兰姆斯道别。他沿着车道走出来，竭力装出闲适的样子，一走出大门，吁了一口气。他等公共汽车等了好长一阵子。一出现一辆公共汽车，他就扯开嗓门喊：“喂，请停一下，停一下，我要上车。”

他帮不了格兰姆斯的忙。当车抵达圣博托尔夫斯，看见请莅临蜂鸟号，新英格兰唯一的水上礼品商店的牌子时，他明白他也帮不了自己的忙。他巴望茶话会已经结束了，但是他走近农场，见到许多小车依然停在草坪和车道边上。他沿着屋子绕了个大圈子，从后门走进去，径自上楼到自己的卧房。天色已经很晚了，从窗扉望出去，他可以瞥见闪烁着荧荧烛光的蜂鸟号，听见呷茶的女士叽叽喳喳的聊天声。这一切使他感到自己很可笑，人们聚集在一起正嘲弄揶揄他的失误和不幸。他带着温情与恐惧想起了父亲，仿佛他一直担忧自己会有个跟阿隆一样的结局和归宿似的。他猜想女士们正在议论自己，只消倚在窗棂边，一切听得明明白白。“大白天他将船直往古尔礁冲去，”盖茨夫人沿着小径走向埠头时，说，“西奥菲勒斯认为他一定喝醉了。”

人是个多么脆弱的动物啊。不管他多么狂妄自大，自鸣得意，一声絮语就可以毁灭他的灵魂。葡萄的苦涩，海洋的馥香，春日的温煦，酸的、甜的浆果，牙齿缝里的沙粒——这一切的一切，他珍惜如命的一切，似乎都从他身边被褫夺走了。他暮年的庄严之光在何方？还不如把眼珠子挖掉吧。瞧着那船上的盏盏烛光——这是他从无数狂风暴雨中驶回家的船呵——

他心烦意乱，浑身疲乏无力。他走到衣柜抽屉前，从干枯的玫瑰和发圈下面抽出一把上了子弹的手枪，走到窗前。远处不知哪座工业城市的上空像圣火一般燃烧着向晚的霞光，而越过谷仓的小圆顶，他看见天际挂着一颗夜星，甜蜜而浑圆，犹如人间的一滴泪珠。他对着窗外放了一枪，便倒在地板上。

他低估了茶杯和女士们的嘈杂声，蜂鸟号上没一个人听见枪响——只有萝萝听见了，她正在厨房取开水。她急忙爬上后楼梯，穿过大厅来到他的卧室，一打开门就尖声嚷叫起来。听见萝萝的喊声，利安德爬了起来。“啊，萝萝，萝萝，我不是想伤害你。不是的。你受伤了吗？”

“你没事儿吧，利安德？你受伤了吗？”

“我太傻了。”利安德说。

“啊，可怜的利安德，”萝萝说道，一边把他搀扶起来，“可怜虫。我告诉她别那样做。在厨房我跟她不知道唠叨多少遍了，这会伤害你的感情的，可她就是不听。”

“我只想得到人们的尊重。”利安德说。

“可怜，”萝萝说，“可怜人儿。”

“你不会告诉别人吧？”利安德问。

“绝不。”

“答应我。”

“答应你。”

“发誓你不会告诉别人你所见到的一切。”

“我发誓。”

“按着《圣经》发誓。让我找本《圣经》来。《圣经》在哪儿？我那本旧《圣经》在哪儿？”他在卧室里四处寻找，把书和报纸翻得乱七八糟，打开抽屉，把头探进书架和箱子里，还是找不到《圣经》。在梳妆台镜子上插有一面小小的美国国旗，他取下递给萝萝。“以国旗，萝萝，以美国国旗的名义发誓，绝不告诉任何人你所见到的一切。”

“我发誓。”

“我只是想得到人们的尊重而已。”

[ 28 ]

虽然第九十三号岛半军半民，但军事当局由于控制着运输、通讯和食品供应，总是比政府人士更有发言权。所以一天傍晚，一位军官把科弗利叫到军事通讯处，递给他一份萝萝·布雷肯里奇拍来的电报：父病危。“对不起，老弟，”军官说，“你可以到运输处去，但我想他们不会帮你的忙。你签的合同是九个月。”科弗利把电报扔进废纸篓，走出了办公室。

那时刚吃过晚饭，公共厕所里正在点火消毒，烟雾穿过椰林叶子袅袅上升。再过二十分钟电影就要开演了。科弗利走出屋子不久，眼泪便夺眶而出，坐在路边哭泣起来。天色在慢慢黝黯下来，在洋面的岛上，夜幕一眨眼就会降临的，那正是身边没女人的男子汉们干原始家务活的时候：洗衣服，写信，做点手工玩意儿——那是男子汉们用以保持理智与尊严的方式。谁也没有注意到科弗利，因为一个男子汉坐在路边压根没什么特别的，谁也看不出他正在啜泣。他想见一面利安德，一边哭一边想正是他们的计划驱使他来到这尔虞我诈的热带岛屿的。在电影开映前一会儿他这么想了一阵，而此时他的父亲正在圣博托尔夫斯等死。他再也见不到利安德了。他决定碰碰运气看能不能回家，于是擦干眼泪往运输处去。那儿有一位年轻的军官，尽管科弗利穿的是便服，他还是因为科弗利没有致礼而大失所望。“我想要张紧急旅行证。”科弗利说。

“为什么那么紧急？”科弗利注意到军官右边腮帮在一阵阵痉挛。

“我父亲快咽气了。”

“有什么证明？”

“在通讯处有份电报。”

“干什么的？”军官问道。

“磁带转码员。”科弗利说。

“嗯，也许你能离开个把星期的。我敢断定你准拿不到紧急旅行证。少校正在俱乐部寻欢作乐，我知道他不会帮你什么忙。还不如去见牧师呢。”

“我去见牧师去。”科弗利说。

那时天黑了下来，电影已经开演，在那一片淡淡的青黛色天际闪烁着无数的星星。教堂离办公室约莫有四分之一英里。到那儿只见一盏蓝幽幽的汽油灯挂在门上，灯后面有一块木牌子，上面写着：欢迎。这幢房子简直是人类智慧的结晶。竹子房架，覆以棕榈叶编的草垫子——跟惯常乡村教堂的轮廓一模一样，甚至还有饰有棕榈叶编织的尖塔。从教堂周围的氛围来看，很明显，很少有人来造访它。门道上贴着各种欢迎的牌子，教堂里边也少不了。在门边有一张桌子，上面放着些文具、过时杂志和一张欢迎来休息、娱乐、祈祷的告示。

牧师名叫林斯特龙，中尉，正在写信。他有一张羸弱的、让人感到亲热的脸庞，鼻梁上架着副钢架的美国大兵眼镜。他属于来自无名小镇的那种人——天真、执拗、多嘴多舌。他似乎并未受珊瑚礁的影响，带来了一股三月清晨晾晒亚麻布衣服的味道，一种自珍的、苦涩的虔诚——带着这种虔诚，在星期日正餐上，为了一罐头鲑鱼和一瓶柠檬水，他感谢上帝的恩赐。他请科弗利坐下，给他纸笔。科弗利说他需要有人帮他一把。

“我不记得见过你的脸，”林斯特龙说，“我想，你没来过这教堂做礼拜吧。只要见过一次面，我就一辈子忘不了。真弄不明白为什么来做礼拜的人这么少。我想，咱这教堂在西太平洋上也是数得上的几个。上星期日，只来了五个人。我正在使劲鼓动总部派个照相师傅来，给这教堂照张相。完全可以在《生活》杂志上登上一张。这儿就我和奥利里两个牧师，一有活儿，就靠不上他。教民在哪儿做礼拜，他压根不放在心上，眼下正在军官食堂里打扑克呢。他怎么打发时间，不关我的事，他召集教众的办法我也看不上。上个星期日，他召来了二十八个做礼拜的。我亲自数的。但你可知道他是怎么做的？上星期六，每个人都会领到一份威士忌。他走到排队领威士忌的兄弟们那儿，把他们一把抓到教堂去忏悔。不忏悔不给威士忌。要是那么干，谁都可以把教堂塞得满满的。我摆出了文具用品、杂志，自己漆上‘欢迎’的牌子。我老婆一给我寄来小甜饼——我老婆烤燕麦小甜饼可好吃啦，要是她愿意开个面包铺子的话，准能发大财——老婆一给我寄来小甜饼，我就装上盘子端出去。我最多就这么着。”

“我想要张紧急旅行证，”科弗利说，“我想回家，我爸快咽气了。”

“哦，对不起，我的孩子，”林斯特龙说，“真对不起了。我没法给你搞紧急旅行证。真不明白他们为什么让人到我这儿来。真叫人纳闷。去找少校去。有个人上月拿到紧急旅行证了。至少我是这么听说的。去找少校，我为你祈祷。”

少校正在军官俱乐部打扑克、喝威士忌。他咕咕哝哝离开牌桌，但他是个可爱的，或者说是多愁善感的酒徒。当科弗利讲到他父亲快死了，他一手搭上科弗利的肩头，跟科弗利一块儿走到运输处，把管事的从电影场喊出来，剪了张旅行证。

天没亮，他便搭上一架老式的DC-4型飞机离开了第九十三号岛。飞机机身上沾满了油污，上面画着一幅穿泳装的美女像。他睡在机舱里。到瓦胡岛已是炎热的夏日傍晚，乱糟糟的，远处山峦间闪动着雷电。第二天晚上，他乘上飞往旧金山的运输机。机上有人扔骰子玩，飞机机身没有保温装置，机内冷得人瑟瑟发抖。科弗利坐在一个凹背单人座里，浑身裹着一条毯子。飞机引擎的隆隆声勾起他对蜂鸟号的怀念，不由得渐渐睡着了。他醒来时，天际是一片玫瑰色的彩霞，机组人员给每人送来橘子，说他已经闻到土地的气息了。穿过厚厚的云层，飞机靠近西海岸，旧金山像在燃烧的夏日峰峦映入眼帘。办完军事海关的手续后几小时，科弗利爬上一架飞往华盛顿的轰炸机，然后从华盛顿乘火车奔往圣博托尔夫斯。中午时分，他在车站喊了一辆出租汽车前往农场，在大路边的榆树干上第一次读到写着请莅临蜂鸟号，新英格兰唯一的水上礼品商店的牌子。走出出租汽车，他向四周瞧了一眼，正看见父亲在河边的草地里寻找苜蓿。他奔到他跟前。“啊，我知道你会来的，科弗利，”利安德喊道，“我知道不是你就是摩西会回来的。”他一把抱住儿子，把脑袋搁在他的肩膀上。

# 第三部

## [ 29 ]

二十世纪初，在美国的城堡比亚瑟王统治快乐的英格兰时所拥有的城堡还要多。为了寻觅配偶，摩西来到最后残存的这些城堡中的一个。大部分城堡都改成了博物馆，由教堂买了下来，或者干脆拆迁了。这地方叫清堂，是贾斯廷娜·沃普萧·莫尔斯沃思·斯卡顿的庄园。她是圣博托尔夫斯沃普萧家的一个远房亲戚，和一个开小杂货铺起家的百万富翁结了婚。摩西和一个证券学校的同学去参加一个交谊舞会，在舞会上他遇见了她，通过她又结识了她监护的一位姑娘——梅利莎。梅利莎在摩西的眼里似乎是一位妩媚美丽的女子。他追求她，两人成了情人，他便要求结百年之好。至少就他自己而言，这一突兀的决定和霍诺拉遗嘱所列的条件毫无关联。只要他能住在清堂，梅利莎就答应嫁给他，他没表示异议。这清堂，不管怎么着，一夏天总可以当个暂栖之地，一到秋天他肯定就会占上风，让她搬进城里去住。就这样，一个细雨纷纷的下午，他搭上火车去清堂，心中盘算去爱梅利莎·斯卡顿，去跟她结婚。

摩西在圣博托尔夫斯长年养成的保守、节俭的习惯不料正与纽约银行界的节衣缩食、死抠金钱的风度不谋而合。摩西眼下套着一件暗褐色的雨衣，雨衣里边穿着那古老港埠流行的古怪而颜色单调的服装。出门时，天几乎黑下来了。他穿过纽约北区的贫民窟，茫茫雨丝像一张网一样，戏舞着纽约城的烟雾和污尘。他一会儿沉静异常，一会儿烦躁不安。他搭乘的火车沿着河岸奔驰。他坐在车厢靠大地的一边，凝视着车窗外变幻莫测、气象万千的景色，这种变幻和难以捉摸倒使他心理上做好了抵达清堂的准备，如果他心理上需要准备的话，因为一切的一切跟原先想象的完全不一样，结局也会完全不一样：原来值得全家自豪的宅邸却是一间殡仪馆，原来足以表示世俗骄傲的家宅却是公寓，乌尔苏拉会修女居住的城堡原来却是贪婪和傲慢的象征。不过，虽然目的迥异，摩西仍然在每一个角落看到人类的甜蜜爱情和聪颖的印记。这是地方上的区间车，破旧的车厢丁零当啷从一个车站吵闹到另一个车站，虽然刚驶出城郊，停的车站并不多。他不时透过车厢窗户，在惨淡阑珊的灯光下，在雨雾中，看见龟缩在月台上等车或者等着归家的一家旅人，他们似乎是为了一些悲哀而紧急的事务而龟缩在那儿。车到清堂时，仅剩下两个旅客，只有他一个人下车。

雨滴越下越密，夜晚沉沉的，他走进了一间候车室，眼睛停留在墙上橡木镜框里一张他要去造访的目的地的照片。清堂无数塔楼上飘扬着彩旗，扶垛上爬满了繁茂的常春藤。摩西一想到自己来这儿的目的，那清堂就显得一点也不滑稽可笑了。

候车室地板上铺着地毯，似乎贾斯廷娜的威风也吹到了这儿。木板墙漆成红木色，冬天取暖用的烟囱一对对优雅地往上伸展，像蛇一般伸进天花板里去。沿墙搁放的长凳，每隔一段饰有优雅有致的曲木，给旅客当扶手，同时免得互不相识的旅人腿臂相扰。一走出候车室，他见到街角拐弯处停着一辆小车。“我送你到大门口，”司机说，“我没法送你到宅邸前，只能送你到庄园大门口。”

一走出出租汽车，摩西便见到大门。那是扇铁铸大门，垂挂着一根铁链和大锁。左边有一扇小门，他走了进去，迎着大雨，来到一座亮着一盏灯、他捉摸是门房或乡舍的小屋。一位中年男子走到门口——他正在吃饭——当摩西道出了自己的名字，他似乎顿时高兴起来。“我叫贾科姆，”他说，“我叫贾科姆。跟我来。”摩西跟着他来到一间破旧的车库，里面飘荡着一股冷水泥地蒸腾上来的特殊潮气，直往人的骨头里钻。在车库里，在灯下，停着一辆老掉牙的劳斯莱斯小车，月牙形的车窗，车身像个密封的桶，跟西方农场的厕所差不离。摩西走到车前，贾科姆开始启动，花了好长一段时间才发动了车。“这老破车，”贾科姆说，“晚上开，这车糟透了。”车像一艘战舰一般退到车库外的滂沱大雨之中。也许小车根本就没有刮雨器，也许贾科姆没用它们。他们沿着一条蜿蜒的车道行驶，车前灯也没有。猛然间，摩西望见了清堂的灯火。似乎有数百盏灯——这么多灯，照亮了道路，他的情绪也顿时振奋起来。摩西谢了声贾科姆，提着箱子冲过雨幕来到一座偌大的门廊下。门廊精雕细镂，饰有肋拱，俨然一座大教堂。他看见的唯一一个门铃是个新玩意儿，像铁铸的树叶和玫瑰，是这样的充满幻想，这样的古老。他怕一用它，它便会直往脑袋上磕掉下来，只好用拳头敲门。一个女仆请他进去。他一跨进圆形大厅，从另一头飘然走出梅利莎来。他放下行李袋，将礼帽帽檐的雨水抖落一下，便张开手臂将情人拥进怀中。

他衣服全湿了，还散发出一点儿腐臭的味道。“我想，你该换一下衣服，”梅利莎说，“但时间不多了……”从她那夹杂着不安与愉悦的眼光中，他注意到一丝疑虑。这是人们在将生命的一部分奉献给另一个人的时候往往会产生的疑虑，担忧日后也许会吵架，起争端，或者离异。当她挽起他的胳膊，脚步在黑白相间的大理石地上发出橐橐响声的时候，他感觉到了她的这种疑虑。摩西不再是往日的摩西了。不瞒你说，他一点儿也不敢左顾右盼，虽然听见左手泉水淙淙，闻到右手花房温馨的泥土气息，和霍诺拉姑妈一样，他觉得要是一个人能应付裕如地假装从小就是生长在自己所置身的环境之中，不愧也是一种非常可贵的性格。

他只好时时压抑自己的好奇心，因为清堂的一切陈设都是为了给陌生人留下深刻印象的。从来没有人数过这里有多少房间，从来没有过。只有一个世俗的、雄心勃勃的堂妹，花了整整一个雨天下午数清堂的房间，以为豪华与荣耀是可以用数字来表达的。她数下的总数是九十二间房间，但是谁也没法肯定她到底数了女仆的卧房、浴室和那些古怪的、从没用过的房间没有——有些房间压根没窗户，有许多房间都是后来按贾斯廷娜执拗的怪僻心思加修的。她买下米兰市佩斯凯雷别墅大厅，便给建筑师拍电报，要他将它加建在小图书馆旁边。她本来是不会买下这座大厅的，要是早知道一星期之后有人会将拉米埃特堡的会客室卖给她。她即刻给建筑师写信，要他将它建在小膳食室旁边，并告诉他她已买下象征一年四季的大理石喷泉。建筑师后来写信来说，喷泉已抵达清堂，既然正厅里已无法放置，询问她能否允许他将冬园建在米兰厅的旁边。她打回电报表示同意，那天下午又买下一座小教堂，准备修建在画满壁画的小房间旁边。那是斯卡顿先生送给她的生日礼物。人们常说她买了那么多房间，简直不知道该怎么使用，但她确实全用上了。她才不是那种让自己的瑰宝躺在收藏室里腐烂的收藏家。在那次旅途上，她还买下了维琴佐的一块大理石地板和一些大柱子，但是，加修在清堂最令人印象深刻的——她在那次旅途和以后的多次旅途中再也没有发现过可以与之匹敌的装饰材料——是大温莎城堡的石头和木材。梅利莎就在这从国外移植来的大厅里挽着摩西的手臂。

贾斯廷娜正坐在火炉边，呷饮着雪利酒。按利安德扳着手指头算来，她那时该七十五岁了，但她的头发和眉毛仍然一片乌黑，一脸深沟般的皱纹，却仍然浓妆艳抹，涂满了脂粉。眼睛闪着明亮狡黠的光。头发从前额往上高翘起来。这旧日的发型，使摩西想起圣博托尔夫斯镇卡特赖特街区假顶层的建筑物。它们属于同一个历史时代。但是，他还是更多地想起她曾经的身份——一个狡猾老练的舞女。

她带着明显不过的冷漠表情跟摩西打招呼，然而，对于一个比霍诺拉姑妈更直言不讳地表露对于男子的不信任的女人来说，这倒也没什么令人惊愕的地方。她的衣着华贵而简朴，那颐指气使、嘶哑的嗓音包含了八度音阶，包含了社会人士的雄心得到酬报后的种种酸甜苦辣。“达巴伯爵，伯戈因将军，恩德比夫人。”她将屋里的人介绍给摩西说。伯爵是一个身材高大、皮肤黝黑的人，鼻孔像个黑洞似的，鼻毛从里面伸将出来。将军是个年迈的长者，坐在轮椅上。恩德比夫人戴一副夹鼻眼镜，菱形镜片歪歪扭扭地挂在鼻梁上，给人一种一脸水肿的感觉。她的手上沾着墨迹。梅利莎和摩西走到火炉边的椅子旁。这些椅子结构极不对称，摩西不得不纵身蹦一下才能跳上椅子，落进椅子里才发现脚压根不着地。一个女仆递给他一杯雪利酒和一只盘子，上面散点着些陈花生。雪利酒根本没法沾嘴，摩西尝了一口，梅利莎对他莞尔一笑，他记起了梅利莎对他讲的关于贾斯廷娜吝啬的故事，心中暗暗想，要是自己箱子里带上几瓶威士忌就好了。不一会儿，一个女仆站到一个远远的门道上，摇了几下门铃，大家便穿过大厅，来到一间点着蜡烛的餐室。

每人一小杯汤，一个煮土豆，一小块鱼和一种牛奶蛋糊。完全受贾斯廷娜控制的餐桌谈话，也不是很景气，要不是因为她累了，心不在焉，就是因为摩西的来到使她大为不悦。当将军对她讲到一位朋友的疾患时，她却大谈对于忘恩负义的男人的一贯看法。她认为她朋友的丈夫应对此种疾患负完全责任。未婚的女子——她说——比已婚的要健康得多。用完餐，他们回到大厅。摩西肚子还在咕噜咕噜地叫，他真希望在膳食供应上能有些破例。要是真在清堂过日子，老是吃这么点儿，人也没法活。贾斯廷娜和将军玩十五子戏，伯爵坐在钢琴前，弹起一支通常在鸡尾酒会上演奏的含满哀怨的杂曲。音乐节奏中荡漾着明澈的情欲，颤颤悠悠，在阵阵激情的发泄中充满着欲念。这对于一个沉溺于爱情之中的男子来说，是不堪入耳的。灯光突然间灭了。

“总保险丝又断了。”贾斯廷娜说，借着火光扔着骰子。

“我能去修吗？”摩西说，急着想给人留下个好印象。

“我不知道，”贾斯廷娜说，“那儿有好多保险丝呢。”

梅利莎点燃了一支蜡烛，摩西尾随在后，穿过大厅。他们可以听见从厨房传来的叽叽喳喳的声音，仆人们在噼噼啪啪地擦火柴，忙着找蜡烛。她打开一扇门，走进另一条过道，沿着一条陡直的、破旧的木头楼梯，钻进地下室。那儿散发着一股土腥味。找到保险丝盒，摩西除下旧保险丝，安上新的。他注意到有些电线已经赤裸，有的只是马马虎虎地包上一层绝缘胶布。梅利莎吹灭蜡烛。他们回到大厅，伯爵又重新弹奏起他那悲悲戚戚、凄凄惨惨的钢琴曲。将军将轮椅转到摩西跟前，带着摩西到火炉边的一只玻璃柜旁，里面陈列着一件发霉的院士服。当年斯卡顿先生接受普林斯顿大学荣誉学位时曾经穿过它。

这宫殿，这大厅，和他青年时代所见的小杂货铺何其相似，都散发着一种撩人心绪、腐败堕落的味道。想到这里，摩西心中不由得直发乐。小杂货铺，他心中最生动的印象是那里的姑娘们——化妆品柜台前脸上长满粉刺的姑娘，卖五金用具的胸脯丰满的姑娘，糖果柜台上懒洋洋的姑娘，卖油布的假装一本正经的美女子，站在儿童玩具柜台前处于试用期的金发婊子——即使这些旧日印象与清堂大厅没有什么直接的联系，但也有毋庸置疑的实际联系。摩西注意到当将军谈到 J. P. 斯卡顿时，避免了“小杂货铺”这个词，而只用“做买卖”。“他是一位伟大的商业家，”将军说，“一个非凡的人，一位杰出的人物——甚至他的敌人也这么认为。他当公司总裁那四十年，每天从早上八点一直忙乎到半夜。我说他是一位杰出人物。我指的是他非凡的精力、判断力、勇气和想象力。这些，他全有，而且非常超众出色。他从来不介入阴谋勾当。我们所见的今天商业界在有些方面的成就还应归功于他的想象力、智慧和荣誉感。当然啦，在他手下雇着一百多万号人哪。他在委内瑞拉、比利时和印度开店，目的并不是为了让自己或股东老板赚大钱，而是为了提高那儿民众的生活……”

摩西一边听着将军唠叨，吹捧这位已故的百万富翁，一边使劲压抑心中的欲火——这一阵一想到他就要和梅利莎躺在一起，他心头就老痒痒的——他竭力不让自己变得不耐烦。她非常漂亮，她的妩媚俏丽甚至使食品店小厮和汽车修理工匠不得不产生严肃的想法。当摩西看着她时，她那浓密的深金黄色的头发，她那肩胛骨，她那颈部，她那打远处瞧去显得乌黑的明眸征服了他的心，欲念似乎使她周身的线条像古老油画上堆积起来的色彩一般渐渐暗淡下来，只剩下一层金灿灿的光晕。摩西心想，要是她受到一丁点儿伤害就好了，他简直要感激不尽呢。这和我们有时见到一位可爱的妇人，内心深处不禁油然而生一种希冀与之相连的心情是相仿的。比方说，这甚至是一个身无分文、只有一片可爱诚心的妇人，在火车车厢的铁阶上，或者街道拐弯的地方，或者一个阴雨霏霏的日子，我们瞧见她拎着一纸袋食品携回家，而纸袋破了，橘子、芹菜、面包片、玻璃纸包的肉片，在她脚边撒满一地，滚进人行道的小水潭里——摩西眼下不可名状地揣着这种希冀与之相连的心情，这种相连只有当旁人遭受伤害或者损伤时才能找到借口。他正从椅子里半欠身的时候，老太太突然喊道：

“睡觉啦！”

他低估了欲火可能在脸上显露出来的程度，他被人看出来了。贾斯廷娜一双眼睛从她染色的眉毛下恶狠狠地瞪了他一眼。“请你送将军到卧房去，”她说，“你寝室在楼下，正好顺路。梅利莎的卧房在屋子的另一头呢，”她沾沾自喜地说，打了个手势强调一下路途之遥，“而对她说来，送将军是非常不便的……”

脸上欲火的印记把他暴露殆尽，他不想再让人看出自己内心深处的失望与愤懑。他咧开嘴笑了一下——非常满意地笑了一下——只是心中纳闷在这迷宫般的宅邸里，他到底怎么找到她的卧房，摸到她床边去呢？他总不能到处乱闯，敲响所有的房门，也不能把一扇扇门全打开，让女仆们轻嘻鬼叫，或者闯进恩德比夫人的房间，看见她摘下珠宝。他可能会撞到仆人的马蜂窝——甚至达巴伯爵的——而闯下大祸，落个被从清堂驱逐出去的下场。梅利莎嫣然一笑，那么甜，他想兴许她自有计谋。她一本正经地轻吻了他一下，却耳语道：“从屋顶过来。”然后她扯着嗓门故意说给大伙儿听：“明天早上见，摩西。祝你做个好梦。”

他将伯戈因将军的轮椅推进电梯，按了一下三楼的按钮。电梯缓缓上升，钢丝绳发出一种哀怨的声音，然而，心再次燃起强烈的欢乐之情的摩西对于电梯和升降机——高楼大厦、城堡、医院、仓库的升降机——的告诫力量压根无动于衷。这悲戚的声音，在一个意志柔弱、一腔哀伤的人听来，似乎会撩起永灭的想法。“谢谢您，沃普萧先生，”摩西将轮椅推到将军房门口，将军开口道，“现在我自己能行了。有您跟我们做伴，我们都挺高兴。梅利莎曾经非常不幸，非常的不幸，生活极不安定。晚安。”回到卧室，摩西脱掉衣服，刷了牙，走到房间外面的阳台上。雨仍然在淅淅沥沥下着，在青草和树叶间发出沙沙的声响。他笑了，充溢着对世界、对一切的爱，然后，光裸着身子，他爬上了屋顶。

这似乎是在清堂最不可能发生的事，但是只要想想他在追求什么，那么，他一丝不挂趴在屋子铅皮顶上其实也没什么可大惊小怪、困惑不解的了。雨滴掉落在身子上，毛发上，令人感到清新而酥软。这湿漉漉的屋顶上的杂乱无章倒也和这幅爱情的图画相和谐。这是清堂的屋顶，只是飞鸟的憩栖之地，只有失事的飞机才会造访的地方，然而，正是这儿暴露了建筑师设计任务的复杂性——就是说，也暴露了他的无能和失败——因为在这儿，给人一种乱腾腾印象的这城堡的庄严似乎就是一堆修修补补、东挪西塞、乱七八糟的玩意儿。在这儿，在霏霏细雨之中隐蔽着建筑师取巧的秘密，以及他大部分的败笔。尖耸的屋顶，平坦的屋顶，金字塔式的屋顶，镶嵌着彩色玻璃天窗、烟囱、混乱不堪的下水管道的屋顶，绵延四分之一英里还要多。不定哪儿老虎窗昏昏的灯光照下来，闪亮闪亮的，整个屋顶俨然一座城市的屋顶。

在这一片渺茫昏黑的雨幕之中，他所能找到的通向这幢房子另一边的唯一道路要穿过远处那排老虎天窗，可是一抬脚，屋顶上一段足有膝盖那么高的电线把他绊了一跤。谢天谢地，原来是一根陈旧的无线电天线，他仍然安然无恙。于是，他又重新爬起来前行。几分钟之后，他爬过一条吸满雨水的毛巾和一瓶防晒霜，再往前，发现一只苦艾酒空瓶。这屋顶简直成了海滨浴场，准是有个连贾斯廷娜都不认得的小子，伸胳膊伸腿在这儿安然晒过日光浴。一走近第一个亮灯的天窗，他探头瞧见一个窄小的房间，墙壁上贴满了宗教画，一个年迈的仆人正在熨衣服。第二扇天窗里亮着粉红色的灯火，瞄上一眼，他吃了一惊，达巴伯爵赤身裸体、一丝不挂，站在一面一人高的镜子面前。下一个是恩德比夫人的房间，她坐在一张书桌前，仍然穿着晚餐时的衣着，在一本书上写着什么。刚爬离恩德比夫人桌上灯光照射的地方，在一片细雨昏黑之中，他右脚正想踏块坚实的地方，却一脚踩空，他便赶紧飞转过身，整个儿往屋顶板上一趴，才没摔滚下屋顶去。原来他踩空的是屋子二层楼的通气孔，摔下去准是没命了。他望着这通气道，让惊厥的身子渐渐平静下来，侧起耳朵静静谛听恩德比夫人和别人是否已经觉察他扑到屋顶瓦片上发出的啪的一声。一切仍然是悄没声息。他继续缓缓地往前匍匐而去，终于爬到梅利莎的房间，他吊下身子，纵身跳到阳台上，站在窗外瞧梅利莎梳理头发。她坐在一张梳妆台前，晚礼服飘逸透明。即使借助室内昏暗的灯光，他也能瞥见她一对丰满的乳房。她弓身倾向镜子时，乳房微微向外耸起。

“你浑身淋湿了，我亲爱的，你浑身淋湿了。”她说。她的眼光令人难以捉摸而任性。她抬起嘴唇，让他亲吻。他解开她礼服的系带，礼服滑下去，挂在腰间。她捧着他的脑袋，将它从唇边移到胸脯上。然后，她一丝不挂，脸上毫无羞赧之色，穿过房间，走进浴室。摩西静听着自来水的哗哗声以及抽屉开关的砰砰声，心里明白作为情人应该理智地估量一下这些故意的拖延意味着什么。她回房里来了，在他看来，步履间显得非常自得其乐。她顺手将电灯灭了。拂晓，她抚弄着自己酥软的屁股，聆听着乌鸦的吟唱。她告诉他得走了。于是，他一丝不挂重又爬上了杂乱不堪的屋顶。

天已大亮，摩西睡不着，干脆穿上衣服踱了出来。沿着楼梯走下来，在清晨强烈的光线下，他看清所谓豪奢的一切原来是些既龌龊又陈旧的玩意儿。楼梯扶手上的丝绒衬垫原来是补丁摞补丁的，楼梯地毯上掉满烟灰，转弯角上的长凳缺胳膊短腿的。走进圆形大厅，他撞见了一只偌大的灰老鼠。他们互相对视了一眼，然后老鼠——也许太肥了，或者不屑于窜逃——悠然走进了图书馆。枝形吊灯上的玻璃灯罩飞没了，地板上大理石块残缺不全。这大厅犹如一家古老的客栈，由于旅客尽是些年迈的老头老太和几乎穷得叮当响的人，豪华与雅致已是陈年旧事了。空气中弥漫着一股陈腐的气息。按一定距离依墙而立的柜子被玻璃照得明晃晃的。大部分柜子不是缺条腿就是少把钥匙或把手。继续往下走，摩西才意识到他从未见过这么多柜子，天晓得里面装着什么。他思忖，斯卡顿家是通过邮寄买的这些柜子呢，还是从哪个商人手里买的。买这些偌大的、外表堂皇的、据他看来毫无用处的玩意儿也许仅仅是出于一种贪婪。他又纳闷里面到底装着什么，但他一个也没去打开。他走出一扇玻璃门，眼前是一块宽阔的草坪。

摩西热恋的女人似乎在朝日的苍穹之中，因为霞光映照而华丽非凡，似乎身在河谷、山脉和树丛间。他裤裆里欲火难熬，而心境却平和宁静。他兴冲冲地漫步在草地上。在宅邸下面有一个老式的罗马式游泳池，池壁弯处饰以大理石，水从狮子口中奔突而出。眼下正无所事事，摩西跳入池中游了个泳。清晨还是霞光万道，天却突然阴沉下来，开始淅淅沥沥下起雨来。摩西回到屋子去吃早餐，和贾斯廷娜聊了几句。

摩西给利安德写信，信中提到了贾斯廷娜，但回信中没有片言只字是向贾斯廷娜问候的话，信的标题是“雇佣军婊子的发迹”。在这标题下，他写道：“贾斯廷娜；阿莫斯和伊丽莎白·莫尔斯沃思生的女儿。独生女。父亲是个纨绔子弟。长得很英俊，但不能或者不乐意履行家庭的义务。抛弃了妻儿。从此杳无音信。伊丽莎白以裁缝为生，抚养女儿。没日没夜地干哪。眼睛糟蹋了。嘴里老是衔着许多线针。我总是觉得小贾斯廷娜是一生下来就给人换包换来的。她老喜欢女王才配有的玩意儿。碎片丝绒，孔雀羽毛，等等。孩提时代唯一喜欢玩的游戏是穿上高级华服当皇后。在像圣博托尔夫斯这样的一个乡间小镇上简直不像样子。人们嘲弄、讥笑她。格雷西·托兰收她当见习舞女。在杂货铺和饲料铺子楼上东方之星舞厅红极一时。那舞厅充溢着一股地板油漆味。后来，在老共济会教堂和J. P. 斯卡顿的小杂货铺子弹奏为电影配制的钢琴曲。《带我跳华尔兹吧，威利》。钢琴总是走调。

“J. P. 斯卡顿那会儿正和伍尔沃思、克雷斯吉竞争呢。当时财主算是财主了，但也不过开个走走小地方的杂货店而已。一次，瞧见贾斯廷娜在逗弄琴键。一见钟情！当天就把她运到纽约。艾米·阿特金森当她保姆。后来，斯卡顿跟贾斯廷娜结了婚。报纸报道略而不写她的圣博托尔夫斯背景，当裁缝的妈妈，她自己曾干过的舞女行当。仿佛一夜之间蹦进上流社会似的。贾斯廷娜是个在纽约群兽争斗的舞台上掠夺社会地位的好手。她成了资助宠物医院的慈善家。报纸经常登载她的照片，周围围了一大堆汪汪直叫的狗。一次，有人请她出一小笔钱资助圣博托尔夫斯的海员之家。她拒绝了。急着想割断一切与家乡的联系。没孩子。和公爵和伯爵们过往甚密。宴请王族。在第五大道买了幢大宅。乡下也有。清堂。人生的一切梦想都实现了。”

快近中午时分，摩西发现贾斯廷娜在冬园里——那是一座圆顶式的暖房，挨在城堡边沿上。许多窗户破损不堪，贾科姆将枕头塞进窗框里。在墙边过去似乎有花坛，园子的中央有一座喷泉和一泓池水。摩西走进冬园，请求和她谈几句话，她便坐到一张铁椅子里。

“我想娶梅利莎。”

贾斯廷娜手摸一下前额上的头发，那高耸如卡特赖特街区的头发，唏嘘了一声。

“干吗不行呢？梅利莎二十八啦，她知道该怎么干。”

“我们希望能得到您的同意。”

“梅利莎没一点儿钱，也没什么可指望的，”老太太说，

"她除了珠子之外没什么值钱的东西。珍珠现在卖价很低，而且不可能保险。"

"那没事。"

"你根本不了解她。"

"我只知道我要娶她。"

"我想，她过去的一些事儿，你应该知道。她七岁时，父母被杀。斯卡顿先生和我都乐意领养她——多甜的一个小姑娘哟——但是后来出了麻烦事。她嫁给了雷·巴杰尔。你知道吗？"

"她告诉我了。"

"后来巴杰尔成了个酒鬼，我知道这绝不是梅利莎的过错。她有许多关于婚姻的卑鄙看法。我希望你不会有这样的想法。"

"我不明白您这是什么意思。"

"斯卡顿先生和我只要可能，便会分住在两间房里。总是分睡在两张床上。"

"明白了。"

"甚至在意大利和法国也那样。"

"到能出国旅游还要好长一阵子呢。"摩西说，巴望换个话题。

"我想梅利莎决不会去旅游，"贾斯廷娜说，"自从离婚后，她还没离开过清堂。”

“梅利莎自己跟我说了。”

“对于一位年轻女子来说，这似乎是一种太过于禁锢的生活，”贾斯廷娜说，“去年，我买了张票让她到世界上去见见世面。她乐了，但是，当她把所有的行李搬上车，我们在她车厢里喝酒时，她却拿定主意不走了。她的痛苦太深了。那天下午我带她回了清堂，”她对摩西嫣然一笑，“而她的行李却满世界去闯荡了。”

“我知道，”摩西说，“梅利莎告诉我了。成婚之前，我将一直住在这儿。”

“那可以。你父亲还活着吗？”

“还活着。”

“一定很老了吧。圣博托尔夫斯在我心目中没留下什么好印象。我十七岁就离家了。和斯卡顿先生结婚后，我收到不下一百封家乡人的来信，全是要钱的。这也没改变我对于家乡的印象。我总试着想帮一把手。好几年啦，我帮个孩子——不是艺术家就是钢琴家——上学校，但是没一个学出师的，”她松开手，悲哀地做了个手势，仿佛她是要让这些学生从高处摔下来似的，“我不得不让他们全卷起铺盖回家。你家住在河上游吧，是吗？我记得那房子。我猜想你有点动产继承物吧？”

“是的。”摩西被冷不丁地问这个问题，回答时有点吞吞吐吐。

“你能告诉我是些什么动产吗？”

“摇篮，高脚柜，低脚柜，什么的。还有雕花玻璃。”

“我对雕花玻璃毫无兴趣，”贾斯廷娜说，“嗯，我还从来没收集到早期的美国家具，我一直想收集点儿。有盘子吗？”

“对这些我弟弟科弗利比我知道得多。”摩西说。

“哦，好吧，”贾斯廷娜说，“嗯，你和梅利莎结婚的事儿不关我的事。我想恩德比夫人眼下正在她的办公室里，你可以请她定个吉利日子。她会张罗请帖的。当心地上松动的石头，会绊倒你的。”摩西找到恩德比夫人。她给他念叨她年轻时在里维埃拉荒唐的生活，然后告诉他可以在三星期后结婚。他去找梅利莎，但是女仆说她压根没下楼。当他正举步登楼奔向她的住处时，他听见背后贾斯廷娜的声音。“下楼吧，沃普萧先生。”

梅利莎直到午餐时分才下楼。这顿饭，虽然没让人吃饱，但上了两种酒，一直拖拖拉拉吃到下午三点。午餐后，他们在塔楼下面的平台上来回踱步，像菜盘子上的两个人影。正当在庭园找到个隐蔽的地方时，他们撞见了恩德比夫人。五点半，摩西该告别了。他把梅利莎拥在怀中时，塔楼上一扇窗户猛然打开，贾斯廷娜冲着下面嚷喊道：“梅利莎，梅利莎，告诉沃普萧先生，要是他不抓紧，就要误火车了。”

星期一下班后，摩西把衣物装进两只箱子和一只纸盒子中。他在内衣中塞进了一瓶威士忌、一盒饼干和一块三磅的斯提耳顿干酪。在清堂，他又是唯一一个下车的旅客。只有贾科姆驾着那辆陈旧的劳斯莱斯在车站等候他，送他到山上。梅利莎在门口迎接他。那晚一切仍然跟他头一次来时一样，只是保险丝没烧断。摩西十点钟送坐在轮椅里的将军回卧房，然后又开始了屋顶的旅程。这次月明风清，他把上次差点儿送命的通风孔道看得非常清晰。拂晓，他又爬回自己的卧室，从清堂高耸入云的屋顶瞧着那森林蓊郁、丘陵起伏的原野，世界上还能有什么比这更令人感到愉悦的呢？他乘火车进城，晚上回到清堂，吃饭时故意打哈欠，九点半就送坐在轮椅里的将军回卧室了。

[ 30 ]

正当摩西在品尝金苹果[1]时，科弗利和贝特西在一个名叫雷姆森派克的火箭发射基地定居下来。科弗利只在农场待了一天。利安德催着他回到妻子身边去，而他自己几天之后到银餐具厂干活了。科弗利到纽约找到了贝特西，耽搁了几天，就被调配到这基地。这次两人一路上都在一起。雷姆森派克建有四千幢式样一致的房屋，西边挨着一座旧兵营。人们是不能用城市或小镇的标准来评说基地的。火箭研制计划催着劲儿实施的时候，基地是匆匆忙忙凑合建起来的；但不管怎么样，这屋子能避淫雨之苦、御冬日之寒，很不错了；当局在屋子里造了设备齐全的厨房和壁炉，为家庭造福；因为顺应了民族繁衍的正当需要，房屋设计千篇一律而单调乏味，也就无关紧要了。在基地生活区中心有一座偌大的购物中心，一切用品一应俱全，全都罩在玻璃柜中。这使贝特西很高兴。她和科弗利租了一幢寓所，房子连墙壁上的画都装饰好了。他们买了一套青蓝瓷器，家里摆上了萨拉从圣博托尔夫斯寄来的漆花椅子。

到雷姆森派克不多一会儿，贝特西发现自己怀孕了。早晨她有妊娠反应，很迟才起床。待她起床，科弗利早离家上班去

1 希腊神话中导致众女神争夺的金苹果。

了。他在厨房里给她留了咖啡，洗涤了自己的杯盘。她坐在厨房窗口吃迟到的早餐，在那儿，她可以瞧见雷姆森派克的房子一直延伸到天际，像一块布片上的图样。邻屋的女人走出来倒垃圾。她是意大利人，丈夫是个意大利科学家。贝特西喊着向她问候早晨好，请她进家来喝杯咖啡，但是这意大利女人只是阴郁地对她一笑，回到自己的厨房里。雷姆森派克绝不是个友好之邦。

贝特西希冀在妊娠期间别再失望了。她心中似乎在念着祷文。这是不由自主的，跟她用手指弹击窗户、嘴里不断诅咒的那种冲动一样。她心里闪过一个念头：亲爱的上帝，你要赐我当妈妈了。她想要孩子。她想要五六个呢。她陡然笑了起来，似乎她的这种希冀使厨房充满了作为一个家庭的那种爱的、混乱的、生气勃勃的气氛。她在给女儿桑德拉梳小辫子，其他四五个调皮鬼在房里胡闹。他们快乐、肮脏。一个小不点儿跟科弗利一样有个长长的脖子，手里正拿着一只盘子的碎片，但是，贝特西没有苛责他，甚至他打碎盘子时，她连眉头也没皱。到将来，当他成长为一个明朗、富有活力的人，其秘密就在于他从小就未被小气的呵责困扰过。贝特西感到自己有一种养育孩子的天赋。她认为，性格培养比其他任何事情都更为重要。在她膝下嬉戏的想象中的孩子们从他们的父母那儿得到的除了爱抚之外别无其他。

家里打扫完毕，贝特西该上街，去给熨斗换根软线了。她穿过K区，经过三百二十五号街，到了商业区，走进超级市场。她并不是去买什么东西，只是那儿的气氛使她快乐。超级市场非常宽敞，灯火通明，从高高的浅蓝色墙壁上传来音乐声。在《蓝色多瑙河》的旋律伴奏下，她买了一大瓶花生奶油，然后又买了一块核桃甜饼。出纳员似乎是个很讨人喜欢的年轻人。“我在这儿是个陌生人，”贝特西说，“我们刚从纽约搬来。我爱人去过太平洋。我们住在K区，我正纳闷能不能劳驾你帮个忙。我的熨斗软线磨破了，前天我正熨我爱人的衬衣时，熨斗坏了。我寻思你可知道这儿附近有没有个家用电器修理行什么的，我想送去修。明天就去，因为明天是我采购物品的日子。这样，我来买食品，回家顺路就可以取熨斗。”

“嗯，从这儿过去四家，不，五家门面，”年轻人说，“我想，他们能给你修。他们有一次为我修了无线电，而且他们也不像这儿有帮人那样，简直像拦路要买路钱的强盗。”贝特西谦恭地谢了一声，退到街上，往电器行漫步而去。“早晨好，”贝特西兴高采烈地说，一面将熨斗放在柜台上，“我刚搬来这儿。昨天，我正熨我爱人的衬衣时，熨斗软线断了。我跟自己嘀咕，真不知道往哪儿送。但今天早晨，我在大食品市场遇到了一个出纳员。他人品可好啦，一头卷曲的美发，乌黑乌黑的眼珠子。他跟我介绍你们，我这不就来了嘛。我想明天来这儿买东西时，回家就顺路取了，因为明天晚上之前我要熨好我爱人的衬衣，我纳闷明天能取吗？这可是个好熨斗哪，在纽约花了我好多钱哪。我们一直住在纽约，虽然我爱人去了一阵子太平洋。我爱人是个磁带转码员。当然啦，真弄不明白这么贵的熨斗，软线怎么一下就断了。我寻思你能不能为我装一根备用的线，因为我用熨斗的次数可多啦。你知道，所有我爱人的衬衣都是我自己熨的。他在磁带转码部干活，每天得穿得干干净净，然后我还得熨我自己的衣服。”伙计答应给她换上根耐用的软线。她便又步行回到K区。

越挨近家门，她步履越缓慢下来。她想象中的孩子全逃逸了，她再也不可能把他们召回家了。她的例假期只晚了七天，也许她压根就没怀孕。她吃了一块花生奶油三明治和一小块楔形甜饼。她心中充满了对纽约的怀念，又想起雷姆森派克真是个不友好的地方。傍晚时分，有人按铃，一个真空吸尘器推销员站在门口。“啊，进来吧，”贝特西兴高采烈地说，“你进来。我没有真空吸尘器，但眼下也没钱买。我们刚从纽约搬到这儿来的。一有钱，我就要买一个。要是你带来零配件，我也许要买一样，因为我迟早要买一个真空吸尘器的，这些零配件总会派上用场的。我怀孕了。一个年轻的母亲，没有合适的设备是不行的，总不能老蹲着或者老弓着身子。你想喝杯咖啡吗？整天背着那大口袋满世界跑，够累人的，脚够酸的吧？我爱人在磁带转码部干活，他们让他没命地干，但那是另一种疲劳，脑子累，我可知道脚累了是什么滋味。”

喝咖啡前，推销员在厨房打开样品箱，卖了两个零部件和一加仑地板蜡给贝特西。然后，因为累，也因为这是最后一家了，他便坐下来。“我爱人在太平洋那会儿，我一直一个人住在纽约，”贝特西说，“我们刚搬来。当然啦，我乐意换个地方，但我发现这儿的人不太友好。我是说不像纽约的人那么友善。在纽约我朋友可多啦。当然啦，我有一次也犯了个错。我看错了人。你知道我这是什么意思吗？有家人姓汉森，就住在隔壁厅里。我把他们当知心朋友，我以为最终找到了一生的好友。我们白天黑夜见面。不问我一下，她绝不会去买一件衣服的。我借钱给他们。他们老是说多么爱我，但是，我被骗了。算账的那天翻脸了！”厨房里的灯光幽幽的，贝特西的脸因为激动而显得扭曲了。“他们原来是伪君子，”她说，“骗子，伪君子。”

推销员捆上行囊走了。科弗利六点钟回到家。“嗨，甜心，”他说，“你为什么坐在暗处？”

“哦，我想我是怀孕了，”贝特西说，“我猜想我是怀孕了。已经晚了七天了，今天早晨我感觉特怪，脑袋昏昏沉沉的。”她坐在科弗利的膝盖上，把脑袋顶在科弗利的脑袋上。“我想肯定是男孩儿。我是这么感觉的。当然啦，蛋还没有孵出来，数小鸡有什么用？要是真有孩子了，我想买一把好椅子，因为我要亲自喂养孩子。有把好椅子，喂奶时可以坐。”

“买把椅子吧。”科弗利说。

“嗯，几天前，在家具中心我见到一把好椅子，”贝特西说，“吃完晚饭为什么不去散散步，去看上一眼呢？我一天没离开屋子啦，散一会儿步对你也有好处，对吗？活动活动腿脚对你不好吗？”

吃完晚餐，他们去散步了。清风从北方——从圣博托尔夫斯——吹拂而来，贝特西感到生气勃勃而快乐。她挽着科弗利的手臂，在街角，在荧光街灯的幽幽灯影里，他弓下身子，用法国方式吻了她。一到商业中心，贝特西把椅子早忘得一干二净了。她审视橱窗里每一套西装、每一条裙子、每一件皮毛大衣、每一件家具，它们的价格、展示的生活方式，然后判断一下它们是否应该进入贝特西所描绘的幸福生活的画面之中。对着盆花架，她说行啊，对着大钢琴，说是啊，是啊，对着只大柜子说不行啊，对着一张餐桌和六把椅子，说行啊，跟圣彼得审视人心一样郑重其事。十点钟，他们步行回家。科弗利怀着温情脱去她的衣服。两人一块儿洗澡，上床睡觉，因为她是他的小人儿，他的小宝贝儿，他的小妞儿，他的小心肝儿，他的一切，是连圣博托尔夫斯方言都无法表述的一切甜蜜称谓。她是他的小小松鼠。

## [ 31 ]

摩西和梅利莎结婚前三个星期非常成功地把贾斯廷娜蒙在了鼓里。老太太每晚看见他们俩在电梯前互道晚安，心里很是高兴，好几次在饭桌前谈起摩西从未见过的、宅邸另一隅梅利莎的闺房。因为摩西受过登山训练，所以每晚屋顶的征程倒也不怎么叫他感到疲乏困顿。只是有一晚，晚餐喝了点酒，匆忙了点儿，他又一次在电线杆上绊了一脚，浑身往瓦片上一扑，胸口划破了。他皮肉疼得要命，一股深沉的懊丧攫住了他。他发现自己内心深处滋生出一种厌恶清堂以及它所有古董玩意儿的情绪，下决心要证明温柔之乡并非这么怪异。他继而又安慰自己，过不了几天他就可以将一枚戒指戴到梅利莎的手指上，从房门正式走进她的闺阁。为了某种理由，她请求他答应别催她离开清堂，但他有这么个感觉，到秋天，她会改变主意的。

婚礼的前夕，摩西走出车站，手提箱里放了一件租来的常礼服。在车道上，他见到贾科姆，他正在车道两旁的树丛间装电灯。“要安二百五十只灯泡！”贾科姆惊叹道，“简直像圣徒节那样。”傍晚暮霭之中的华灯给清堂笼罩上了乡间集市欢乐的气氛。摩西送将军回卧室时，将军想请他喝上一杯，给他点儿忠告。但是他找借口婉拒了，又爬上了屋顶。他正在教堂与钟楼之间爬的时候，听见贾斯廷娜的声音，非常近。她正站在达巴的窗口。“我什么也瞧不见，尼奇，”她说，“没眼镜，我什么也看不见。”

“嘘，”达巴说，“他会听见的。”

“要是能找到我的眼镜就好了。”

“嘘。”

“哦，我简直没法相信，尼奇，”贾斯廷娜说，“我真不敢相信他们会这样使我失望。”

“他在那儿爬呢，他在那儿爬呢。”达巴说。这时摩西正在黑影之中趴着，往钟楼背后匍匐而去。

“哪儿？”

“那儿，在那儿。”

“快喊恩德比夫人，”贾斯廷娜说，“快喊德恩比夫人，让她去叫贾科姆带支打乌鸦的枪来。”

“会打死他的，贾斯廷娜。”

“任何干这档子事儿的人，打死也没什么可惜的。”

听着他们谈话，摩西感到无限的恼怒和烦躁，因为一旦上了征程，他已无法忍受任何延误，至少是贾斯廷娜和伯爵造成的延误。在钟楼的庇护下，他是安全的。伫立在那儿，他听见先是恩德比夫人，然后是贾科姆来到了窗口。

“没一点儿人影啊。”贾科姆说。

“不管怎么着，开枪，”贾斯廷娜说，“要是有人，吓吓他；

要是没人，也伤不着谁。”

“这样不好，斯卡顿小姐。”贾科姆说。

“开枪，贾科姆，”贾斯廷娜说，“要么开枪，要么把枪给我。”

“等一等，让我找个什么东西掩住耳朵，”恩德比夫人说，“等一等……”

接着，砰的一声，贾科姆的鸟枪震耳。摩西听见子弹擦过他附近的屋顶，远处玻璃哗啦啦被击碎的声音。

“哦，为什么我感到这么难受？”贾斯廷娜充满哀怨地问，“为什么我感到这么难受？”达巴关上窗户，房间里灯被捻亮，粉红色的窗帘被拉上了。摩西继续他爬行的征程。他身子吊下到梅利莎房间外面的阳台上时，梅利莎哭着奔到他身边。“啊，我亲爱的，我以为他们会打死你，”她嘤嘤哭了起来，“啊，我的爱，我以为你死了。”

科弗利无法离开雷姆森派克，但利安德和萨拉来赴婚礼了。他们一定天一亮就离开圣博托尔夫斯了。埃米特·卡维斯用丧葬车送他们的。摩西见到他们时满心欢喜，而且心中充满了骄傲。爸爸妈妈以乡下人美妙的简洁与魅力扮演了他们的角色。至于婚礼的请帖嘛，贾斯廷娜拍去了陈旧的地址落上的尘土，而可怜的恩科比夫人，戴顶帽子和一袭面纱，书写了四百张信封。整整一个星期，她来到餐桌旁总是手指上沾满墨水，衣衫上溅着墨水的污迹，因为她根据至少在一九一八年前印刷的一本《社会登记簿》核对贾斯廷娜的地址簿，把眼睛也熬红了。贾科姆嘴里喃喃着祝福（“太可爱了，斯卡顿小姐”），去寄请帖，请帖邮到东区五十号街高级住宅区。原先的宅基地如今成了意大利领带的陈列橱窗、美术馆、古玩店、没有电梯的公寓房子，以及像讲英语联谊会、瑞典-美国基金会这样组织的办公室。再往市中心高处、往东走，请帖寄到十八层、二十层的大楼里穿笔挺燕尾服的门房手里，人们压根没听说过贾斯廷娜朋友和贵族知交们的名字。请帖寄到第五大道住宅楼时装设计研究所、乱七八糟的出租公寓、妇女进修学院、美国-爱尔兰历史学会和中美亲善公司办公室。它们被送到有木板前门的小屋里，和没人领收的邮件（蒂芙尼陈年旧账单和《纽约客》）一起，被扔在灰堆里。它们躺在幼儿园摇摇欲坠的桌子上，从外面传来孩子们的哭闹声；它们被扔进无人问津的过道，那儿原先极为宽敞，后来进行了改建，显得十分窄小，人们在上午被用作的起居室和图书馆里做饭。犹太博物馆、哥伦比亚大学城中心分校、法国和南斯拉夫领事馆、苏联驻联合国代表团、一些兄弟会、演员俱乐部、桥牌俱乐部、女帽商店和女装裁缝店收到了请帖。再往下，乌尔苏拉会的女院长、克拉雷会苦行修女和慈光会的修女也收到了请帖。请帖还邮到耶稣会修道院和收容所督办、方济各牧师会、考利牧师会、使徒保罗传道牧师会和善心姐妹会。邮差还将请帖送到早被改成了的乡间俱乐部、住宿学校、精神病院、嗜酒改造院、疗养院、野生动物园、墙纸厂、募兵办公室以及年老体弱者在电视机前轻蔑地等待着死亡之神降临的地方。那天下午，当圣米迦勒教堂钟声响起时，在教堂正厅人数不到二十五人，其中有两个出租公寓的老板。他们来赴婚礼，纯然是出于好奇心。轮到摩西了，他大声而真诚地念了他的誓词。婚礼结束后，大部分客人回到清堂，随着留声机播放的音乐跳舞。萨拉和利安德跳了一场优美的华尔兹，然后告辞。仆女们往旧香槟酒瓶里灌廉价的白葡萄酒。当夏日落暮降临，所有的枝型灯都点亮时，总保险丝又烧断了。贾科姆安了新的保险丝。摩西走上楼，从房门口走入梅利莎的闺房。

[ 32 ]

火箭发射台在雷姆森派克南边十五英里的地方，这造成一种士气上的问题，因为几百、几千个像科弗利一样的技术员压根不了解火箭发射什么时候开始、什么时候结束。当局为了解决这个问题，将公开火箭发射安排在星期六下午。当局提供车辆，全家人带上三明治和啤酒，坐在看台上听那火箭发射时的轰隆声，瞧着似乎舔着大地的升腾的火焰。这种火箭发射时的野餐和平时的野餐并没有什么两样，只是没有垒球比赛或乐队而已，但还是有啤酒喝，孩子在人群中迷路、走失，人们在等待那穿过大地上空的刹那间爆炸时互相开开玩笑，倒也非常富有人情味。贝特西热爱这一切，但这也没有改变她关于雷姆森派克缺乏友情的想法。朋友对于她来说是至关重要的，她也这么说。“我刚从佐治亚州一个小镇搬来，”她说，“那可是个非常友好的地方。我就相信交朋友，增进友情。人毕竟只能活一次。”她每每提到人生的旅程，总是充满激情。她生下来；她会死。

她对福拉斯卡蒂夫人的邀请总是得到阴郁的一笑。她转向邻屋的盖伦夫人，请她进屋来喝咖啡。但是盖伦夫人得过好几个学院学位，她那衣服高雅、矜持的样子，使贝特西感觉局促不安。她感到四周邻居街坊都在盯着她，并不太怀好意地盯着她。她看出来了：这地方简直没有发展友情的可能。但她一直执拗地追求着，终于找到了一个。“我今天遇见了个最活泼、最可爱、最友好的女人，”她在门边亲吻科弗利时说，“她名叫约瑟芬·特勒曼，住在M区。她丈夫在征募办公室工作。她说，她几乎在美国所有的火箭基地待过。人真逗，丈夫也挺好。她出身于一个高尚的家庭。她问我干吗不哪天晚上上她家去喝咖啡。”

贝特西热爱她的邻居。一点儿友谊的展示就给她带来爱的种种欢乐和运气。科弗利知道，直到她遇见约瑟芬·特勒曼，她对K区的概念朦朦胧胧，一无所知。他心里早已做好准备，几星期、几个月成天只能听见关于特勒曼夫人的事。他很高兴。贝特西终于可以跟特勒曼夫人一块儿上街了。每天早晨，贝特西和特勒曼要通一次电话。“我朋友约瑟芬·特勒曼跟我说，你这儿的羊肉块特好。”她会在肉店这么说。“我朋友约瑟芬·特勒曼介绍我来你们这儿。”她会在洗衣店对伙计说。甚至真空吸尘器推销员忙乎了一天来按她门铃的时候，也发现她变了。她会非常友好，但不开门。“哦，喂，”她会说，“我真想跟你聊聊，但真抱歉，今天下午我没空。我正在等我的朋友约瑟芬·特勒曼的一个电话。”

一天晚上，沃普萧夫妇到特勒曼家喝咖啡，科弗利发现他们可真友好。特勒曼家屋子里的装饰跟沃普萧家的一模一样，壁炉架上也挂着一幅毕加索的画。在起居室里，女士们聊窗帘。科弗利跟马克斯·特勒曼在厨房聊汽车，马克斯一边煮饮料。“我一直在琢磨汽车，”马克斯说，“但我决定今年不买了。我得节约点儿，何况我并不真需要一辆车。你知道，我一直寄钱帮我弟弟读大学。父母离婚了，我得管着点儿这孩子的事。在世界上他只有我一个亲人可以依靠。我是全靠半工半读念完大学的——上帝，我什么事儿没干过啊——我不希望他那样累死累活。我希望他舒舒服服读完四年大学。我希望他能得到他想要的一切。我希望在几年中他感到自己并不比别人差……”他们回到起居室，女士们还在聊窗帘。马克斯拿出他弟弟的照片给科弗利看，继续聊弟弟的事儿。十点半他们道了晚安，走回家去。

贝特西一点儿也不懂园艺，但还是买了几把帆布椅子放在后院里，买了些木格栅将垃圾桶遮掩起来。夏夜，他们可以在那儿坐坐小憩。对于自己所做的一切，她极为满意。一个夏日的夜晚，特勒曼一家来访，正如贝特西说的，以甜酒为后院施洗礼。那是一个温煦的夜晚，邻居街坊全坐在院子里乘凉。乔西[1]和贝特西在聊臭虫，蟑螂，小耗子什么的。科弗利怀着温

1 乔西：约瑟芬的昵称。

情谈起西方农场，谈起自己在那儿钓鱼的经历。他自己不喝，也讨厌从别人嘴里喷出来的甜酒味，而其他人都喝得不少。“喝吧，喝吧，”乔西说，“今晚正是尽情喝酒的时光。”

今晚正是那样一种夜晚。空气中飘浮着一股温热的、馥郁的气息。科弗利正在厨房搀酒，从厨房窗口往外瞧去，可以见到福拉斯卡蒂家的后院。他看见福拉斯卡蒂家一位年轻姑娘穿着雪白色泳衣，浑身除臀部的那条缝之外所有曲线全部鲜明地显露出来。她哥哥用花园的一根软喷管往她身上缓缓浇着清水。年轻人一副一本正经的神气给漂亮妹妹淋洗，没有粗野的胡闹，没有鄙俗的嬉叫，悄没声息。科弗利混好饮料，端了出来。乔西开始聊起她的妈妈。“哦，要是你们能见见我妈妈就好了，”她说，“我真希望你们这些年轻的小伙子能见见我妈妈。”当贝特西请科弗利再斟满酒杯时，他说甜酒喝光了。“快赶到商业中心去买一瓶回来，亲爱的，”乔西说，“这是怎样的一个夜晚啊。一生只遇一次。”

“人生只有一次而已。”贝特西说。

“我去买。”科弗利说。

“让我去，让我去，”马克斯说，“贝特西和我去。”他一把把贝特西从椅子里拉起来，两人一块儿向商业中心漫步而去。贝特西感到满心欢喜。她所能想到的就是一个劲儿地喃喃：这是怎样的一个夜晚啊，置身于芬芳的幽暗之中，商店熙熙攘攘，灯开始一盏盏灭了，周围是浇水机的嘈杂声，中间飘来断断续续的乐曲声。这一切使她感到流连颠簸、陌生和举目无亲的痛苦生活终于结束了，这一切使她懂得定居、友谊和爱的价值。

于是，一切都使她欢喜不已——苍穹的明月，商业中心的霓虹华灯——当马克斯走出酒店时，她心想这是一个多么出众不凡、体格魁伟、英俊美貌的男子。漫步回家的路上，他带着一种忧郁的眼神长久地望了贝特西一眼，手搭上她的肩膀，亲吻了她。贝特西心想，他是冷不丁地偷着吻她的，这是个怎样的夜晚呵，在这样的夜晚，人们可以偷偷冷不丁地吻一下别人。他们回到K区，科弗利和乔西还在起居室里聊天。乔西仍然在大谈特谈她的妈妈。“从来不说一句呵斥你的话，从来不用严厉的眼光看人，”她正在说着，“她钢琴弹得很好，哦，我家总是有许多客人。星期日晚上，我们全围在钢琴旁唱歌，你知道，日子过得别提有多快乐了。”贝特西和马克斯进厨房兑甜酒。“她的婚姻很不幸，”乔西说道，“她男人可是个地道的婊子养的，没别的法子了，但她很有哲学头脑。这正是她成功的秘密。她以哲学家的姿态对待他。平时听她说话，她似乎是世界上最幸福的已婚妇女，但他……”

“科弗利，”贝特西尖喊道，“科弗利，来呀。”

科弗利奔出厅室。马克斯站在炉边。他撕开了贝特西的衣服。科弗利往他猛扑过去，一拳揍向他下巴，将他摔倒在地板上。贝特西尖叫着，奔进起居室。科弗利站着瞧马克斯，把手指关节捏得咯吱咯吱响。他的眼睛里噙满了泪水。“要是你想，再揍吧，要是你想，再踢吧，”马克斯说，“我连在纸袋上戳个洞的力气都没有。我干那事儿真是太糟糕了，你知道，但有时候我就是忍不住。这一切终于完了，我真高兴，我对上帝发誓我不会再干了，但是耶稣基督科弗利，有时候哪，我感到孤独，真不知干什么好。要不是得帮着弟弟念完大学，我想我早割断气管了。救救我吧，上帝哪，我确实那么想。瞧着我，你不会以为我是个自杀狂人吧。哦，救救我吧，上帝，多可怕的命运。”

“乔西挺好的。她是个挺好的姑娘，”马克斯说，仍然躺在地板上，“她会和我同甘共苦的，我知道。但她非常缺乏安全感，不瞒你说，非常缺乏安全感，我想这是因为她去过那么多地方的缘故。她陡然阴郁起来，你知道，然后把气发泄在我身上。她说我欺骗她。她指责我不拿钱回家买食品，我不拿钱回来买汽车。她要时髦衣服，她要新帽子，我真不知道她要什么新玩意儿。她一赌气，上大街狂买东西，有时候六个月，有时候整整一年付不清债。我现在还背了一屁股债，债主遍布美国。有时候我想我真受不了啦。有时候我真想打起铺盖离家出走拉倒。这就是我所想到的。我想我该有点儿欢乐，有点儿幸福，你知道，我一会儿在这儿，一会儿在那儿做出点越轨的事儿，我真抱歉，我对不起贝特西，因为你和贝特西对我们这么真诚，有时候我要是不找点乐子，真不知道怎么活下去。我想我再也没有力量活下去。我想我真受不了啦。”

在起居室，乔西双手抱住贝特西。“好了，好了，亲爱的，”乔西说，“好了，好了，好了。结束了。什么事儿也没有。我来给你整理衣服。我去给你买件新衣服。他酒喝得太多了，就那么回事。他总是喜欢动手动脚的。动手动脚，酒又喝得太多。手老搁在不该搁的地方。亲爱的，他并不是第一次啦。甚至在睡觉的时候，他的手总是到处乱摸，抓到点儿什么东西才罢休。甚至在睡觉的时候，亲爱的。好了，好了，别为了这事儿再烦恼了。想想我吧，想想我该忍受什么吧。感谢上帝，你嫁了个正派的、干干净净的丈夫科弗利。想想可怜的我吧，想想可怜的乔西，一个劲想显得快乐点儿，我到处给他擦屁股。哦，我真烦死这一切了。我真恨死总是去为他说情。家里只要有两个钱，他就要寄到康奈尔大学给弟弟。他爱弟弟，甚过爱我、爱你、爱任何人。他把弟弟宠坏了。真叫我气得发昏。他弟弟在那儿可好，在宿舍里有个人浴室，穿时髦衣服，日子过得像王子，而我在这儿缝缝补补、擦地板，省下女佣的钱，好让他给弟弟寄津贴、新球衫、网球拍什么的。去年，弟弟没一件备用的厚大衣，他愁死了。我对他说，我说，马克斯，我说，瞧，他没一件冬大衣，你就要死，我呢？你心里想过我没有一件漂亮的冬大衣吗？你心里想到过没有，你可爱的妻子和你弟弟一样应该有件大衣呢？你这么想过吗？你瞧，他怎么说来着？他说，学院所在的地方比他从小长大的蒙大拿要冷得多。对他根本没辙。哦，嫁给一个心里老那么想的男人，太可怕了。有时候瞧他惯他弟弟真把人气得发抖。但是，不管怎么着也得忍着点儿，对不对？牙齿和舌头有时候也会打架呢。让我就那么想吧，亲爱的，是不是？让我们想那不过是牙齿与舌头之争算了。走吧，找男人们去干一杯，为了友谊，让过去的过去吧。让我们想那不过是牙齿与舌头之争算了。”

在厨房，他们发现马克斯还坐在地板上，科弗利站在水槽边，把手指关节捏得咯吱咯吱直响。贝特西奔到科弗利跟前，在耳边轻声哀求他把这一切忘掉吧。“我们还是朋友，”乔西大声说道，“来吧，来吧。忘掉它吧。让我们去起居室，为友谊干上一杯。谁不干，谁就是大坏蛋。”马克斯跟着她走进了起居室，贝特西在后面带着科弗利。乔西在大玻璃杯里斟满了甜酒和可口可乐。“为友谊地久天长，”她说，“让过去的过去吧。为友谊干杯。”贝特西开始哭起来，他们一饮而尽。“哦，我想我们又是朋友了，是不是？”贝特西说，“我要告诉你们，我要告诉你们，这样可以证明我们的友谊，我要告诉你们我心里的事儿，这一切发生之后，这就更重要了。星期六是我的生日，我想请你和马克斯来吃饭，用香槟酒和无尾礼服真正庆祝一番。一次例行的聚会，我想，经历过这点小事儿之后，这就更重要了。”

“哦，亲爱的，这是我一生中接到的最诚挚的邀请了。”乔西说。她站起来，吻一下贝特西，再吻了一下科弗利，挽上马克斯的手臂。马克斯伸出手来给科弗利，贝特西又吻了乔西，他们互相道了晚安——轻轻地，轻轻地，因为已经很晚了，已经子夜两点钟了，整个区只有他们家还亮着灯。

第二天早晨，乔西没有给贝特西打电话。当贝特西给她打电话时，不是占线，就是没人应。贝特西整个身心沉浸在准备生日聚会上，倒也没怎么把这件事放在心上。她买了一件新衣裳、玻璃杯和餐巾。聚会的前一晚，她和科弗利在厨房吃的晚饭，免得把餐室弄脏。科弗利星期六得干活，五点钟才能回家。聚会的一切都准备就绪。贝特西还没有穿上新衣裳，仍然套着浴衣，头发上别着发夹，但她非常激动和幸福。当她亲吻科弗利时，她催他快点去洗澡。餐桌上铺了一块桌布，摆上蜡烛灯座和西方农场寄来的青瓷器。所有的桌子都摆上了喝鸡尾酒时吃的核桃之类的盘子。贝特西拿出科弗利的衣服，他冲了个淋浴，正在穿衣服的时候，电话铃响了。“是，亲爱的，”科弗利听见贝特西说，“是的，乔西。哦，哦，你是说你们来不了啦？明白了，是的，明白了。嗯，明天晚上怎么样？为什么不能推迟到明晚呢？明白了，哦，明白了。嗯，今晚上来一会儿也行啊。可以用毯子把马克斯裹上，要是你想的话，吃完饭就可以走嘛。明白了，明白了。是的，我明白了。嗯，再见。是的，再见。”

科弗利回到起居室时，贝特西靠在沙发上，手搁在膝盖上，面容憔悴，脸颊上淌着串串泪水。“他们来不了啦，”她说，“马克斯病了，着凉，来不了啦。”她突然大声抽泣起来，科弗利在她旁边坐下，想拥她到怀里来，她挣脱开来。“整整两天，我只是干啊，干啊，净想着生日聚会，”她说，“这么多吃的东西，也许福拉斯卡蒂家愿意来。他们一直不怎么跟人来往，也许因为他们是外国人的缘故。我去问问福拉斯卡蒂家。”

“为什么不把这一切忘个一干二净呢？”科弗利说，“我们吃我们的晚饭，然后去看场电影什么的。我们俩一块儿享乐享乐。”

“我去问问福拉斯卡蒂家。”贝特西说着走到电话机前。“我是贝特西·沃普萧，”她兴高采烈地说，“我老想给你们打电话，但我恐怕是个很糟糕的邻居。我们一直忙得要命，自从搬到这儿后，也没多少时间串门。我真为自己害臊。我在想，您和您的爱人今晚能到我家来，跟我们一起吃晚饭吗？”

“谢谢您，我们已经吃过晚餐了。”福拉斯卡蒂夫人说。她挂上了电话。

接着，科弗利听见她打电话给盖伦家。“我是贝特西·沃普萧，”她说，“真对不起，一直没跟您打过电话，我想熟一点儿再打才好呢。我想，您和您爱人今晚能上我家来吃晚饭吗？”

“哦，真抱歉死了，”盖伦夫人说，“但是特勒曼家——我想他们是你的朋友吧——马克斯·特勒曼的弟弟刚从大学回来，他们要带他上我们家来。”

贝特西挂上电话。“伪君子，”她抽泣着，“伪君子。哦，和盖伦家厮混，她要倒霉的，是不是？她这也不告诉我——她最好的朋友，她压根不想跟我说真话。”

“好了，好了，甜心，”科弗利说，“那有什么了不起的。没关系。”

“对我都有关系，”贝特西啜泣不止，“对我却是性命攸关。就是那样。我要去瞧瞧，我要去瞧瞧盖伦夫人讲的是不是真的。我要瞧瞧马克斯·特勒曼是不是真的病倒在床上。我要去瞧瞧。”

“别，贝特西，”科弗利说，“别，贝特西甜心。”

“我要去瞧瞧，我就是要这么干。哦，关于他的这位弟弟，我听得够多的了，可好，真的回家了，眼里却没老朋友了。我要去瞧瞧。”她起身站起来——科弗利使劲想制止她，她却飞跑出家门。她穿着浴衣、拖鞋，怒气冲冲地沿着小街往下一个街区走去。特勒曼家灯火辉煌，但她按门铃，没人来开门，里面悄没声息。她走到屋背后，画窗上的窗帘没有拉上，她往起居室窥视了一眼。空荡荡的，但桌子上放着些鸡尾酒杯，门旁躺着一只黄色的皮箱，贴着“康奈尔”的标签。贝特西伫立在幽暗之中，一股怒潮向她袭来。似乎在每一件琐事——生命的每一刻——她都在忍受着孤独的煎熬，似乎当她以为自己幸福的时候，她只是在自欺欺人，因为在她一切的幸福下面奔突着寂寞的痛苦潜流，她的旅行、朋友一钱不值，一切的一切都是虚空的。

她走回家。深夜，她流产了。

[ 33 ]

贝特西在医院里待了两天，回到家也不见好起来。她沉闷忧郁，面露病容。科弗利感到她似乎在跟什么东西抗争。这种东西跟他们现今的生活，甚至与流产毫无关系，那是遥远的过去的什么东西。每晚从实验室回家，他给她做晚饭，试着逗她聊天。她在病床上待了两个星期光景。他问她要不要请大夫来瞧瞧。“你敢叫大夫来家，”贝特西说，“你敢叫大夫来。你叫大夫来就是想证明我没病。你捉摸着让我丢脸。真卑鄙。”她开始哭起来。当他坐到床沿上，她转过身子来。“我去做晚饭。”他说。“喂，别给我做，”贝特西说，“吃了恶心。”

当科弗利走进黝黯的厨房，他可以看见福拉斯卡蒂家亮着灯的厨房。福拉斯卡蒂先生在独酌，夫人在餐桌和火炉之间来往奔忙的时候，他轻轻地拍打她的屁股。科弗利啪的一声关上威尼斯式的百叶窗，找到点儿冰冻食品，按自己的口味做起菜来。他把贝特西的晚饭放在一个盘子里，端到她卧房。她一脸不高兴地爬起，靠在枕头上，让他把盘子放在她膝盖上。可是当他走回厨房，她在背后大喊起来：“你不跟我一块儿吃晚饭吗？你不想跟我一块儿吃饭吗？你连瞧我一眼都不想吗？”他拿着自己的菜盘站到卧室，就着梳妆台吃饭，跟她聊实验室的事儿。他一直在转码的磁带还有三天就要完成了。新来个头儿，名叫潘克拉斯。他给贝特西端来一盘冰激凌，洗完盘子之后，他步行到商业中心，在杂货铺给她买神秘小说看。他睡在沙发上，盖一件大衣，心绪悲哀而恶劣。

贝特西在床上又待了一个星期，似乎越来越郁闷。“实验室新来了一位大夫，贝特西，”科弗利一晚上说，“他叫布伦纳。我在咖啡馆见过他。他长得很英俊，是类似那种婚姻顾问式的医生。我想……”

“我不想听。”贝特西说。

“但是我希望你能听听他的看法，贝特西。我希望你能找布伦纳先生聊聊。我想他也许会帮你忙。我们俩一块儿去。或者你一个人去。要是你能告诉他你心中的烦恼……”

“我干吗要告诉他我心中的烦恼？我自己明白。我痛恨这屋子，我痛恨这鬼地方，这雷姆森派克。”

“要是你能跟布伦纳先生聊聊……”

“他是精神病专家吗？”

“是的。”

“你想证明我疯了，是不是？”

“不，贝特西。”

“精神病专家全是疯子。我没病，”说着，她一骨碌跳下床，走进起居室，“哦，我讨厌你，讨厌你他妈的认真劲儿，讨厌你伸脖子、捏手指关节的样子，讨厌你那老父亲，他妈的封封信都在问有新闻吗，有什么好新闻吗，有什么新闻。我讨厌沃普萧家的人，我压根不想告诉他们什么。”她奔进厨房，手里拿着萨拉从西方农场寄来的青蓝瓷器走了出来，开始往地板上乒乒乓乓摔去。科弗利从起居室走出来，躲到后门台阶上，贝特西死跟在后面，当着他的面在那儿将剩余的瓷器全摔打个精光。

新婚的第二天，他们乘上一艘汽艇出海去玩。汽艇制造的年代跟蜂鸟号差不离，但要大得多。那天海上天气很好，海风不大，周围飘浮着茫茫薄雾。除了能瞧见船尾飞逝的波涛，他们对时空的感觉模糊不清了。他们手挽手在甲板上漫步，在同行旅客的脸上瞧见的只是无限的慈爱与幽默。他们从船头走到船尾的小篷下面。站在那儿，他们可以感觉到颗颗螺丝在脚下颤动。从厨房和轮机室里冒出来的热气吹拂着他们的脸。他们可以看见翱翔的海鸥，尾随在船后，一直到葡萄牙。他们看不见海岛——雾太浓了——随着孤独的海钟的叮当声，汽艇被绞索船曳近海岸时，他们看清了——教堂的尖顶，村舍，两个顽童在海滩上追逐——小岛在雾霭中显现出来。

村子很远——那是属于利安德时代的旧物了——一共有十二座或十六座小舍，歪歪扭扭，破败不堪。人们要是不知道这曾是有些游客每年来消夏的胜地，还以为这茅舍是临时搭起来供人避难用的。他们走进的屋子有点像西方农场，无异于人类的洞穴，随着家庭的繁荣，而衍生出各种各样的枝蔓来。他们放下行李袋，脱去衣服去游泳。

这已不是旅游的季节了，不是太早就是已经太迟了。酒店和礼品店大门用重锁锁着，钥匙却挂在上面。他们手拉手沿小径走下去，跟降生到这世界上来时一样光溜溜的，一点儿也不想遮上点儿什么，穿过小路、土路，有些地纯然是尘土，然后是像糖一样的细沙，结成硬块——只得咬着点儿牙关——然后，沙粒更为粗糙一些，由于海潮浸润而濡湿了，周围顿时响起犹如关门的砰砰啪啪的音乐。海外矗立着一块岩石，贝特西往岩石游去，科弗利遨游于这北大西洋令人陶醉的、具有健身作用的海水之中，跟在她后面。他游近时，只见她玉身光裸着端坐在礁石上，双手梳理着一头浓发。他一爬上礁石，她就纵身跳进海里，他随在后面一直游到岸边。

当时，因为心中漾溢着幸福，他真想大声喊出来，踢腿跳起快步舞，高声唱起歌。然而他没这样做，只是沿着海岸逮剪嘴鸥，将它们往巨浪外面的海面上扔去，有的掠过海面，有的潜入水中。一阵满足的忧郁感突然攫住了他——快乐是这样的撩人心绪，它就像秋之初火一般渐渐温暖着他的肌肤与骨骼——他回到她身边，继续逮剪嘴鸥，将它们扔出去，慢慢地，因为无须匆迫，他跪在她身边，将嘴唇贴上她的樱唇，将身子贴上她的身子——他的身子斜斜的，激奋起来——他似乎瞥见在心中辉煌的黄金时代渐渐消逝的幻象，不久便睡着了。

第二天晚上，科弗利回到家，贝特西已经走了，只留下钱早已取走的储蓄本。在昏昏的灯影中，他漫无目的地踱来踱去。这儿的一切无不经过她的摸弄或重新安排，鲜明地表露出她的性格和趣味。在这灰蒙蒙的灯光下，他似乎预感到死亡，似乎听到了贝特西的声音。戴上帽子，他走上街去散步。但雷姆森派克并不是个散步的理想去处。夜晚充满了各种机械的嗡嗡声，唯一的一条小林带还坐落在军营的那一头。科弗利踱步到森林那儿。他一想到贝特西，便想到旅途中的困顿——火车，月台，旅社，拎着提包向陌生人问路——他心中泛起阵阵强烈的爱与怜悯。他真不明白为什么自己在情感上与一个早已不复存在的境况的维系还是那么深。在林子里转了一圈，他回来穿过军营，见到雷姆森派克的幢幢房屋，心头徒然怀念起家乡圣博托尔夫斯来——那地方呵，小街陋巷像人类的心灵一般蜿蜒，清清的水流经树丛间，晚间飘荡着人们的声响，甚至匹匹大叔在女贞丛中钻来钻去也是完全光着身子的。他散步了很长一阵子，回到家已是子夜时分了。他光着身子猛然扑到曾经是新婚的床上，床褥间仍然散发着她肌肤的清香。他梦想着西方农场的一切。

如今的世界充塞着各种各样供人消遣的娱乐——妩媚窈窕的女人，音乐，法国电影，木滚球，酒吧——但是科弗利缺乏那种自我陶醉的活力或想象力。第二天早晨他去上班了，天黑才回家，带回一包冰冻晚餐，化开了，将就着就在罐子里吃了。他生活的现实似乎受到打击或对抗；他憧憬未来的本能似乎受到损伤或破坏。某种忧愁有一种狭隘的地方性——一种地理上的幽远感，犹如一个平面交叉口护路人所过的那种生活——在道路的某一点上生活，以最少的精力和洞察力忍受一切，而世界上其余的一切犹如圣菲漂亮火车上飞逝而过的旅客，一闪而过。这种生活也有它的补偿——清静、每每耽于空想——但这种生活也被剥夺了友谊、交往、爱情，甚至还有逃避现实的希望。科弗利正沉浸在深思之中时，一封贝特西的信送来了。

“甜心，”她写道，“我正在去班布里奇看奶奶的路上。别来追我。真对不起，我把钱全取走了。只要我一工作，就还你。你可以离婚，再娶个能给你生孩子的女人。我想我太游移不定了，眼下又在到处乱跑。”科弗利走到电话机跟前，要了班布里奇的电话。她老奶奶接的电话。“我想跟贝特西通话，”科弗利大喊道，“我想跟贝特西说话。”“她不在这儿，”老太太说，“她不住在这儿了。她已和科弗利·沃普萧结婚，和他一起不知住在什么地方。”“我就是科弗利·沃普萧。”科弗利大声嚷道。“既然你是科弗利·沃普萧，为什么还要来打搅我？”老太太问道，“要是你是科弗利·沃普萧，为什么你不自己找贝特西说话？跟她说话时，别忘了告诉她跪下祷告。告诉她除非跪下，否则祷告管个屁用。”她挂上了。

[34]

现在我们读到这故事一段不怎么有意思的或者说同性恋的情节，不感兴趣的读者完全可以跳过。故事是这样的。科弗利的顶头上司是个名叫沃尔科特的男子，而掌管磁带转码部全部大权的是位年轻男子，名叫潘克拉斯。他从嗓子眼里冒出来的声音阴森森的，皮肤甚至牙齿，非常白皙，非常美，开一辆欧洲赛车。他穿行过长长的磁带转码室时，对科弗利只是简短地寒暄，道声早安或者勉励般地咧嘴粲然一笑。也许我们过高估计了人们掩饰的本领，孤独与单恋所表现出来的征象比我们所了解的要明显得多。不管怎么样，潘克拉斯一天傍晚忽然走到他跟前，说要送他回家。对于科弗利来说，只要有同伴，他就谢天谢地了，更何况低流线型赛车对振奋他低落的情绪很有好处。当车驶过三百二十五号街进入K区时，潘克拉斯说，没见到科弗利妻子站在门阶前迎接，他感到惊讶。科弗利说她正在佐治亚州探亲。潘克拉斯说，那你到我家去，跟我一块儿吃晚饭吧。他一踩油门，车咆哮着飞驰而去。

潘克拉斯的寓所当然跟科弗利的一模一样，但它离岗哨很近，房子周围的空地也很大。屋子陈设非常讲究、优雅，这对于科弗利来说，从杂乱无章的家来到这儿，换换环境不能不说是一种愉悦。潘克拉斯自制了甜饮料，开始给科弗利的欧洲萝卜涂奶油。“我早就想找你聊聊了，”他说，“你干得不赖——事实上非常出色——我早想这么告诉你。几星期之后我们要派人到英国去——我自己也去。我们要把我们的转码成果跟英国人的比较一下。我们想找个同行者，当然想找个好相处的。我们需要个风度翩翩的人，有社交经验。要是你感兴趣，你去的可能性很大。”

虽然潘克拉斯在他身上倾注了这么多大胆的、久久不肯离去的目光，使他心中感到不安，但这一番赞扬的话也使科弗利有点飘飘然起来。他的朋友没有那种娇柔的女子气质，一点儿也没有。他的嗓音是最浑厚的男低音，身上似乎长着许多茸毛，动作像个运动员，但是，科弗利老是有种预感，要是潘克拉斯前来抚摸他屁股，他就要昏厥过去。他心里忖度，待在人家雅致玲珑的居室里，享受盛情的款待，暗中却怀疑起他私人的生活，不啻是非常忘恩负义且不诚实的。其实，他已尽情地享用了一番这情义。科弗利无法预言这种友谊发展到极点将会是什么样子，但是，他陶醉于潘克拉斯所创造的那种捧场且温情的气氛之中。科弗利已经好几个月没品尝过这么精美的饭菜了。饭后，潘克拉斯建议他们穿过部队警戒线，到树林子里去散步。这正是科弗利所希冀的。他们走入薄暮笼罩的街道，在树丛间徜徉，用友善而严肃的语调聊他们的工作，他们的乐趣。后来，潘克拉斯送科弗利回家。

早晨，在工作之前，沃尔科特提醒科弗利留意潘克拉斯的为人。他是个同性恋。这在科弗利的心中激起迷惑、悲哀和某种固执的情绪。他现时的想法同霍诺拉姑妈关于拉车的马的感觉是一样的。他既不想成为拉车的马驹，但也不愿看到别人待它们过于残酷无情。有那么一两天他没看见潘克拉斯。然后，一天傍晚，当他正就着罐子吃饭时，赛车咆哮着冲进K区，潘克拉斯按响了门铃。他带科弗利回家吃晚饭，两人又一起上林丛去散步。科弗利从来没有发现有人对他圣博托尔夫斯的回忆怀有如此巨大的兴趣，他很高兴能跟人聊聊他的往昔。

又一个晚上之后，科弗利看出他朋友真正的用意是什么，虽然他压根不知道他到底该怎么应付，同时，他认为没有任何必要拒绝跟一个同性恋吃晚饭。他自以为是无辜或者天真无邪的，但这种伪装是一眼就可以识破的。其实同性恋从来也没让我们惊讶过。我们选择自己的领带，用水梳洗头发，绑上鞋带，是为悦己者容；他们也是这样。科弗利对于朋友之间的交往阅历是很深的，他察觉出来潘克拉斯倾注在他身上的过分的热情是一种情欲的表现。他做出引诱挑逗的姿态来，晚饭后散步时他似乎显露出一种性欲的颤动或苦闷。他们已经走到街区的尽头，进入军营了——兵营，教堂，一条用漆刷成的白色石头作护沿的走道，一个男子汉正坐在阶沿上用火箭碎片敲打出一只手镯。这就是兵营，跟大部分的兵营一样，是容不得人的感情存在的——在战争时期这倒也能让人忍受，可现在倒好，比任何时候更与外界隔绝、更令人感觉寂寞难耐。他们穿过兵营，走进林子，坐在石沿上。

“十天之后，我们要到英国去。”潘克拉斯说。

“我会想念你的。”科弗利说。

“你也去，”潘克拉斯说，“我都安排好了。”

科弗利转身看着他的伙伴，他们互相交换了一瞥忧郁的目光。这忧郁的一瞥，科弗利想，他永远也不会再见到了。这一瞥正是他时时想回避的——特拉弗廷医生的，华盛顿酒吧间酒保的，夜航船上的教士的，商店伙计的——这是男子们之间令人恼怒的、性苦闷的一瞥；那种苦闷和失常的想逃逸的想法——在洛斯托夫特大饭店汤碗里撒尿，在谷仓后墙涂上个脏字，和个堕落的水手逃到海上去——逃逸，不是从世界的法律和习俗中逃逸，而是从它的伟力和活力中逃逸。“只有十天了。”他的伙伴唏嘘一声，科弗利冷不丁在裤衩里感到一阵隐隐约约的同性恋欲念在蠢动。这一切持续不到一秒钟。他的良心受到严厉的谴责和鞭笞，一想到行将与这淡灰眼睛的朋友为伍，和匹匹·马什曼洛大叔一样在黑暗中游荡，他感到下身似乎也受到了伤害。一秒钟之后，鞭子又抽过来——这次是因为他亵渎了人类的行为。匹匹大叔的命运就是在园圃里游荡，而科弗利关于世界的观念中必须包含这种几乎无望的处境。接着，鞭笞又飞下来。这次是一位可爱的女人抽打的，她苦涩地嘲弄、揶揄他交了这么个朋友，她的眼神告诉他，从今之后，在姑娘们，这些朝日的鲜花身上，他再也体验不到真正的快乐了。他曾经想过找个同性恋一块儿到海上去，维纳斯将裸露的背对着他，永远从他的生活中走开了。

这是一个令人身心交瘁的损失。她们的神姿和忏悔，她们的回忆，她们关于原子弹的理论，她们置放舒洁纸巾和护手霜的秘密地方，她们乳房的温酥，她们顺从与宽恕的力量，他所无法理解的爱的甜蜜——都与他无缘了。维纳斯成了他的对头。他在她优雅的唇边画上胡须，而她会下指令让她的宠儿们蔑视他。也许她会允许他时而跟个老太太聊聊，不过如此而已。

夏天了——空气中充满了飘浮着的种子和花粉——随着痛苦不同寻常地加剧——他也许一直用上了放大镜——科弗利瞧见脚周围地上满布的浆果和荚果，寻思自然界以多么丰富多样的方式繁衍后代——自然界中的一切，除了他科弗利。他想起在西方农场可怜的、慈爱的父母，他们的幸福、安全感和生存就靠子女的非凡才干了，但是他没有这种才干。他想起摩西，真想去瞧瞧他。“我不能跟你一块儿到英国去，”他跟潘克拉斯说，“我得去看看我哥哥。”潘克拉斯先是哀求他，继而大光其火，两人走出树林便分道扬镳。

第二天上午，科弗利跟沃尔科特说他不想和潘克拉斯一块儿去英国，沃尔科特说好极了，并嫣然笑了一下。科弗利严肃地瞧了他一眼。这是一个含意深邃的微笑——他早看穿潘克拉斯啦——这是一个庸人的微笑，仅仅满足于明哲保身。这是那种残酷无情的微笑，这种微笑拼凑、培育了这整个不健全的充满伪善、非难、残暴的世界。然后，再仔细审查一番，他看出来这是一个非常友善、令人愉悦的微笑。这微笑只有当人们寻觅到知己时才会浮现出来。科弗利请下一年一度的两天假期去看摩西。

他中午离开实验室，打包了个行李袋，搭上公共汽车去火车站。几位女士站在月台上等火车，科弗利避开她们的目光。他已经没有权利钦羡她们了。他不配享用她们的可爱和妩媚。一登上火车，他就闭上眼睛。他不敢瞧窗外旖旎宜人的风光，因为一瞥到个漂亮女人，他就要为自己的下贱作孽而感到内疚难受，而任何一个俊美的男子都会提醒他所要开始的那种污秽生活。只有跟长满疣疮的男子、吵吵嚷嚷的女人这些令人厌恶的人在一起——只有在那异邦的土地上，在那风度与美貌被视为危险之物、被视为非法的土地上，他才能太太平平地旅行。

火车到勃拉西威克，上来一位头发花白的男子，坐到他身边。这男子手里提着一只草绿色的哔叽书包，这种书包在坎布里奇是很常见的。那陈旧的草绿色布包使科弗利沉湎到新英格兰冬日的景色之中——那种质朴的、传统的生活方式——圣诞节回到农场，溜冰的池塘冰面上铺陈着黄昏时分的雪花，狗吠声悠远。书包放在中间，陌生人与科弗利开始聊起天来。同路人是位学者，研究日本文学。他对《武士传奇》有极大的兴趣，拿出一本英译本给科弗利看。故事描述了一帮同性恋的武士。当科弗利沉浸在情节之中时，同路人又拿出了武士同性做爱的照片来。科弗利的心脏似乎受到了刺激，细细倾听起自己器官的反应来，正像我们有时站在一扇门前，听听里面有什么不正当的事儿一样。跟霍诺拉一样，他臊得脸通红——这无异于那些老处女发现自己至高无上的贞操大楼一旦动摇而感到的赧然——科弗利一把抓住箱子，逃逸到另一节车厢里。他心里感到一阵阵恶心，走进盥洗室，壁上有人用铅笔写着寻求同性恋的启事，相约在冷水机旁见面，嘴里哼《扬基歌》[1]的调子为暗号。他何以恢复现实的道德感呢？他何以让潘克拉斯说别样的话呢？或者，他何以让自己相信刚才见到的绘画不过是艺妓在雪中过桥的情景而已呢？他往车窗外瞧去，目送着飞逝而过的景色，整个身心在搜索哪怕是片言只语的有用而富有创造性的真理。然而，映入他心灵之幕的是美国式性经验黑暗的原

1 《扬基歌》：美国独立战争时期最广泛流传的歌曲之一。

野，在原野上野牛仍然在到处乱闯。要是他没进麦基尔哈尼学院，而进了个情爱学校倒也好了。

他仿佛见到了这种学校希腊式、门顶上饰以三角门廊的校门，想象它该设置的课程。这学校将设交际课，教会人们不要犯混淆崇拜与温情这样致命的错误；它也要设讨论课，讨论不加选择的性欲冲动，男子的变态心理以及神魂颠倒的本质，描述不安而焦虑的力如何以病态的、姣好的色彩去点亮世界。维纳斯将向他们提出抗议，而他们的反应也将是十分鲜明的。那些可怜的男人，他们依赖女人以满足性欲，会坦率说出他们的罪愆和痛苦，而那些耽于污辱女人的浪荡公子也是可以现身说法的。他躺在床上的那些清夜，聆听着火车的隆隆声和细雨的沙沙声，大腿下面摩挲着面包皮屑和冰冷的爱的印记——在这样的清夜，当欢乐压倒理智的时候——学校会对这些清夜进行详尽的释述，并教会他对降霜前的黄昏采撷回鲜花的可爱女人的画像做出恰当、实在的解释。他要学会理智地评估所有这些温情脉脉的可爱形象——譬如正在缝纫的女人，膝盖上堆着蓝布——向晚时分，给孩子们唱遥远的过去的歌的女人，查尔斯·斯图尔特——出海的浴女，或是静坐在礁石上的少女。学校要为科弗利开设论述母系氏族制极其微妙影响的特殊课程——他自己不得不随时补充材料——论述溺爱妻子的危险性课程，这种对于妻子的过分溺爱，虽然也可假装为爱情，其实暴露出为夫的怀疑主义和痛苦。还该有论述同性恋、同性恋在社会中动荡不定的地位，论述同性恋与死亡意愿之间关系真与伪的科学课程。课程要研讨情人不再相爱，开始相互吞噬的微妙情景；温情开始腐蚀自尊心，精神仿佛锈斑一般衰颓下来的那些细微之处，把它们放在显微镜下放大，使它们仿佛桁架一般清晰可辨。应该建立关于爱的图解，关于忧郁的图解，人们向不可救药的好色之徒投去的鄙夷目光应该以毫米来计算。科弗利知道，对于他来说，这将是困难的课程，而且大部分时间，他只能处于一种试学的阶段，但是，他总是可以毕业的。在立式钢琴《威风堂堂》的乐声中，走上主席台，领受毕业文凭，然后步下希腊式的门阶，心中充溢爱的力量，他将坦率地、充满趣味地热爱这大地，世界将无穷无尽地展现在面前。

但是，并没有这样的学校。当他那天晚上抵达纽约时，正细雨霏霏，车站附近的街巷似乎散发出一种寻花问柳的气息。他租了一间客栈的房间，细细想来，觉得自己也不过是一个羁旅客店的同性恋童男。他自己永远不会明白他与霍诺拉姑妈之间的相似之处。当他把脖子伸得长长的时候，他的缕缕思绪却与这位老太太毫无差异。既然他是个同性恋，他愿意在世界面前公开表露出来，戴上手镯，在纽扣洞里别上一朵玫瑰花。他愿意当个同性恋的组织家、发言人、预言家。他要强迫社会、政客、法律承认同性恋的存在。他们要有俱乐部——不是那种隐蔽的会面地点，而是像讲英语联合会那样的一个公开组织。使他时时感到困惑的是他无法摆脱对父母的责任，于是，他坐下来给利安德写了一封信。

科弗利乘早班火车去清堂，见到哥哥时，心想这情谊是多么深厚。他们拥抱——互相重重地拍打肩膀——他们钻进一辆老的劳斯莱斯汽车，科弗利顿时摆脱了忧虑和痛苦，似乎进入一种健康、朴实、只使他想起一切美好事物的生活。他思忖，似乎自己在精神上返回到了老父亲的家屋，难道不是这样吗？他觉得他似乎回到了农场，正急急忙忙赶往特拉弗廷去驾燕鸥号。难道不是这样吗？他们穿过大门，漫步在花园里，摩西跟科弗利解释说，他秋天就要离开清堂，梅利莎的家。清堂的塔楼和雉堞给科弗利留下了深刻印象，但他并不感到愕然，因为他认为摩西的运气总是比他好。梅利莎还待在床上，但她会下来的。他们可以在游泳池畔野餐。“这是图书馆，”摩西说，“这是舞池，这是贵宾餐厅，这是这儿的人所谓的圆形大厅。”梅利莎从楼梯上走了下来。

她使科弗利惊讶不已——那金色的肌肤，那一头深色的金发。“幸会。”她说。虽然她的嗓音甜润，令人愉悦，但和她仪表的魅力相比，嗓音又显得逊色了。对于科弗利来说，她似乎是一位凯旋而归的美女——拥有无数擎旗欢迎的人——科弗利目不转睛地盯着她，直到摩西把他推进浴室，在浴室里他们换上了游泳裤。“我想，我们得戴帽子，”梅利莎说，“太阳太厉害了。”摩西打开大衣柜，递给梅利莎一顶帽子，随手为自己找了一顶绿色的蒂罗尔帽，帽子边里插着把梳子。“这是达巴的吗？”他问道。“天，不，”梅利莎说，“脂粉气的男子从来不戴帽子的。”这正是科弗利所需要的。他钻进大衣柜，胡乱抓一顶——那是顶老式的巴拿马帽，一定是已死的斯卡顿先生的。帽子太大了——帽檐耷拉在他耳朵上——但是，这至少表明他还有男子气概。他尾随在摩西和梅利莎后面走到游泳池边。

梅利莎那天没有下水游泳。她坐在大理石池边缘，铺开餐布，给杯子斟满饮料。她所做的每一件事，她所说的每一句话，对可怜的科弗利都充满了魅力，把他逗乐，催使他做出许多蠢事。他跳水。他在池里一口气游了四个回合。他试着来个仰泳，结果不成，把梅利莎溅了一身的水。他们喝马提尼酒，大聊农场的往事。科弗利烈酒酒量很小，喝得有点醉醺醺的了。聊起七月四日那天游行，他忽然想起阿德莱德姨妈来，到末了却又大谈起星期六下午发射火箭的情景。他闭口不谈贝特西的出走。当摩西问起，他讲话的语气似乎小两口还甜甜蜜蜜生活在一起呢。吃完午餐，他又游了个来回，然后躺在黄杨树荫底下，睡着了。

他太困倦了，醒来那一刹那，简直不知自己置身在天涯何方，只是呆呆地凝望着潺潺的泉水从草绿色的狮头奔涌而出，在草坪的边端矗立着塔楼和雉堞。他往脸上泼了点池水。野餐的餐布仍然铺陈在池畔。谁也没动过鸡尾酒杯、菜盘和吃剩下的鸡骨头。摩西和梅利莎走了，只剩下铁杉树荫投射在柔水之上。他瞥见他们从暖房里走出来，正沿着花园小径漫步而来，看来他们在暖房里度过了一段快乐的时光。他们之间那样的柔情蜜意，他的心都要碎了，因为她的美貌在他心中撩起的只是忧伤，只是离别与遗弃的感情，只是对潘克拉斯的思念。潘克拉斯奉献给他的比友谊要多得多——他奉献给科弗利那种微妙的手段，正是人们用以毁损、贬低一个女人的可爱和妩媚的手段。啊，她多么可爱呵，他却出卖了她！在淫雨霏霏的夜晚他派遣侦探到她的王国煽动篡权。

“对不起，我们把你扔在一边了，科弗利，”她说，“你睡着了，还打呼噜呢……”天不早了，科弗利该穿衣去赶火车了。

星期日下午所有的火车站似乎都躺在时间的中心。甚至仲夏时分，那影子仿佛也充满秋天的萧杀之气，聚集在那儿的人——士兵、水手，手持纸包着的鲜花的老太太——如此武断地从人群中被挑选出来，如此像那些被疾患或死亡纠缠的人，使我们想起那些严肃的戏剧。在第一幕的结尾，似乎所有的人物都走向死亡。“跳个踢踏舞吧，”摩西请求道，“你跳个踢踏舞吧。”“不行了，哥，”科弗利说，“跳不好啦。”“哦，试试吧，科弗利，”摩西说，“哦，试试吧……”嗒，嗒，嗒，科弗利在月台上跳跃起来，临了，在地上拖了一步，鞠了个躬，一脸飞红。“我们家的人全是多才多艺的。”他告诉梅利莎。火车驶进月台，他们的情感像在月台空中飞舞的纷纷扬扬的碎纸片，陷入了一片无望的混沌之中。科弗利跟他们两人都拥抱了一下——他几乎要哭出来了——跳上了火车。

回到雷姆森派克空荡荡的屋子，他发现了利安德给他从纽约发的那封信的回信。“振作起来吧，”利安德写道，“我也不是没有过错的，我从来没那么吹过。戏弄过许多同学的女友。小木屋里的欲火。细雨霏霏的星期日。西奥菲勒斯·盖茨试着用蜡烛头照屁股。后来成了波格马塞特银行和信托公司总裁。年轻时那会儿别提有多令人心酸了。一想起来就难受。那是父亲远走前的事了。在健身房认识了个陌生人。名叫帕明特。看来像好伙伴。很聪明。标致身材。那是我一生最孤独的时光。父亲离家了。哈姆雷特远走高飞了。带帕明特回家吃了好几顿晚饭。老妈妈惊叹他优雅的举止。上等的衣料。我挺高兴，你有个绅士当朋友，她说。帕明特给她带来鲜花。他还唱歌。一副男高音好嗓子。我生日那天，他给了我一副金链扣。刻着感伤的诗句。真让人高兴。让我。

“虚荣毁了我。对于我的身材，我是很自负的。每每穿着很少的内衣裤，在镜子面前自我欣赏。当个奄奄一息的古罗马斗士的模特儿。当个古希腊掷铁饼勇士的模特儿。翱翔的墨丘利[1]。过分自爱是有罪的，也许。报应接踵而来。帕明特自称是业余艺术家。他提议给笔者现金，让我当模特儿。看来倒是个挺吸引人的行当。一想到居然有人欣赏我匀称、优美的四肢，心里乐滋滋的。按指定的夜晚到所谓的画室去。爬上狭窄的楼梯走进一间散发臭气的房间。居室不大。帕明特和几个哥们儿在那儿。叫我宽衣解带。我欣然应诺。他们用赞赏的眼光看着我。帕明特和哥们儿也开始脱衣。似乎是帮同性恋。

“笔者赶紧一把抓起裤子，跑了。雨声淅沥的夜晚。气愤极了。心烦意乱。下身似乎蓄含着复杂的感情。完全颠倒了。仿佛下身受到严厉的拷问。这种感情势必引起这样的问题：我是同性恋吗？在十九世纪无知的年代，性问题是非常困扰人的。我自问：我是同性恋吗？打完球淋浴的时候。在斯通希尔斯和同房间的人一块儿裸泳的时候。在穿衣间我自问：我是同性恋吗？

---

1　墨丘利：古罗马神，为众神传信并掌管商业、道路等的神。

“这丑事之后再也不想见帕明特了。但也不是那么容易甩掉的。翌日晚上又露脸了。怙恶不悛。厚颜无耻。他给老妈妈带来花束。老对我斜瞟眼。简直没法说明白。也许只好给老妈妈胡诌乱编。其实，她心里明白得很，因为圣博托尔夫斯并不乏这类人物，但她怎么也想不到这么一位仪表堂堂的正人君子会是那种人。在这样的情况下，我也不愿显得过于卑鄙。我答应跟帕明特到扬斯旅店吃晚餐。心想别造成任何不愉快的气氛。分道扬镳，好来好去。你走你的路。我走我的路。

“帕明特情绪不宁。眼神如同一条猎狗一般。酒壶成了宝贝。喝了一杯又一杯威士忌。只吃了一点东西。我说了几句告辞的话。希望继续保持友谊之类。这无异于用尖利的棍刺戳一条毒蛇。斥责。威吓。哄骗。等等。他要讨还金链扣。骂我打情骂俏。说我是个臭名远扬的同性恋。我付了我那份饭钱，拂袖离开餐厅。上床睡觉。后来听见有人喊我的名字。帕明特在后院喊我呢。我那时想起污水桶。也许是一种骄傲的罪恶吧。地狱之火燃烧了起来。一切准备就绪。打开厕所的门。掀开尿盆的盖。夜尿不少。拎着桶往窗口走去。往下面的人影倒了两桶尿。就此告终。

“人是不简单的。我们周围总是游荡着古怪的爱情精灵。那些在街边窗口光着屁股的人。在基督教青年会淋浴室里手淫。骑士、诗人，这爱河之上漂泊物中的智慧。布商。小商人。驯顺的。干干净净的。嗲里嗲气的。智力平庸。毫无风韵。思恋那割草的中学生。为拥抱一下园丁而死。生活中还有更糟糕的事。失事的船舶。雷电击毁的屋宇。无辜的孩子早夭。战事。饥馑。迷失的马匹。振作起来吧，我儿。你以为你遭难了。痛哭之前捶胸顿足吧。所有沉湎在爱情之中的人都是痛苦而软弱的。请记住这一点吧。”

## [ 35 ]

摩西思忖，即将来临的将是一个令人难以忘怀的夏季，在新婚的房间可以聆听到泉水淙淙，她把新婚的床布置得如同威尼斯一般，谁还有心思去考虑晚餐总是吃清汤与牛奶蛋糊呢？梅利莎是可爱的，且心满意足，这贾斯廷娜又怎么管得着呢？新婚之后没几天，恩德比夫人把摩西找到办公室，说他每月得付三百美元膳宿费。他这才明白爱上个无法从某一个特定地方迁出的姑娘可能会造成些令人困扰的问题，当然这也不过是醒悟而已。他谦恭地应诺付款。几晚后，当他从证券学校回来，自认识她之后第一遭发现他妻子在哭泣。贾斯廷娜对他们新婚的祝福终于表现出来了。贾科姆搬走了他们宽大而笨重的新婚的床，换上了两张单人床——窄小像石板一样硬邦邦的。梅利莎站在通阳台的门旁，为此而饮泣不已，这时，摩西似乎明白了他这位金色肤色的妻子和那位刻薄的、保养得很好的干瘪老太婆——她的保护人之间关系的深浅。他擦干了她的泪珠，吃饭时还特意为床而感谢贾斯廷娜。晚餐后，他和贾科姆把单人床又搬回原来存放的储藏室，把大床又移回卧室。那天夜晚，瞧着她脱去衣裳（透过她肩头，他可以看见如水月光下的草坪、花园和游泳池），心中纳闷这城堡对于她来说是不是真的是不可逾越的壁垒，这攀附在城墙上带刺的玫瑰藤蔓她是不是真的认为扎手，他不禁脱口问道能否不等到秋天就离开这儿，她提醒他曾答应过绝口不问这件事。

几天之后，摩西清晨发现衣柜里他所有的衣服全不见了，只剩下前天穿过的脏了的泡泡纱上装。“哦，我知道这是怎么回事，亲爱的，”梅利莎说，“准是贾斯廷娜拿你的衣服送到教堂去义卖了。”她跳下床去，身上什么也没穿，急急忙忙走到她的衣柜前。“没错。她拿走了我黄色的衣裳，还有灰的，蓝的。我去教堂取回来。”

“你是说，她连问也不问一声就把我的衣服拿走去义卖？”

“是的，亲爱的。她从来也没明白过来，这清堂的一切并不是都属于她的。”

“这样有多长时间了？”

“好几年了。”

结果，梅利莎还是用了几美元把衣服从教堂里买回来。把这一切一股脑忘了之后，摩西继续着他在清堂令人难以忘情的生活。当时在屋顶上匍匐爬行时清堂所带给他的一切不愉快的回忆，他早已忘得一干二净。对于他来说，这似乎是欢度新婚前几个甜蜜月份的理想处所，甚至花园里大理石长凳也是由乳房丰满的女像组成的。在大厅，他到处可见互相追逐的裸露的、漂亮的、闪烁着爱情之光的男女。他们或端坐在针尖般的细脚椅子上，或爬在壁炉内偌大的柴架上嬉戏，或在餐桌上顶着蜡烛架或贾斯廷娜服药喝水的碗。摩西似乎把花园里的百合花也编织进他的爱之画中。每每梅利莎采撷百合花，一大把一大把捧在手心里，散发出股股令人怜惜的芬馨，花瓣儿落英缤纷，他便跟随在后面兴高采烈地踢着腿。他们每晚在新房里喝威士忌，在大厅里呷点儿雪利酒，熬过那顿倒霉的晚餐，一块儿往游泳池走去。一天晚餐后，贾斯廷娜说：

“让我们打会儿桥牌吧。”

“我们要去游泳。”摩西说。

“游泳池灯碎了，”贾斯廷娜说，“黑乎乎的，怎么游呢？明天让贾科姆安上灯。今晚咱们打桥牌。”

他们打桥牌一直打到十一点钟。跟老将军、伯爵和恩德比夫人这一帮人待在一块儿，整个晚上令人烦闷得要命。第二天傍晚，当摩西和梅利莎再度找借口时，贾斯廷娜早有准备。“游泳池的灯还没安上呢，”她说，“我想还是再打会儿桥牌吧。”夜夜打桥牌，摩西开始感觉心烦意乱。在他看来，他还是独自离开清堂为好。自从新婚之日以来，在这里他还没见到过一个陌生人，一张新的脸。据他所知，即使贾科姆也从没离开过这里。他对梅利莎抱怨了一番，她说，星期六请些人来喝点儿什么。第二天晚上，在餐桌上她请求贾斯廷娜同意。“当然啦，当然啦，”贾斯廷娜说，“当然啦，你们得找点年轻人来，但是，地毯没洗干净之前，我绝不能让你们招待客人。

我正在做估算，得花多少钱，要不了一两个星期，你们就能举行个小小的聚会。”星期六早晨，贾斯廷娜通过恩德比夫人宣布，她太困乏了，周末要待在房里，哪儿也不想去。摩西鼓动梅利莎给住在邻近的三对夫妇打电话，邀请他们星期天来喝酒。星期天下午向晚时分，摩西在大厅里生了火，将酒瓶从藏匿处找了出来。梅利莎做了点吃的东西，两人坐在屋内唯一的一张坐上去还让人感觉舒服点儿的沙发上等客人。那天下午天下雨，雨点滴落在这古老建筑高低参差的屋顶上，发出一种令人愉悦的淅沥淅沥的响声。听见有辆小车驶上车道，梅利莎点上了一盏灯。她穿过大厅，奔向圆形大厅。摩西能听见远处她欢迎特伦霍姆夫妇的声音，他拨了一下火，站立起来，迎候特伦霍姆夫妇走进房间里来。这对夫妇充溢着青春的活力，举止讨人喜欢，显得天真单纯。梅利莎献上饼干。接着，豪斯夫妇和范比伯夫妇也来了。他们单调乏味的嗓音和雨的沙沙声巧妙地糅合在一起。这时，摩西听见从门道传来贾斯廷娜嘶哑粗重的声音。

“这算怎么回事，梅利莎？”

“哦，贾斯廷娜，”梅利莎斗着胆说，“我琢磨你都认识他们吧。”

“也许，”贾斯廷娜说，“他们来这儿干吗？”

“我请他们来喝鸡尾酒。”梅利莎说。

“唉，太不便了，”贾斯廷娜说，“偏偏在今天。我已告诉贾科姆卷起地毯去洗一洗。”

“我们可以去冬园。”梅利莎胆怯地说。

“我告诉你多少次了，梅利莎，我不愿让客人到冬园去，难道你不知道吗？”

“我去找贾科姆，”摩西对贾斯廷娜说，“嗨，让我给你去拿点威士忌来。”

摩西给贾斯廷娜端来威士忌，她跌坐在沙发里，莞尔一笑，望着站在周围的痴骇、默然的这一帮人。“要是你定要请客人到这儿来，”她说，“我希望你得先问我一声。一不留神，小偷、流浪汉什么的会一窝蜂似的全到这屋里来了。”客人们退到门外，梅利莎送他们到圆形大厅。回到大厅，她坐进一张椅子里，没挨着摩西，只面对着她的监护人。摩西从来没见过她的脸色这么阴沉过。

雨停天霁了。地平线上的乌云渐渐散开，露出罅隙，云沿仿佛镶着花边似的，一股瀑布般的光芒从云隙间直泻而下，洒在草坪上，照在玻璃窗户上，映亮了这大厅，映亮了这位年迈妇女的脸。这幢房子数百扇窗扉闪烁着金光，照到数英里之外。乌尔苏拉修女，观鸟者，摩托骑手，渔夫，都会带着钦羡的眼光欣赏这沐浴在一片火一般光辉中的庄园。贾斯廷娜感觉到飘洒在脸庞上的天光，感到这与她再合适不过了，脸上不禁漾出一丝自我陶醉的微笑——那是一种古罗马贵族才会有的微笑，这让人觉得似乎这整个世界到处悬挂着明镜。“我这样做只是因为我太爱你啦，梅利莎。”她说，在渐渐暗淡下来的天光中卖弄着她那戴满宝石、翡翠和玻璃饰物的手指。

房间里顿时笼罩着一阵死寂，像在鳟鱼池塘边一般。贾斯廷娜似乎在用虚假的诺言做诱饵，而梅利莎凝视着她的身影缓缓从湖水伸长到塘边的沙地上，竭力想从她监护人所做的关于偷窃之类的话语里悟出点道理来。贾斯廷娜的脸庞上泛着胭脂的红晕，染黑的眼睫毛闪耀着光，在摩西看来，在这一切maquillage[1]虚饰的下面准是个年迈的老妪形象。那是一张皱纹满布的脸庞，她身穿墨黑的衣裳，嗓音破碎了，给外孙们编织毯子和毛衣，在霜冻降临之前采撷玫瑰，老是念叨业已离世的朋友和亲戚。

“这家哪，可烦死人啦，”贾斯廷娜说，“也没个人可以帮把手。我恨不得把这一切全给你，梅利莎，但是，我知道，要是你死在摩西前面，他会马上把它卖掉的。”

“我答应绝不那样做。”摩西笑嘻嘻地说。

“唉，但愿如此。”她唏嘘一声。她站起来，仍然微微笑着，走进了自己的房间。“虽然我扰乱了你们小小的聚会，亲

1　法文，意为“化妆”。

爱的，我希望在我们之间不会存有怨恨。我早就警告过你等着洗好地毯再请客，你只当耳边风。我总得把你紧紧攥在我手里才是。”

“我不愿这样，贾斯廷娜。”摩西说。

“你别管，摩西。”

“梅利莎是我的妻子。”

“你不是她的第一个丈夫，你们也不一定会白头偕老。她有上百个情人。”

“你太阴险了，贾斯廷娜。”

“我阴险，不瞒你说，我鲁莽，我是乡巴佬，可是，自从跟斯卡顿先生结婚后，我就这样，而且越来越糟，但即使那样，也少不了来拍马屁的。”她转过身来又对他莞尔一笑。他第一次领悟到这位年迈舞女在她春风得意之时曾经是那样的颐指气使、不可一世，活像个古老的莱茵公主，从上第五大道被人遗弃的公爵领地或者从河滨大道垃圾王国逃亡出来的流浪者。她弓下身来亲吻梅利莎，然后以一种优雅的仪态走出房间。

梅利莎的嘴唇噘得老高，仿佛想兜住泪水似的。摩西急切地走到她身边，心想也许他能把她从老太太在房间里制造的这种令人心酸的气氛中解脱出来。但是，当他刚把手搁在她肩膀上，她扭头一转，走开了。

“还喝一杯吗？”

“行。”

他在她酒杯里斟上威士忌，并搁了冰块。

“上楼去吗？”

“好吧。”

她在他前面走，不想与他并排而行。这场纠纷丢尽了她的脸面，她一边走一边叹息。她双手将威士忌酒杯捧在胸前，像耶稣在最后的圣餐中一样。她似乎疲乏而又痛苦。她通常喜欢在人面前脱衣的，然而今晚，她走进浴室，把门砰然关上。回卧室时，她穿着一件摩西从未见过的褐色斜纹布衣服。衣裳既不讲究款式，又非常古旧，这从无数蠹虫的蛀洞便可以知晓了。一排铸成像吹满风帆的船一般的钢纽扣从绷紧的脖子那儿一直扣到皱巴巴的折边。在这宽大的灰衫中，她的蜂腰和乳房的线条消失了。她坐在梳妆台前，卸下耳环、手镯和珠宝饰物，开始梳理卷曲的秀发。

摩西现在明白女人有各种各样的形态表现方式。在疯疯癫癫的爱情中，她们可以以海上或陆地上任何野蛮或美丽的形态出现——烈火，洞穴，美好的可以翻晒干草的天气——她们在人们的心灵上，像潋滟的粼粼水光一般，投射下最辉煌的形象。这种用来施行各色各样自我扩张的、关于钱财和小计谋的变形才能并没有使他感到一筹莫展。摩西学会了记住他所爱的女人经常可能采取的形变。一旦一位热心肠的女人突然因为她自己的什么理由而成了个脾气古怪的老小姐，他便会应付裕如，不至于丧失支撑他忍耐一切的希冀，因为虽然女人随心所欲，难以捉摸，但他发现这种装模作样的忸怩作态也维持不了多久。只要他悠着性子，无论矫揉造作、大发雷霆还是虚假的谦和都很快会烟消云散的。眼下瞧着金肤妻子发作、使性子，他正琢磨她究竟属于哪一类。

她象征的是一种贞操——一种不幸的、难以饶恕的贞操。她象征的是一类失意的老处女式人物。她鄙夷地往他脱下衣服的地板那儿瞧上一眼，避开他光溜的身子。“我希望你得学着点儿把自己的东西捡起来，摩西。”她用一种富有音乐性的嗓音说，他几乎辨认不出来了。那嗓音里蕴藏着一个孤独而富有耐心的女人勉强装出的甜蜜，为境遇所迫不得不照料个调皮孩子。梳理完头发后，她站了起来，往房门口走了几步。

“我要下楼去。”

“亲爱的，等会儿吧。”

“我想要是我下楼去，也许能帮个手什么的。可怜的仆人们要干的事太多了。”她脸上的笑容纯粹是假装出来的。她走出了房间。

摩西决意要捉摸透这种拿腔拿调、惺惺作态到底是怎么回事，这几乎使他自己显得愚昧可笑。穿上衣服的时候，他长着皱纹的脸庞漾着一丝虚假的微笑。他在想，不消到半夜，她的戏便会演完，而他心中的欲念也只得等待到那时了。在台灯光下，一种充实而又富有力量的感觉似乎更强烈了。当他下楼走到大厅，他注意到他傻里傻气搁在那儿的酒瓶都被贾斯廷娜安放起来了，也许他再也见不到它们了。他喝了一杯蹩脚的雪利酒，吃了一颗花生。梅利莎正在柠檬树间，把败叶抽打下来。即使在干这事儿，她仿佛也在叹息。一个可怜的亲戚，无足轻重的人物，在生活中干不了什么大事，只得逆来顺受，干些琐碎的小事。清扫完柠檬树林，她拿起桌上的一个烟灰缸，故意当着大伙儿的面，将烟灰倒进火炉里去。钟声当当当响了起来，她把将军的轮椅推到门边，将毯子轻手轻脚地围盖在他腿上。她到餐桌边挑拣食品吃，聊起宠物医院来。

他们打桥牌一直打到十点钟，梅利莎轻轻地打了个哈欠，说她太疲乏了。摩西也找了个借口退了出来，穿过大厅在回卧房的路上，梅利莎走在摩西前面，迈着缓慢的步子，这使摩西感到大失所望。在走上楼梯时，他将手搭在她的腰间——手在褐色斜纹衣服的皱褶间摸索——亲吻她的脸颊。她没有挣脱开他的手臂。到了楼上的卧房，关上门与这整幢房子隔绝之后，他静静地瞧着她会干些什么。她走到一张椅子边，捡起一份村子里干洗商店寄来的单子，读了起来。摩西轻轻地将单子从她手中拿开，吻她。“好吧。”她说。

他兴高采烈地脱去衣服，心想一会儿她就会躺在他的怀里。她却走到梳妆台前，从一只小巧玲珑的金盒子里倾倒出无数小针来，用纤指分开一绺绺发丝，卷曲起来，用小针别在脑袋上。他巴望她卷上几绺发卷就够了，瞄了一眼钟，纳闷要不要花上十分钟或者十五分钟光景。他喜欢她头发显得浓密优雅，瞧着她撕着一绺绺秀发丝，卷成卷，夹在头上，他心中预感到一场灾难就要来临。这压根没有延迟或改变他的期冀，或者减轻他的欲望。为了分散自己的注意力，他打开一本杂志，看一眼几幅广告，但是爱情的王国近在咫尺，他所看到的一切图画都失去了意义。待到前额上的头发卷好后，她便开始卷脑袋两侧的秀发，看得出来，他还要等好长一段时间呢。他坐起来，将双腿往地板上一摔，点燃支烟卷来。那种令人充实而又富有力量的感觉在他的腹股沟达到了顶峰，即使冷水浴、细雨霏霏之中漫长的散步、逗人乐的卡通片和牛奶都帮不了忙——她开始卷起后脑勺上的头发了——当那种令人充实的感觉渐渐演化成弥漫在他下身的一种焦虑感时，他捻灭了烟火，穿上睡衣裤，走上阳台。他听见她关上浴室门的响声。唉，这时他真正痛苦地唏嘘一声，听见她打开洗浴水龙头，水哗哗流淌的声音。

梅利莎洗澡从来是不洗个三刻钟决不罢休的。摩西每每兴高采烈地耐着性子等她，但那晚他痛苦，按捺不住了。他兀自伫立在阳台上，一个个数着他知道名字的星星，抽着烟。三刻钟之后，一听见她拔开澡盆的塞子，他就回房，伸手伸脚仰躺在床上，纯洁而洋溢着的幸福欲念达到新的峰巅。他能听见化妆瓶磕碰玻璃叮叮当当的响声，抽屉一会儿开、一会儿砰然关上。然后，她打开浴室的门，走了出来——没有光着身子，却穿了件富有艺术性的、沉甸甸的睡衣，忙乎着拿牙线剔牙齿。“哦，梅利莎。”他说。

“我纳闷你是不是真的爱我。”她说。这是老处女般悠悠的、冷漠的声音。这使他想起那些缥缈的东西：烟，尘土。“我有时候想你对我压根没有爱情，”她说，“当然啦，你想性事想得太多了，哦，真太多了。问题是你思考得太少。我是说你对世事没一点儿兴趣。J. B. 卡顿先生当年干完活回家，总是累得要命，饭也不想吃。大多数男人都干活干得累得要命，压根不可能每天早晨、每天中午、每天晚上都忘不了做爱。他们累得要命，时时焦虑，这才是正常的生活。你不喜欢你的职业，所以成天念叨着性爱。我并不是说你真的堕落了。只是你太清闲了。”

他霎时听见粉笔的沙沙声，卧室里顿时充满了一种教室的气氛。他的欲念随之消失殆尽了。从镜子里，他可以看见她那张漂亮的脸庞——难以捉摸而又随心所欲——那张脸表露出激情和甜蜜。想到她有如此出色的绘画才能，他心中纳闷她为什么把绘画放手了那么长时间。在这幅画中，他调皮捣蛋——随着伤感情绪的起落而激烈跌宕——他时而放屁，时而用厨房火柴梗剔牙缝。在这幅画中，他已不再聪明而英俊了——他压根弄不懂这一切。想起她以往的誓言，他真不明白她当初何必用爱情打开他的心扉，使排水沟漏出的雨水听起来仿佛也充满了音乐的美，而这纯粹只是清闲的雅趣而已。

“但我爱你。”他抱着一线希望说。

“有些男人把办公室的活儿带回家干，”她说，“大凡男人都是这样的。至少我认识的大部分男人。”在他听起来，随着她的感情偏狭起来，她那嗓音失去了原先朗朗甜润的色彩，而显得干涩起来。“大部分经商的男人，”她悠悠地继续说道，“到处东奔西跑。他们常常不在妻子身边。除了性爱之外，他们还有别的可以发泄精力的地方。大部分健康的男人都是那样。他们玩壁球。”

“我玩壁球。”

“自从我认识你，你从没打过壁球。”

“以前我常打。”

“当然啦，”她说，“要是你认为对于你做爱绝对地必要，那我也应了。但是，我想，你应该懂得这并不像你想的那么重要。”

“你他妈的唠叨得够多了。”他凄凉地说道。

“哦，你是这样一个可恶的自私自利的人，”她说道，晃着她的脑袋，“你的思想是这样的粗鄙而可悲。你光想着怎么损我。”

“我想着怎么爱你，”他说，“每每想到这就让我高兴一整天。我好端端充满温情地问你，你却走到梳妆台前，一个劲儿往头发里塞夹子。那时我一腔情意，”他悲哀地说，“我现在却感到愤怒，直想动拳头。”

“难道你所有的不悦都是冲着我来的吗？”她问，“以前我告诉过你，我不能你想我怎样就怎样。我不可能既当妻子，又当孩子，又当妈妈。这样太过分了。”

“我又不想让你当我的妈妈，当我的孩子，”他嘶哑着嗓子说，“我有个妈妈，我也会有孩子。这些我都会有。我希望你当我的妻子，你却一个劲儿用夹子卷头发。”

“我想我们以前达成过一致，”她说，“我不能你想我怎样就怎样……”

“我没心思再说下去了。”他说。他脱去睡衣，穿上衣服，走了出去。他沿着车道走下去，从一条小径来到斯卡顿维尔村。这一条路足有四英里，到村子时，他发现街上的灯都已经灭了，黑黝黝的。他转身走进一条小巷，小巷通向一丛树林，那夏日夜晚的温馨终于吹散了他心中的烦恼。远处村舍的狗听见他的脚步声便狂吠起来。他走过了好长时间，它们还在汪汪汪地吠个不休。树木在风中微微摇曳，天上的繁星看上去这么清晰，仿佛梅利莎椅子上昴星团和仙后座弯弯扭扭的线条又浮现在眼前。在这夏夜笼罩的黝黯小路上似乎浮泛着一种不可摧残的健康气息——在这样的时光，在这样的景色中，人是不可能怀有任何邪恶念头的。他瞧见悠远处清堂黑魆魆的塔顶，沿着车道走回去，上床睡觉。第二天清晨他离家时，梅利莎还在熟睡。

傍晚，他回家时，梅利莎不在卧房。他环视四周，满怀希望能找出她兴致变好的痕迹来。他发现卧房进行了一次彻底的清扫。这件事本身也许就是一个很好的迹象。然而，他觉察到她把梳妆台上的香水瓶全都拿走了，把鲜花一股脑全扔了。他洗了个澡，穿上一件轻软的外衣，走下楼去。达巴正坐在大厅镀金的宝座里，抽着支偌大的雪茄烟，看米老鼠连环漫画。达巴对于连环漫画的嗜好是真不含糊的，摩西知道他这样做只是摆摆样子而已——模仿 J. B.，这个几乎是文盲的商业寡头的传统。达巴告诉他梅利莎在洗衣房。这真叫人大吃一惊。自从摩西认识她以来，她可从来没挨过洗衣房的边。他穿过一间破破烂烂的厅堂——厅堂像是一条密密的小巷，跟整幢房子隔了开来——踏上一架肮脏的木头梯子，走下地下室。梅利莎正是在洗衣房，她正往洗衣机里塞被单呢。她那一头金发，在缕缕蒸汽的氤氲中显得又深又浓。摩西跟她说话，她不搭理，碰碰她，她说："走开点儿。"

她说，房子里的被褥已经好几个月没洗了。女仆一个劲地从柜子里拿衣物来，她却发现被单全堆在洗衣房的斜槽里。摩西心里明白得很，没劝她将被单送到洗衣店去。他知道洗净什么东西并不是她的真正目的。她真糟蹋了自己美丽的容貌。穿的这套衣服准是刚从扫把间里捡来的，金色的双臂因为在热水中浸泡而变得通红。头发粘结在一起，嘴巴噘得老高，摆出一副极为不满的样子。他狂热地爱着她，但一见这情景，脸就阴沉下去了。

除了她妈妈那张深棕色的照片——她坐在一张雕刻花纹图案的椅子里，手中捧着一束玫瑰花，低垂着脑袋——除此之外，对于她的家庭，他一无所知。那种人们每每可以从父母、姑姨、叔伯、兄弟姐妹那儿追踪一个人性格演变的蛛丝马迹，他全然不知。要是她现在被个姑姨的幽魂攫住了的话，那么这位姑姨，他一定是从来没有遇见过的。瞧着她往洗衣机里塞被单的时候，他脑海中霎时闪过一个念头：她可千万别是个没爹没娘的孤儿。她的行为似乎包含一种苦行赎罪的性质，要是那样的话，也就算了。他爱上她，并不是因为她聪慧擅长算术，并不是因为她嗜爱干净、性情随和或任何其他的人类美德，而只是因为在她身上他窥见到能满足他需要的那种极其不凡的内在的秀丽或宽厚，他才爱上她的。"你除了呆坐在这儿没别的事好干了吗？”她尖刻地问道。他说好了，好了，一边踏上了梯子。

在大厅里，贾斯廷娜见到摩西时，极其友善和蔼。她问起梅利莎是不是在洗衣房时，眼睛张得大大的，激动地喃喃。“也许在你们结婚之前，我们应当告诉你，”她说，“你知道，梅利莎是非常、非常——”她想用的那个词太粗鄙了，决定用个稍微温和一点的词，“她一直是非常难以捉摸的。来，”她对摩西说，“来，喝点儿酒。达巴那儿还有点威士忌，我想。今天晚上我们应该喝比雪利酒更厉害点儿的酒。”她所描绘的这场前景当然是非常舒适的，虽然他觉察到她语气中俏皮的成分，眼下除了到花园漫步、呆呆地看几眼玫瑰之外，他也没什么别的事好干。于是，他随着她走进大厅。达巴从他的宝座下面拿出瓶威士忌来，大家一齐喝起来。“她神经出毛病了？”达巴问道。酒刚喝了一半，梅利莎来了，仍然穿着她那件扫把间的衣服。她走近餐桌时，摩西站了起来，但是她对他那方向连瞧也不瞧一眼，用餐时一言不发。饭后，摩西问她愿不愿意去溜达一会儿，她说，她得去晾晒被单。

第二天晚上，贾斯廷娜在门口候着摩西，脸上露出不悦、激动的神色，说梅利莎病了。“也许说稍染微恙更合适些。”她说。她请摩西跟她和达巴一块儿喝酒，但是他说他得上楼去瞧瞧梅利莎。“她没在你房间，”贾斯廷娜说，“她已经搬到另外的房间去住了。我不知道是哪一间。她不想旁人去打扰她。”摩西先到卧房去瞧个明白，肯定她没在那儿，然后走下大厅，高声喊叫她的芳名，但是没人搭理。他敲隔壁房间的门，从一个房门缝里往里瞧，那儿有一张挂着帐幔的床，什么时候天花板上掉下了一大块，有些碎灰泥条还挂在屋顶破洞边上。窗帘全拉上了，屋子里弥漫着一股坟墓般的潮气——要不是他对鬼魂怀着极大的轻蔑的话，他会说那简直是一股鬼魂般的潮气。他打开下一个房间的门，那儿有一间废弃的浴室——澡盆里塞满了一捆捆的报纸——房间窗户镶嵌着彩色玻璃，显得阴森可怖。下一个房间是贮藏室，铜床架，摇躺椅，橡木壁炉架，缝纫机，显得沮丧可怜的红木五斗橱，以及好些其他可敬的过时家具，一直摞到天花板上。他想，这些家具都是贾斯廷娜去意大利之前购置的吧？贮藏室里散发出一股蝙蝠的味道。隔壁的房间通向阁楼，阁楼上放着一只偌大的水箱，跟游泳池差不离。他打开再隔壁的房间，里面有一架竖琴，这琴跟它的琴声一样显得困顿而又虚无缥缈，竖琴一奏起乐来，他的皮肉像听到蝰蛇的咝咝声一般感到悚然起来。门通向塔楼的楼梯，他爬了上去，走进一间宽敞的、用橡木搭建的房间，尖尖的窗户，没有一件家具，在壁炉架上用金字书写着这样一条座右铭：远离肉欲，追求真理与光明。他从塔楼楼梯上直奔下去，打开一间保育室的门——准是梅利莎的保育室，他猜想——在那听起来傻乎乎的竖琴声还没有消逝之前，又打开另一间卧室的门，卧室的天花板顶几乎要倾倒下来了。他吸了一鼻子腐烂的臭气，赶紧打开窗户，把头伸到夏日的薄暮之中，可以听见下面很远的地方吃晚餐的声音。他开了一扇门，走进一间窗明几净、光亮的房间，一眼瞧见梅利莎，她正把脸埋在枕头里啜泣。他触摸她一下，她喊道："走开，走开。"

她装疯卖傻的样子跟她关于贞操的想法一样，都是骗骗人的，他提醒自己要耐着点性子。他只好坐在窗前，望着草坪在暮色之中渐渐黑沉下来。想当初，他的妻子许下了那么多的允诺，而如今连跟他一块儿聊聊天气、银行业务、时间什么的都不愿意，想到这，他不禁感到孤独、凄然。他在那儿一直待到天黑下来，然后走下楼去。他已经错过晚餐了，但厨房里仍然亮着一盏灯。一位胖胖的爱尔兰老女人正在擦洗滴水板。她给他做了晚餐，搁在靠近炉子的桌上。"我猜想，你跟小情人遇上点儿麻烦事儿了吧？"她和善地问道，"唉，我嫁给可怜的赖利先生，一块儿过了十四年，爱情的甜酸苦辣，什么滋味没尝过啊。他是个矮小的男人，我是说赖利先生，"她说，"我们住在托莱多那会儿，人家都说他发育不全。他从来没超过一百二十五磅。瞧我！"她在摩西对面的椅子里一屁股坐了下去，"当然啦，当初我没这么胖，到后来，我足足可以顶他三个。他瞧上去总像个小孩子。我是说他那副样子。有时，在一个陌生的城市，从车窗往外瞧出去，我总可以看见这类矮小的男人，总使我重又想起赖利先生来。他是停经后生下的孩子。他妈妈生他时已过五十岁了。哈，我们结了婚，有时一块儿到酒吧间喝上一杯啤酒，老板不卖酒给他，以为他还是个孩子呢。当然啦，当他老了，脸上长皱纹了，到最后，还是像个干瘪的小孩子。不过，他做爱的劲头可厉害啦。”

“他好像从来没爱个够似的，”她说，“我一想起他，就想起他的那副模样——一脸愁苦的样子，那就是说他想爱了。他总是惦记着那事，爱的劲可大啦——他抚摸我，给我解扣时，总是说些可爱的话。他喜欢清晨来上一次。然后他将头发往左边一梳，扣上马裤，到铸造厂干活，兴致总是那么高。在托莱多，他中午还回家吃饭，也得干上一次，夜里不来上一次，他没法入睡。他睡不着。要是半夜我摇醒他说我听见强盗声响，怎么喊也不顶用。梅布尔·兰塞姆家着火那天晚上，我醒着瞧大火一直到子夜两点钟，可他怎么也不听我在说什么。遇到夜半雷雨或者严冬的北风吵醒他时，他总是又上来那股爱意。”

“但是，我并不是总是喜欢那种爱意的，”她悲伤地说，“胃灼热和胃气往往让我没劲，但我必须小心对付着他。说话什么的得留点儿神。有一次，我不假思索地拒绝了他。有一次，当他开始献殷勤时，我冲着他说了些鲁莽的话。我说，查理，你不能把这事忘掉一会儿吗？海伦·斯特姆告诉我她丈夫一个月才来上那么一次。你不能学着点儿吗？好了，这简直像世界末日。你最好能瞧瞧他脸是怎么一下子阴沉下来的。瞧上去可怕极了。血管里的血都黑沉下来了。我一辈子从没瞧见过他这么生气。好了，他一下子走了出去。到吃晚饭时，也不见人影。我上床，心想他会来的，但是醒来床仍然是空的。我等了四天四夜，不见他回家。最后，我就在报上登寻人启事。那会儿我们住在奥尔巴尼。查理，请回家。我就登了这么句话。花了我两美元五十美分。好了，寻人启事星期五晚上登出，星期六早晨我就听见钥匙在锁孔里咣当咣当响的声音。他上楼来一脸笑容，拿着一大束玫瑰，心里还是揣着那个想法。唉，那时才上午十点钟，家务事一半还没做完呢。早餐的碟子还没洗，床也没铺。对于一个女人来说，活儿没做完，是很难上来那股爱意的。但是，即使桌椅板凳上全是灰尘，我也知道我的命运。”

“对我来说，这有时几乎是痛苦的，”她说，“它阻碍我开拓我的视野。有好多重要的事他不让我瞧上一眼，比方说，战后福煦[1]将军的游行就从我们窗户底下过，他也不让我瞧瞧。林德伯格[2]飞越大西洋时，他正压在我身上呢。还有那位英国

---

1 福煦（Marshal Foch，1851—1929）：法国将军，1918 年任法军参谋总长。

2 林德伯格（Charles Lindbergh，1902—1974）：美国飞行员，1927 年单独完成横越大西洋的不着陆飞行。

国王，叫什么名字来着，为了爱情宁可抛弃王位，在电台上发表演说，我可连一个字也没听见。我一想起他，就想起他那副模样——一脸愁苦的样子，表示他想爱了。他好像从来没有爱个够似的，可现在，上帝保佑这可怜的人，他正安息在那阴冷、阴冷的坟墓里。”

直到星期六，梅利莎才下楼来，摩西邀请她晚饭后去散散步时，注意到她在通往阳台的门边犹豫了一下，仿佛担心这夏夜会披露她骗人的把戏似的。最后，她还是跟着他出去了，但两人之间总保持那么点儿很有含意的距离。他建议他们溜达穿过花园，希望那玫瑰的馥郁香气，清泉的淙淙能感化她，但她仍然保持那么点儿自卫的距离。他们走出花园，她挑选了一条松林丛中的小径，这条路他以前从未见过。曲径的尽头原来是座动物墓园。在萋萋荒草丛中立着十几块墓碑。摩西跟在梅利莎后面读上面刻写的碑文：

此处埋葬着爱鸟的骨羽，
它摔死在一个寒冷的十二月薄暮。
它那甜蜜的歌声不为人知，
它，太纤小了。

此处掩埋着兔儿西尔维亚的尸骨。

六月十七日，被梅利莎·斯卡顿驾骑碾压，

亡于挫伤。

此处埋葬着赛犬塞西斯的尸骨。

此处埋葬着牧羊犬普林斯的尸骨，

人们将永远怀念它。

此处埋葬着汉尼巴尔的尸骨。

此处埋葬着拿破仑的尸骨。

此处埋葬着厨房猫洛纳的尸骨。

摩西想到，这块墓地显示出一个家族的力量，显示出他们是怎样从闲适和无所事事中寻找欢乐以自娱的。摩西的眼光从墓碑移到梅利莎的脸庞上，他看到了一线希望：她的神情为这愚蠢可笑的墓园所动而显得温柔起来。但是他还是决定悠着点儿，尾随着她走出这墓园，踏上通往谷仓和暖房的小径。两人都停步静听一只不知名的夜鸟嘹亮而极富音乐性的声声啼唤。鸟啭是从悠远的地方飘传过来的，在这薄暮时分，听起来就像明晃晃的刀刃一样辉煌。梅利莎的身心完全被鸟声鸣啼攫住了。“你知道，J. B. 总想要几只夜莺呢，”她说，“他从英国买回成百只、成百只的夜莺。他专门雇了个看管夜莺的人，还建了个夜莺馆。从英国回来，在船上早餐后干的头一件事就是到船舱里给夜莺喂小虫子。它们全死了……”

摩西的眼光从她身上移开，投向谷仓仓顶，夜莺似乎应该停栖在那儿，其实那儿压根没有鸟的影子。那是生锈的通风口在夜风中发出的凄厉歌吟。他生怕这偶然的发现会破坏她被这薄暮、墓园和歌声所撩拨起来的伤感，便赶紧带她到一间古老的暖房里，用衣服铺了个床。那晚夜深时分，当他们回到屋子里，摩西因为爱而感觉满心欢喜，躺在床上快入睡时，心中纳闷她是不是变成另一个人了。

第二天晚上，他又产生了这样的疑虑。当时，他走进卧房，发现她坐在床上，只穿一只袜子，正读着一本爱情小说，小说是从女仆那儿借来的。当他亲吻了她一下，爬到床上她身边时，他闻到她嘴中喷吐出来的一股糖果味，味道倒并不难闻。翌日晚上，从车站走过草坪时，他心中想起贾斯廷娜最爱聊的关于梅利莎从前生活中的污秽细节。当时，她正和一个年轻的园丁杰各波在游廊上。她给杰各波理发。即使从远处看上去，这情景也使摩西不安而痛苦，因为他对性爱的贪得无厌有可能使他变得性情无常。他不禁在心中萌生出一种对杰各波咬牙切齿的仇恨来。她一边大笑着一边给杰各波剪呀、梳呀，显得是那么淫荡而标致。此时，对于摩西来说，杰各波仿佛是那种站在光辉灿烂的意识中心之外的人，摧毁了人们正直的爱情，破坏了人们对于甜蜜人生的信念。但是，当摩西走近时，梅利莎把杰各波支使走了，跟他打招呼，那样圆熟地表露对摩西的爱。于是，他不再吃园丁或任何什么人的醋了。但几个夜晚之后，一天，他正从大厅往卧室走，听见从房间里传来嘻嘻哈哈的声音，梅利莎正和个陌生人在阳台上喝威士忌呢。这人就是雷·巴杰尔。

摩西思忖，他不想去理会那人和前妻相会所包含的暧昧成分。他的情敌——要是巴杰尔还能称得上情敌的话——穿一套硬邦邦的西装，一只眼斜视，一头漆皮样的头发。摩西走进房里，竭力想装得和善一点，但是，他——他曾经喂养过夜莺——和梅利莎净聊些往昔在清堂度过的时光，摩西插不上嘴，搭不上话。梅利莎在平日的言谈中很少提及巴杰尔，如果说她和巴杰尔有过不愉快的龃龉的话，至少那天晚上看不出来。跟他待在一块儿，回忆昔日的时光使她很高兴——欢乐而又悲伤。当巴杰尔离开之后，她非常伤感地对摩西谈起她的前夫。“他好像只是个十八岁的少年，”她说，“他总是别人叫他干什么他就去干什么，好了，如今三十五岁了，方才明白他从未自我表现过。我真可怜他……”关于巴杰尔的评价，摩西一言不发，而在晚餐桌上他发现贾斯廷娜和他持一样的态度：她不跟客人说一句话，似乎处于一种情绪非常激动的状态中。

她宣布要将所有画都卖给大都会博物馆。第二天中午馆长要来进午餐，瞧瞧画。“你们中间没一个人我可以信赖，”她说，“我谁也信不过。”

餐后，巴杰尔递上一支雪茄烟给摩西，两人走上了游廊。“我想你一定纳闷我为什么要回来，”巴杰尔说，“还是让我自己来解释比较好。我正干着玩具买卖。我不知道你懂不懂那种买卖。我刚做了一笔意外的好买卖。我得了一个生产钢镚存钱器的专利——那是仿效古老铁屋银行的塑料玩意儿——伍尔沃思超市一下子就订购了六万只。我在纽约又将订货确定下来。在这玩意儿身上，我一个人就投资了二十万五千美元。眼下，我有可能获得生产一种玩具枪的专利，我要将银行利息以一万五千美元卖掉。我寻思到底要卖给谁，我想到了您和梅利莎——我在报上读到你们结婚的启事——我想我还是到这儿来，把这发财机会先送给您。就伍尔沃思超市订货这一项，您就可以将您的投资翻上一番，同时从文具店您还可以得到六万美元。要是明天下午您能到沃尔多夫来一趟，喝点儿什么的话，我给您瞧瞧专利、设计图和伍尔沃思超市的来信。”

“我没兴趣。”摩西说。

“您是说您不想赚钱？唉，梅利莎会非常失望的。”

“你没跟梅利莎说这个吧？”

“嗯，没直说，但是，我知道她会非常失望的。”

“我没有一万五千美元。”摩西说。

“您是说您想告诉我，您没有一万五千美元？”

“是的。”摩西说。

“哦，”巴杰尔说，“将军怎么样？您知道他有钱吗？”

“我不知道。”摩西说。他跟在巴杰尔后面走回大厅，看见他给老人一支雪茄烟，推着他的轮椅到游廊上去。摩西把这段对话复述给梅利莎听后，并未改变她对巴杰尔所怀有的那种伤感惆怅的情绪。“他绝对没干什么玩具买卖，”她说，“他压根没干过什么买卖。他只是混日子，我真可怜他。”

贾斯廷娜谁也信不过，要将所有的艺术珍品卖掉的消息使翌日充满了挽歌式的、令人激动不安的气氛。

馆长德威特先生预计一点钟抵达，正巧碰上摩西。摩西领他走进圆形大厅。他是一个矮小的人，戴一顶棕色的毡帽，毡帽比他脑袋足足小好几号，顶在脑袋瓜上，使他看上去像是布勃·麦克纳特[1]。摩西心中纳闷，莫非他在哪个鸡尾酒会上错拿了人家的帽子。他脸容瘦削，布满了皱纹——脑袋微微前倾，似乎他那对水泡眼非常近视——而他的鼻子之长、之尖，是异乎寻常的。这薄薄的、尖尖的鼻子看上去似乎优雅而淫荡——

---

1 布勃·麦克纳特：漫画人物。

集中体现了魔鬼的罪愆、忏悔与才能——这更加深了人们对于优雅与淫荡的总的体会。他一定有五十岁了——眼睑下面的水泡绝非一日可以形成——他举止闲适、文雅，讲话时有点口吃，仿佛舌尖上粘了头发似的。“不吃猪肉，不吃猪肉！”他尖声喊起来，一边用鼻子使劲嗅弥漫在圆形大厅里的腐败空气。“我浑身几乎被油腻粘在一块儿了。”摩西安慰他说午餐将吃鸡后，他戴上牛角边眼镜，往圆形大厅四周东瞧西瞧，眼光盯在楼梯左边偌大的嵌板上。“多美的冒牌货啊，”他脱口喊道，“当然啦，我知道墨西哥人做这种冒牌货最在行了，这真叫人开眼。这是在苏黎世制作的。十九世纪初叶，那儿有一家工厂，专门制造这种假货，整车整车地做。令人感兴趣的是他们用胭脂红料用得极多。原品没一样有这么鲜丽。”圆形大厅的什么味道又使他想起了午餐。“您肯定不是在烧猪肉？”他又询问道，“我肚子在犯病呢。”摩西再一次安慰他。他们穿过长长的大厅来到贾斯廷娜恭候他们的地方。她以一种胜利者的姿态显得格外谦和而宽厚，声音中含有浓重的、社会理想终于得以达成的宽慰色彩，飘向周围的众山峰巅和峡谷之中。

德威特先生瞧了大厅里所有的画后猛然拍了一下手，摩西心中思忖为什么他脸庞上的笑容总是那么一闪而过，短暂极了。他手端着鸡尾酒杯来到提香的一幅画前。

“令人赞叹，令人赞叹，完完全全令人赞叹。”德威特先生说。

“我们是在威尼斯一座倾颓的宫殿遗址发现这幅提香的画的，”贾斯廷娜说，“旅馆里的一位先生——我记得是个英国人——知道这幅画的所在，带我们去的。简直像部侦探小说。这幅画属于一位非常年迈的女伯爵，存在她家有好几代了。我不记得我们给了她多少钱，尼奇，劳驾把清单目录拿来，好吗？”

达巴去拿来清单目录，一页页翻阅着。“六万五千美元。”他说。

“我们在另一座茅舍里发现戈佐利的画。那是斯卡顿先生最心爱的画啦。找到这幅画，也是靠个陌生人的帮助。我记得我们是在火车上认识他的。当时，画面脏极了，爬满了蜘蛛网，挂在一个阴暗的房间里，猛一看，斯卡顿先生真不想要了。后来，我们想也不能那么吹毛求疵，第二天上午便打定了主意。”

馆长坐下，让达巴斟满他的酒杯。当他转过身来对着贾斯廷娜时，贾斯廷娜又絮叨起她是怎么在一座肮脏的宫殿里发现萨诺·迪彼得罗的画的。

“这些画全是临摹的冒牌货，斯卡顿夫人。”

“不可能。”

“它们全是临摹的冒牌货。”

“你这么说，就是想要我把我所有的画全送给你的博物馆，”贾斯廷娜说，“就是这个道理，对不对？你想一个子不花拿走我所有的画。”

“它们毫无价值。”

“我们在格拉契男爵夫人的家里碰到过一位博物馆馆长，”贾斯廷娜说，“他在那不勒斯看了我们的画，当时我们正装箱起运呢。他担保这全是原作。”

“它们毫无价值。”

一个女仆来到门口，敲响了午餐钟声。贾斯廷娜站起来，突然又镇定下来。“莉娜，今天一共五位进午餐，”她告诉女仆，“德威特先生不在这儿吃饭。请你给车房贾科姆打电话，告诉他德威特先生自己走到车站去。”她挽起达巴的手臂，走下大厅去。

“斯卡顿夫人，”馆长在她身后喊道，“斯卡顿夫人。”

“没别的办法了。”摩西说。

“这里到车站有多远？”

“一英里多一点儿。”

“您没车吗？”

“没有。”

“有出租汽车吗？”

“星期天没出租汽车。”

馆长瞧一眼窗外的雨丝。“啊，太无理了，这是我一生遇到的最无理的事了。我是看在她的面子上才来的。我有胃溃疡，必须按时吃饭。今天不到四点钟回不了城了。难道您不能给我拿一杯牛奶来吗？”

“恐怕不行。”摩西说。

“糟透了，糟透了，天晓得，她怎么会以为那是些原作呢？她怎么能欺骗自己呢？”他摆了个无可奈何的手势，穿过大厅来到圆形大厅，戴上他的小毡帽，瞧上去活像布勃·麦克纳特。“这下我可要完了，”他说，“我得按时进食，避免激动或过分劳累……”他一下子走进烟雨中。

当摩西回到午餐桌边时，大伙儿一声不吭，一片令人感到压抑的寂静。他本来很好的食欲似乎也要开始倒胃口了。达巴猛然间放下汤匙，含着泪说：“我的夫人，啊，我的夫人哟！”

“证书。”贾斯廷娜突然说道。她然后把头歪向巴杰尔，恶狠狠地说：“请闭着嘴巴吃饭！”

“对不起，贾斯廷娜。”巴杰尔说。女仆撤走汤盘，端进鸡来。一瞧见菜盘，贾斯廷娜挥一下手，示意别拿上桌。“我什么也吃不下，”她说，“把菜端回厨房，放在冰柜里。”人人都低垂下头，一顿饭就此结束。他们为贾斯廷娜感到难受——因为星期日下午冰柜是用大锁锁上的。她双手抓住桌边，两眼直勾勾地盯着巴杰尔，站了起来。“巴杰尔，我想你回城会到处散播今天的事的。”

“不会，贾斯廷娜。”

“巴杰尔，要是我听说你跟人说起今天的事，哪怕一句话，”她说，“那我就会告诉所有的人，你曾经蹲过班房。”

“贾斯廷娜。”

她往门口走去，不再佝偻着身子，腰板比任何时候都直挺，达巴跟在她屁股后面。当她走到门边时，伸开双手，哭喊起来：“我的画哟，我的画哟，我心爱的、心爱的画哟。”从餐厅可以听见达巴打开、关上电梯门的声音，接着传来电梯上升时绳索悲哀的呻吟声。

那是一个阴沉的下午，摩西待在小图书馆研究工团主义。向晚时分，他合上书，在屋子里徜徉。厨房空荡荡的，却很干净，冰柜还在上着锁。他听见从大厅里飘来的琴声，心想一定是达巴在弹奏——这是鸡尾酒会的乐曲，那种表达淡淡的哀愁与忧伤的乐曲，充溢着虚假的欲念和希冀，让人想起酒吧间的薄暮，陈腐的花生，想起胃灼热和胃炎，想起那些像湿漉漉的树叶贴在鸡尾酒杯杯脚周围的餐巾纸。但是，他跨进房间，发现是巴杰尔在那儿。梅利莎坐在琴凳上，挨在他身旁，巴杰尔正忧伤地唱道：

寄人篱下，

悲哀且凄凉，

寄人篱下，

所有的财物都不在我名下。

粗硬的床板，叫我腰板又酸又疼，

我聆听鸟儿的啼啭，回家吧，

寄人篱下……

摩西走近钢琴时，他们俩都抬起了头。梅利莎深深地唏嘘一声，摩西感到他似乎破坏了一场幽会的气氛。巴杰尔向摩西投来一瞥困顿的眼神，盖上了钢琴。他似乎处于情绪十分激扬、纷乱的状态之中，这点摩西看得清清楚楚，他是绝不会弄错的。他从琴凳上站起来，走到游廊上去，充满了痛苦和不安。梅利莎转过头来，眼神死死地盯着他的背影。

摩西现在知晓，倘若我们假设男子业已退化的性的习俗确实存在的话——例如当曲棍球球棍刚拿在手中时所感到的那种闲适，从西方农场橱柜里体育用具中所体验到的快乐，在雨天足球混战中光与游戏的最后一刹那审视同类人过往历史时被撩起的感觉——那么，女人必然有相应的性的习俗与礼节。这些习俗与礼节，摩西并不是指迅即变形的能力，而是指另外的东西，那些也许与天生丽质的女人唤起自然景色的能力相关的东西——一种悲哀的远隔天涯的感觉——仿佛她们凝眸静视的地平线前人还从未发现过一般。这是可以用气质上的一些变化来证明的——她们嗓音变得柔和起来，眼眸睁大，仿佛在缅怀女人们在女性的水域中远涉重洋旅行游览到四面用城墙围囿的小岛上，在那儿，她们随心所欲，让感官施行某些秘宗的礼仪，以重新恢复她们的妩媚与可爱，重新撩起满蓄着的哀愁。摩西从来不指望窥探出梅利莎的心思，但是眼下他瞧见她睁大双眸，漂亮的脸庞上罩上了一层沉思的阴影，他明白即使打破砂锅问到底也没用。她也许在缅怀那远洋旅行，也许瞥见了那地平线——这一切都撩起她朦胧而又强烈的希冀。巴杰尔居然在她缅怀的远洋旅行中占有一席之地，这使他感觉不安。

“梅利莎？”

“贾斯廷娜对他太狠毒了，”梅利莎说，“她没权利那么做。你不喜欢他。”

“我不喜欢他，”摩西说，“是这样。”

“唉，我真可怜他。”她从琴凳上站起，跟随在巴杰尔后面，走到游廊上去。“梅利莎。”摩西喊道，但她已消失在苍茫的夜色中了。摩西上楼的时候约莫十点钟光景了。他们卧室的门锁着。他喊夫人的芳名，她没应，于是他发火了。他性格中不易调和的那部分、那男性的自尊心燃烧起来了，愤怒郁积于胸中，像一块沉甸甸的石头。他向门猛击过去，试图用肩膀顶开门锁，过了一阵，因为火太大、劲使得太猛，他不得不歇息一会儿。这时，从门缝里吹来的凉风顿时使他明白，巴杰尔正睡在这房里呢。想当初，他爬越屋顶，也曾到这儿睡过的。

他奔下后楼梯，穿过圆形大厅，登上旧电梯，来到屋子另一头的卧室。巴杰尔的那间卧房紧闭着，敲门没人应。打开门，跨进房去，他听见从阳台传来的喧闹的雨滴声。房间里压根没有巴杰尔的影子。摩西来到阳台，噌的一声登上了屋顶。离他大约一百码光景，有个人正弓着身子，两手像个游泳运动员一样划着两腿周围的清风（他一定被那陈旧的无线电线绊倒过），小心翼翼地往前爬动着。没错，这准是巴杰尔。摩西大喝一声他的名字。巴杰尔倏地狂奔起来。

他似乎非常熟悉这条路线，不管怎么样，他绕开了那个通气口。他往教堂金字塔式的屋顶奔去，往右一拐，跑上了大厅顶上尖尖的用石板铺设的屋顶。摩西从另一头爬来堵他。他退了回来，踏上陡直的屋顶，往亮着灯的达巴的天窗跑去。刚在平屋顶上跑了一半路，摩西赶了上来，一下伸手抓住了他的肩膀。“误会了。”巴杰尔说。摩西猛的一拳揍过去，他一屁股倒在屋顶上，屁股一定戳着了根铁钉子。他发出一声嘶哑的、痛苦的吼叫，伯爵从窗户里伸出脑袋来。

“谁在那儿？谁在那儿？”

“是巴杰尔和我。”摩西说。

“要是贾斯廷娜听见，她会气昏的，”伯爵说，“她不愿有人在屋顶上走路。这会让屋子漏雨水的。天哪，你们到底在那儿干吗？”

“我正上床去睡觉呢。”摩西说。

“好，我好好问你个问题，我希望你总得学着点儿好好回答我，”伯爵说，“我太厌倦你那些幽默了。贾斯廷娜也厌倦了。她一辈子厕身于上流社会，包括皇家贵族，现在家里却收了你这样的人，真是倒了血霉。她亲口跟我说过……”摩西心中充满怒火，沿着屋脊往梅利莎卧房的阳台爬去。伯爵的絮叨声变得越来越细微、悠远了。他坐在屋顶待了半个小时，两只脚泡在排水沟里，心中在思忖一篇污秽的、谴责她反复无常的檄文。然而这一切在夜色之中全消融了，他心中的怒火也渐渐消散。这时，他意识到，倘若他想从这处境中寻找任何有用的启示的话，他首先得从自身去寻找。他跳上阳台，脱去衣服，爬上梅利莎正在熟睡的床。

其实，摩西错怪巴杰尔了。巴杰尔爬上屋顶的时候，心中并没有任何淫荡的想法。他酩酊大醉了。但是，他还是宽宏大量的——这是构成人类高尚行为最原始的品质的一部分——或者说，他至少在情感上有这样的气量，把那件事儿当作一场一般性的纷争而已。第二天一清早，当他醒来时，他嗔怪自己酗酒和疯癫的想法。透过窗户，他看到世界一片幽蓝与黄金色，圆鼓鼓的犹如公牛的眼睛，而天穹上蓝宝石般的光使巴杰尔充满了惊悚，他想躲到一个阴暗的、通风的地方去。晨光微熹之中的世界，在巴杰尔看来，跟跑街的微笑一般，既虚伪而又令人憎恶。巴杰尔想，没有任何东西是真实的，没有任何事物是表里如一的。而这种欺骗之严重、之微妙——正像他穿衣时，苍穹的天色渐渐加浓一样的微妙——深深地激怒了他。他穿过圆形大厅，下了楼，不跟任何人打照面——甚至老鼠也不想见——只给贾科姆打了电话，虽然那时才六点钟。贾科姆开车送他到车站。

早班火车是辆通勤车，所有的乘客都是上夜班的工人。瞧着他们那疲惫不堪的肮脏脸庞，巴杰尔心中升起一种想过过他们贫穷生活的欲望。要是他是在一种简朴的环境中长大的话，他的一生也许会更有意义、更有价值，他天性中更好的部分也许会有更多拓展的机会，他也许不会浪费自己如此多的才能。为醉酒和内疚所动，那天上午，他领悟到他已经浪费了他的才能，将其无可挽回地荒废掉了。早年生活中的影子——一个意气风发、漂亮的少年，在一场暴风雨前的游廊中显现出来——更加深了他的自责与内疚。处在最颓唐的心境之中，光似乎也能透射进他的灵魂，因为那是他的想象的力在与彻底的绝望抗争，在他脑海中洒下一片雪白——至少在大理石建造的城堡和牌楼——那是繁荣、成功与荣耀的象征。

在巴杰尔漆皮般的头发覆盖的脑袋里，这整个墙围似乎在生长起来——那墙围护卫着一个更为年轻的世界的城市和别墅。于是，怀着极大的希望，他动身到围城里去。但一旦他坐在墙围的洞穴里喝第一杯咖啡时，他看出他那大理石的雪白文明面对入侵者毫无招架之势。那些洁白的、高高隆起的拱形建筑，原则、道德与信念的建筑——那些宫殿和纪念碑——被一帮呐喊战争的、披着发臭野兽皮的半裸的人所占领。他们从北门冲了进来。正当巴杰尔在他咖啡杯前吓得缩作一团时，他眼巴巴地瞧见自己的寺庙和宫殿一座座倾颓下去。这些野人从南门闯了出去，只留下巴杰尔一个人，连可供慰藉、凭吊的遗址都没留下。只给他留下一片空白，留下他的本质。他的本质并不比凋谢的紫丁香的馥郁香气好多少。

“Mamma e Papa Confettiere arrivan’ domani sera.[1]” 贾科姆说。他正将挂在车道两旁树丛间的一长串灯泡再一次拧紧。梅利莎在门口充满甜情蜜意地迎候摩西，就像他们初夜的那晚一样，告诉他明天晚上贾斯廷娜有几位老朋友要来访。恩德比夫人在办公室里到处打电话发出邀请，而达巴套上了围裙，在大厅里忙得团团转，给十几名女仆发号施令。这十几名女仆摩西

1　意大利文，意为“康弗蒂埃尔爸妈明晚要来了”。

还从未见过。整个屋子都乱了套。发出蝙蝠味道的储藏室的门全打开来，贾科姆在冬园从破损的窗口里取出一只只塞在那儿的枕头。在冬园，人们正从汽车上卸下棕榈树和玫瑰花。整幢屋子没个坐的地方，他们只好在大厅里将就着吃三明治，喝点儿什么；而这时，斯卡顿维尔村交响乐团（一共八位女士）的音乐家正将竖琴从它那充满破洞的防雨套布里取出来，给乐器调音。聚会前夕，这古老的、乱糟糟的宫殿的欢乐使摩西想起西方农场来，仿佛这屋子跟其他的一切深深地埋在了他们的意识之中——甚至深埋于这些喜欢夜间外出的女仆们的梦中。她们将这些古老的房间挖掘出来，擦洗一番，仿佛这能改善她们的智力似的。在偌大的地下室厨房里发现蝙蝠，两个女仆脑袋上披着洗碟巾，嘻嘻哈哈地从楼梯上爬上来，但是这小小的插曲并没有使任何人不悦，反而平添了一种滑稽的气氛，因为如今还有谁能那么富有，居然在厨房里养蝙蝠？地窖的大柜子里塞满了牛肉、酒和鲜花，花园里所有喷泉全开上，水珠从游泳池的绿嘴狮子口里喷涌而出。屋子里点上了一千多盏灯，车道上点缀着点点灯火，犹如乡间的集市。花园里到处亮着灯光，灯光没有罩子，显得有点孤寂凄凉，跟公寓房子厅道里的灯光差不多。十点或者十一点钟光景，所有的门窗全打开，夜气突然清凉起来，一轮新月将银光洒在开阔的草坪上——这一切使摩西想起战时的一个地方，想起在部队里请假所经受过的难以忍受的痛苦，想起报纸的头条新闻，想起在像诺福克和旧金山那些空气中散发啤酒味的港口城市所举行的告别舞会，在那儿，黑魆魆的轮船正等待吞噬甜睡的情人，这一切也许永远不会再发生了。

究竟谁是康弗蒂埃尔爸妈呢？他们是贝拉蒙特家族的，一个叫路易吉，一个叫帕拉，是 prezzo unico botteghe[1] 上流社会最后的后裔。女的是卡拉布里亚一位农夫的女儿，而路易吉呢，生在罗马一家散发紫丁香与旧头发味道的理发店后屋，但是，在十八岁那年，他存够了钱开了一爿一价商店。他是意大利的伍尔沃思、克雷斯和 J. B. 斯卡顿，三十岁出头就成了百万富翁，在南方买下别墅，在北方购下城堡。五十多岁他就退了休。这二十年他驾上辆戴姆勒车，跟妻子在意大利到处转悠，从车窗往大街上给孩子们扔硬糖。

复活节后他们离开了罗马。离开的日期预先在报上登载，在电台上广播，这样人们可以聚集在他家大门，等待这一季第一次免费糖果的赐予。他们驾车往北到奇维塔韦基亚，一会儿往左，一会儿往右撒糖果——这儿一百磅，那儿三百磅——在奇维塔韦基亚和一些大点的城市，他们只能兜圈子绕着走，因为在米兰他们险些给两万名孩子撕得粉碎，他们在都灵和来

1 意大利文，意为“一价商店”。

航[1]也造成类似的骚乱。他们去了皮埃蒙特和伦巴第，然后直驱南下到马焦雷港、卢戈、伊莫拉、切尔维亚、切塞纳、里米尼和佩萨罗，一路一把把散发柠檬糖、薄荷糖、甘草棒糖、茴芹和欧夏至草糖，糖李子和草莓棒糖。当他们爬上蒙特圣安杰洛直驶曼弗雷多尼亚时，糖果全给落叶盖上了。他们抵达奥斯蒂亚时，城门关上了，而所有的罗马丽都饭店也已打烊。在那儿，他们将所剩的最后一点糖果散发给渔夫和看门人的孩子，然后驱车往北，在一个晴朗的一天，回到了罗马的家。

早晨，摩西拎着只箱子去上班，午餐时去租了一套燕尾服。在晚夏的一个傍晚，他从车站信步走回家去，空气中已经飘荡着初秋的气息。在苍茫的暮色中，他可以清晰地看见清堂的轮廓，每一扇窗户都亮着灯欢迎康弗蒂埃尔爸妈。这真是一幅令人愉悦的图景。他从游廊边的门走进屋去，看见这屋子恢复了一切昔日的荣耀，变得灯火辉煌而宁静，不禁神采飞扬起来。一个女仆手中端着盘子，盘子里盛放着些银器，蹑手蹑脚地从大厅走过来。除了冬园里的淙淙泉水，除了墙壁水管里的哗哗水声，整栋屋子沉浸在一片静寂的气氛之中。梅利莎穿戴

1 来航：里窝那的旧称。

好了，他们在一起喝了杯葡萄酒。当所有灯火悠然熄灭的时候，摩西正站在莲蓬头下面洗淋浴。本来的一个幽静之地突然充满了惊叫声，有人被关在旧电梯笼子里哭天喊地地敲打着电梯壁。梅利莎拿了一支蜡烛到浴室里来。当摩西穿裤子的时候，灯又全亮了。贾科姆正巧在房里。他们一起在阳台上呷饮，瞧着一辆辆汽车驶进来。杰各波指挥车辆停在草坪上。天晓得恩德比夫人从哪儿找来这么多客人。请一次客，找来的人够多的了。客人们的谈话声和喧嚣声，即使从三层楼听来，也像特拉弗廷十月的波涛声。

摩西和梅利莎下楼时，大厅里足有一百位客人了。达巴在一头，恩德比夫人在另一头，指挥仆人们端着空酒杯到客人中去。贾斯廷娜和一对年迈的意大利夫妇站在火炉边。这对夫妇脸黑黝黝的，活像两只鸡蛋的形状，满面笑容。摩西上前跟他们握手时，发现他们压根听不懂英语。摆在游廊上的宴席是十分丰富的，有三种葡萄酒，三种雪茄烟，还有白兰地酒。然后斯卡顿维尔村交响乐团演奏起《黑暗中的一吻》，人们全开始跳起舞来。

虽然巴杰尔没有受到邀请，他也来了。他饭后从车站一直走到清堂，在舞池周围转悠，有点儿醉了。他也说不清为什么要来。贾斯廷娜一眼看见了他，恶狠狠地瞅了他一眼。贾斯廷娜没戴任何首饰，这倒使巴杰尔想起他来清堂的目的。对于一个寻找到自己所追求的目标并为之不遗余力的人来说，那晚具有特殊的价值。这是他的黄金时光。他上了楼，再一次登上了屋顶（他可以听见悠远的音乐声）。过去为了爱情，他不知这么爬过多少次了，但是，眼下攀上屋顶，他的目的是更为明确的。他往屋顶的北端贾斯廷娜卧房的阳台匍匐而去，钻进了那间宽敞的卧室，天花板成拱形，床大得吓人。（贾斯廷娜从来不睡在这张床上，她睡在屏风后一张小床上。）她晚会上不戴首饰宝石的决定一定是在极度匆忙、倥偬之中做出的，因为所有的饰物全堆在一张满是破洞、表皮皱乱的梳妆台上。他在她柜子里找到一只纸袋——她一贯注意收集纸张和线袋——将她所有的珍珠宝贝全兜了进去。凭上苍的保佑，他斗胆从房门走出去，下了楼梯，穿过草坪，音乐声在他脑后变得越来越悠远缥缈了。他登上了十一点十七分驶往城里的火车。

巴杰尔登上火车时，心里还没拿定主意怎么打发这些金银财宝呢。他也许想到将宝石从首饰上抠出来卖掉。这趟火车是末班车，乘客大多是访亲问友归去的旅客。他们似乎都显得有点疲倦，有的喝醉了。在过热的车厢里，他们淌着汗，一阵阵地打盹。在巴杰尔看来，他们似乎在分享着伟大的亲热感与疲乏感。大多数男子脱了帽子，帽檐把他们的头发压出了明显的印记。女士们身着时髦服饰，但穿得歪歪扭扭的，卷边已开始脱线了。许多人依偎在丈夫的肩头打盹，那味道——以及他目睹的一张张松弛的脸庞——使巴杰尔觉得这整个车厢犹如一张大床或摇篮，人们在一种异乎寻常的无辜状态中睡在一起。他们分享着车厢的不适，有着一个共同的目的地。在巴杰尔看来，正因为他们邋遢而困乏，他们似乎有一种心灵与目的的美。瞧着他身前那位染红头发的妇女，他赋予她一种能够在意识之下发现虚幻的能力，一种美与庄严的形象，就像他脑海中浮现的那些伟大的、业已倾颓的帕拉第奥式城堡一样。

他热爱所有这些人——巴杰尔热爱所有这些人——他所做的一切是为了他们的利益，因为他们无力互相接济。偷窃了贾斯廷娜的首饰，他就可以帮助他们，减少他们的困窘与拮据。在座位前面的红头发女士，怀着爱情、挑逗和怜悯，往他这儿挤过来。她老摩挲、摸弄褶边，一副虚荣的模样。他猜想她头发一定是刚染的，这又使他深深地感动起来，犹如一个甜蜜的孩子采撷雏菊的花瓣一样让他感动。那红头发女士突然挺直腰板，用混浊的嗓音问道："啥时候啦？啥时候啦？"坐在她前排那些被问询的人若无其事，一动也没动。巴杰尔将身子微微向前倾过去，回答说将近午夜了。"多谢啦，多谢啦，"她热情洋溢地说道，"您才是我心上的好人哪。"她挥一下手，指指别人。"他们连什么时候都不愿告诉我，以为我喝醉了。闯了点小祸，"她手指地板上的玻璃碎片和一小滩水，她大概打碎了一个一品脱的酒瓶，“天哪，因为我闯了祸，打碎了上好的威士忌酒瓶，这些婊子养的没一个愿意告诉我时间。你是个君子，你是个君子。要是我没闯祸、没打碎威士忌酒瓶，我就请你喝一杯。”这时，巴杰尔的摇篮摇晃了一下，她呼的一声睡着了。

偷窃作案二十分钟后，恩德比夫人打电话给警察局报案。当巴杰尔在中央车站下车时，已经有两个便衣警察和保险公司的侦探在候着他了。他穿着一身燕尾服，手提一只大纸袋，里面似乎装满了小五金百货——要认出他来并不难。他们尾随在他后面，心想也许还能挖出一帮团伙呢。他兴高采烈地穿过派克大道，来到圣巴塞洛缪教堂。他敲敲门，门全关上了。他又跨过公园大道，穿过麦迪逊大街，来到第五大道圣帕特里克大教堂。那儿门还开着，许多打杂女工在拖地板。他迈步走了好一阵子，在中央圣坛前停下步，跪下，默祷起耶稣来。后来——栏杆放了下来，他神魂颠倒，没想到自己太引人注目了——他跨过深深的祭坛，将纸袋里所有的首饰全倒在圣坛上。他离开教堂时，便衣警察一把抓住了他。

警察来清堂告诉贾斯廷娜已找回她所有的首饰时还不到一点钟。她审视了一番贴在首饰盒上的一张警察局用打字机打的清单。“一只钻石手镯，两只钻石和玛瑙手镯，一只钻石和翡翠手镯”，等等。她要试一下警察耐心的程度，请他数一下项链上的珍珠，他果然数起来。这时，康弗蒂埃尔爸爸嚷着要奏乐、喝酒。“跳舞啦，唱歌啊。”他喊道，随手给女士交响乐队一张一百美元的钞票。她们奏起一支华尔兹舞曲，不料保险丝在那晚第二次烧断，一片漆黑。

摩西知道贾科姆在身边什么地方——他在厅里见过他——但是他还是往地下室门口走去。他的周围弥漫着一股古怪味道，他想也没去想它，也没注意到。他走下后厅过道时，已经汗流浃背了。他打开地下室的门，里面是一片火海，一股热风吹来，烧焦了粘在脸庞上的所有头发，差一点蔓延到他身上。他跌跌撞撞穿过大厅来到厨房，女仆们此时已快洗完所有的碗碟。他问总管家楼上还有没有人。管家数了一下帮手的数目，说楼上没人了。摩西喊着叫她们全出去。房子着火了。（沃普萧夫人对于这样直率地宣布这种灾祸一定会非常失望的，她会非常聪明地引导客人和仆人们到草坪上去赏新月。）摩西用厨房电话给救火队打电话，拿起电话筒时才发现右手一大块肉在开地下室门时被滚烫的门把烧焦了。他的嘴唇因肾上腺素激增而肿胀起来，但他奇异地感觉十分泰然。他奔到大厅，客人们仍然在那儿跳华尔兹舞。他告诉贾斯廷娜屋子着火了。她却非常镇定自若。摩西请乐队停止演奏后，她邀请所有的客人到草坪上去。人们听见从村子里传来电子喇叭的声音。许多扇门全开向游廊。客人拥出了大厅，刚告别了大厅的灯光，却走进了一片红光之中。火舌已经爬上钟楼，虽然大厅里还没有任何火灾的迹象，而钟楼已烧得像把巨大的火炬。救火车呼啸着驶上车道。贾斯廷娜穿过大厅到前门去迎接他们，犹如她恭候J. C. 潘尼、赫伯特·胡佛和英国王太子一样。正当她动身离开大厅的时候，塔楼上什么地方的木椽烧着了，摔落下来，砸向圆形大厅的屋顶。整幢屋子的灯火闪烁了一下，灭了。

梅利莎在黑暗中狂喊着她保护人的名字，老太太跑到了人们中间——现在她似乎显得老态、伛偻了——跟着人群一块儿走到游廊上。在那儿，达巴和恩德比夫人挽起了她的手臂。摩西奔到屋前推客人的汽车。它们似乎都值得被从火舌中拯救出来。“这六个晚上，我一直想履行我作为丈夫的责任，”一位救火员说道，“可好，每一次刚起头，这他妈的电子喇叭……”摩西一口气将十几辆车撞过草坪到安全的地方，然后穿过人群找妻子。她正和大部分客人一起待在花园里。他和她偎依着坐在游泳池边上，一边将焚伤的手伸进池水之中。当时，几英里外一定也能瞧见大火，因为一大群一大群的男人、女人、孩子爬过花园围墙，从所有的门里冲进来。威尼斯式的房间也着火了。也许因为饱含亚得里亚海的盐味，它像纸张一样燃烧起来，古老的铸铁钟、铃、齿轮一股脑从塔楼的遗骸上叭叭掉落下来。一股股劲风将火苗往西北方向吹去。渐渐地，这花园，这整个的峡谷弥漫着一股苦涩的烟味。这宅邸一直烧到黎明时分，只剩下烟囱兀立在那儿，在晨光熹微之中看上去犹如一艘河船的船影。

第二天下午向晚时分，贾斯廷娜、恩德比夫人和伯爵乘飞机去雅典了，而摩西和梅利莎也兴高采烈地动身到纽约去。

贝特西回家来了，在这事件之前好久好久就回家了。一天晚上，科弗利到家发现屋里灯亮着，一片辉煌，而他的维纳斯发间扎着一根花缎带。（她一直在亚特兰大和一位女友住在一起，后来十分失望。）那夜很晚的时候，两人躺在床上还听着淅淅沥沥的雨声。科弗利穿上内裤，从后门走出去，经过福拉斯卡蒂家和盖伦家的花园，来到哈罗家的园子。哈罗刚在一只新月形的花盆里栽了几株玫瑰花。那时夜很深了，所有的屋子都是黑黝黝的。在哈罗家花园，科弗利摘了一朵玫瑰，然后穿过盖伦和福拉斯卡蒂家的园圃回到家，将玫瑰花搁放在贝特西两腿分叉之间——因为她又是他的小人儿、甜心、宝贝了，又是他的小小松鼠了。

# 第四部

## [ 36 ]

初夏，贝特西和梅利莎都生了儿子，霍诺拉恪守或者说更好地实现了她的允诺。阿普尔顿银行的信托官员给科弗利和摩西带来了令人高兴的好消息，他们同意继续像霍诺拉一样资助水手之家和盲人院。老太太什么钱也不想要了。科弗利从雷姆森派克来到纽约，打算和摩西一起周末去圣博托尔夫斯探亲。得了霍诺拉的钱，他们要置办的第一样东西就是给利安德的新船。科弗利给父亲写信，说他们很快就要返回故里。

利安德辞了银餐具厂的活儿，当众宣称他要重操航海事业。星期六一清早他就醒了，决定去钓鱼。在黎明前他使了好大劲才穿上橡皮靴子，这使他想起他的——或者用他自己的话说，他的家伙——已经是多么不听使唤了。他扭了膝盖，一阵疼痛直往心里钻，扩散开来，弥漫到全身。他拿起钓鳟鱼的竿子，穿过田野，到当初摩西遇见罗莎丽的湖畔钓鱼。他完全沉浸在自己的敏捷之中了，试着用小鸟的羽毛和一根发丝欺骗鱼儿。树林枝叶葳蕤，散发出一股沁人心脾的清香。在橡树林间，乌鸦嘎嘎叫着，聒噪不休。在他一生漫长的历程中，许多粗大的树木倒下了，或者被砍伐了，但是任何东西都无法改变这一池湖水的美。利安德站在湖水之中，阳光透过丛林的枝叶照射在湖底的卵石上。这一切在利安德看来无异于罗马神话中死者的安息之所。一层薄薄的纤微的光翳将它与世界隔开。在这现世，太阳温暖他的双手，乌鸦争吵不休，在这现世，可以听见沙沙的清风。而当他瞥见一条鳟鱼，那似乎是一种虚无缥缈的东西——死者的亡灵——他缅怀起所有业已死亡的一起钓鱼的朋友们。他蹚水过小溪，似乎想借以兴高采烈地纪念一下这些故世的朋友。他一会儿抛钓线，一会儿收拢钓线，一会儿钓饵绊上什么东西。他跟自己聊天，忙得不亦乐乎，情绪很好。他想起了自己的儿子们，想起他们是怎样离家到世界去闯荡的，他们显示自己的才干，娶了老婆，如今富有而又谦和，还操心起盲人和退休海员的福利，他们会生许多儿子继承沃普萧这家族的姓氏。

那天晚上，利安德梦见自己置身于一个奇异的国度里。没有火焰，也没有硫磺味，但是他想他正孤单地跋涉其间的准是地狱，一片犹如大海附近破碎的、风蚀的石头桩子的景色。然而，一英里一英里地走下去，他却见不到一点儿水的踪迹。风干而热，天空，即使从远处遥望，也缺乏人们惯常见到的水天一色的韵味。他听不到波涛的喧闹。虽然那国度的海岸线上亮着盏盏灯火，他却看不到灯塔。他迎面遇到的成千上万的人，除了有一位长者穿着鞋之外，全光着脚板，裸露着身子，尖石刺破他们的脚，鲜血直流。这风，这雨，这寒冷，还有所有他们必须忍受的痛苦，并没有减少他们血肉的敏感性。有的感到羞愧，有的则荒淫无耻。在路上，他见到一位年轻的女子。当他对着她莞尔一笑时，她却用双手捂住自己，脸色因忧愁而阴沉下来。在下一个拐弯处，他碰到一位年迈的妇女，伸手伸脚躺在页岩上。她头发是染色的，胖极了，一个跟她一样年迈的老头正在吮吸她的乳头。他看见在光天化日之下人们互相骑跨在一起，而漂亮、充满活力的年轻人似乎比年长者更为自制。在许多地方，他见到年轻人文质彬彬地走在一起，仿佛在这奇异的国度，肉欲是老年人的一种激情。在另一个拐角处，一个跟利安德一样的男子在情窦萌动之中，挨到他身边，这人全身披挂着兽毛。“这是所有智慧的端倪，”他说，暴露出他勃起的阴部，“这是万物的端倪。”他食指搁在屁股上，在页岩铺盖的小道上消失了，而利安德也在温馨的夏日清晨，在南风甜蜜的飒飒声中醒了。刚从梦中出来，他厌烦梦之污秽，由衷地感激这光明、这喧闹的白天。

那天上午，萨拉说她太累，不去教堂了。利安德决定一个人去，这叫人们都大吃一惊。他说，那才叫有意思呢，让天使们在天堂展翅高飞。他去领早圣餐，兴高采烈，并非因为他坚信祈祷的价值，而是因为跪在基督教堂里，他比在世界上任何别的地方更能赤裸裸地正视人类。“我们赞美您，祝福您，膜拜您，颂扬您。”他大声地祈祷着，一边心里一直在纳闷过道那头那位男中音是谁，右手边那位散发着阵阵苹果花清香的漂亮女郎是谁。他的下身瘙痒起来，听见背后门吱吱嘎嘎打开时，心中寻思谁这么晚才来祷告。西奥菲勒斯·盖茨？珀利·斯特吉斯？即使主礼人在分给信徒面包和酒的领食高潮时刻，他仍然一个劲地看着圣徒们的绒垫子。绒垫子是用钉子钉在圣坛地板上的，而祭台的布帘上绣着郁金香。跪在栏杆前，他还注意到在教堂散发出恶臭的地毯上零零落落撒着几根松树或杉树的针叶。它们一定自基督降临节以来好几个月一直静静地躺在那儿，没人动过。这使他满心欢喜，仿佛这小把枯萎的针叶是从生命之树上飘零下来的，这使他遐想起它们当年的芬芳和活力来。

星期一上午约莫十一点钟光景，刮着东风。利安德匆匆忙忙收拾起望远镜和游泳裤，给自己烤了片三明治，搭上特拉弗廷的公共汽车到海滨去。在一个小山丘后面，他换了衣服。他发现斯特吉斯夫人和盖茨夫人要在他准备下水和晒日光浴的地方野餐，大失所望。老太太们正在聊罐头食品，议论媳妇们怎样忘恩负义。他恶狠狠地瞟了她们一眼，事后自己也感到失望。此时海浪滔天，涛声隆隆，述说着万千沉船与航海的经历，述说着事物的相像性。那死亡的鱼身有着跟猫一样的条纹，而天空上飞逝的云纹与鱼身又非常相似，海螺螺纹活像个耳朵，海滩的细沙起伏有致，酷似狗的嘴，而万顷波涛里移动着的一切像耶利哥满目疮痍的城墙。他涉水往海中走去，一直到齐膝的地方才驻足，将海水往手腕上、前额上泼，使心脏适应这突然袭来的寒冷，以避免心脏病发作。人们从远处望去，他似乎是在自己身上画十字。他开始泅水——先侧游一会儿，半边脸浸在水中，右臂甩出水面犹如风车的圆杆——后来，人们再也未能见到他。

[ 37 ]

这样，本来回家省亲要给他买艘船的儿子们归来，只能听到为溺死者祝福的祷词了。摩西和科弗利没有带妻子，从纽约直赴村子赶上葬礼。萨拉见到儿子才哇的一声哭出来，摊开双手让儿子亲吻。村子里人们的友善和安慰一直支撑着她。“这是多年的友情了。”她说。人们端坐在客厅里，喝威士忌。霍诺拉赶来了，吻了一下男孩们，自己拿起一杯酒喝。“我想，你犯了个极大的错误，丧礼不该在大教堂举行，”她跟萨拉说，“他所有的朋友全死了。除了我们，谁也不会来。最好是在这儿举行。还有件事儿。他希望在坟前念普洛斯彼罗的诗句，我想，还是你们男孩子家去教堂一趟，跟教区长说说。问他我们能不能在小教堂举行丧礼，并告诉他关于普洛斯彼罗诗句的问题。”

孩子们驱车开到基督教堂，有人带他们到教区长办公室。教区长正在摆弄加法器。在实际的事务中，神明几乎没有赐予他任何帮助。他似乎正带着点儿火气。他温和而又坚决地拒绝了霍诺拉的请求。小教堂正在上油漆，没法用，而且他不能同意在神圣的丧礼上念什么莎士比亚的诗句。仪式未能在小教堂举行，霍诺拉大失所望。大教堂过于宽敞，而送葬的人太少，会显得非常空寂的，这使她忐忑不安，也使她感到深深的悲伤。

那天，她看上去苍老而又怅惘，脸容憔悴，活像头狮子。她拿了把剪刀到田野中去为利安德剪几朵鲜花——黄连花、葵花、毛茛和雏菊。午餐时分，她一直在为大教堂过于空寂而担忧。走上大教堂台阶时，她挽起科弗利的手臂——她紧紧抓住手臂，似乎她太困倦、太孱弱了——当大教堂门打开，她看见里面已聚集了黑压压的一大群人，猛地站定在门槛上，大声问道："这些人在这儿干什么？这些人是什么人？"

他们是屠夫、面包师、卖报纸给利安德的孩子、特拉弗廷公共汽车司机。还有本特利和斯皮涅特、图书馆管理员、救火队长、渔官、格兰姆斯面包店女侍者、特拉弗廷电影院售票员、楠格萨吉特旋转木马操作员、邮差、送牛奶的人、车站站长、锉锯老人、修钟表的工人。所有的凳子上都坐满了人，还有迟来者站在教堂后面。复活节以来，基督教堂还没聚集过这么多教徒。

当教区长开始读《约翰福音》时，霍诺拉哇的一声喊了起来。"哦，不，"她大声说道，"我们这时要念《哥林多书》。"教区长翻了几页。这样打断他的布道，似乎并未让人留下任何粗莽的印象，因为她就是这么个人。从某种意义上说，这就是她家族的风格，这是沃普萧家的葬礼仪式。墓园就靠在基督教堂旁边，人们在利安德的后面缓缓前行，两个人一排，爬上小山，怀着人们在送葬仪式上都要有的那种因极度悲伤而昏昏沉沉的感觉。他们来到沃普萧家的公地。祈祷完毕，教区长合上《圣经》后，霍诺拉推了一下科弗利。“念诗吧，科弗利。念他所希望念的诗句吧。”科弗利走到父亲墓穴的边上，虽然他在啜泣，嗓音还是很清晰的。“我们的狂欢已经终止了，”他吟诵道，“我们这一些演员们，我曾经告诉过你，原是一群精灵；他们都已化成淡烟而消散了。构成我们的料子也就是那梦幻的料子；我们短暂的一生，前后都环绕在酣睡之中。”

葬礼之后，孩子们吻别母亲，答应很快再回来省亲。七月四日，科弗利果然带着妻子贝特西和儿子威廉回家来瞧瞧独立节游行，这是他全家第一次回到故乡来。萨拉早早把水上礼品商店打烊，以便在妇女俱乐部的游车上再一次露脸。她头发全白了，只有两位俱乐部创始人还健在。但是，她那手势，她那笑容所含有的哀愁，发现讲坛上水杯里盛着甜酒时所显示出来的那副神色，一切如旧。人们仍然清晰地记得在往昔一个独立节上，有个捣蛋鬼在平切尔先生的母马肚子底下放过爆竹。

霍诺拉没在场。游行完毕，科弗利给她打电话询问能否带贝特西和孩子到船舶巷去见见她，她回答以后再说吧。他大失所望，但并不惊讶。“以后再说吧，亲爱的科弗利，”她说，“我要迟到了。”人们也许寻思她赶着要去上钢琴课，但自从她学会弹奏《快乐的米勒》后，就此盖上琴盖成了个棒球迷。她说的“我要迟到了”是说她要赶到芬围公园球场去看一场棒球赛。她已和村子里一位小车司机商量好，红袜队在波士顿参赛期间，他每星期送她一次或两次去波士顿看比赛。

她戴着三角帽，穿一身黑服去看球赛。怀着朝圣者的虔敬与热诚，她走上看台来到她在阳台上的座位。那看台要爬好一阵子呢，她不得不在每一个拐弯处停下脚步来喘口气。她一只手攥紧拳头，另一只手的手指张开按在胸口上，扑哧扑哧直喘气。“要我帮忙吗？”一位陌生人问道，以为她病了，“要我帮忙吗？”但是，这位勇敢无比同时非常荒唐的老太太似乎并没有听见。她找到自己的座位，安放好赛程表和分数表，用手杖敲敲坐在她肩膀附近的一位天主教神父。“请原谅，神父，”她说，“要是有什么疏忽之处，请原谅。我有时真会乐得把什么都忘了的……”她端坐在无害的清晰的光芒之中。棒球比赛中，她不时用手掩住嘴巴，喊道：“牺牲打，你这笨蛋，牺牲打！”她犹如一位年迈的朝圣者，为自己崇尚的信仰走遍世界。朝圣者在自己心灵的幕上看到一个高贵的、充满活力的民族，那民族犹如一个体魄健伟的人，刚从梦中醒来。

贝特西很喜爱水上礼品商店，下午大部分时间她会跟萨拉一块儿待在那儿，细细欣赏那渔网浮子，悬吊在那儿的常春藤，细瞧那手漆的熨斗和煤斗，菲律宾产的午餐餐具、食盐和胡椒瓶，形如狗与猫。科弗利在农场空寂的房间里穿来穿去。眼看就要下雷雨了。天空越来越晦暗，厅里的电话受闪电影响，开始胡乱响起铃来。他瞧瞧那脱线的地毯。破碎的地毯包着石砖。风越来越狂，把它们挡在门上正好免得门乱磕乱碰。在一个角落的桌上，有一只古老的白镴杯子，里面盛满了月桂果和南蛇藤果，上面沾着一层厚厚的尘土。在暴风雨的闪电中，这精致的、古板的房间代表着一种人们不同寻常地向往着的生活方式，虽然这可能是行将袭来的暴风雨使科弗利的神经处于高度紧张的状态之中他所感觉到的。他回忆起孩提时代，忆起幼时雷雨的情景——萝萝和狗吓得躲到衣橱里去了——雷雨使天穹、山谷、家屋的房间都笼罩在一片黑暗之中，忆起他们怎样互相关心、贴近，手里提着木桶、杯子和点燃的蜡烛从一个房间走到另一个房间。他可以听见田野间树林在发疯般舞动喧嚣着，可以听见厅里的柚木桌子——闻名遐迩的寒暑表——发出吱吱嘎嘎的声音。在暴雨到来之前，这古老的一隅似乎并不代表一种业已消逝的或者人们行将模仿的生活方式，而是代表一种生活的幻象——和欢笑声一样畅心而又倏忽——代表他赖以生活的准则。

不管怎么样，利安德终于如愿被念到了他所希冀的祷词。开始下雨后，科弗利打开阿隆当年读的《莎士比亚全集》，发现他父亲亲笔书写的一段眉批。“请告诫我的儿子们，”眉批说，“永远不要将热水瓶盛装威士忌穿越干旱州或国家边界。橡皮味会糟蹋酒的醇香。做爱时绝不要穿内裤。喝了啤酒再喝威士忌，非常危险。喝了威士忌再喝啤酒，平安无事。呷饮威士忌时，绝不要吃苹果、桃、梨等，除非吃漫长的、最后一道是水果的法式大餐。其他美味菜肴具有镇静作用。永远不要睡在月光下。据科学家说，这会引起疯癫。要是床架就挨着窗户，遇到天清月明之夜，睡觉前拉上百叶窗。永远不要让雪茄烟与手指成直角。乡巴佬。要捏成斜线。是否撕掉套在雪茄烟上的那一小圈纸条，随你们的便。永远不要戴红色的领带。要是想取悦女士，打鼾尽量轻声点。过分粗鲁的性行为对于女性来说有时简直是灾难性的。每天早晨洗冷水浴。非常艰苦但也非常令人振奋。而且还能去除老茧。每星期理一次发。晚上六点之后穿黑色礼服。如果能买到的话，早餐吃鲜鱼。别跪在没有暖气的教堂石板上。教堂的潮气会使人未老先衰。恐惧犹如一把生锈的刀子，别让恐惧潜入你们的家。勇气是一种刚烈的血气。端端正正站在世上。赞美这世界。尽情享受一个温文尔雅的女人的爱。相信上帝。”

图书在版编目（CIP）数据

沃普萧纪事 / （美）约翰·契弗（John Cheever）著；朱世达译．—南京：译林出版社，2023.9
（约翰·契弗作品）
书名原文：The Wapshot Chronicle
ISBN 978-7-5447-9759-7

Ⅰ.①沃…　Ⅱ.①约…　②朱…　Ⅲ.①长篇小说－美国－现代　Ⅳ.①I712.45

中国国家版本馆 CIP 数据核字（2023）第 155045 号

*The Wapshot Chronicle* by John Cheever
Copyright © John Cheever, 1954, 1956, 1957
This edition published by arrangement with The Wylie Agency (UK) LTD
Simplified Chinese edition copyright © 2023 by Yilin Press, Ltd
All rights reserved.

著作权合同登记号　图字：10-2014-100 号

**沃普萧纪事 ［美国］约翰·契弗 / 著　朱世达 / 译**

责任编辑　张　睿
封面插画　Patrick Leger
装帧设计　吴　悠
校　　对　芮　利
责任印制　颜　亮

原文出版　Vintage, 1998
出版发行　译林出版社
地　　址　南京市湖南路 1 号 A 楼
邮　　箱　yilin@yilin.com
网　　址　www.yilin.com
市场热线　025-86633278
排　　版　南京展望文化发展有限公司
印　　刷　镇江恒华彩印包装有限责任公司
开　　本　787 毫米 × 1092 毫米　1/32
印　　张　13.125
插　　页　4
版　　次　2023 年 9 月第 1 版
印　　次　2023 年 9 月第 1 次印刷
书　　号　ISBN 978-7-5447-9759-7
定　　价　75.00 元

版权所有 · 侵权必究

译林版图书若有印装错误可向出版社调换。质量热线：025-83658316